U0500154

James Wood

[英] 詹姆斯·伍德 著

The Irresponsible Self:
On Laughter and the Novel

不负责任的自我：
论笑与小说

李小均 译

北京联合出版公司
Beijing United Publishing Co.,Ltd.

图书在版编目（CIP）数据

不负责任的自我：论笑与小说 /（英）詹姆斯·伍
德著；李小均译 . —北京：北京联合出版公司，2024.
9. — ISBN 978 - 7 - 5596 - 7852 - 2

Ⅰ . I561.065

中国国家版本馆 CIP 数据核字第 2024DE2331 号

The Irresponsible Self

Copyright © 2004, James Wood
Chinese Simplified translation copyright © 2024
by Neo-cogito Culture Exchange Beijing Ltd
Published by arrangement
through THE WYLIE AGENCY (UK) LTD
All rights reserved

北京市版权局著作权合同登记　图字：01-2024-1397

不负责任的自我：论笑与小说

作　　者：〔英〕詹姆斯·伍德
译　　者：李小均
出 品 人：赵红仕
出版统筹：杨全强　杨芳州
责任编辑：管　文
特约编辑：金　林
封面设计：彭振威

北京联合出版公司出版
（北京市西城区德外大街 83 号楼 9 层 100088）
北京联合天畅文化传播公司发行
北京启航东方印刷有限公司印刷　新华书店经销
字数 232 千字　775 毫米 × 940 毫米　1/32　14 印张　插页 2
2024 年 9 月第 1 版　2024 年 9 月第 1 次印刷
ISBN 978 - 7 - 5596 - 7852 - 2
定价：78.00 元

献给格林和杰拉尔丁·麦克斯韦尔

目录

引言：喜剧与不负责任的自我

1

喜剧像死亡和性一样，经常获得的评论是"不可言喻"。经常有人定期出来宣告，喜剧真的难以言喻或无法解释，谈论喜剧徒增有害的噪声。特别容易遭到奚落的是对喜剧一本正经的批评（这在最明智的人看来就像是没被意识到的冷笑话），因为最可笑的事情莫过于严肃对待笑话。那些抗拒批评入侵喜剧的人往往也声称难以真正谈论诗歌、音乐或美学观念。

那些人似乎太害怕自我意识，或者说太不相信言词，尤其不相信阐释的可能。事实上许多喜剧不但可以阐释，而且完全可以阐释；有点儿荒唐的倒可能是喜剧理论（在现代非常丰富，尽管这并没有吓退叔本华、波德莱尔、梅瑞狄斯、柏格森或弗洛伊德）。既然我明显相信批评有能力谈论许多事情，且让我先举一个笑话（或者可以说是一个诙谐的回应）来加以批判讨论。许多年前在伦敦的一次午餐时间，不久前才去世的诗人、编辑伊万·汉密尔顿坐在苏活区（Soho）一家酒吧的老位置上。汉密尔顿的文学杂志《新评论》的许多编辑工作都在这家名叫"赫拉克勒斯之柱"的酒吧完成。时间还太早，当然不是指工作，而是指喝酒。一个苍白憔悴的诗人走了进来，汉密尔顿主动招呼他入座，给他倒了一杯酒。"呃，不用了，我不能再喝了，"诗人有气无力地说，"我必须戒酒，我太怕这玩意儿，我现在一点儿也不喜欢这东西。"汉密尔顿眯起眼睛以一种斯多葛[1]式的疲惫口吻来回应消沉的诗人。他平静而坚定地说："对，我们没有人喜欢这东西。"

我认为汉密尔顿的回答很好笑；同样好笑的是《纽约时报》在汉密尔顿的讣闻中照搬了这句话，由于没有注意到喜欢一词的特殊语气，也就损毁了其意义。人们立刻能够感觉到意义的损毁，表明这个笑话事实上是可解释的，因为我们直觉上感到，

---

[1]　斯多葛，即古希腊的斯多葛主义，主张自控、压抑情感。——译者注

那一句回答的喜感，暗含在他用疲惫的口吻强调的动词喜欢之上。问题是，为什么这句回答好笑？喝酒是有趣的、自愿的，这是一般人的看法；颠倒这个看法，本身就具有喜剧因素。在汉密尔顿的回答中，喝酒成了没趣但又不可避免的东西，是生命的一种负担。对喜欢一词故意用嘲讽的语气来强调，给了这句回答一种似曾相识的沧桑感：它听起来像是汉密尔顿明显在引用一句不值得大声说出来的老生常谈。当奇特的新意被当成一般的智慧而受到忽视，尤其是当奇特的新意几乎成为真理的反面，这样的时刻总是很好笑。

这个笑话一方面利用了对"喝酒是有趣的事"这一观念的倒置，另一方面揭露了酗酒的可怕真相。当然，酗酒事实上是这样一种状态，喝酒的人可能很不喜欢酒，但却不能自拔。汉密尔顿的回答背离了那样两个世界，一个是普通的、有趣的、自愿的喝酒的世界，一个是情非得已为酒所困的世界，这回答提供了一个悲喜交加的坚忍世界，在这个世界里，有一群开朗而固执的酒客，把喝酒当成他们并非很有趣的义务。在我看来，这个笑话仿佛立刻打开了一幅既好笑又忧伤的画卷。

像许多喜剧一样，汉密尔顿的斯多葛式的喜剧也创造出一个另类世界。他没有直接和诗人划清界限（"对，是那样，不过我还是爱喝"），但他的回应更有效："对，是那样，不过我们在同一条船上，我们没有人会喜欢这东西。"汉密尔顿的回应根本没有提供诗人退出这个世界的机会；我们全都深陷其中，这是成年（或文学成年）的代价。同时，这个笑话能起作用，前提是它建立在一个规范世界的观念之上，这个规范世界也就是我们的普通世界，在这里，人们喜欢喝酒，有选择喝不喝的自由。尽管有一点儿桀骜不驯，这个笑话也奇怪地带着宽恕的意味，因为汉密尔顿亲自示范了生活在这个另类世界会让你变得多么消沉和压抑，同时又主动提议将这个另类世界作为真正的规范世界。这一句俏皮话的美在于，表面上看起来是傲慢的态度，但仔细审视将发现是在传递一种共同的无力感。

我喜欢汉密尔顿的笑话，还因为它是从语境中温柔地生发出来，是出于自然的交流，在此过程中，为我们提供了入口（哪怕只是转瞬即逝），以窥见说笑者的性格。它不张扬；不是伟大或迷人的妙语。它与牵强的时刻恰恰相对立。当某人问："你想听个笑话吗？"那时，我们许多人都会僵住，怕领会不到其中妙处，紧张地意识到我们身处一个"笑点"。文学中一些小说有汉密尔顿俏皮话的感觉——在这些小说中，一种淡淡的悲喜从语境和情景中自然流露，这些小说颇有两分风趣，但不大可能真的逗起笑声；文学中还有一些"喜剧小说"，类似于一个人走过来对你说："你听说过某某吗？"这些小说明显忙于制造笑声。比如《项狄传》，在许多层面上都是一部奇书，但它以那样一直高亢的疯狂口吻、那样有意的"生动"方式写成，以至于读者要对它大吼"小声一点儿"。约翰逊博士，一个伟大的悲喜剧人物，认为《项狄传》怪得难以忍受。品钦和拉什迪等当代作家的"歇斯底里现实主义"，正是斯特恩不断制造兴奋和插话的现代版。

　　本书中许多篇文章的主题（无论是含蓄还是不太明晰的主题）就是这样一种斯多葛式的悲喜剧，或者最好称为宽恕的喜剧。宽恕的喜剧有别于纠错的喜剧，尽管两者区别有一点儿粗疏。纠错的喜剧是嘲笑别人；宽恕的喜剧是与别人一起笑。或者可以打个这样的比方：喜剧的一端是赫西俄德和卢西安笔下希腊神话中指摘、非难和纠错之神莫摩斯（Momus）；喜剧（现在这个领域称为悲喜剧）的另一端是"不负责任的自我"。

　　莫摩斯必然不好笑，他根除了荒诞和愚蠢。他看穿你；他用巧克力糖来换愚蠢。可怜的柯勒律治，这个备受折磨的瘾君子，有太多东西怕遭看穿，在《文学传记》中战栗不已。他对于神话里莫摩斯的欲望感到恐怖；莫摩斯想在人胸前安装一扇玻璃窗以看到人心。

你也可以说莫摩斯是讽刺作家的守护神。纠错的喜剧包括阿里斯托芬的《云》和《黄蜂》、莱昂·巴蒂斯塔·阿尔伯蒂（写于 15 世纪 40 年代）的寓言故事《莫摩斯》、伊拉斯谟的作品、拉伯雷的作品、塞万提斯作品的一些成分（尽管《堂吉诃德》让人觉得亲切地包含了许多喜剧模式）、斯威夫特的作品、莫里哀的作品、福楼拜的《布瓦尔和佩库歇》。纠错的喜剧有着讽刺的冲动，场面经常暴烈可笑，急于看穿人性的弱点，本质上是小说兴起前的产物。《布瓦尔和佩库歇》尽管写于小说全盛的时代，成为这个原则的反证，实际上，它与其说是小说，不如说更像专论，用来证明我们大家愚不可及；福楼拜的喜剧往往是残酷的喜剧，他迷恋于写作资产阶级白痴的愚蠢和恶习，他在一封信中抱怨，他发现《包法利夫人》中的人物"非常讨厌"。

其实，福楼拜是个将虔诚转移到美学上的宗教作家。他有古老的宗教冲动，鞭笞和审查笔下人物。事实上，纠错的喜剧也可称为宗教的喜剧，因为希望全部透明，想在人的胸前开一扇窗，给人的印象正如本质上是宗教的东西。克尔凯郭尔在《恐

惧与颤栗》中欢呼，"坐在玻璃房中的人，比起在
上帝面前透明的每个人，没有那么拘泥"，这时，
他的口气与莫摩斯一样。当（在《福音书》中只哭
不笑的）耶稣告诫我们，带着色心看女人就是行
淫，那种透明性获得了难忘的可怕表达；我们被彻
底看穿。即便如在福楼拜笔下，我们没有被彻底看
穿，依然有一种感觉，我们应该被彻底看穿。《旧
约》中有几次提到耶和华的笑，但全是嘲笑的例
子，不是与众人一起笑：在诗篇第二篇，我们读到，
上帝要"笑"外邦，"让他们受尽嗤笑"；在诗篇第
三十七篇，我们再次读到，上帝要"笑"恶人，
"因见他受罚的日子将要来到"。

　　在这些地方，上帝就如《莫摩斯》和伊拉斯谟
《愚人颂》中的朱庇特，在天庭瞭望台上俯瞰人间。
约伯的上帝与荷马的诸神没有什么区别："他们看见
赫菲斯托斯一瘸一拐穿过大厅，/ 这些受福佑的诸
神情不自禁地哈哈大笑。"拉伯雷和塞万提斯认为，
宰羊，将人打死，互吐脸面口水，一群狗围攻一个
女人，这些事件都很好笑。

　　小说兴起前的喜剧，大多数本质上都是亚里士
多德说的喜剧。亚里士多德在《诗学》中说，喜剧
源于可见的缺陷或丑陋，这些缺陷或丑陋不足以痛
苦到引起我们的同情，因为同情是笑的敌人。文艺

复兴时期的劳伦·茹贝尔在《笑论》(1579)中扩展了亚里士多德的理论，他认为，丑陋和强烈情感的匮乏是喜剧的关键。茹贝尔说，看见丑陋的东西，我们也许会觉得伤心，但为了喜剧起作用，我们最后必须放弃同情，才能感觉开心。因此，当一个男人被剥光衣服，露出生殖器，这一幕是可耻的、丑陋的，但是"不是值得同情的"，所以我们笑。世俗的或现代的悲喜剧，即宽恕的喜剧，几乎是亚里士多德喜剧观的倒置。它差不多完全是现代小说的创造。一个大的例外是莎士比亚，本书中第一篇文章的主题，就是关于他在创造现代小说艺术的悲喜剧中的地位。如果说宗教的喜剧是对应受惩罚之人的惩罚，那么世俗的喜剧就是对不该宽恕之人的宽恕。如果说纠错暗示了透明，那么宽恕（至少世俗的宽恕）就暗示了刻意的模糊，蒙上一层面纱，乐意放纵晦涩。《傲慢与偏见》中的伊丽莎白·班内特知道，嘲笑是残酷的（这正是他不负责任的父亲老做的事，更别提令人讨厌的宾利姐妹）。相反，她要与达西一起笑，但这引起了达西的嘲笑。对于奥斯丁，结婚（或者毋宁说恋爱）就是将嘲笑转化为一起笑，因为每一个与另一方相称的爱人，同样要嘲笑对方，结果创造出一种新形式的笑，一种平等的笑。与达西一起笑，爱他，这让伊丽莎白意识到，她过去那么苛刻地评判他是错误的，她可能要花几年时间才能正确认识他。这就需要她在世俗方面做出重大让步，正如菲利普·罗斯在《美国牧歌》中所说："生活不是公平对待别人。冤枉别人才是生活。"伊丽莎白说，当她那个更为浅薄、更容易满足的小妹妹莉迪亚嫁给威克汉姆时，莉迪亚"只是微笑"。但她说，嫁给达西，"我大笑"。

宗教的喜剧，无论它可能变得多么不明确——就技术层面而言，几乎没有文本像《愚人颂》一样捉摸不定——根本上是稳定的。首先，存在稳定的说教；比如，阿尔伯蒂、伊拉斯谟和莫里哀的作品都是教化工程，既被视为娱乐，也被视为教诲。我们的任务就是提取他们传道的东西。从固定的类型中，我们能够判断稳定的讽刺，确切认识到人类广泛存在的愚行：虚伪、厌世、浮夸、荒唐、宗教失职等。在宗教的喜剧中，经常存在稳定的讽喻或寓言，由此暗地允诺可以解码故事；或者，提供了保证，获得惩罚和形式上的道德闭合。莫里哀也许就是这种稳定最好的例子：他的戏剧形式往往倾向于以惩罚结束。在《伪君子》结尾，答尔丢夫被侍卫官带走；在《贵人迷》结尾，茹尔贝先生这个附庸风雅的明日贵人遭到嘲笑和彻底打击。

的确，宗教的喜剧总是有潜力溢出边界——正如巴赫金赞美拉伯雷笔下的"狂欢"。同样真实的是，任何对宗教的喜剧和世俗的喜剧的清晰划分，看起来都受到伊拉斯谟和拉伯雷等作家明显的反宗教性威胁。不过，前现代喜剧的反宗教性往往更接近于反对教权主义，可以说，受嘲笑的是宗教的糟粕而非其营养。莫里哀也许"纠正"了邪恶虚伪的教士答尔丢夫（莫里哀因此可能遭天主教会责难），但《伪君子》将答尔丢夫虚伪的宗教行为和真正的宗教活动小心区别开来。克雷央特提醒奥尔恭（答尔丢夫迷恋和最终幻灭的对象）："不要认为人人都像他，不要认为现在一个虔诚之徒都不剩了。将这些愚蠢的推论留给自由思想家吧，让他们去区分真正的德性和它的表象。"虚伪，像渎神一样，属于那样的行为模式之一，为了起作用，在其扭曲的消极面中需要存在积极的一面。这是一种本质上稳定的思想范畴。或者，至少可以说，当像在莫里哀和拉伯雷那里，在被准确地大写为"虚伪"时，它是一种本质上稳定的范畴。本书将要讨论的萨尔蒂科夫－谢德林写于19世纪70年代的伟大俄语小说《戈洛夫廖夫老爷们》，它神奇的一点在于，将看似稳定的伪君子类型，俄罗斯的答尔丢夫，从剧场里拉出来放入不确定的小说世界。莫里哀不断告诉我们，"通过正人君子，可以看出答尔丢夫多么虚

伪"。但谢德林说，"如果大家都虚伪，你怎么知道
波尔菲里虚伪？"随着小说的进展，波尔菲里这个
俄罗斯的答尔丢夫也在变化，从伪君子渐渐变成唯
我论者或妄想狂。他与同样堕落的世界融合为一
体；他失去了观众。我们不再去剧场，自信我们在
舞台上看到的这些伪君子能够被看穿；我们成了孤
独的小说读者，有点儿不确定我们在台下还是在
台上。

我想称之为"不负责任的"或不可靠的喜剧，
是宽恕的喜剧的一个分支；尽管它的根在莎士比亚
的喜剧（尤其是独白）里，但在我看来，它是 19
世纪末 20 世纪初小说的神奇创造。现代小说的这
种喜剧或悲喜剧，用不可知取代了可知，用朦胧取
代了透明；可以肯定的是，它直接与虚构人物的内
心生活的增长成正比。我们的内心世界深不见底，
也许只有部分向我们敞开，这种小说观念必然创造
出一种新的喜剧，基于对我们难以理解之物的管
理，而非基于对我们所有知识的掌控：伊塔洛·斯
韦沃的泽诺是最好的例子；亨利·格林的男仆兰斯
也是很好的代表。这类喜剧同样见于契诃夫、乔万
尼·维尔加、博胡米尔·赫拉巴尔、亨利·格林、
贝娄、纳博科夫、约瑟夫·罗特、托尔斯泰、奈保
尔、果戈理和克努特·汉姆生。他们中大部分人的

作品将会在本书中加以讨论。

　　一种看待喜剧中"不负责任的自我"的方式，是审视小说中可靠的不可靠叙事和不可靠的不可靠叙事之间的差异。一般而言，我们知道，一个不可靠的叙事者是不可靠的，因为作者在可靠地提醒我们，注意这个叙事者的不可靠。（斯威夫特采取的就是这种手法。）但现代小说带给我们那种神奇的人物，那种不可靠的不可靠叙事者受到斯韦沃、赫拉巴尔、纳博科夫和维尔加漂亮的操纵。这类叙事要起作用，要有笑感，除非我们开始就认为我们知道的比某个人物自知的多（因此作者一开始就诱使我们相信这是纠错的喜剧），结果我们发现，我们对那个人物所知的东西少于我们最初认为自己知道的东西（因此作者诱使我们相信这是宽恕的喜剧）。可靠的不可靠叙事者经常是可笑的、好玩的、诙谐的；但他们不像不可靠的不可靠叙事者那样深刻打动我们。（不妨说，纠错的喜剧也许能娱乐我们，但很少感动我们，因为它没有打算感动我们，伊夫林·沃这样的现代"纠错"的喜剧家就是如此，相比之下，宽恕的喜剧将激发同情当成目标之一。）维尔加的短篇小说看起来在上演纠错的喜剧（它们初看之下都是可怕的残酷故事），结果才发现，维尔加用了一种复杂的文学艺术形式使读者抗拒纠错的喜剧，代之以他自己的宽恕的悲喜剧。通过操纵不可靠的叙事，维尔加完成了这一神奇的任务。

在伊拉斯谟的《愚人颂》（1511）中，能够同时看到新旧两种喜剧——事实上，我们可以看到小说的艺术冒出头来，可惜立马缩了回去。我们不要忘记，书中的叙事者就是愚人，正如她所解释的，她戴着宫廷中特许弄臣的传统帽子，帽子上挂着铃铛。她在对看客说话，不断自夸。她问，傻儿有傻福，不是这样吗？儿童和老人最幸福，因为他们不用过折磨我们的枯燥生活。愚人说，她帮助许多婚姻继续，因为至关重要的一点是夫妻不应知道对方真正的缺点。如果轻视生活，谁看不见"生孩子是多么痛苦和折腾，养孩子多么辛苦和劳累，面对伤害孩子是多么无力阻挡"，等等，谁不会自杀？但事实上，最可能自杀的是那些最接近智慧的人。相比之下，最愚蠢的人最快乐，因为他们有福，没有意识到生活的艰辛，正是愚人自己产生了这种魔力。

伊拉斯谟几乎发明了这种吊诡的颂词，叙事对象就是自己，愚人提议将"愚"作为最好的生活方式。这本质上是不可靠的叙事；在弄得模糊不清的话语中，我们逐渐看清叙事者没有说出的东西，看清她是多么不可靠（只不过我们明白而她自己不知道）。伊拉斯谟用愚人的不可靠来避免钉死他的意义。这是一种文学逃避行为，在一个宗教审查和惩罚的时代，既是嬉闹，也很必要。因此，如果愚人真愚，她对生活的建议（尽管明显具有智慧）不可能完全睿智。比如，当愚人说生活真的只有苦难和劳作，我们眼皮都不眨就相信她说得对。生活就是这个样子。然而，愚人提议，为了过得幸福，我们应该无视生活的恐怖——无视她说的真话。那么，这时候她还是不是对的？当然，她言之成理，但也蒙蔽了真理。这是吊诡的"愚智"，我们在《李尔王》中的弄臣身上就已熟悉。

　　当施之于同时代宗教弊端这个真正主题时，伊拉斯谟的不可靠叙事产生了最丰富的成果。愚人问，那些基督徒，"在自我催眠的幻觉中，妄想出理由原谅他们的罪过，量出炼狱中的时间小到水钟的一滴滴，从中找到极大的宽慰"，他们不就是最大的愚人吗？他们不就很满足吗？那是因为愚人前来帮助他们，使他们愚蠢。愚人说，如果一个哲人要指出所有的宗教仪式多么愚蠢，他会把多少幸福从这些普通而无知的信徒身边带走！同样，那些神学家也很愚蠢，他们开心地讨论诸如"上帝是否具有女人、魔鬼、驴、黄瓜或燧石的本性"。愚人赞颂着那些穿着华服享受世上果实的教皇和教士：多么可怜的教皇，如果他们真正模仿基督的生活，他们是那么贫穷、劳苦和卑贱。这些赞颂是好笑的，也是相当不可靠的。

愚人对蠢行的赞颂，更强烈地显示出怀疑的品质，胜过伊拉斯谟自己来写一篇批判文章。这是其中一个时刻：《愚人颂》离开宗教喜剧之根，从丰富的文学土壤中受益，预示了小说形式的技巧，开创了一种新的喜剧。

然而，《愚人颂》开始在新旧两种喜剧、在宗教喜剧和世俗喜剧的断层线上摇摆，并将继续摆荡。随着伊拉斯谟对宗教的弊端和神学的荒诞嘲笑的深入，愚人对蠢行的"赞颂"开始消退，我们碰到几页尽管非常有趣但却相当直接的讽刺。伊拉斯谟开始以自己的声音说话。他实现了这个目的，他让愚人立即承认，她不应该再如此生气地谈论教皇和教士，"以防我看起来不像在赞颂，倒像在讽刺"。这是文学史上一个摇摆的时刻。此时，伊拉斯谟要么是选择放弃不可靠叙事者的连续性，要么是不能维持这种连续性，总之，他转向了讽刺作品的稳定和说教。愚人，作为一个人物，对于伊拉斯谟来说，重要性还是不及她所表达的内涵。旧的宗教喜剧显示了自己的权威，从新的、世俗的喜剧那里夺回了阵地；《愚人颂》不再有暧昧和玩笑，语气变得有点儿坚硬和愤怒，像在自我辩护。

在这些时间节点，我们看到新旧喜剧的混合，看到小说兴起前后两种喜剧的交会。伊拉斯谟提供了一个节点。小说家中，塞万提斯、奥斯丁、斯特恩也提供了最好的例子。塞万提斯的小说中有许多旧的喜剧元素，诸如讽刺、惩罚、暴力、欺骗、嬉闹（像堂吉诃德和桑丘互相吐口水），甚至讽喻，偶尔也能瞥见一种更复杂、更内在的新喜剧。小说结尾，堂吉诃德终究不可知的幻想激发起我们的同情，引起我们嘲弄。斯特恩的人物就内心生活而言是不健全的人物，他们不完全是小说人物，事实上有时候他们像属于一首出色的讽刺长诗；斯特恩给了托比叔叔和项狄先生"爱马"（他们"塞万提斯式的"同好）的特点，使他们具有鲜明的个性，如同明亮的色点。但是，斯特恩的喜剧世界有时散发出一种非常现代的宽恕气息，那些混合着泪与笑的时刻强烈地暗示着一种新的喜剧。

奥斯丁也许是这些作家中最有撕裂感、最具趣味性和过渡性的作家。广而言之，她的作品中既有似乎属于戏剧的小人物，被她以 18 世纪讽刺作品的旧模式嘲笑和"纠错"，也有伟大的女主人公，只有她们才具有内心意识。这些女性之所以成为英雄人物，是因为她们发挥了自己的意识；她们似乎属于小说的新世界，而不是戏剧的旧世界，她们没有受到嘲笑而是渐渐得到理解，最终获得宽恕（我们宽恕艾玛，即便我们知道，从道德上讲，我们不"应该"这么做）。

2

我想避免武断。当然，有许多种喜剧。这里没有直线，没有死亡的终点。宗教的喜剧不是给世俗的喜剧写完遗嘱就断气。"纠错"的喜剧并不是在小说达到至上地位的 19 世纪的某个方便时刻就神奇地变成"宽恕"的喜剧。贝克特在《莫洛伊》结尾非常好笑地嘲讽天主教的学究气——"哪只手洒圣水真的重要吗？""圣洛克出生之后每周五不吃奶是真的吗？""我们还要等敌基督多久？"——这时他听上去像《愚人颂》中嘲笑神学家的伊拉斯谟。福楼拜本质上是不是宗教作家，这是个问题。完全"不可靠的"汉姆生也沉溺于路德式的惩罚和羞耻的观念。经常引用拉伯雷、狄德罗和塞万提斯的昆德拉，尽管笔下那么多布拉格的性游戏，看上去与其说是现代的喜剧家，不如说是古代的喜剧家。（像拉伯雷一样，他的作品喧闹而非好笑，催眠而非动人。）20 世纪柏格森的喜剧理论（认为"情感的缺席往往伴随着笑声"），与拉伯雷的实践几乎无法区分。如果说，使用"宗教"一词，我们指的是梦想透明，知识战胜未知的迷雾，存在稳定的人类范畴体系和确定的说教味道，那么，宗教的喜剧在世俗时代会继续繁荣。我们发现这种惩罚的痕迹仍然存在于政治舞台剧（比如，达里奥·福自豪于扎根即兴喜剧），存在于反乌托邦寓言（玛格丽特·阿特伍德辛辣好笑的讽刺），存在于日常"纠错"的小报新闻（准确地说，他们需要黛安娜王妃和特蕾莎修女这样的偶像映衬出卡米拉和希拉里这样的魔鬼），存在于从伊夫林·沃、金斯利·艾米斯到缪丽尔·斯帕克的社会轻喜剧。

　　与这种宗教的喜剧完全不同，不负责任的喜剧的特征就是感情复杂，用果戈理的名言来说，即"带泪的笑"。也许，最适合用来形容这种独特的现代喜剧的词语是"幽默"。弗洛伊德区分了幽默、喜剧和玩笑。他对"破碎的幽默"特别感兴趣，他将之定义为"带泪的笑的幽默"。他认为这类幽默的快感来自对一种情绪的预防。读者准备好的同情被一个笑点阻止，转移到次要的事物上。在那篇关于伟大捷克作家博胡米尔·赫拉巴尔的文章中，我讨论了这种幽默。弗洛伊德隐而未发、我们想予以补充的是，正因为同情被阻止和转移（弗洛伊德的说法在这里听起来很像亚里士多德），它才不再是同情。但恰恰相反，同情因受阻而强化。正如在契诃夫那里，维尔加的故事就像这样运行。

我认为，不负责任的喜剧是现代小说（我是指19世纪末和20世纪的小说）的产物，因为它用个体的审视置换了人物的类型化，用不完整、不稳定的知识置换了宗教梦想的完整、稳定的知识。可以比较一下茹贝尔和皮兰德娄。茹贝尔在《笑论》中认为，（用他最好的现代评论者格里高利·德罗彻的话说）"视觉快感的空洞允诺产生了笑"。如果有人宣布，我们即将看到一个年轻美女，结果引见的却是一个丑老太婆，我们会哈哈大笑，特别是如果这个老太婆"脏兮兮、臭烘烘、流口水、无牙齿、塌鼻梁、罗圈腿、一瘸一拐、扭曲、污秽、结巴、浑身虱子、变形，丑不堪言"。皮兰德娄在《论幽默》中虽没有明确提到茹贝尔，但似乎是在进行回应。皮兰德娄说，假如我们看见一个老太婆，化着浓妆，穿得像个花姑娘，她首先看起来是喜剧的，因为符合茹贝尔的传统理论，不谐与自欺是可笑的。（的确如此。）但是，倘若我们开始进入老太婆的内心，倘若我们与她合而为一（同时承认我们不可能完全知道她的动机），我们的笑会转化为怜悯。我们经历了"对立的洞察"，想知道老太婆会不会因她那身打扮及其所代表的对青春的渴望而不安。
皮兰德娄将这种混杂着愉悦和怜悯的状态称为幽默。
皮兰德娄认为幽默是现代的发明，是对旧的喜剧传
统的丰富。（尽管公平地说，这几乎是亚当·斯密在
《道德情操论》中对"同情"的定义；但我认为，斯
密写《道德情操论》是在小说产生力量之前。可以说
某种意义上，斯密在前瞻某种超越时代的东西，寻
找一种尚未存在的形式。）

皮兰德娄想象的那一幕是有价值的，因为他建
议，若想对那个老太婆保持同情，我们就得设身处
地为她着想，同时他也暗示这种做法可能终究会遭
遇挫折。现代的悲喜剧小说没有提供可靠知识的保
证；但吊诡的是，它继续相信人物再现，继续相信
认识人物的努力是值得的，即便美丽地受挫。发生
改变的是"人物"的定义，现在的定义比前现代小
说中的人物定义更丰富。亨利·詹姆斯在评论《米
德尔马契》时有失公允地认为，乔治·艾略特在人
物身上镶了太多作者评述的花边（她事实上太想了
解他们了）。他呼吁创造小说人物时"采取过去那
种合成的、不负责任的方式"。我想，詹姆斯所说
的"过去"就是莎士比亚这个英国小说的最重要的
先驱；但他所说的"过去"其实也意味着新——他
指的是自己的小说，其中的人物自由地自相矛盾

着，作者不予纠正，自由地犯错，不用担心作者的评价；他们正如柯勒律治描述莎士比亚的人物，"就像现实生活中的人物一样由读者来推断"。在那样的小说中，读者得不到作者过多的帮助。我们必须靠自己努力去认识人物，我们也许发现，我们知道的是：我们知道得不够（正如我们不"知道"为什么伊莎贝尔要回到吉尔伯特·奥斯蒙德身边）。

柏格森说，喜剧的一个定义是，透过窗户观看人们随着音乐起舞，但却听不到音乐。柏格森的喜剧观有点儿属于"纠错"派，属于莫里哀的世界，属于讽刺作品的世界，属于机械性闹剧的世界。在柏格森的眼里，观者的地位高于舞者。他理解他们，知道他们看起来多么愚蠢，知道他们为什么起舞。他理解他们，因为他听不见音乐。这成了他的力量。但倘若听不见音乐是他的缺点呢？倘若观者不知道舞者在随音乐起舞呢？倘若不知道他们为什么起舞呢？倘若他没有觉得高于对方，而是带着笑和怜悯觉得他在观看自己也默默参与其中的可怕的死亡之舞呢？（加缪认为观看一个人在玻璃窗后打电话就是个"荒诞"的例子。他说你会想知道"为什么他活着"。）这另类的场景更接近于我所谓的现代小说的不可靠或不负责任。在这种状态中，读者也许不总是知道为什么一个人物要做某事，或者可

能不知道如何"读"某一段；读者觉得，为了找到
这些东西，他必须设法与不可靠的人物打成一片。
那样的读者不再是残忍大笑的耶和华或朱庇特，不
再是带着纠错的笑从剧院出来的观众，而是这个现
代读者，光荣地投身于小说人物一样的复杂而自由
的维度。

与我的第一本散文集《破格》（*The Broken
Estate*）不同，在这本散文集所收录的文章中，主
题是有意识地重复。（由于大体是一本鉴赏性的散
文集，大多是关于现代小说的世俗和喜剧的本质，
因此，我希望它会逐渐看起来像是对《破格》中更
宗教性的提议做出世俗性的回应。）这些文章写于
1999 年到 2003 年之间。我很幸运是主动而非老是
被动地挑选这些话题，因为我非常荣幸地遇到优秀
的编辑，尤其是《新共和》的莱昂·维泽提尔和
《伦敦书评》的玛丽-克·威尔莫斯，过去十年间，
他们以种种方式鞭策我。书中大部分文章都以略微
不同的面目发表于这两种刊物。其余的文章中，有
三篇发表在《纽约客》（论塞万提斯、托尔斯泰和 J.
F. 鲍威尔斯），一篇发表在《泰晤士文学增刊》（论
普里切特）；对这些刊物的文学编辑我都深表感激。
　　萨尔蒂科夫－谢德林那篇文章最初是作为《戈

洛夫廖夫老爷们》(《纽约书评》经典系列丛书版)
的序言出现；感谢该书编辑埃德温·弗兰克。

　　在这些文章中，我通常匿名引用了一些译本，
因此，在这里应该给译者足够的赞扬才显得公平。
塞万提斯作品的译者是伊迪丝·格罗斯曼；约瑟
夫·罗特的译者是迈克尔·霍夫曼和约希米·纽格
罗希尔；维尔加的译者是 G. H. 麦克威廉；赫拉巴
尔的译者是迈克尔·亨利·赫姆、伊迪丝·帕吉特
和保罗·威尔逊；巴别尔的译者是彼得·康斯坦丁；
斯韦沃的译者是威廉·韦弗和玛丽·伯斯·布隆伯
特；《安娜·卡列尼娜》的译者是理查德·佩韦尔和
拉里沙·沃龙斯基。当然，我意识到评论外语文学
作品的危险所在，知道其中会有多少损失。纳博科
夫喜欢讲赫尔岑的一个笑话（肯定不足信）：赫尔
岑在伦敦住了几个月后，写信告诉友人说，伦敦的
穷人多么可鄙啊，这至少可以从大街上人们愤怒地
说出"乞丐"的频率来判断。读者会注意到，我谈
论英美小说（贝娄、格林、扎迪·史密斯、乔纳
森·弗兰岑等的作品）时的文风不像谈论译作。谈
论译作，我的确有点谨慎和生疏。但有人依然会认
为我还不够谨慎。倘若我还不够谨慎，不是因为我
不懂需要谨慎的理由，而是我怕过分谨慎。此外，
我至少从一些优秀批评家——我马上想到的是写了

许多译作评论的勒内·基拉尔和 V. S. 普里切特——
的身上得到安慰。在这个令人忧虑的领域，与几个
译者的书信往来给了我巨大的帮助。他们是翻译罗
特的迈克尔·霍夫曼、翻译汉姆生的斯维尔·林格
斯塔德以及翻译维尔加的 G. H. 麦克威廉。

堂吉诃德的"旧约"与"新约"

　　被堂吉诃德误以为是巨人的著名风车，与勾起普鲁斯特的记忆味蕾分泌唾液的小玛德莱娜蛋糕可谓异曲同工：它们都出现在小说开头不久（那两部小说之长，至少在英语世界，赞的人比读的人多）。在更深的层面，塞万提斯也许像普鲁斯特。两者都是喜剧作家，虽然完全泥足人间，但他们的小说经常有出尘之思，轻飘得难以捉摸。米格尔·德·乌纳穆诺，这个非常理想化的西班牙哲人，认为《堂吉诃德》是"深邃的基督教经典"、真正的西班牙语圣经；因此他在评论这部小说时，眼里似乎没有看到任何喜剧场景。奥登认为，《堂吉诃德》是一个基督教圣徒的画像。美国的哈罗德·布鲁姆未必是乌纳穆诺的拥趸，却也提醒我们，"《堂吉诃德》可能不是经文"，但它如莎士比亚的

作品一样，包含了我们芸芸众生；这听上去与其说
是世俗的提醒，不如说是宗教的悲叹。

　　这就是为何读《堂吉诃德》时，仍然有必要提
醒注意书中的粗野、世俗、暴力，尤其是喜剧，提
醒我们作者允许我们看到人间古怪的狂笑。如果说
所有的现代小说都滥觞于堂吉诃德的浪漫故事，原
因之一也许是塞万提斯的小说包含了所有重要的喜
剧桥段，从滑稽闹剧到微妙反讽，从鸡毛蒜皮到辉
煌崇高。首先当然是自大的喜剧。"好啦，我的任
务完成了，你认为我的书怎样？"这种自大的口气
后来被答尔丢夫漂亮利用，被奥斯丁的柯林斯先生
漂亮利用（柯林斯向伊丽莎白求婚时逐条列出了他
娶她的好处）。堂吉诃德是具有伟大骑士风范的自
大狂。他最有骑士风范时，就是他最自大时。正如
可怜的桑丘·潘沙跟着堂吉诃德吃了几番苦头（扬
古斯人的鞭打、被一群人裹在毯子里踢皮球）之
后，堂吉诃德依然有勇气告诉桑丘，这些事情好比
遇到鬼，因此不算真正发生在他身上："你不必为落
在我身上的不幸而悲伤，因为没有你的事。"同样
是堂吉诃德，后来在小说中失眠，就把仆人弄醒，
理由是："好仆人就应该感主人之所感，悲主人之所
悲，哪怕装样子也好。"难怪，桑丘在另一个地方
形容这个游侠骑士："像一个人挨了打之后发现自己

是帝王。"

　　尽管堂吉诃德经常很可笑，但这个自大狂却不会自嘲。塞万提斯写了一个曲折的神奇场景。堂吉诃德和仆人骑马行走在山间，突然听到恐怖的声音，立刻停止前行。他们都很紧张。堂吉诃德决定去探个究竟，桑丘怕得掉眼泪；堂吉诃德见桑丘落泪，也感动得落泪。他们最后发现，声音来自"六把小木槌"。堂吉诃德看看桑丘，看见"他鼓起腮帮子，嘴里全是笑，显然就要笑出声来；见到桑丘这样子，堂吉诃德的忧伤也不至于大到可以抑制笑对方；桑丘见主人大笑，嘴巴像洪水闸门猛地打开，只好用拳头拼命压住腮帮子，怕笑出声来"。堂吉诃德见桑丘笑他，恼火之下就用长矛打桑丘，边打边数落："我读过的骑士小说数不胜数，从来没有发现仆人像你一样这么放肆。"《堂吉诃德》中这样的场景很多。随便读两页，读者就会穿过不同的笑室：同情、反讽、讽刺或会心的笑。

　　《堂吉诃德》是借虚构来探讨小说和现实关系的伟大作品，同样，其中许多喜剧都具有自我意识。当一个或几个人物仿佛走出书中，对非虚构的现实或直接对看客说话（这是哑剧表演和即兴喜剧的主要特征），喜剧就开始诞生。《堂吉诃德》下卷

（1615）与上卷（1605）相隔十年。可以说下卷是
对反讽的反讽。堂吉诃德和仆人再次去游侠，结果
发现他们已成了名流，因为在这十年间出现了一部
关于他们恶作剧的书，也就是我们刚读完的上卷。
因此，塞万提斯把他自己写小说的事实穿插进了下
卷。他很高兴捅这个认识论的马蜂窝，惹一大堆麻
烦。在下卷中，堂吉诃德和桑丘就在这堆麻烦里面
折腾，正如他们借助先前的虚构来强调他们的现
实，他们现在要上演喜剧的高潮。但是，早在这些
麻烦出现前，在上卷被扬古斯人殴打之后，桑丘就
问过主人："既然这些不幸是骑士的收获，那请告诉
我，尊贵的主人，它们是经常发生，还是偶尔来
临……"桑丘在对看客眨眼，似乎是说："我知道我
在演戏，我的主人也知道。"然而，这部小说可怕
的辛酸之处恰在于堂吉诃德不知道他在演戏。

　　桑丘问得非常有理，如果暴力就像漫画，漫画
的法则就该遵守，我们该得到公平的预告，前面会
有暴力，正如人行道上提前看到预告小心香蕉皮或
者潜行的猫投下的大黑影。许多漫画规则的确在堂
吉诃德身上出现。比如，虽遭鞭抽、殴打、踢皮球
和骨折，两个主人公看起来伤都不重。他们总会把
捶平的背影从地上拔起来。当然也有闹剧：有一次
堂吉诃德想宰一只羊，结果被牧羊人打了，他叫桑

丘看他嘴里打掉了多少颗牙齿。桑丘看的时候，堂吉诃德吐了他一脸。当桑丘意识到主人吐的不是血而是口水时，立即吐回去。这样的低级闹剧很多，包括那家完全没有必要的客店，就像巨蟒剧团（Monty Python）小品中的芝士店。

今日这些充斥暴力的闹剧遭人讨厌和排斥；事实上，穿过所有这些毫无必要的"血"景，可能很单调：赶骡的人用长矛狠打堂吉诃德，"就像打麦子一样"；巴斯克地区的仇家削了他"半只耳朵"；扬古斯人打断他几根肋骨；赶骡的人打得他满嘴是血；牧羊人打掉他牙齿；他释放的罪犯用石头砸他。弗拉基米尔·纳博科夫发现这本小说很残酷，从来没有改变对它的厌恶感。在被昆汀·塔伦蒂诺污染的时代，当"现实"像置于鬏角一样的引号之中，那些暴力与其说残酷，不如说非常不真实。不真实的证据之一就是受害者是杀不死的。但塞万提斯的暴力也另有妙处。它强烈反对理想化。它让我们看到，好心的堂吉诃德往往最终将好心加于人。小说开场不久，堂吉诃德碰到童仆安德列斯遭主人鞭打。他坚信骑士的使命就是解救受压迫的人，于是送口粮给这家主人。后来安德列斯再次出场跟堂吉诃德和他朋友解释说，事情"与恩人您想的大不同"，主人回家打得更狠，每次还调侃说怎么愚弄堂吉诃德。安德列斯临走时乞求堂吉诃德，下次再碰到他挨打，哪怕他被打成碎片，"千万别来帮我，千万别来救我"。

这是堂吉诃德的模式。有一次，堂吉诃德攻击几个守着一具死尸的苦行者。他确信死的是个骑士，他必须为之报仇。他指控那些可怜的苦行者杀人，他打伤了其中一个年轻人的腿。堂吉诃德自报名号是骑士，"使命"是"行走江湖，打抱不平，伸张正义"。那个年轻人立刻犀利地反驳说，根本不是那么回事，堂吉诃德打断他腿之前，他好好的，"现在落得残疾；我真是倒了八辈子霉，碰到一个多管闲事之徒"。

写小说有点儿像办企业。发明了新机器、产品或专利，要不断运行下去。发明一个核心故事也是如此，要作为合理的行为和作为标记或象征同时生效。想想漫游俄罗斯到处收购"死魂灵"的乞乞科夫（果戈理写作时想为书名保密，因为他深信书名会泄露他的"发明"线索）；想想贝娄笔下给伟大思想家和公众人物疯狂写信的赫索格。这些是宏大的观念。在《堂吉诃德》中，一个家道殷实的西班牙小绅士，"家里架子上有一把长矛，有一面旧盾，养了一匹瘦马，一条猎犬"，嗜读骑士传奇，突然迷上这个想法：民间故事和小说中的骑士都是真人；

而且，"在他看来，戴上盔甲，骑上瘦马，当一个骑士，闯荡江湖，除暴安良，这既合情，也必要，既能扬名立万，也能为国效劳"。

当塞万提斯发明了疯狂的堂吉诃德，把他推进卡斯蒂利亚平原演绎那种疯狂，这时他就为那盏阐释学的小钟上好发条。凭借这盏神奇的小钟，我们能够知道时间。堂吉诃德的误读——他决定将虚构读解为现实——准许我们数百万次阅读他，因为塞万提斯尽可能将堂吉诃德的游侠欲望设置得汗漫无边。我们知道堂吉诃德明白自己在做什么，但他真正在做什么？他的追求代表什么？他对世界的误读代表了纯洁的理想尽力在野蛮的现实世界立足这种惨烈而好笑的战斗吗？或者，我们可否将理想和现实换成灵与肉？（在这种认知图式中可怜的桑丘总是被视为肉体的象征。）或者，换成文学和现实？或者，可否认为堂吉诃德是专制的艺术家，竭力按照他的世界观来塑造这个桀骜的世界？

堂吉诃德的浪游一直以来如此被理想化（不是说基督教化），这句话与其说表达了对塞万提斯小说的看法，不如说表现了基督教的理想化倾向。认定堂吉诃德是精神圣徒或狂热传教士的人，似乎对他引起的混乱和痛苦视而不见。然而，那个被鞭打的童仆安德列斯没有说错：堂吉诃德的好心办了坏

事，走向了反面。那么，塞万提斯也许不只是对他
那骑士的虔诚的胜利感兴趣，还对他那虔诚的失败
感兴趣？尽管关于塞万提斯的天主教思想人们已经
说了许多，但可以补充一点，这后一种兴趣或许有
一种世俗的甚至是渎神的倾向。对《堂吉诃德》很
有兴趣的陀思妥耶夫斯基肯定是看到了这点才创造
出了梅什金公爵，这个堂吉诃德式的白痴，他基督
般的行为结果却在污染周围的世界。对于这个世界
来说，梅什金公爵不仅是太好，而且是太好得
要命。

当年轻苦行者抱怨堂吉诃德打伤他的腿时，两
人陷入了一场神学争论，关于自然神学的争论，
我们如何为上帝设计的世界辩护。年轻人是怀疑
论者，他断言他守着的人"死于瘟疫发烧是上帝
的旨意"。堂吉诃德坚守传统的正统立场，"并非
所有的事物……恰好以同样的方式发生"，他捍卫
自己的杀人指控。有那么一个神秘的片刻，堂吉
诃德好像将自己比成上帝，比成一个神，这个上
帝或神的行为我们捉摸不透，但他的决定似乎给
我们带来了难以理解的痛苦。

塞万提斯的《堂吉诃德》布满了渎神的碎片；
这就是为何它是世俗喜剧的伟大奠基者。小说中，
堂吉诃德经常被朋友和熟人形容为布道者、传教士

或圣徒。他自诩在做基督的工作。有一次，他和一个教长谈话，这个担任圣职的人责备他不应该读骑士故事那些愚昧虚假的东西，应该读《圣经》。堂吉诃德反驳说，伟大的骑士故事不是虚构。比如，谁会否认皮埃尔和美丽的马格洛娜真实存在，因为今日我们还能在皇家军械库里看到"比马车杆还大一点儿的战车杆，英勇的皮埃尔用它驱使木马腾云驾雾"。尽管教长否认看到过，但破坏力已产生。亵渎的话就如由于高烧而生出的幻景。堂吉诃德如何来为明显虚构之物的存在辩护？证据是有遗迹。这个逻辑是不可避免的：假如用遗迹可以证明纯粹虚构之物为真，那么，通常用于证明宗教真实性的宗教遗迹可能就是虚构。在一个天主教国家，在反宗教改革的狂热之时，这是多么渎神！后来，在下卷开头，堂吉诃德辩称，另一个民间故事人物、传奇"巨人摩根特"肯定存在，因为我们都相信——我们都相信吗？——《圣经》中的巨人歌利亚存在。塞万提斯和弥尔顿、蒙田和皮埃尔·培尔（Pierre Bayle）等人构成了一个门槛极高的作家圈子，他们像商家一样，乐此不疲地在前门热烈地迎神，同时从后门走私渎神的玩意儿。

这类调侃在小说下卷得以延续。堂吉诃德和桑丘发现必须证明他们是自称的传奇人物。下卷比上卷更有趣感人，但许多读者根本没有读到这令人叹为观止的下卷就放弃了，的确有些可惜。下卷中的故事大致可以用一个比方概括：耶稣基督在公元1世纪左右的巴勒斯坦漫游，想说服人们相信他是真正的弥赛亚。但这是个艰巨的任务，因为施洗约翰非但没有为耶稣基督开路，反而自称他是真正的弥赛亚，去了加略山，在十字架上受刑。由于许多人听说约翰之死和复活，耶稣发现自己要不断接受狐疑的听众的考验：他能否表演这种或那种神奇？而且，当耶稣听说约翰在加略山的十字架上受刑后，他决定换种策略来证明他是真正的弥赛亚：他放弃去加略山，转而前往罗马舍身喂狮子。他最伟大的梦想出人意料地破灭了，他觉得疲惫、幻灭、悲伤。在他最宠爱的使徒和助手彼得的陪伴下，他出发前往罗马。彼得很同情他，就和其他使徒一道说服耶稣，他应该放弃这种弥赛亚的笑话，回到索伦托那样的好地方。耶稣顺从地听了建议，回到索伦托，不久就生病死了。在临终之际，他放弃了宣称自己是神，表示他相信了无神论。

　　用"旧约"和"新约"为例，也许是解读塞万提斯在小说下卷中玩的复杂而微妙的游戏的最便捷方式。由于塞万提斯的小说《堂吉诃德》上卷的出版，堂吉诃德和仆人现在成了文学名流，人们想要见见他们，考考他们，掂量他们的真实性。当然，这对著名的主仆不知道塞万提斯怎么描述他们，因此人们实际上在背后笑他们。因为名流会引起模仿，就有一个骗子冒出来自称是堂吉诃德，反诬我们的骑士（也就是塞万提斯的堂吉诃德）是个骗子。的确，在1605至1615年这十年间，塞万提斯的小说在现实世界激发了仿作。1614年，市面上出现了一本书，书名就叫《堂吉诃德》（下卷），作者是阿韦亚内达的阿隆索·费尔南德斯（关于此人我们知之甚少）。塞万提斯听到阿隆索的骗局时正在写下卷，决定就将这也写进小说中。在第59章，堂吉诃德听到卧房隔壁两个人在议论阿隆索的书。他生气地去问这是怎么回事。当得知在阿隆索的小说中堂吉诃德要去萨拉戈萨，他就决定不去萨拉戈萨（事实上他本来打算去），而去巴塞罗那，"这样一来，我要对世人宣布这个作家在说谎，人们会知道我不是他说的堂吉诃德"。

塞万提斯的伟大反讽是一个接一个出现的虚假地平线。两个虚构的人物，为了证明他们的"真实"，必须求助于小说的上卷，而同一个作家正在创作这部虚构的恶作剧的下卷。于是这些虚构人物必须与其他虚构人物争论，他们是塞万提斯的人物，不是阿隆索的人物。这样一来，有我们在读的小说（下卷），有首先创造出这些人物的小说（上卷），有相同人物名字的伪作。这三部作品胶合在一起，彻底剥夺了"现实"的经验内涵。现实只是另一堵破裂的墙，显然保护不了任何人免于怀疑主义的践踏。

但当塞万提斯最喜剧和最自我指涉的时候，堂吉诃德和桑丘最真实。这是小说伟大的悖论。小说的下卷属于桑丘，随着故事推进，他变得越来越睿智和有趣。他对主人的爱催人泪下，这是显然的。堂吉诃德在为生命而战——在崇高的反讽意义上，意味着他在为他的虚构而战（当然他不会明白这点）。堂吉诃德认为这是极其重要的，他就是他说的样子，大家要相信他。如果说在上卷中，堂吉诃德是一种复制的复制（一个读了太多劣质小说后要实践文学幻想的人），他在下卷中就变成了另一种复制的复制（一个回应自身虚构性的人）。当他要一个名叫阿尔瓦罗·塔非的行者承认他是真正的堂吉诃德，不是阿隆索的堂吉诃德，还强迫那人签一份证明书时，我们哈哈大笑，但我们也对这种可怕的行为不寒而栗。一份证明书！颁发一份证明书来否认另一份证明书。当然，堂吉诃德不能用他的证明书来证明他的现实性。他只是（向知道是怎么回事的我们）证明，他出现在塞万提斯的上卷。伊塔洛·斯韦沃肯定想到了这一刻，他笔下的喜剧主人公泽诺要医生签一份证明书，证明他不是疯子。泽诺将证明书交给父亲，父亲眼含着泪说："啊，你真是疯了！"当堂吉诃德四处张扬他的证明书时，读者也会眼含着泪说同样的话。

　　一个幻想，在上卷似乎有时是笑话，有时很单调，更多时候深不可测，在下卷中变成了没有它堂吉诃德等人就活不了的东西。我们所有人都想堂吉诃德继续他的疯狂。我们渐渐相信他的疯狂，部分原因是，正如在莎士比亚笔下当人物强烈地相信自己是真实的时候，我们也跟着相信，部分原因是我们不知道"信仰"究竟意味着什么。到了小说结尾，我们都变成了小堂吉诃德，靠虚构出来的骑士喜剧长大。我们心甘情愿地幻想着，已不清楚我们脚下的大地。

　　因此，当堂吉诃德决定不再漫游回家做牧羊人时，这给人极大的震惊。更令人震惊的是，堂吉诃德突然死了。他发高烧，卧床六日。医生说他泄气了，活不了。他昏睡过去，然后醒过来，宣布治好了疯狂。他谴责"所有骑士故事亵渎历史……"，塞万提斯写道，在场的人听到这话，"无疑都相信他被新的疯魔占据"，这是全书中最为喜剧的句子之一。堂吉诃德把桑丘叫到身边，求他宽恕："我以为世界上一直都有游侠骑士，我掉进了错误的陷阱，连累你也掉了进去。"桑丘哭着说："不要死啊，主人。"堂吉诃德留下遗嘱，给桑丘留了些钱。三天后，"在送终的人同情的哭声中，他放弃了与死神的挣扎；我的意思是说，他死了"。

这段贫乏得近于笨拙、拒绝打扮成光彩照人的文字非常动人，面对自己创造出的人物的消逝，塞万提斯像是陷入了无言的悲伤。堂吉诃德变成了他对自己的虚构，离开了虚构，他就无法生存。他一放弃虚构，肯定就开始枯萎。所以，临终时，他宣布自己纯属虚构。但桑丘留下来继续活着。谁是桑丘？早在小说开头，堂吉诃德羡慕地说起桑丘："他怀疑一切，他相信一切。"这难道不是小说读者的绝佳写照？桑丘就是堂吉诃德的读者，继续像小说读者一样活着，相信一切，怀疑一切，跟着小说中的忠诚和怀疑，变得忠诚和怀疑，成为堂吉诃德遗嘱的幸福继承人。

莎士比亚与漫思的哀伤

在《泰阿泰德篇》中，苏格拉底对于我们如何运用已知的东西表达了困惑。他说，举个善作数字计算的人为例。这个人头脑里肯定已有他要用的一切数字。但当他计算数字时，可以说，他仿佛在从自己那里学习他业已知道的东西。苏格拉底继续说，学习者无数次研读同样的书，也是这么回事。这是一个关于冗余信息的悖论，为了学习"新"东西，我们必须反常地忘记我们应该自然记得的东西。在某种意义上，这的确是相当反常的过程。

柏拉图的比喻暗示性地描述了小说和戏剧是如何描写意识流的。因为文学中意识描写的一个明显要素是，它是充满悖论的冗余信息。思绪是看不到的；它不能再现自己。我们对于心灵无法做到的一件事情，是将它们的内容化为叙事，更别提化为没有标点的独白。或许大多数时间，正如纳博科夫抱怨乔伊斯时所说的，我们根本不是在用语言思考。一旦某个小说人物开始深思，作家必须再现一般再现不了的东西。陷入思考的人物，往往与苏格拉底举例的那人相似，是在再次跟自己学习已知的东西。小说中对意识的再现，徘徊在冗余信息的记忆和抗拒遗忘的挣扎之间。

　　这是文学的特别负担，也是文学的特殊创造。因为如果说哲学问题是我们如何认识自己，那么文学问题不只包括我们如何认识自己的哲学问题，还包括我们如何再现自知的文学—技术性问题。当我们看隐藏在戏剧性独白中的意识流起源时，我现在谈论的这种形式或技术的冗余信息问题就相当清楚；如果我们反过来看隐藏在祷告中的独白起源，问题更加明显。在希腊和罗马悲剧中，人物向观众吐露他的想法、痛苦或意图，往往出现在祷告或宗教性自我劝诫时：他在对神庙说话，牲祭，呼吁神灵宽恕或惩罚他（或惩罚敌人），观众"偷听"他的自白（这是戏剧陈规）。这有点像阅读《圣经》中的诗篇。莎士比亚的独白保留了这种自我表白和自我劝诫的祷告或宗教特征：比如，埃德蒙请求诸神力挺野种，李尔王呼吁诸神相助，麦克白夫人乞求"现在把我变成不男不女"，或者麦克白模仿

《圣经》中诗篇第九十篇的最后独白（"明天，明天，明天"）。

当然，莎士比亚的大多数独白都是针对观众，我们变成了上帝的代理人，变成了德尔斐的沉默神谕。因此，独白不仅可看成一段讲话，还可视为一种对话（只不过对象沉默），一种受阻的谈话或受阻的意图。再次，这或许来源于祷告的观念，尤其是作为受挫愿望的祷告：因为对上帝倾诉，相当于在他的沉默面前受挫。祷告意识显然存在于以顿悟和孤独沉思为形式的小说；难道普鲁斯特的小玛德莱娜蛋糕，只是世俗化的共餐圣饼，只是崇拜者用以开始自省的圣体？

倘若独白经常是与沉默对象之间的对话形式，有人可能会问：为什么主人公要费心与我们这些沉默的读者对话？当然，他们"必须"对话是出于作者的文学—技术性的需要：因为读者需要知道他们的事情，他们也需要知道自己的事情。但除了文学—技术性的要求，他们"必须"对我们说话，或许出于更人性的形而上的需要：本质上，他们要提醒读者和自己，他们存在。或许这种形而上的需要某种程度上来自作者的文学—技术性需要？

回到柏拉图充满悖论的冗余信息观。在生活中，人们不会像在独白时那样叙述他们的意图和感情，不会大声讲出来。在独白中，心灵不会像叙事者那样从外部描述自己（当然，大多数小说中的叙事者都是那样做的）。莎士比亚的贡献在于，尽管他一直写戏剧，但他也预示了小说的出现。莎士比亚的世界不仅是充满独白的世界，而且是一个正在走向独白的世界。在这个世界里，人们往往是当着人说话而非与人对话。在莎士比亚那里，独白这一受阻的对话转变为人物之间的对话。事实上，也不妨说，莎士比亚笔下许多对话是受阻的独白。因此，正是莎士比亚打破了传统的独白，扩大了内涵，从根本上说，他发明了意识流。

莎士比亚或许可被称为漫思的伟大发明者。在漫思时刻，人物获得允许进行精神漂泊，思绪开始漫游，可以思接千载，可以离题万里。正是通过漫思，现代小说中才出现了走神的场面。在莎士比亚那里，这一般不是出现在独白而是出现在对话之时。然后，人物开始自言自语。比如，在《终成眷属》中，勃特拉姆第一次被引见给法国国王时，出现了有趣的场面。国王没有按照常情接待勃特拉姆，嘘寒问暖，而是开始回忆他明显还念念不忘的勃特拉姆的父亲：

　　　　孩子［他对勃特拉姆说］，你的面貌很像

你的父亲；

　　造物在雕塑你形状的时候，

　　一定是非常用心而不是草率从事

　　…………

　　想起你父亲在日，与我堪称莫逆，

　　我们两人初上战场，大家都是年轻力壮，

　　现在要是也像那样就好了！

　　他是个熟谙时务的干才，

　　也是个能征惯战的健儿；

　　他活到很大年纪，

　　可是我们两人都在不知不觉中变成老朽，

　　不中用了。提起你的父亲，

　　使我精神为之一振。

　　他年轻时候的那种才华，

　　我可以从我们现在这辈贵介少年身上

看到，

　　……（朱生豪译）

　　勃特拉姆客套地插了几句话。国王继续自言自语地说了六十余行台词。勃特拉姆感激"陛下不忘旧人"之后，国王的思绪再次开始漫游：

　　但愿我也和他在一起！他老是这样说——

　　我觉得我仿佛听见他的声音，他的动人的
辞令

　　不是随便散播在人的耳中，却是深植在人
们的心头，

　　永远存留在那里。

　　每当欢欣和娱乐行将告一段落的时候，

　　他就会发出这样的感喟：

　　"等我的火焰把油烧干以后，

　　让我不要继续活下去，

　　给那些年轻的人们揶揄讥笑，

　　他们凭着他们的聪明，

　　除了新奇的事物以外，什么都瞧不上眼；

　　他们的思想都花在穿衣服上面，

　　而且变化得比衣服的式样更快。"

　　他有这样的愿望；

　　我也抱着和他同样的愿望。

　　……（朱生豪译）

　　当一个拍马屁的朝臣说"陛下圣德恢恢，臣民
无不爱戴"，国王充耳不闻，转而问勃特拉姆，那
个因救治他的莫逆之交不力而受他苛责的医生已死
多久了。六个月，勃特拉姆回答。"他要是现在还
活着，我倒还要试一试他的本领。"国王生气地说。

国王有点像《亨利四世》中的霍茨波，只管自言自语："只把耳朵挂在自己的嘴上"。这一幕悲喜剧场景，来自强烈恋旧的国王，他沉迷于过去，忽略了对话者。他说话时像是在对话，但他只是在与自我对话，哪怕自相矛盾。他开头时说，他从这辈贵介少年身上看到了老友年轻时的才华，结尾却说，他抱着和亡友同样的愿望，年轻一代轻薄孟浪，他愿意赶快进入坟墓。

在此，我们目睹了一个人物，他可能遭误解，但不会不真实。记忆是非道德的，因为在文学中，真实压倒了伦理。可以说，记忆的自我用途允许人物不但活在错误中，而且总能得到宽恕。因为关于记忆，重要的是，它看起来于人物是真实的。我们觉得莎士比亚的人物真实，部分原因是他们对于自己真实，认为他们的个人世界、特别是他们的记忆和过去是理所当然的。事实上，莎士比亚的人物设法把握这个悖论，他们觉得自我真实，但并非必然自知。这是意识的真正悖论所在，因为我没有办法知道我其实不了解自己。

约翰·贝里曼注意到莎士比亚《维洛那二绅士》第四幕中的一段话，小丑朗斯告诉观众他癞皮狗的故事。"在此，"贝利曼写道，"我们第一次在英国喜剧中碰到一个不可抗拒的人物，他完全沉迷在他津津乐道的对象上，到了排斥一切的地步，可谓迷乱至极。"朗斯责骂他的狗，因为它在一个绅士的客厅撒尿。他想起绅士叫人用鞭抽他的狗。朗斯告诉我们，他走到"用鞭子抽的家伙"面前，对他说撒尿的不是他的狗，是他本人。因此，朗斯挨了一顿鞭子，被赶出了客厅。"天下有几个主人会为仆人受这样的委屈？"朗斯问他的狗，然后继续说：

> 我可以对天发誓，我曾经因为它偷了人家的香肠而给人铐住了手脚，否则它早就一命呜呼了；我也曾因为它咬死了人家的鹅而颈上套枷，否则它也逃不了一顿打。你现在可全不记得这种事情了。嘿，我还记得在我向西尔维娅小姐告别的时候，你闹了怎样一场笑话。我不是关照过你，瞧我怎么做你也怎么做吗？你几时看见过我也跷起一条腿来，当着一位小姐的裙边撒尿？你看见过我闹过这种笑话吗？（**朱生豪译**）

多么好的一段话！我们真正是在偷听一个人说话，他不是对我们说话，而是在对他的狗说话（"你现在可全不记得这种事情了"）。当然，朗斯其实也在对自己说话。再次，我们看见莎士比亚如何敢于用人物的漫思来填充独白。"漫思"之一是人物决定继续打比方，正如朗斯那样，似乎只是想自得其乐，他奇特地把自己比作狗的仆人。在莎士比亚的独白中，他反复"冒险"，放任人物为了自身目的使用比喻，放任人物制造比喻表达思想观念，就像他们本来就可以做到似的。我们知道，朗斯自言自语，部分原因是在尽量把他（和莎士比亚）的比喻拖长到"自私"的地步。

在莎士比亚那样的独白世界——那个世界里的人物经常是面对面讲话，但却误以为是在与人说话——私人想法和公共想法之间的区别坍塌了。两者都是失败的隐私。我们对自己说的往往类似于我们跟人说的，因为我们忘记了其间的区别。我认为，斯特恩、狄更斯、契诃夫和有时候的乔伊斯，都是这个洞见的伟大发现者。比如，契诃夫最早的短篇之一《草原》中就有这样一个时刻。小男孩叶果鲁希卡要到一所新学校上学，与他一起坐马车的还有两个大人，一个是羊毛商人库兹米巧夫，一个是克里斯托弗神父。从村子出发不久，路过一片墓地，叶果鲁希卡的父亲和祖母就埋在那里：

　　　　白十字架和白墓碑快活地从墙里面往外张望。它们掩藏在苍翠的樱桃树中间，远远看去是些白斑点。叶果鲁希卡想起来每逢樱桃树开花，那些白斑点就同樱桃花混在一起，化成一片白色的海洋。等到樱桃熟透，白墓碑和白十字架上就点缀了许多紫红的小点，像血一样。在围墙里的樱桃树荫下，叶果鲁希卡的父亲和祖母齐娜伊达·丹尼洛芙娜一天到晚躺在那儿。祖母去世后，装进一口狭长的棺材，用两个五戈比的铜板压在她那不肯合起来的眼睛上。在她去世以前，她是活着的，常从市场上买回松软的面包，上面撒着罂粟籽。现在呢，她睡了，睡了。（汝龙译）

这是一种意识流形式，不仅捕捉到一个小孩的想法，也捕捉到我们的想法。我们对于死者，都会像这个小孩一样想起无用的陈词滥调："在她去世以前，她是活着的……现在呢，她睡了，睡了。"乔伊斯崇拜契诃夫，叶果鲁希卡的漫思也许令我们想起《尤利西斯》中迪格纳穆对他死去父亲的回忆：

他的脸一片死灰不像过去那样红一只苍蝇在他脸上爬来爬去爬进了他的眼睛。咔嚓咔嚓的声音响起当他们把螺丝拧进棺材；叮咚叮咚地他们把棺材抬下楼。爸在棺材里面妈在客厅

里面哭泣巴里舅舅指挥那些人抬着棺材绕过
弯。棺材好大好高看起来好重。怎么是那样？
最后一夜爸喝得醉醺醺的他站在楼梯底部过道
那里大吼大叫要穿鞋子出门到唐尼家继续喝他
穿着衬衫看起来很矮像涂黄油的面包片。再也
没有见过他。死亡，那就是。爸死了。我的父
亲死了。他告诉我要孝顺妈。我听不清他说别
的话但我看见他的舌头和牙齿想说得更清楚一
点儿。可怜的爸。那是迪格纳穆先生，我的父
亲。我希望他现在在炼狱因为他在周六晚上要
到康诺里神父那里忏悔。

　　我认为契诃夫比乔伊斯做得好。乔伊斯有一点
儿文绉绉（"棺材好大好高看起来好重"；"爸死了。
我的父亲死了"）和俗套（迪格纳穆这个爱尔兰酒
鬼告诉儿子要孝顺妈，要按时忏悔）。契诃夫的陈
词滥调冒的险更大，也因此让人觉得他的叶果鲁希
卡要更为自然。但真正有趣的是小男孩回忆完祖母
之后发生的事情。一页过后，他哭了，因为他想妈
妈。克里斯托弗神父安慰他：

　　　　"得了，得了，小兄弟……"克里斯托弗
　　神父说。

　　"求主保佑吧。……罗蒙诺索夫当初也是
这样跟渔夫一块儿出门，后来却成了名满欧洲
的人物。智慧跟信仰合在一块儿，就会结出上
帝所喜欢的果实。祷告词上是怎样说的？荣耀
归于创世主，使我们的双亲得到安慰，使我们
的教堂和祖国得益。……就是这样的。"（汝
龙译）

　　当然，克里斯托弗神父根本不是在安慰这个小
孩；他完全沉浸在自我的世界里。这种方式我们在
契诃夫后来的作品、特别是他的戏剧中非常熟悉。
直白地说，他在自白。这是意识流。他明显武断地
认为这是小孩所想，就把它说出来；换言之，他其
实是在漫思。

　　问题是，漫思起什么作用？《亨利四世》下半
场中有一个神奇的例子，可以证明漫思的真实性。
在小酒馆那著名的一场戏里，快嘴桂嫂（Mistress
Quickly）想要福斯塔夫还债。福斯塔夫假装不记得
自己借了钱。她就长长地数落了一番，意在提醒福
斯塔夫：

　　　　呃，你要是有良心的话，你不但欠我钱，
连你自己也是我的。在圣灵降临后的星期三那

天，你在我的房间里靠着煤炉，坐在那张圆桌子的一旁，曾经凭着一盏金边的酒杯向我起誓；那时候你因为当着亲王的面前说他的父亲像一个在温莎卖唱的人，被他打破了头，我正在替你揩洗伤口，你就向我发誓，说要跟我结婚，叫我做你的夫人。你还赖得了吗？那时候那个屠夫的妻子胖奶奶不是跑了进来，喊我快嘴桂嫂吗？她来问我要点儿醋，说她已经煮好了一盆美味的龙虾；你听了就想分一点儿尝尝，我就告诉你刚受了伤，这些东西还是忌嘴的好；你还记得吗？下楼以后，你不是叫我不要跟这种下等人这样亲热，说是不久她们就要尊我一声太太吗？你不是搂住我亲了个嘴，叫我拿三十个先令给你吗？现在我要叫你按着《圣经》发誓，看你还能抵赖不能。（**朱生豪译**）

　　这一刻生动有趣，一定程度上是因为我们好像看见一个人的思维在运行：它在不断想起更多东西，大多是无用的信息。但是对于谁无用？尽管对于周围的人无用，但快嘴桂嫂在这里是想提醒谁？福斯塔夫吗？难道不也有她自己？但我们要那些无用的信息干什么，如煤炉、煮了龙虾的屠夫妻子等等？这些无用的信息有趣味，因为快嘴桂嫂不知不觉在戏仿叙事，加进越来越多的细节，越来越逼真。这反过来让我们看到，即便在最具特性、最有表现力的时刻，心灵其实也并非不可知，正是因为它超越了叙事。快嘴桂嫂洋洋大观的数落表明，如果允许心灵自主叙事，它会产生一种根本停不下来的叙事。

快嘴桂嫂使用细节就像在组织叙事，力求创造出真实。某种意义上，她是真实的；她在说服福斯塔夫相信确有其事。但这就要她背诵出许多她肯定知道的细节，但在讲述中第一次作为复述细节出现的东西，第一次在叙事中出现，无论这叙事多么有害和散漫。所以她处于悖论的位置，像苏格拉底举例的善作数字计算的人，她要说服自己相信她已知的东西。

因此，快嘴桂嫂固执地挑战福斯塔夫，有一种绝望的性质，"看你还能抵赖不能"。她不仅在对周围的人群说，她说的是真的，福斯塔夫在撒谎；而且她在说她记得的东西，她经历的东西，是真的，就像现在坐在她面前不可一世的伟大君王一样是真的。"看你还能抵赖不能。"当然，福斯塔夫能够抵赖，气急败坏地抵赖，但我们不能，我们不抵赖。即便每个细节都离题万里，即便事后证明她在信口

开河，我们不能抵赖这些话语真的符合人物。或许
这是亨利·詹姆斯在谈到人物"不负责任"时的意
思。人物是不负责任的；比起生活来，艺术是不负
责任的；因为最重要的是，人物应该真实，作为读
者或观众，我们往往鼓掌欢迎任何建构那种真实的
努力。当然，我们根本不会纵容现实生活中的人这
么做。在现实生活中，让某人看起来很真实的东西
不足以让我们感兴趣，或者不足以说服我们那种真
实是有趣的。但虚构人物的真实自我非常迷人，那
就是为何坏人在文学中是可爱的，但在生活中却不
是这样。

　　快嘴桂嫂的漫思使她在那一刻成为一个悲喜剧
人物。但是，对于什么是真正的漫思，我们仍然觉
得困惑。因为如果思绪散漫，无缘无故地回忆起细
节，那么，相比于事实上已遗忘的东西，回忆起的
细节并没有明显的形而上的优势或特权。漫思终归
是散漫的，原因之一是，它在践踏遗忘的东西，践
踏死亡的思绪。思绪变成有一点儿像过去英国寄宿
学校常用的残酷惩罚，受罚者必须把一张方格纸上
的每一格都涂上色。在涂色的一格和留白的一格之
间没有必然的区别。

　　于是，这个微妙的问题变成，何为冗余的细
节？它是被记忆的信息，还是被遗忘的信息？自我

的真正定义是什么？或者，自我之外的一切的定义是什么？走心和不走心是同一回事吗？正如奥古斯丁在《忏悔录》中指出的，记忆是在一定程度上说服自己一直已知的东西；再现意识，大声讲出意识，是进一步多余的自我说服。我们总是在忘记东西，直到我们真正回忆起它们那一刻为止。在那一刻，我们是真正在回忆它们，还是对它们实际的可遗忘性致意？同样，根本没有遗忘那样一回事，因为我们真的不知道我们什么时候遗忘；顾名思义，遗忘就是消失。快嘴桂嫂的漫思，像她那些在契诃夫和乔伊斯小说中的后裔的漫思一样，悲伤而有趣，因为它们表面上是被记忆的细节，但实际却处于被遗忘细节的位置。

"不负责任"的莎士比亚如何
拯救柯勒律治

1

英国人信教，但很少有形而上的哲思；他们在墓园沉思。挽歌和实用性是英国的文风，两者相辅相成而非针锋相对，因为挽歌可视为实用的悲悼，是编织花环的方式。相反，哲学只是思想的毛边，附着在英语这件结实的外衣之上，等待着轻掸，回到原来的黑暗树丛。叔本华说："每当英国人想形容某物非常晦涩或完全不可理喻，他就说那像德国的形而上学。"或许，叔本华想到的是托马斯·格雷。这个墓园挽歌诗人曾抱怨："我必须栽进形而上学吗？啊，我在黑暗中看不见；造物没有赋予我一双猫眼。"

萨缪尔·泰勒·柯勒律治是英国伟大的叛逆者。

他爱啃思想。英国人一般性格冷淡古板，他却爱冒失地周游；尽管他是英国的新教徒，但他像德国人一样好动，喜欢形而上；他是思想体系的胜利者。正如他在一封信里写道，他爱"出难题"。他的散文体作品——如他 1817 年的《文学传记》、1818 年论莎士比亚的讲稿、他丰厚的笔记和札记，以及收录在 1825 年的《助于沉思》和身后《求索精神的自白》中的晚期神学作品——就像百宝箱，装满了各种思想遗产，充满了神奇组合：莱辛、康德和施莱格尔，培根、哈特利和洛克。他的散文里面有许多间屋，对他在伟大的阅读中从英国诗人（首先是莎士比亚和弥尔顿）那里学到的一切尤其殷勤；换言之，尽管只要他愿意，他也能降服语词，但他还是放任它们明目张胆地登堂入室，作为语词出现在他的书页上，放任它们追踪如隐形褶边一样的词源。（他在这方面的现代对手是弗吉尼亚·伍尔夫；伍尔夫十几岁时，父亲要她阅读坎贝尔的《柯勒律治传》。）这是拖沓密实的文风，有时很晦涩，句子蜿蜒如图书馆的长廊。他以一贯可爱的术语称这种散文有"记忆的钩子和眼睛"。（伍尔夫写道，要使用"有根"的语言。）同时，柯勒律治爱用比喻。他的比喻经常像警句一样闪烁，比如他写道："斯威夫特是住在干燥之地的拉伯雷的化身。"

恰如其分地说，柯勒律治四分五裂的影响难以收集。尽管有人暗示影响济慈的是黑兹利特，但很可能正是柯勒律治启发了年轻诗人的"消极感受力"观，因为济慈在写那封著名的书信前读了《文学传记》；在那本书里，柯勒律治用了类似的提法，他说自由的戏剧要求我们具有"消极信仰"。他的莎评散发着诡秘的影响：它们依据文本和考订，既有强烈的实用性（柯勒律治的"实用批评"术语出自《文学传记》），也有浓厚的理论性。他从激进但符合常识的新教角度来批判《圣经》，主张像读其他伟大文本一样读《圣经》，这影响了马修·阿诺德和后来的圣公会神学。他明显对梅尔维尔有影响；梅尔维尔可以说是他在语言上的真正同道；1848年2月，梅尔维尔读了《文学传记》，后来才写出《白鲸》。他们都喜欢托马斯·布朗爵士，喜欢这个17世纪散文家的漫游玄思和密集语词。他们都沉迷梅尔维尔所说的"扯淡哲学"（philosophical ripping），沉迷充满遐想和关联的热闹独白。在阅读莎士比亚的过程中，他们倾心某种非道德的自我，倾心莎士比亚的坏人、傻瓜和疯子，在这些人物身上发现梅尔维尔所谓的"感觉到真实得可怕的东西……"当然，他们都喜欢、甚至迷恋一种不负责任的比喻，往往把这个世界看成是相似物的中转站。

柯勒律治的比喻像符码如影随形，从中我们能够读出他的生命时刻。有一次，在布里斯托的一场政治演说中，这个年轻的革命者遭到听众的嘘声。"我毫不奇怪，"柯勒律治对着人群大声说，"当抱着火热偏见的贵族突然掉进理性的冷水，他们应该爆发出嘘声！"另一次，柯勒律治陷入了典型的自恋："我终日惴惴，像裹着马刺睡觉。"

但，正如梅尔维尔，柯勒律治的比喻有其自身的生命，并以一种矛盾的方式运作，仅仅通过作为文学的热情与艺术的存在，便将伤感和抱怨转化为其对立面。这就是我所指的不负责任。在这种状态中，比喻总是超越自身，经常辩证地背离自己，将消极转为积极，将积极转为消极。比如，1804年，在前往马耳他的漫长旅途中，柯勒律治受了许多罪，但他却还能借用比喻机智地抱怨说，他的床无所不能，就是不能让他入睡：这张床"像入错行的伟大天才"。1801年，柯勒律治写道，诗歌在我身上已死，"我曾经是一卷黄金叶，骑在幻想的呼吸上狂奔——但我现在把自己打败，回到沉重和愚钝；我现在沉沦于水银，蹲踞在地上。"五年后，他再次抱怨，他迷失于"有害而玄奥的形而上的水银矿"。读者想知道，如果水银矿不断地刺激柯勒律治，将它们转化为幸福的比喻，它们真令这个诗的精灵不快或反感……

柯勒律治是个怎样的人？理查德·霍尔姆斯的伟大传记给了我们最好的画像。他狂野而阴郁，热情而拘谨。从年轻的激进到后来的保守，这路上有华兹华斯和骚塞相伴，他总是话题和即兴的主宰。他的演讲稿，正如我们所见，不是写就的文稿，而是临场的挥洒，由忠实的听众记录在笔记本中，于他身后出版。《文学传记》是他1815年夏天给一个朋友的口述产物。我们看见他的文字一路蹦跶（黑兹利特注意到他走路时经常从左侧蹦跶到右侧），乱七八糟摆满哲学，任性而为，充满漏洞和狂想。一个朋友说，如果有钱，他会一年付柯勒律治五百镑，每周会餐两次。柯勒律治身材臃肿，走路蹒跚，黑眼丰唇，不修边幅。他心胸开阔，但缺乏担当。他是粗心的丈夫，只是断续地承担父亲的责任。在中年，他辗转于朋友家中，承诺只住几周，结果盘桓几月，睡沙发，坐拥书报。他有层出不穷的计划和方案：他为儿子写了一本九十页的希腊文法书；他梦想建一座天文台；他（在1810年和1811年间）创办和编辑了一份杂志《朋友》，这份存活了一年半的周刊中大部分文章都出自他的手笔；他花了几年时间和海格特的犹太人希伯来学院院长海曼·赫尔维茨讨论宗教中的象征主义。

2

但柯勒律治也很脆弱，他的写作，尤其是他的批评，代表着他长期以来与可怕的无方向感的缠斗，代表着他与自身的脆弱充满纠葛的缠斗。这种缠斗他本应阐释成一种哲学和一种自我意识的神学。这种巨大的穿孔的复调，充满典故和神秘暗示，力量来自——同时不停地回归到——自我的问题，以及如何逃避、牺牲、救赎和认识自我。

1800 年，柯勒律治从德国归来，满脑子都是康德和莱辛。他诗歌活动的伟大井喷期——其间创作的诗歌选入《抒情歌谣集》——已结束。他断定"深奥的研究"谋杀了他诗人的直觉，他正转向虔诚和自怜的古怪组合，两者相濡以沫。他的诗歌反复呈现这种形态：下水道里的怨气冲天而起，暴露于空气；在其中，诗人提醒自己和读者想起"真实的基督"（《离开一个归隐地之后的断想》），或上帝是"伟大的宇宙教师！"（《午夜凝霜》）。在他写于1807 年的动人诗篇《致威廉·华兹华斯》中（这首作品是他听完华兹华斯大声朗读《序曲》之后的那个夜晚创作的），柯勒律治反思了华兹华斯的伟大，想起了自己力量的薄弱（"在天才面前，求知何益"），最后像李尔一样自责（"不能再走那条路！"），因为他重新回到那条"有害之路"，采"自伤之毒"。

当然，这些毒既是比喻也是实指。几年来，柯勒律治饱受伤痛和肠胃疾病的折磨。他认为这些病痛源于他脆弱的神经。1801 年 1 月，他身体崩溃，关节肿痛，风湿发热，甲状腺肿大。他只有服用大量的鸦片麻醉自己。这可能是严重毒瘾的开始。鸦片搞坏了他的肠胃，引起便秘。在 1804 年到马耳他的旅途中，根据理查德·霍尔姆斯的记载，柯勒律治服用了船长开的难吃的灌肠剂，出了好几次丑。从 1804 年起，他严重的毒瘾持续了很长时间。1816 年，一个朋友劝詹姆斯·吉尔曼医生把这个著名的瘾君子带回家，同时提醒说，他需要医生监护，确保按计划戒毒。吉尔曼医生也以为柯勒律治在他家只住几个月，孰料柯勒律治一住就是十六年，直到他在 1834 年去世。

被毒瘾牵着鼻子，这可怕地扭曲了柯勒律治的自我认知。鸦片及其诱发或伴生的行为，使他失去了华兹华斯的尊重和友情。华兹华斯是他最景仰的朋友。1809 年，华兹华斯看到他完全抛妻弃子，看到他到处打游击，看到他抒情才华的蜜腺枯竭成形而上的卷须，下决心定要警示天真的朋友拒绝接纳他进门。华兹华斯写信告诉托马斯·普勒，柯勒律治"无论于己、于家还是于人，不会也不能有任何大的好处"。柯勒律治听说华兹华斯在插手干预他的事，精神彻底崩溃。他的笔记，正如霍尔姆斯的引用，读来十分痛苦。在深切的悲痛中，他一再想到，华兹华斯"对我不抱希望！"。

不妨对比一下华兹华斯和柯勒律治的性情差异。华兹华斯书卷气相对较少，自立、冷静、踏实、上进，是自然的天才，自我衡量，以自我为准则，略微自负，正如他在《序曲》中所说，深信他是"拣选"出来的大诗人。柯勒律治书卷气十足，无助、爱社交、脾气暴、易泄气，不是自然的天才，他自我警戒、自我超越、极度虔诚，对哲思有疯狂兴趣，深爱华兹华斯，深爱华兹华斯和他流淌的抒情才华，他是出于诗歌的选择才被打造成的诗人。对于华兹华斯的疏离，柯勒律治的回应是《文学传记》，其中满含深情地阐释了华兹华斯的诗歌。但在 1817 年，根据亨利·克拉珀·罗宾逊的说法，这本书没有赢得华兹华斯的好感："赞得奢侈，批得轻率。"

但毒瘾更深的痛苦，从柯勒律治的写作判断，来自他对意志脆弱的忧虑。他发现自己完全可以被征服。他一再写到这点。在 1814 年给约翰·摩根的长信中，他悲叹："由于该死的漫长毒瘾，我的选择能力（我是指作为意志的根本官能，只有靠它，意志才能自我实现，可以说，那是意志的手脚）完全被破坏，有时疯狂，完全脱离了意志，变成独立的官能。"他继续写道："什么罪不包括在或来自吸食鸦片之罪里？不要说我对造物忘恩负义，浪费了天赋；不要说对不起那么多我不知道为什么爱我的朋友；不要说我像个野人疏忽家庭。"他称鸦片是"吞噬自由意志力的毒品"，经常强调他不是为了享乐而主动吸毒，而是迫不得已，是由于"怕痛，首先是精神之痛"，其次才是"身体之痛"。

吸食鸦片引起了噩梦，柯勒律治所以特别怕睡眠，怕做梦，或许还怕记忆不羁的生命：总之，怕无意识。《睡眠之痛》，这首 1803 年的痛苦之作，将"噩梦"之夜描述为"无底的地狱"。柯勒律治形容意志夹在缝隙间"燃烧"，要做正确的事，但"依然迷惑"："因知而恨，空想难成！"一年后，在去马耳他的航程中，他在笔记本里袒露心扉，他怕睡眠，"像是地狱，从童年开始，过去岁月中的羞耻和痛苦，全都蜂拥而至"。对于柯勒律治，记忆变成了坏良心的滴答声，梦变成了元气受损的标志。

也许毫不奇怪，正是在这时刻，当意志最为寒酸地暂时搁置，柯勒律治开始形成一套连贯的意志论，厘清意志与记忆和控制的关系。可以说，他对意志的兴趣，迸发于意志实际上崩溃的时刻。从理论上说，他对意志越缺乏控制，意志就越重要。

1801 年，柯勒律治在康德的帮助下，首先开始摆脱他年轻时对戴维·哈特利的联想说的兴趣。哈特利的学说改编自洛克，认为身体感官印象的影响很重要，他将心灵视为被动的屏幕，经验在上面投射定义色素。柯勒律治认为，自由意志是自我的核心成分，哈特利的理论使自我成为机械作用下的动物。在《文学传记》中，他写道，在哈特利"无法无天"的理论下，"我们的生命在两种独裁之间挣扎，一边是表象，一边是麻木被动的记忆"。

康德为他提供了一种理论，使自我既被动又主动。一方面，世界是现象的世界：我们收集感知现象并加以条理化。柯勒律治称之为理解力（在《文学传记》中，它大致相当于"第一级想象力"）。另一方面，康德说，世界是本体的世界：有超验的事物本身，不可知，这个世界只有实践理性或意志才能把握。实践理性证明自己不是靠论证而是靠律令；这就是我们是如何相信上帝的。柯勒律治对康德的范畴加以拓展，剥夺了它的哲学限制，使之更接近于自由意志，有时甚至接近于具有决定性和控制性的想象力活动。柯勒律治把这种能力称为"理性"（在《文学传记》中，它大致相当于"第二级想象力"），他不是指普世的、必然理性的启蒙美德，而是指更具康德意义上的官能，某种"能洞察不可见的现实或精神对象"的官能。

柯勒律治花大力气来探究理解力，根源还是在于他的疾病。《文学传记》是非凡之作，特别是作为一种爆炸的意识的记录。但它是感人的，部分原因是它提供了自我的景观，这个自我希望自己有意志。他在书中写道，"我只有通过自我才能认识自我"。《文学传记》必然陷入这种自我探索，朝相反的方向拉着走向自我，在惊恐中远离自我。它既是自我逃避，也是自我省察。在第六章结尾有一个著名的段落，柯勒律治放弃了哈特利"无法无天"的联想说，结论却是，记忆是无边的，"所有的想法本身是不可磨灭的"，上帝或许"把过去一切存在的集体经历带到每个人面前"。柯勒律治越来越恐惧地说："或许，这就是可怕的判决书，在其神秘的象形文字中，每个闲字都被记载！"或许，柯勒律治说，我们过去的行为，无一能够逃离记忆之链，对于这条记忆之链上的"人，无论有意识或无意识，自由意志，即我们唯一绝对的自我，有共同的时空和共同的存在"。但是，接下来，在凝视了恐怖的无限记忆之后，柯勒律治却突然转身，用类似于他在《致华兹华斯》这首诗中李尔王一样的时刻的方式宣布："但我现在不敢详论，要等待更崇高的气氛、更崇高的题材，我收到来自内心和外界的警告，谈论神秘的东西是渎神。"

为了对抗这种明显可以感觉的怕，怕无穷的记忆传讯，就需要强加自由意志，有能力自我治愈的意志。现在这种自我被抬高为"我们唯一绝对的自我"。六年后，德·昆西在《一个英国瘾君子的自白》中会同意柯勒律治，记忆是本可怕的书；他会提出弗洛伊德式的惊人观点："根本不存在遗忘这么一回事情"。不同的是，德·昆西赞美鸦片，柯勒律治从来没有；德·昆西畅游在鸦片幻境中的蔚蓝大海，对于柯勒律治，那意味着溺毙。柯勒律治好像需要抗拒德·昆西的快乐漂流，抗拒德·昆西那样屈服于鸦片美梦的神奇乌托邦，在某种意义上，就是抗拒意识的漂流。柯勒律治认为，存在一种意志，"其功能是控制、决定和修改混沌的联想"。显然，柯勒律治在这里不只是谈论哈特利，也是谈论混乱的自由意识。即便他表演了意识流，演绎出记忆的辉煌盛宴（想想他对朋友口述《文学传记》，所以这本书堪称斯特恩一样的表演），他依然警告要提防这种表演。因为，意识流不就是联想流吗？斯特恩在柯勒律治非常崇拜的小说《项狄传》中已清晰地表明了这点。

就这样，柯勒律治偶然发现了他可爱的自我意象，这个自我逆流而上，就像一只水虫，"成功地逆流而上，把握住动静的脉搏，时而奋勇逆流，时而逐流随波，为了保存力量，甘于短暂停留，以便蓄势待发。可以说，这也是精神在思维活动中的自我体验"。但就自我，尤其是柯勒律治的自我而言，这种意象或许漏掉了我们反击的这种逆流，它不是自然提供的，不是神秘地或自然地来自外部，而是自我的产物。自我在制造自己的障碍，然后必须克服。但在克服过程中很可能制造出新的障碍。可以这样表述：自我在医治自我，或者以专业术语来说，通过毒物服用剂量的渐增让自我产生抗毒性，换言之，以毒攻毒，靠毒害自我来医治自我，靠医治自我来毒害自我。这恰恰是柯勒律治服食鸦片的动力。

3

一般而言，柯勒律治作品中的浓烈哀伤、紧张和喜剧效果，就是他警告自己切莫犯下的罪，但他一边警告，一边犯下。这就是为什么尽管他信守正教，他也是一个如此可爱的基督徒。他的虔诚与流氓国家接壤。他的虔诚是一张花脸，与其说是自勉，不如说是自责。它是充满喜剧的挣扎。一个现成的例子就是，正如我前面提到的，他高兴地使用闲笔比喻，同时意识到闲笔必须遏制。当然，柯勒律治乐于称自己是"括号爱好者"，他不但没有收敛自己，反而制造出更多的闲笔，论述他如何才能不用闲笔。《文学传记》收录了他在德国时写的一封信，他在信中漫谈了德语和拉丁语的词源之后自责说："现在，我知道，我亲爱的朋友，你在嘀咕什么——'这多像他啊，偶然看见幻想的水波上吹起一个泡，他就跟着追；迫切地想知道自己在哪里，看见了什么。'"像梅尔维尔一样，柯勒律治也用比喻来形容和责备自己的易变；然后，这些比喻本身是易变的东西，是具有自由生命的话语增量剂，只是变成自我否定的展示。

柯勒律治不具有梅尔维尔的无神论直觉，但在某方面与梅尔维尔相似，他总是被自己丰富的想象挫败。他极度渴望统一完整，经常写到对立的和谐：这正是他对想象和想象力的定义。但他自己的想象力和动机总是导致那种统一性破裂，结果更迫切地要求和谐地解决。

为了追求对立的和谐或调和，柯勒律治的方

式，也可以说是驯化不负责任的自我的方式，是求助于上帝。如果柯勒律治先是要求自我应该了解自我，他接下来就要求自我救赎自我。对于柯勒律治，这些不是抽象问题。他强烈相信，"认识你自己"既是哲学的伟大要求，也是上帝的伟大要求；他喜欢引用尤维纳利斯的话，"从天而降'认识你自己'"。问题不只是难以了解自己，而是有意识的自知或许使自我更难被看清，自知模糊了干净的自我。因为意识是不负责任的。吊诡的是，有意识的自知使得有意识的自知更难。柯勒律治心知肚明。"你明白你的知识吗？"这是他调侃的问题之一。

从宗教上而言，柯勒律治看起来渴望稳定和秩序，渴望"唯一绝对的自我"，"真正永恒的自我"。但有意识的自知使这种渴望变得很难实现。在《求索精神的自白》结尾，他写道，基督教让"虚幻孤立的自我如在水中流逝"，这是非常正统的观念表达。但哪里可以找到"唯一绝对的自我"？柯勒律治不乐观，尽管他从理论上赞颂他绝对的自我。他的生命变成了羞耻的护航队，他的自由意志破败而虚弱。为了得救，他必须自我振作起来救赎。柯勒律治深感有罪，非常相信原罪。因此，他再次以完美的正统观念写道，"征服我们自己是唯一的真知"。但这难道不是一条非常漫长的道路，远离"认识你自己"这条柯勒律治梦想的救赎之路？这在基督的牺牲中更像自我抹杀。那么，对于柯勒律治，哲学救赎（"认识你自己"）看来与宗教救赎（"征服你自己"）有矛盾；有意识的自知（哲学之路）与无意识的知识（宗教之路）相冲突。因此，柯勒律治要继续求索，既是想逃避、征服和拯救自我，也是想认识自我。

4

但是，在一个领域，柯勒律治绝对取得了胜利，完全没有可笑的挣扎。那就是在他的文学批评、特别是在他的莎评领域。因为在此，我们发现，在他自我的哲学和神学中矛盾冲突的许多语词，现在和平地出现着，完全平等和谐地运用于文学。或更确切地说，这些塞满他自我戏剧的语词，在运用于虚构自我的戏剧时得到解放。他在《文学传记》中阐明的"消极信仰"观，简直就是这样的观念，真正的戏剧通过其自由的力量征服我们。消极信仰"允许呈现出来的意象以自己的力量运行，不由判断来否认或承认它们真实的存在"。换言之，后来产生的意志或判断变得安静，被催眠，观看者有心变得消极。在这里，理论上本是对于自我的一种威胁，变成了戏剧力量的策略。

在 1818 年的一次演讲中，柯勒律治有更加清楚的阐释。他说，关于文学作品，尤其是戏剧，其关键是我们在观看虚构的再现。"我们从戏剧表演中获得的真正快感，来源于这个事实，它们是不真实的，是虚构的。"在这个世界上，戏剧幻象最像做梦，柯勒律治说。在睡眠中，我们"悬搁意志，悬搁比较的能力。事实是，对于意象作用于我们心灵的后果，我们不做判断——我们只是不判断它们不真实——只要它们作为意象依靠自己的力量继续活动"。

幻象就像睡眠（显然这是"有意地悬搁不信"的另一说法），柯勒律治说，唯一的区别只是程度。在睡眠中，我们"意志突然悬搁"，接下来就入梦。"在一出有趣的戏剧中"，我们是被剧作家和演员渐渐地带入梦中，"还要借助我们自己的意志不停积极地帮助。我们有意选择上当受骗"。我们将自我置于这样一种状态，其中的"意象有一种消极的现实"，只要任何东西妨碍这种消极的现实，幻象就会破灭——换言之，我们就会醒来。

因此，我们的意志是警醒的，可能被难以置信的作品唤起，但似乎满足于在其悬搁自身的气息中打盹。注意，柯勒律治是在针对一种幻象理论。在其中，我们通过意志行为选择悬搁意志。因此，他在文学批评中实现了他在关于自我的写作中不可能实现的东西：充满悖论的对立和谐。在他关于自我的写作中，柯勒律治追求更多的意志，受到意志悬搁的威胁；在他的文学批评中，他不太追求意志，珍惜意志的悬搁。

在文学批评中，为什么他能够逃避在他的哲学写作中强烈压迫他的东西？我认为，是因为在那里他能够逃避自我，能够逃避宗教或上帝。他离开自我，真的把自己悬搁在其他自我中，也就是投入理想的戏剧家创造的人物中。当然这个理想的戏剧家，或者说使那种逃避成为可能的出类拔群的作家，就是莎士比亚，那个给人快乐的非宗教的或前宗教的、几乎是异教的戏剧家。

柯勒律治的这种感觉——我们能够在想象中漂流——引人注意，从而使他成为出色的分析师，分析莎士比亚如何让他的人物在独白和唯我论中漂流。在对瓦尔特·司各特爵士某本小说的一则旁注中，柯勒律治责备司各特辛苦创造了快嘴桂嫂一样有趣的不着边际的人物后，处理得却很笨拙。司各特的人物太忙于表达作者的强烈观念，不够不负责任或在自由地东拉西扯。他一针见血地指出："东拉西扯的是弱小的记忆，不是强大的情感。"

柯勒律治敏锐地洞见到莎士比亚人物的自由。他一再为莎士比亚嗜好双关、奇喻、明喻和暗喻而辩护。他驳斥约翰逊博士等人的责难——这些修辞不自然、生拉硬扯——柯勒律治认为，相反，这正是莎士比亚的伟大之处。比如，普洛斯彼罗对于米兰达的告诫，她应该提起"她带有流苏的眼帘"，这不是荒诞，他坚持认为，因为这恰是普洛斯彼罗会使用的夸张舞台语言。毫不奇怪，柯勒律治捍卫使用比喻的自由。

在莎士比亚人物那些充满比喻的大段独白之流中，柯勒律治看见了漂浮的想象力的真正标志。这种漂浮的想象力听上去很像巴赫金：在为莎士比亚的奇喻辩护时，柯勒律治写道，我们必须放任精神的努力，去描述它不能描述的东西，"可以说，当想象徘徊于意象之间时，努力去调和对立面，缓和矛盾，留一个精神的中间状态，更适合于想象。一旦固定在一个意象，想象就变成了理解；但若不固定，仍然在意象之间徘徊，永远不附着于任何意象，那么，想象就是想象"。不管这种描述是否准确，值得注意的是，柯勒律治用莎士比亚的独白和莎士比亚独白中的比喻来定义想象。

毫不奇怪，柯勒律治和梅尔维尔一样都倾心于那些在某种意义上最"不负责任"的自由人物——
莎士比亚笔下的坏人、邪恶教师、插科打诨的小
丑、傻瓜和疯子，比如伊阿古、麦克白夫人、哈姆
雷特、李尔和奥赛罗。柯勒律治说，莎士比亚往往
用这些人物说出普遍的、甚至智慧的真理。在《席
间闲谈》中，据说他说过，"值得注意，莎士比亚
总是用他大胆的坏人作为道具，表达聪明人因担心
危险而不直接说出的观点和想法"。比如，他在伊
阿古身上注意到这点，称他是"真理的勇敢同道"。
他认为，麦克白夫人不是彻底的恶人：她的良心不
但没有死，反而"在她心里一直引起剧痛"。他认
为，备受嘲笑的波洛涅斯，不应该被演成傻瓜，而
是一个智者，拥有不再对他周围的宫廷有用的智
慧："他象征着不再拥有的智慧。"里根和高纳里尔
是莎士比亚唯一"不自然的画像"，结果，在我们
看来，她们几乎是面目不清，性格不明。

　　"因此，将这些深刻的普遍真理放在如康华尔、
埃德蒙、伊阿古等人的口中，莎士比亚立刻给了他
们表达的机会，但也显示出他们的表达多么暧昧。"
这就是我说柯勒律治欣赏不负责任或不道德的自我
的意思。他缺乏约翰逊博士的道德战栗（约翰逊
博士渴望重写莎士比亚）。相反，他喜欢莎士比亚
不负责任的创造，喜欢莎士比亚的无底线的人

物——他们"就像现实生活中的人，要由读者推断"。

像每个读者一样，柯勒律治迷恋莎士比亚的隐身和无私；这种迷恋的标志就是他没有能力逃避自己。因此，他在一份演讲稿中写道："尽管拥有无边的力量，具有天才一切的力量和辉煌，他令我们觉得他像没有意识到自己。"莎士比亚无意识地实现了柯勒律治从来不能实现的东西。但柯勒律治迷恋莎士比亚对有意识的意图的防御。在讨论莎士比亚的比喻与双关时，他总是强调，莎士比亚想要他做的一切，他从不犯错，我们读者的任务就是相信莎士比亚的意图无误。这句著名的话出现在 1811 年的第七场演讲中：莎士比亚"使用的每一个词或每一个想法，都不是白费，不是多余……（这些戏剧形成了）最完美、整齐和连贯的整体"。

因此，总是寻找对立面的有机调和的柯勒律治，在莎士比亚身上发现了最深的和谐——莎士比亚奇迹般地成为意图的伟大诗人，同时也是无意志和无意识的伟大诗人；这个戏剧家完美的幻象感，要求我们也愿意悬搁我们的意志；他笔下的人物，作为想象力本身的具现，自由地在固定物之间行走，进入不负责任的自由之境，说出"暧昧的"、难以言传的真理，将消极化为积极。

　　经常有人说，《文学传记》预告了柯勒律治将专章论想象力，结果没有出现。但是，可以肯定地说，他在莎士比亚那里找到了它。

陀思妥耶夫斯基的上帝

1

"耳光"的世界：大家都知道，这是陀思妥耶夫斯基的世界，他那充满羞辱、蔑视、打击和轻贱的"地下室"世界。在《群魔》（1872）中，令人讨厌的革命者彼得·韦尔霍文斯基拜访基里诺夫时告诉他，他杀了沙托夫；基里诺夫说："你杀他是因为他在日内瓦吐了你一脸口水！"这时，我们知道，我们深陷蛛网密布的地下室；我们知道，这种蜘蛛心理是文学中的新东西。

我们先来看几个场景。

首先是《地下室手记》（1864）。叙事者地下室人，有一天在小酒馆挡了一个五大三粗的军官的道，被拎起来丢到一边。叙事者觉得这么随便被打发是受了羞辱，因此夜不能眠，幻想要如何报仇。军官每天都要经过涅瓦大道。叙事者就跟踪他，远远地"崇拜"他。他决定迎面走过去，等到相遇时，他（叙事者）纹丝不让。但一天天过去，就在身体相遇的刹那，他总是心虚，先让出道，看着军官大步流星地走过去。夜半醒来，他老是问自己："为什么总是我先动摇？为什么是我不是他？"最终，他坚持不让道，两人擦肩而过时，叙事者欣喜若狂。他哼着意大利咏叹调回家，觉得雪了耻。当然，这种满足只持续了一两天。

其次是《永久的丈夫》（1870）这个漂亮的中篇。被戴了绿帽子的巴维尔·巴夫洛维奇，在妻子刚过世后来到彼得堡，他想折磨她的情人维尔查尼诺夫。他的确给维尔查尼诺夫带来了折磨，特别是因为维尔查尼诺夫摸不清他是否发现了妻子的外遇。巴维尔一再登门拜访维尔查尼诺夫，死守住秘密来调侃折磨他。他知道妻子的外遇吗？然而，以典型的陀思妥耶夫斯基的方式，复仇故事凝聚成了变质的爱。结果，戴绿帽的丈夫真的爱上了妻子的前情人。巴维尔不忍心维尔查尼诺夫独生，他对他的"折磨"疯狂地摇摆于热烈崇拜的情话、低三下四的谦卑和灭绝人性的仇视之间。维尔查尼诺夫最终认定，巴维尔来彼得堡是要杀他，巴维尔来彼得堡是因为恨他，同时他也坚信，巴维尔爱他，因"恨"而生爱，"最强烈的那种爱"。在故事结束，他们最终分别时，维尔查尼诺夫伸出他的手，但巴维尔畏缩了。维尔查尼诺夫一脸坏笑骄傲地说："要是我，要是我在这里主动向你伸出这只手……那你不妨握住！"

最后再看写于陀思妥耶夫斯基晚年的《卡拉马佐夫兄弟》（1878—1881）。费多尔·巴弗洛维奇，卡拉马佐夫家的老爹，一个小丑、傻瓜和恶人，要去当地修道院的饭厅。他在圣洁的佐西玛长老房间已出了丑。费多尔认定他在饭厅里也要出丑。为什么？因为，他心里想："无论到哪里，我看起来老是不如人，大家都当我是小丑——那我就演小丑好了，因为你们比我还不如人。"他这样想时，记起了有人问过他为什么恨某个邻人，他的回答是："真的，他没有对我做过任何事，但我有一次用最无耻、最肮脏的诡计陷害过他，我在陷害他时，立刻就因此恨他。"

可以肯定的是，在这些场景中有黑色幽默一样的新奇，但那是什么东西？难道只是人物刻画，正如陀思妥耶夫斯基相信俄罗斯的灵魂很"辽阔"，这些人物有如深渊，神秘莫测地转向。那也不只是展示司汤达在《自恋回忆录》中所说的现代感情——"嫉妒、羡慕和无能的恨"（司汤达毕竟只是陀思妥耶夫斯基地下室世界的园丁，相较而言算是和蔼的地上人）；不只是通常所谓的怨恨。也许，在谈到新的内心世界取代旧的内心世界时，卢梭最为接近陀思妥耶夫斯基的创新，比如，用现代虚弱的自爱和虚荣来取代美德和邪恶。因为显而易见，除了最圣洁的人物之外，骄傲及其变形是陀思妥耶夫斯基笔下人物洗刷不掉的习惯。那个地下室人，那个戴绿帽的丈夫以及费多尔·卡拉马佐夫，看起来全都在做损人不利己的事情。作为虚构人物，他们新颖或现代的标志是，他们不停地反复这样做。某种意义上，从理论上说，他们这样做，是因为他们的志趣就是维护他们的骄傲。（我使用"理论上"一语，意思是陀思妥耶夫斯基对心理怪癖的兴趣不是抽象的而是哲学的兴趣；《永久的丈夫》有一整章心理阐释，标题就叫"分析"。）

　　当我们想到陀思妥耶夫斯基式的典型行为，肯定就想到高傲和谦卑的古怪混合，共存于同一个人，彼此奇怪地威胁。那个地下室人，那个反资产阶级的妖鬼，时而讨人喜欢，时而愤怒尖叫。彼得·韦尔霍文斯基，对手下颐指气使，充满仇恨，但对他心目中的英雄、那个强奸小孩的斯塔夫罗金，则像绵羊一样充满崇敬。斯麦尔加科夫，杀害费多尔·卡拉马佐夫的真凶，仆人，私生子，对他的养父很残暴，但在卡拉马佐夫一家人面前伪装得很谦卑。回荡在陀思妥耶夫斯基作品中的，不但是骄傲的威胁，而且是骄傲的喜剧——尽管喜剧并非总是与陀思妥耶夫斯基的名字联系在一起。在《群魔》中最有趣的莫过于那个骄傲而虚张声势的省长，被彼得·韦尔霍文斯基操纵的安德列·冯·连姆布克。当本省混乱加剧，他情绪失控，对客厅中的一群来客吼道："够了！"然后走出客厅；在要走出大门时，他默默站立了几分钟，看着地毯，大声说："换了！"

陀思妥耶夫斯基让我们看到，骄傲和谦卑真正为一。如果你骄傲，几乎可以肯定，你觉得自己比世上某人谦卑，因为骄傲是焦虑，不是安慰。如果你谦卑，几乎可以肯定，你觉得自己比世上某人优秀，因为谦卑是成就，不是自由；谦卑之人有办法祝贺自己，因为自己如此谦卑。不妨说，骄傲是谦卑之人的罪，谦卑是骄傲之人的罚，两种逆转都代表了自我惩罚。因此，费多尔·卡拉马佐夫进入饭厅准备作践他自己，因为他鄙视别人。在陀思妥耶夫斯基之前的小说中，难以找到这种逻辑，或者说，难以找到作为明确的心理学的这种逻辑。要找到类似的东西，只有求助于那些宗教的哭泣者和咬牙切齿者，比如，圣依纳爵或克尔凯郭尔。

但费多尔走进饭厅，正如地下室人朝军官走去，正如戴绿帽的丈夫前往彼得堡，是出于另一原因：因为他需要别人来证明自己。地下室人承认了这一点；他自称是"爱反驳的人"，"不是来自自然的酥胸，而是来自反驳的怀抱"。米哈伊尔·巴赫金认识到这种"对话"，让它产生了最重要的影响。他将之视为陀思妥耶夫斯基作品的根本原理。他在《陀思妥耶夫斯基的诗学问题》中写道：

> 地下室人对几乎所有人的想法，正是或可能是别人对他的想法；他只是在别人对他有想法前先行一步……在他忏悔的所有关键时刻，他都料到别人可能怎么想他或评价他……他的忏悔中夹杂着他想象的别人的反驳。

因此，陀思妥耶夫斯基的作品中有许多配对或替身，一个人围绕另一个人转，相互致命地依赖：彼得·韦尔霍文斯基和斯塔夫罗金，拉斯柯尔尼科夫和斯维德里加伊洛夫，伊凡·卡拉马佐夫和斯麦尔加科夫，维尔查尼诺夫和巴维尔·帕维罗维奇。就费多尔的情况而言，或许正如疯狂的自大狂一样，他人似乎都变成了自己。他不喜欢邻人，因为他费多尔做了一件事："我有一次用最无耻、最肮脏的诡计陷害过他，我在陷害他时，立刻就因此恨他。"显然，费多尔渴望——无论如何隐藏最初的宗教感情——惩罚自己，因为他仇恨自己。但由于别人与自己是一体，他就靠惩罚别人来惩罚自己，靠仇恨别人来仇恨自己。

这导致西绪弗斯式的行为反复。自我惩罚意味着不停地被迫重演丑行，因为自我惩罚与作恶没有区别。作恶之罪，变成对作恶之罚，每次作恶，作为愤怒的行为，只是重新豁开伤口。显然，费多尔·卡拉马佐夫没有办法停止对邻人作恶，因为他不可能对邻人有温暖的好感。他本该喜欢自己，但可以肯定的是，他做不到。

尽管完全不带宗教色彩的巴赫金的洞见非常深刻，但我们可以更进一步。陀思妥耶夫斯基受到赞赏的心理学，真正引人注意的，肯定在于那些与人情相通的理论话语，尽管充满世俗的智慧，但最终只能从宗教的角度来理解。他的人物，即使是彻底的无神论者，如费多尔·卡拉马佐夫，也生活在宗教世界的斑驳阴影中。他们是有史以来被创造出的无意识动机和有意识面具的最复杂、现代和世俗的集合。但陀思妥耶夫斯基式的动机，无一不能在福音使者中找到。陀思妥耶夫斯基的人物是谦卑的骄傲和骄傲的谦卑（如玛利亚）。他们为了惩罚自己而作恶，预先知道会这么做（如彼得）。他们为了确信而怀疑（如多马）。他们为了爱而背叛（如彼得和犹大）。

只有和最终变成忏悔、揭示自我和寻求认识的努力时，他们的行为才可以被理解。我们立刻想到《卡拉马佐夫兄弟》的一个细节。德米特里·卡拉马佐夫的未婚妻卡捷琳娜·伊凡诺娃牵住他的情人格露莘卡的手开始亲吻，卡捷琳娜对格露莘卡赞不绝口，格露莘卡像沉浸在对她的赞美之中，她也握住卡捷琳娜的手像是要亲吻——但她却突然放下说："你会记住——你吻过我的手，我没有吻你的手。"卡捷琳娜立即骂她是荡妇，把她赶出家门。即使看过所有"心理学"解释，即使钻透了所有辩证法通道，仍有一个问题顽固难解。为什么要这样做？为什么多此一举？格露莘卡像是想自我毁灭。唯一的解释是宗教的理由。格露莘卡像陀思妥耶夫斯基的许多人物一样想要寻求认识，即便她没有意识到这点。她想通过肮脏和卑贱来显示自己，显示自己多么可恨、骄傲、痛苦、渺小。她想忏悔，想被骂成荡妇。真的，地下室人渴望的不是报复，只是向军官显示自己。因为，毕竟，让人知道你怎么想他们，也是让他们知道你怎么想自己。在这关键时刻，世俗的心理学和神秘的宗教相遇。陀思妥耶夫斯基耗尽了晚年心血写成的《卡拉马佐夫兄弟》，恰恰关心的是，心理学解释在古怪而极端的宗教动机面前多么脆弱。

2

约瑟夫·弗兰克的五卷本《陀思妥耶夫斯基传》恢宏壮阔。最后一卷从1871年写起，时年陀思妥耶夫斯基经过四年海外漂泊回到俄罗斯。弗兰克迅速回顾了他的早岁生涯：19世纪40年代，陀思妥耶夫斯基卷入激进运动和乌托邦社会主义，导致他在1849年被捕和在彼得与保罗要塞的行刑虚惊（显然是沙皇开的小小玩笑）；从1850年到1854年，作为惩罚和奴役他被流放西伯利亚；写作《地下室手记》和《罪与罚》（1866）；在一个月内对速记员安娜·格里戈里耶夫娜口述完《赌徒》，然后在1867年娶她为妻。弗兰克重复前面四卷强调过的重点，西伯利亚的四年在陀思妥耶夫斯基的生活里占据中心地位。毫无疑问，他不是无神论者——别林斯基多年前说过，只要提起基督，陀思妥耶夫斯基的表情立变，"就像要哭"——在西伯利亚，他虔诚地阅读《福音书》。四年来，他枕边都放着一本《新约》。在监狱，他觉得他发现了俄罗斯农民的本质，这种知识为他后来的宗教民族主义和排外主义提供了资源。他多年后宣布，这个俄罗斯罪人知道自己犯了错，但欧洲对他的罪波澜不惊，事实上认为是理所当然。"我认为，俄罗斯人民最主要和最基本的需求是受难，不断的受难，难以满足渴求的受难。"但俄罗斯对于自我恢复的渴望"总是强于先前自弃自毁的冲动"。在《卡拉马佐夫兄弟》中，德米特里被控谋杀父亲，面临二十年的劳役，陀思妥耶夫斯基让他在狱中对弟弟阿辽沙说："对于一个囚犯来说，没有上帝是不可能的……那么，从大地的深处，我们，我们这些地下室人，将开始唱一出悲歌，歌颂上帝。只有上帝那里才有快乐。向上帝和他的快乐致敬！我爱上帝。"

1871 年，陀思妥耶夫斯基和年轻他许多的妻子回到俄罗斯。如果说陀思妥耶夫斯基变了，那么俄罗斯也变了。十年前，农奴获得了解放，俄罗斯的激进思潮——在 60 年代赓续车尔尼雪夫斯基的"理性利己主义"，剧变为巴枯宁和涅恰耶夫的无情的暴力革命论（涅恰耶夫是彼得·韦尔霍文斯基的原型）——正变得温柔而宽广。但是，政治思想仍然分裂：有普遍保守的亲斯拉夫派，也有更激进的西化派；有陀思妥耶夫斯基这样的人，认为俄罗斯需要用自己的方式解决自己的问题，也有屠格涅夫那样的人，认为欧洲是照亮落后民族的明灯。

但在他生命的这最后十年，陀思妥耶夫斯基发现，俄罗斯的激进主义不仅是世俗的西化的激进主义，其中有新的成分，尽管不是严格的基督教的成分，但似乎有对某些基督教的价值观的同情。有这样一些人，他们虽然没有正统的信仰，但愿意悬浮在宗教的灯油里。比如，一些民粹主义者开始把俄罗斯的农民生活方式看成独特的珍宝。陀思妥耶夫斯基的思想虽保守，但绝不僵硬，对这些新的基督教化的激进主义者，他不会自动挞伐。相反，陀思妥耶夫斯基和一些民粹主义者开始梦想将社会沿着基督教的价值观——爱、仁慈和无私——转化。对于陀思妥耶夫斯基，这是相当愉悦的。基督教——陀思妥耶夫斯基和克尔凯郭尔在此殊途同归——不是合理的。它也许是一种疯狂。它的存在不是靠理性的面包，而是靠信仰的酵母。陀思妥耶夫斯基相信，真正的基督教的转化，在时间终结时才发生，但不是靠人的意志。陀思妥耶夫斯基说，真正的基督徒会对他的兄弟说："我必与兄弟共享我之所有，我必给他一切关照。"但"公社主义者"只"想报复社会，但却声称诉诸更高的目标"。

那些不熟悉弗兰克的陀思妥耶夫斯基传记前四

卷的人，可能会惊讶地发现，作为丈夫和父亲的陀思妥耶夫斯基多么虔诚。在他死后，妻子安娜谦卑地删除了他在给她的信中表达的爱欲。他的作品中总有受难孩子的描写，从中足以推断他是慈爱的父亲。相比之下，狄更斯（陀思妥耶夫斯基当然对他很崇拜）的小说中用了类似的方式描写孩子，但却抛妻弃子。1878 年，当他们三岁的儿子阿列克谢（阿辽沙）死于癫痫之后，陀思妥耶夫斯基和安娜大为悲痛。弗兰克对他们悲痛的书写读来催人泪下。他们不愿回到儿子死时住的公寓。安娜在她的回忆录中写道，"阿辽沙的死彻底摧垮了"陀思妥耶夫斯基。"他爱阿辽沙，以一种特别的方式，用几乎是病态的爱。"在《卡拉马佐夫兄弟》中，当然，公开承认的主角是神圣的阿辽沙（阿列克谢的爱称），伊凡痛到麻木的伟大意象就是那个受难的孩子。

也许，陀思妥耶夫斯基看起来已垮掉。几年前，在 1873 年，当他成为《公民》周刊的编辑，二十三岁的同事瓦瓦拉·铁莫菲耶娃形容陀思妥耶夫斯基："脸色很苍白，是那种带点蜡黄的不健康的苍白，看起来很疲惫，也许是病了……面容忧郁憔悴，像蒙着一层网，像面部紧绷的肌肉一动后显露出的不寻常的表情阴影。"陀思妥耶夫斯基告诉瓦瓦拉:"敌基督已诞生……就要来临。"他提到了《福音书》:"那么痛苦,但然后——那么辉煌……不能拿尘世的任何幸福来比拟!"

弗兰克书写的这最后十年真正是一个不属于尘世的故事,因为这十年陀思妥耶夫斯基变成了社会"预言家"。在发表《卡拉马佐夫兄弟》前(这部小说在月刊上连载时,"风靡俄罗斯文学界"),陀思妥耶夫斯基最为人知的是《作家手记》,每月发表十六页,其中收录了短篇、论辩、对批评的回应,在刊物上发表的关于俄罗斯新闻(如最近引起轰动的案件)的评论。在手记中,他形成了与日俱增的俄罗斯民族主义,把俄罗斯看成弥赛亚,团结所有的斯拉夫人拯救全世界,将这种拯救看成是走向全人类和解的序曲,所有人都活在基督的关爱下,而基督的真正存活,只有依靠真正的宗教——东正教。在手记中,充满了狂热的反欧洲主义、反天主教主义和反犹主义。

但是,尽管这样,政治拯救的实践变得越来越缥缈——更加具有宗教色彩。即便陀思妥耶夫斯基沉溺于关于俄罗斯的论争,他的政治观点渐渐淡入基督神学的迷雾。他反复写信告诉喜欢争论的人,要回到基督,要祈祷,要互爱,要宽恕。他开始深思吉洪·佐东斯基的人生教义,这个18世纪中叶的俄罗斯圣徒，影响了他在最后一部小说中对佐西玛长老的描写。用弗兰克的话说，佐东斯基教导"人类应该感恩存在诱惑、不幸和受难，因为只有通过这些，人类才能逐渐认识到灵魂中的恶"。（弗兰克合理地推断，陀思妥耶夫斯基可能将这些话当成对他自小就着迷的约伯之问的回答。）内心里，陀思妥耶夫斯基一直在准备他最后一部伟大小说，其中，他动人地主张宗教转化。1879 年，为了庆祝他五十八岁的生日，安娜送给他照相复制的拉斐尔的西斯廷圣母像。安娜后来在回忆录中写道："许多次，我看见他在书房，站在圣母像前陷入沉思，没有听到我进来。"

3

《卡拉马佐夫兄弟》因其"对话性"，象征着基督教的长篇劝诫。在《群魔》中，社会主义革命者希加廖夫宣布了他的社会变革计划。在我们听来，这是奥威尔笔下的梦魇。百分之十的人拥有无限的自由和权力，统治剩余百分之九十的人。不幸者必须放弃他们的个性，转化为相同的牲畜。当然，彼得·韦尔霍文斯基感叹希加廖夫"发明了平等"，"每个人属于所有其他人，所有人也属于每个人。

大家都是奴隶，在奴役上是平等的"。对这种恐怖
观念，《卡拉马佐夫兄弟》用几乎相同的语言反复
提出了一种真正的基督教平等观（约瑟夫·弗兰克
无所不读，却奇怪地忽视了这种相似性）：佐西玛
长老告诉其他修士，他们"在所有人面前认罪，他
们代表所有人和为了所有人，因为所有人都有罪"。
后来在小说中，当德米特里·卡拉马佐夫被误控为
凶手，他甘当了替罪羊。他说，他接受惩罚，因为
他想杀父亲，或许真的杀了父亲，因此愿意"在所
有人前认罪"。希加廖夫原始共产主义的强制奴役
和强制平等已让位给基督教忏悔的主动奴役和狂喜
平等。

　　当然，《卡拉马佐夫兄弟》是关于动荡和激情
的卡拉马佐夫一家的故事。这个小地主家庭生活在
以修道院为中心的贫穷小镇。费多尔这个惹人恨的
家长在家中遇害。嫌疑落在德米特里身上，因为他
在事发现场，出来时满身血污，身上明显多了三千
卢布。但正如我们在小说后面会发现，杀害费多尔
的真凶是他不信神的鬼鬼祟祟的仆人斯麦尔加科
夫；这是一个恶人。但是，卡拉马佐夫三兄弟，德
米特里、伊凡和阿辽沙，都想要杀父亲。德米特
里攻击过费多尔，几次扬言要杀了他。伊凡是一个
无神论者，认为在一个没有上帝和不朽的世界，

"一切都是允许的"；当他碰到杀人的斯麦尔加科夫时，他说他要离家避一阵，像是要掩盖杀父的凶行；当然，斯麦尔加科夫将伊凡的话当成正式的同意。甚至神圣的阿辽沙，尽管一直在修道院修行，也承认他想过谋杀父亲。

这本小说像《麦克白》一样探讨了这个感觉，想象一种犯罪就是犯了这种罪。毕竟，在听到女巫预言的那一刻，麦克白就被改变，一切都改变了——正如莎士比亚所写，他的心里"爬满了毒蝎"。两部艺术作品都活在基督那不公甚至讨厌的劝诫的阴影中：带着淫心看妇人，就等于犯了淫罪。可以说，陀思妥耶夫斯基的所有人物，在他们头脑发热决定将观念转化为行动时，行为就如那些听到了基督劝诫的人，深信它，但也极力逃避它。《群魔》似乎得出这个结论，事实上正如佐西玛长老所说，在所有人面前，所有人都有罪。德米特里，这个堕落而高贵、迷恋基督的人，像罪人一样渴望皈依，认下杀父罪名，尽管他坦言他实际并没有犯罪，但他愿意受罚。

但是，有些人会不会比其他人更有罪？陀思妥耶夫斯基坚定地相信，没有对上帝的信仰，没有不朽的信念，就没有什么可以约束人的世俗行为。没有上帝，一切都被允许。这是一个显然有毛病的结论，因为看一眼世界史就知道，正是有了上帝，一切才被允许。（宗教审判、火刑、战争、基督教的反犹主义等。）英国历史学家爱德华·吉本（Eduard Gibbon）有一个著名的说法，结论可能恰恰相反，没有宗教的世界也许更甜蜜。但陀思妥耶夫斯基已写了一本小说《罪与罚》，证明没有了福音一个人可能会犯什么错；在《卡拉马佐夫兄弟》中，他再次重申观点。尽管德米特里和阿辽沙想象过杀父，在某种意义上是"有罪"，但正是无神论者斯麦尔加科夫，借助无神论者伊凡的教导，"没有上帝，一切被允许"，杀害了老卡拉马佐夫。斯麦尔加科夫才真正是伊凡扭曲的替身。伊凡有自己的高贵，应该不会杀自己的父亲，但在某种意义上，他的观念的确借斯麦尔加科夫的手杀了人。观念是杀手。无神论的确在杀人。

《卡拉马佐夫兄弟》是一本对观念又爱又怕的书。我认为，它最终提出了一个超越观念的宁静世界：天堂。在最著名的那一章，伊凡的"宗教大法官的传说"，最能看清这点。就在他对信徒阿辽沙讲这个故事之前，伊凡攻击上帝允许存在一个儿童受难的世界。伊凡虽是无神论者，但他站的位置靠近信仰；他差不多是个信徒，陀思妥耶夫斯基显然崇拜他。在这样一个人身上，不信很接近于信仰，正如在陀思妥耶夫斯基的许多其他人物身上，爱接近于恨，罚接近于罪，丑行接近于忏悔。伊凡说，宗教告诉我们，在未来的天堂，羊羔将与狮子共眠，我们将和谐共处。但"若每个人必须受难，用以买到永恒的和谐，请告诉我孩子与之有何关系……为何要把他们也抛在这堆火葬柴堆上，化成肥料浇灌某人未来的和谐？"。他继续说："我绝对放弃一切更高的和谐。它不值得用受折磨孩子的一滴眼泪去换取。他们和谐的报价太高；我们付不起那么多入场费。因此，我匆忙退掉我的门票。"

他说服阿辽沙这个真正的基督徒。如果有人能够建立"人类命运的大厦，旨在使人们最终幸福，最终给他们和平安宁，前提是你必须不可避免地折磨一个小孩……将你的大厦建立在她没有回报的眼泪之上——你会同意做那样一个有资格限制的建筑师吗？"阿辽沙说他不会。但阿辽沙也说，基督能够"原谅一切，宽恕一切和为了一切"。

对此，伊凡的回答就是"宗教大法官传奇"这著名的一章。这一章和上一章都值得尊重。在这里，文风刚烈威严，视野恢宏，洋溢着生命，如《圣经》般的写作。真的，这是令人流连忘返的文字。在这一章中，基督受到谴责，因为他允许人太多的自由。人不想自由，大法官对基督说，人怕自由。事实上，他们想趴在偶像脚下，臣服。他们不想自由地活着选择善或恶，选择怀疑或信仰。

在这两章，陀思妥耶夫斯基或许发起了有史以来最有力的进攻，攻击自然神学（正式的术语，用以指代在一个邪恶和受难的世界中为上帝之善辩护的努力）。特别是，陀思妥耶夫斯基挑战了自然神学的两个主要因素：第一，我们在大地上神秘受难，但在天堂会得到回报；第二，邪恶存在是因为自由存在——我们必须自由行善或作恶，相信上帝或不信上帝。任何其他的存在就如机器人一样无法想象。在这种机制下，希特勒必须"被允许"存在，因为我们必须自由发挥人的可能性，无论善恶。对第一点的反驳，伊凡说，未来的和谐不值得用现在的眼泪去换取。对第二点的反驳——在我看来事实上更加致命——伊凡问："为什么上帝那么自信人就想要自由？自由有什么好？"毕竟——虽然伊凡没有明说，但他言下之意就是——我们可能还是不很自由，即便上了天堂，即便天堂听上去像个好地方。因此，为什么我们在大地上全都要如此愤怒和恐怖地想要自由？如果天堂里没有希特勒，为什么大地上需有希特勒？

当然，陀思妥耶夫斯基没有发明这些反驳。它们如叛逆一样古老。而且，他知道自然神学已不能充分回应这些敌对思想。他只是在反宗教写作的历史中赋予它们最有力的形式。这就是为什么许多读者认为，这本小说逃不过这几页的影响；给予反基督教的论点那么强大的力度，基督徒陀思妥耶夫斯基真正写出的不是一本基督教小说，而是在无意识间写出了一本无神论小说。比如，哲人列夫·舍斯托夫认为，陀思妥耶夫斯基尽管具有正统思想，但却被怀疑败坏，以至于当他开始想象怀疑者伊凡时，他不由自主地给他的活力和魅力，远胜圣洁温和的阿辽沙。与舍斯托夫有同样想法的人认为，即便小说最终证明无神论是有害的思想，因为它杀死了费多尔，但伊凡的攻击已让宗教元气大伤，不能充分做出回应。

但是，陀思妥耶夫斯基非常想回应伊凡的攻击。他担心佐西玛长老和阿辽沙不是他在给一个编辑的信中所说的对小说中"负面"（如无神论）的"充分回答"。那么，对伊凡的攻击可能有回答吗？阿辽沙说出了任何基督徒肯定会说的话，基督宽恕我们所有人，基督为我们受难是为了我们不受难，我们不知道世界为何要这样。依靠我们的信仰，我们会发现这种充分或不充分的回答。

但这小说以其特别的方式把一个深入的观点奉为神圣——我认为这是陀思妥耶夫斯基的意图。这个深入的观点就是，伊凡的观念不能被其他观念驳斥。在辩论中，在"对话"中，没有办法击败伊凡，没有办法与伊凡相提并论，阿辽沙甚至没有真正一试。在伊凡讲完宗教大法官的传说之后，他只是亲吻了他的哥哥。小说似乎在说，我们唯一能驳斥伊凡观念的方式，是坚持认为基督不是观念。社会主义是观念，因为它是"合理的"；无神论也是观念，因为它也是"合理的"；但基督教不是观念，因为它很不合理——克尔凯郭尔称之为"疯狂"。但痛苦的是，那唯一的世界——在其中，基督不是一个观念，而是纯粹的知识——是天堂。在大地上，我们全都堕落，我们在观念前堕落，我们只有观念；在观念的操场上，基督总是被轻蔑地对待，就像踢皮球一样。

但基督不是一个观念。可以肯定，这是唯一的解释德米特里从思想上看来无意义的行为的方法——他没有杀人但却愿意为所有人、当着所有人受罪；解释佐西玛长老的忠告，我们应该要求"哪怕是鸟儿"的宽恕；解释阿辽沙最后结束全书的话，谈到复活为何的确存在："当然我们将站起来，当然我们会看到，高兴地、幸福地告诉彼此所有那一切！"这些想法真的是从观念的悬崖上掉落，掉入不合逻辑的、美丽的、绝望劝诫的世界。信仰窒息了知识。这种交换——用非理性的基督教交换理性的无神论——最终意味着，小说中不可能有"对话"，无论是巴赫金说的那种对话，还是陀思妥耶夫斯基迫切希望的那种对话。小说中既没有循环的观念，也没有基督教对无神论的"答案"。因为这个答案——非理性的基督之爱——不再属于世俗观念的世界，因此不再属于小说本身。它存在于天堂，存在于另一本、终究不是小说的书：《新约》。

伊萨克·巴别尔与危险的夸张

1

伊萨克·巴别尔的写作短腿又短命：他的故事是真的短；他最好的作品完成于两声快枪或历史的两记耳光——在 1923 至 1925 年和 1929 至 1934 年——之间。这种紧密的强度很合适，因为他的文体特征就是决心一针见血。他迷恋简约、省略，严厉的自我删节如同家常便饭。他写作中的跳跃令人震惊；在一个巴别尔的典型段落，每句话都像是否定它在日常护航下的意义和叙事中的作用，像要重新开始故事。这是他最好的作品之一《我的第一笔稿费》的开头：

住在梯弗里斯而又遇上春天，出娘胎已二

十年却又没有情人——这是大不幸。我恰恰陷
身于这样的大不幸中。我在高加索军区印刷厂
当一名校对员。我所住的阁楼的窗下，泛着水
泡的库拉河潺潺流淌。朝阳从山后冉冉升起，
照亮了河上的浑浊漩涡。这间阁楼是我向一对
格鲁吉亚新婚夫妇租下来的。我的房东在东方
集市以卖肉为生。肉商和他妻子与我仅一板之
隔，他俩每每做爱到癫狂之处，就像两条关在
水桶里的大鱼那样搅得天昏地暗。将失去了知
觉的鱼尾巴狠命地砸着隔板。他俩把我们这间
在刺目的太阳的照射下显得黑黢黢的阁楼震撼
得摇摇欲坠……（戴骢译，略有改动）

　　巴别尔是莫泊桑和福楼拜的热心读者；但他对
于精确语词的渴求与福楼拜不同。瓦雷里抱怨的没
错，在福楼拜那里，"总是留有额外细节的空间"。
在巴别尔这里，我们奇怪地觉得，没有额外细节的
空间，细节都在叫嚣着逃逸。叙事在推进，但是可
以说，不断地迷途。没有耐心解释，只有唇枪舌
剑。句子失去了联结组织：作者告诉我们叙事者做
校对，然后马上要我们看叙事者阁楼窗下的库拉
河，但目光只盘旋了一秒，他立即给我们介绍叙
事者的房东。

　　但是，在这一路高频率的跳跃中，有着神经过敏式的重复："不幸"出现在第一句话后，立马出现在第二句；库拉河刚出现一次，下一句再出现（"河上的浑浊漩涡"）；房东和妻子被比喻成了两条撞击的鱼，下一句重复和延伸了比喻；照亮库拉河的朝阳，也是后面我们得知熏黑叙事者所住阁楼的"刺目的太阳"。这或许可视为现代主义的定义：有节奏的断续。巴别尔的文风不断强制将不同的时间挤进一个时间的签名。习惯或永恒的东西（太阳，泛着水泡的河流）与日常或传统的东西（东方集市肉商）以及故事发生的时刻（年轻叙事者的工作，像鱼一样撞击的房东夫妇）并行不悖。但是，在描绘场景时，福楼拜会遵守宇宙的叙事先后，从大处着眼，然后渐小，比如，先写永恒的风景，次写近处的城镇，后写眼前的事物；巴别尔却不管任何先后，他来回穿梭，撕碎叙事的礼仪，将所有的细节都糅进永恒当下的拳头。

　　这是伟大创新的艺术，也是有局限的艺术。单一的经历，巴别尔的故事是发出嘶嘶声的时间点——《红色骑兵军》中有些故事短到仅仅两页。但是，读完所有这些故事、像经历了一部长篇的读者，或许有时会厌倦这种生动的省略，或许不仅看到作品中的情景剧，还看到巴别尔生动的、滑稽的、戏剧化的外在性的巨大代价——人物内在性的严重匮乏。巴别尔的艺术或许是决定性的现代艺术，但比起契诃夫或托尔斯泰，其狭小的格局正对应着它对日常性或耐心的现代性抵制——这体现在语言、行为和思想上。在这种意义上，无论巴别尔与苏联意识形态的终极关系如何，他的艺术致力于革命。有时候，我们或许会想念充满等级和慢速的古典政制。

巴别尔的政治学值得争议。众所周知，1920 年，在新生的苏维埃共和国和新生的波兰之间爆发的那场战争中，巴别尔是红色骑兵连的通讯记者。他为分发给骑兵的报纸《红色骑兵》写了四篇报道。显然，在与骑兵连一起的日子里，他的主要任务是默默而狡猾地侦察几年后才动笔的伟大故事。他在不停收集——他把细节当成俘虏。但是，无论如何，见到他那四篇空洞的报道，还是令人沮丧。

读到这几篇报道，我们像是跌跌撞撞地穿过深渊，穿过看上去很不舒服的杂乱无章的事物。比如，那个野蛮而精彩的故事《骑兵连长特隆诺夫》讲述了一个受伤的苏联指挥官最后发疯的时刻。巴别尔故事中的人和事件往往真假混合：特隆诺夫实有其人，是三十四骑兵连的连长。在故事中，特隆诺夫头上血流如注，"像雨从草垛上滴落"，他抓到几个波兰俘虏，想杀了他们。他把军刀插进一个俘虏的食道，然后用枪射杀了另一个，脑浆"溅"到拼命阻止特隆诺夫的叙事者的手上。上边是不会放过你的！叙事者说。特隆诺夫回答道："我们这么拼死拼活，上边会放过的。"突然，四架轰炸机在天上出现，特隆诺夫很快死于空袭。这个故事以抒情的反讽结尾，这是巴别尔许多故事的共性：特隆诺夫，这个屠夫的屠夫，埋葬在当地小镇"中心公园的花坛里"。中心公园：巴别尔的故事，沮丧中写下的一个断章，成功地要求我们去"看我的作品，强大而绝望！"。

然而，对于同一个特隆诺夫，巴别尔的报道却是讴歌，洪亮的标题是"我们需要更多的特隆诺夫！"，结尾是："如果我们中间有更多的特隆诺夫，我们就会当家作主。"我们会感激巴别尔将他的艺术和他的正式工作分开，但这种双重性——私下想法和公开想法完全不同——的暗示却打开了一道深渊之门。巴别尔与骑兵连在一起时的日记生前没有发表。这些日记表明，遏制革命狂热的，与其说是对革命本身的邪恶和劫掠的洞见（正如善良的巴别尔的研究者们往往宣称的那样），不如说是另一种更容易的洞见，那就是看到与他们有效并肩作战的哥萨克士兵的残暴、邪恶和劫掠。巴别尔事实上看到，"这不是马克思革命，这是哥萨克起义，想赢得一切，想什么都不输"。他事实上看到，"我们像飓风、像熔岩一样摧毁一切，被一切人仇恨，生活撕裂成碎片，我在千辛万苦、日夜不息地为死者服务"。但革命的必要性毋庸置疑："污秽、冷漠、绝望的俄罗斯生活难以承受，在这里，革命会做点儿好事。"即便在《红色骑兵军》中，那些故事对于亵渎性的革命活动，本身也神奇地构成了微妙的、悲剧性的、经常也是喜剧性的评论。巴别尔坚持这些信念：旧的主人（往往被认为是"革命前贵族家的老鼠"）必须颠覆；天主教是贵族势力和封建迷信的危险的耶稣会组织；农民遭受利益驱动的奴役；革命应该出口——"在这里，犹太人用利益的绳子把俄罗斯的农民绑架到波兰人的锅里，把捷克人绑架到波兰罗兹的工厂里"。

2

1894 年，伊萨克·巴别尔生于敖德萨。像吉卜林，他很早慧——他十几岁就有了观察和叙事的敏锐直觉和天赋。1916 年，他尊敬的高尔基发表了他早期的故事。从巴别尔后来写的自传性质的故事——他最伟大的篇什——来看，他的成长伴随着对病态的犹太人和健康的非犹太人的激情燃烧的幻想。比如，《我的第一个鸽舍》和《初恋》描写了1905年的大屠杀。在《初恋》中，小巴别尔看到父亲向威严的哥萨克长官求助（这个长官同样带着托尔斯泰式的显赫出现在《剥掉的裤子》和《淡黄鹿皮手套》里）。"就在那边，"父亲说，"他们砸坏了我全部的心血，长官。"哥萨克长官回答倒很干脆："我会注意！"结果无动于衷。这个故事呈现了一种矛盾的眼光，既佩服哥萨克人的身体力量，也无情地意识到这种身体力量对犹太人多么有害。这种眼光浸透了巴别尔《红色骑兵军》中的所有故事。"像所有的犹太人，我身材短小，体质虚弱，饱受头痛折磨"，在《我的初恋》中年轻的叙事者告诉我们。

《觉醒》是另一篇后来写的自传性故事，背景在巴别尔童年时代的敖德萨。故事讲述了一个喜剧片段：巴别尔的父亲送年幼的儿子到当地小提琴老师那里，把他当音乐天才来培养。毕竟，敖德萨诞生了海菲兹、津巴利斯特、米沙·艾尔曼等小提琴名家。"我们的父亲看见自己没有前途，就开始买彩票，把中彩的希望压在小孩子的骨头上。"然而，小巴别尔很不喜欢小提琴——"我的小提琴刮下来的声音像铁屑"——他逃学，与学友跑到港口玩耍。

天哪，他不会游泳。"我有恐水症的祖先，那些西班牙的拉比和法兰克福的钱商，把我拖下水底。"但"当地的水神"，《敖德萨新闻》的校对，可怜他，就教他写作。这个校对虽预言小巴别尔会当作家，但指责他缺乏自然感觉。他说，真正的作家必须知道树的名字。表面上，这个喜剧故事写的是巴别尔的父亲发现儿子没有上小提琴课——故事里有咆哮和眼泪，胖阿姨波卡"眼泪横飞，身体直晃"，不准老巴别尔宰了他儿子——但小说的中心还是紧扣题目"觉醒"。叙事者觉醒过来，进入健康的自然状态，对那种致命的、病态的、传统的犹太梦想的强制力死了心。"我多么迟才学会生命中这些本质的东西！在童年，我天天守着犹太法典，过着圣人的生活，只是到了后来，当我长大一点儿，我才开始爬树"。

但是，作家当然总会选择一种"病态"的职业；托马斯·曼知道，巴别尔也知道。只要它配合、姑息、甚至默默渴望滥用所谓健康的权力，写作就可能病了。在《我的第一个鸽舍》中，一只鸽子当着小巴别尔的面被弄死。这个故事写于《红色骑兵军》中《我的第一只鹅》之后，或许包含了一种回声。《我的第一只鹅》里的叙事者是一个戴眼镜的作家，被分配到与一群粗俗的哥萨克士兵为伍，但却遭到他们排斥。直到他残忍地杀了一只鹅（"鹅头在我靴子下咔嚓一声碎了"），证明了他的勇气，哥萨克人才接纳他。在被接纳之后，作家读到《真理报》上列宁对他们的最新讲话，那天晚上，他做了好多梦，可他的心"却叫杀生染红了，一直在呻吟，在滴血"。再次，我们注意到反讽的结尾，因为叙事者的罪恶感或许不仅指他野蛮地杀了一只可怜的鹅，而且更普遍地指哥萨克人的"杀生"。

3

从福楼拜那里，巴别尔学会了如何节制评论；从陀思妥耶夫斯基和高尔基那里，他充分注入了这种观念——俄罗斯历史是一部暴力史和悲剧史；从果戈理那里，他学会了滑稽的人物画像；从托尔斯泰那里，他学会了细节应该充满活力，总是附着活动。

可以肯定，在《情感教育》中，当描写到革命流血场景时——"弗雷德里克觉得脚下有个软东西，那是一个士兵的手，他穿着灰外套，匍匐在沟渠里"——福楼拜开创了用冷静克制的方式书写战争的先河。这种书写方式对巴别尔、克莱恩和海明威的影响至关重要。在《情感教育》中，罗克朝着一群俘房开枪打中人时，福楼拜写道："一片号叫之后，人走得精光。只有栅栏边留下了个白色东西。"这效果很强烈：作者越是控制住同情，就越能诱骗读者的渴望；作者强迫我们去想象他没有说出的东西。巴别尔的小说反复利用了这种手法："克罗斯特廖夫本来想说更多，但终究没有来得及说出口。"克罗斯特廖夫刚刚残忍地被本地的政委枪击。这种风格的危险在于其审美主义。一种风格，如果在某种意义上拒绝情感卷入，可能有时候会看起来像在否定其题材对象，好像题材对象根本不在那里。巴别尔的风格事实上有时掉入了审美主义。特别是，他频繁地召唤落日、月亮、闪电和天空，尽管可靠而生动，但他奇怪的视觉似乎公式化了，类似于夏加尔画中飞在天上的三驾马车。"蓝色舌头的火焰，混合着六月的闪电。""香烟的烟雾消融进掠过苔原的淡蓝色的闪电。""浓如果酱的落日在天空中沸腾……""绿色的闪电划过炮塔。""赤裸的月光一往无前地倾泻入小镇。""村道在我们前面延伸，空中垂死的太阳圆圆的、黄黄的，像南瓜，咽下最后一口气。""一颗星星羞答答地在橙色的落日之战中闪光。"

　　尽管受惠于伟大的前辈，但巴别尔的文风听起来并不像别人（即便经过了翻译）。这很大程度上与他写作中奇特的断裂有关。而断裂很大程度上又与夸张这个特征有关。巴别尔是夸张的主人，有时也是夸张的奴仆。拿《觉醒》为例。正如我们看到的，叙事者描述犹太父亲如何逼迫孩子学音乐。他们"把中彩的希望压在小孩子的骨头上"。这句话炽热生动——但显然不真实。事实上，《觉醒》有许多非常荒谬的夸张："扎古斯基（当地的小提琴老师）办了一家粗制滥造出天才儿童的工厂，一家生产穿着蕾丝花边领衣服和专利皮鞋的犹太小矮人的工厂。"当叙事的小男孩逃到港口玩时，"防波堤的巨浪将我和散发出洋葱和犹太人命运味道的家隔得越来越远"。后来："我有恐水症的祖先，那些西班牙的拉比和法兰克福的钱商，把我拖下水底。"

这些句子有巴别尔的味道：它们猛扑向现实，拆除不同时代，融入自身。在巴别尔笔下，一切叙事命题都得到张扬的诠释。曼德尔斯塔姆的文风也有点儿这样的强调：在诗人回忆录《时代的喧嚣》里，我们看到一个被"过度的犹太性和民粹主义"压弯了腰的人。但巴别尔要更加极端，他的手伸向狂野而漂亮的关联。在《莫泊桑先生》中，叙事者在为一个体态丰满、颇有两分姿色的有钱犹太女人干活："这些女人将她们有资本的丈夫的钱财换成她们肚皮上、脖颈上、圆肩上丰厚的粉肉。"于是，这些句子从它们的语境中累积出额外的反感。因为在关联不是直接显明的地方，特别是在关联和连续性不断被打断和挑战的段落，巴别尔会持续强调联结，比如，男人的钱变成了女人的肉，犹太人音乐的实力靠的是小孩子的骨头。如果说他的故事在迂回前行，从一句滑到没有联系的另一句，那么，那些句子本身就同时在内部朝前腾跃。

但必须承认，这可能是情景剧的模式（巴别尔曾读过狄更斯，在一个故事中提到过狄更斯）。从挤满犹太"小矮人"的小提琴课堂到故事的最后一幕——小男孩把自己锁在盥洗室里，那些女人在外面哭泣，父亲揪着自己的头发，"波卡阿姨眼泪横飞，身体直晃，肥胖的肩膀顶着门擦出声响"——没有多少距离。从"散发出洋葱和犹太人命运味道"的家到《红色骑兵军》里那篇《诺沃格拉德教堂》中形容得有点儿过分甚至庸俗的天主教堂，也没有多少距离。在《诺沃格拉德教堂》中，叙事者坐在神父管家埃利萨的厨房里，"她的海绵蛋糕有十字架受难的味道，里面有狡猾的血气和梵蒂冈的狂热芳香"。说它们之间没有多少距离，这是真的吗？以防我们认为只是这里的天主教蛋糕才有伦理和血气，我们不妨看看《地下室》中的波卡阿姨："她把我们族人的心放进了那馅饼，那颗受了太多磨难的心。"

　　这种文风，令人不安地近乎制造警句。特别是巴别尔的敖德萨故事系列，夹杂着情景剧和哑剧。许多故事中有力描绘的敖德萨黑帮只说感叹句（"滚出去，蠢蛋！……你的眼睛搭在便桶上啦！"）；同样，还有波卡阿姨（"她丰满善良的奶子上下左右乱跳"）和祖父列维·伊特申科（"他唯一的牙齿在嘴里轻摇"）。通常说来，巴别尔的故事包含的人物很多，但他们的特征却不多。是否可以公平地说，他所有的人物，包括犹太人，本质上都是哥萨克人？因为他往往在某个强烈的时刻捕捉到人类，令他们随着本质震颤；通常，由于这种本质必然强大，他的人物都是一块块的欲望。不像契诃夫，巴别尔对弱者几乎没有兴趣——除了那个脆弱的作者，从他轻度近视的镜片后面，默默打量这一切混乱、暴力和血腥的戏剧。

　　但是，巴别尔的情景剧风格，除了能够制造出单调的刺激，与他作品中伟大的东西不能真正割裂。当我们看到巴别尔笔下的坏句子时，我们立刻意识到它与好句子的关联。比如，"他唯一的牙齿在嘴里轻摇"。或者，更好的例子，这句写一个护士："朱迪的夹鼻眼镜跳起来，奶子胀出了浆硬的外衣。"这些句子的不真实之处在于，它们把特定的行为或事件——跳动的夹鼻眼镜或摇晃的牙齿——

表现成了习惯性的、永恒的行为或事件。但这种轻盈和密实也给予了巴别尔最好的小说出色的、几乎是原子式的力量，瞬间产生爆炸。比如，《在圣瓦伦廷教堂》中描写总部：

> 我批阅材料，身后勤务兵的鼾声诉说着我们见不到尽头的无家无室的军旅生活。由于欠睡而蔫头耷脑的文书们一边抄写给本师各部的命令，一边吃着黄瓜，打着喷嚏。（戴骢译）

《觉醒》中描写小提琴老师：

> 里面密室门突然打开。大脑袋、雀斑脸的小孩儿叽叽喳喳地从扎古斯基的密室里蹦出来。他们的脖子细如花茎，脸颊上有一种惊厥的红色。随后，密室门重新关上，吞没了下一个小矮人。在密室里，留着红色鬈发、打着领结、拖着细腿的扎古斯基在兴奋地歌唱和指挥。这个古怪彩票的创始人，用弹奏乐曲和视唱练耳的幽灵充满摩尔达万卡小城和古老集市的后巷。（戴骢译）

下面是《基大利》的开头：

每逢礼拜六前夕，我总不由得想起旧事，
于是刻骨铭心的痛苦便折磨着我的心。过去，
一到这天晚上，我的老祖父就用他那部焦黄的
大胡子去摩挲伊本·埃兹拉的书。我的戴蕾丝
花边帽子的老祖母则把弯曲的手指伸在礼拜六
的蜡烛上占卜，幸福地放声抽泣。（戴骢译）

在这些段落，每个叙事都像照片一样定格，画
面活起来，靠的是捕捉瞬间的极端情感，将之表
现为习惯性的事件。画面延展并俘获了时间。因
此，我们看到，在同一句话中，在同一时间里，
文书们在抄命令，吃黄瓜，打喷嚏。我们看到，
扎古斯基只是在兴奋地歌唱和指挥，尽管可以想
象，他还有那么多不兴奋的日子。我们看到，叙
事者的老祖母习惯性地对着礼拜六的蜡烛幸福地
放声抽泣，尽管很可能她在有些礼拜六不会落泪。
（最后一个例子表明，这种写作风格多么像故园情
感。）在他的日记中，巴别尔经常提醒自己要“记
住画面”。这显然是绘画风格，接近于他在
《潘·阿波廖克》中盛赞的那些生动的圣像画的技
法。这种技法以不同的形式显示出强大的表现力。
它在纸上落下一个色点，一个充满活力的色素。

这种技法非常适合短篇，不适合长篇；如果我们只准看一眼扎古斯基，那么最好是看他戴着领结兴奋地指挥演奏。

我们在读巴别尔时，立刻能够感受到既现代又古老的氛围；我们觉得这或许是他真正的新颖之处。巴别尔的作品看似现代，是因为细节被打断，按照不同角度塑造，以至于总是看起来像作者的风格选择，因此有这样的感觉，有些东西被记忆，有些被过滤（接近于意识流的技巧）。但他的作品也看似古老，几乎如寓言一样，因为当人冻结在尖锐、习惯性的活动之中，他们就变成了永恒的东西，变成了景观和气候。永远对着礼拜六蜡烛抽泣的老祖母，必然与"裸露的月光"和巴别尔笔下多次召唤的落日相一致。

情景剧的生命依靠这种单一性兴盛；但同时，情景剧是单一性的戏剧，因此，巴别尔的艺术必然是危险的艺术。同样，正如福楼拜表明的，文学中的绘画风格是审美主义的表亲。巴别尔烂漫的文学雕绘或圣像画沉迷于传递强大的本质：兴奋的扎古斯基，哭号的老祖母，奶子乱弹的波卡阿姨，把军刀插进波兰俘虏食道的特隆诺夫，等等。在巴别尔笔下，人物往往是立刻转化为功能，情绪转化为行为。你想看一个文书吗？好，我会让你看到他吃黄瓜，打喷嚏，由于欠睡而蔫头耷脑。想看我的老祖母吗？好，她对着蜡烛抽泣。但在那样一个行为和功能的世界，唯一拥有内向性的人，唯一承载脆弱性的人，唯一具有感性的人，是作者本人——这代表了风格光荣的、终极的、致命的胜利。巴别尔有一个著名的比喻，作家就是鼻梁上架着眼镜、心里装满秋天的人。很多时候，我们希望他少一些戒备，不要囤积他的秋天，多一些慷慨，用他复杂的斑点多抹几笔他的人物。

萨尔蒂科夫 – 谢德林对伪君子形象的颠覆

　　在所有形象中，伪君子或许是真实的畸形的大使。通过明显的错误再现真实，他使我们能够追踪真实被覆盖的轮廓。在小说和戏剧中，传统伪君子的作用就如可靠的不可靠叙事者。可靠的不可靠叙事者很少真正不可靠，因为作者在操纵他的不可靠；没有作者可靠的操控，我们不能判断叙事者是否可靠。同样，传统的伪君子总是可靠的伪君子，这就是为什么面对波洛涅夫、答尔丢夫、帕森·亚当斯以及裴克斯尼夫（狄更斯《大卫·科波菲尔》中的人物）的命运时，我们很享受——事实上也不受威胁。他们是喜剧人物，反证了我们的正直，给我们带来了满足感，无论我们变成什么样，我们不会变成他们那类人。然而，他们以出乎意外的奇怪方式，可能将我们变为伪君子：观看莫里哀戏剧的那些志得意满、脑满肠肥的观众就是明证。

我们能够看穿伪君子，因为他们的热情往往是可见伦理准则的变形或戏仿。尽管他们和我们吃的东西相同，但可以说他们横行霸道，多吃多占，长得太肥。但是，在道德营养不良的世界，伪君子象征着什么？在这样的世界，没有其他道德准则，眼前唯一的道德准则——宗教——早在伪君子买通它之前就已变态，伪君子象征着什么？当可靠的伪君子不再是可靠的伪君子时，会发生什么？当戏剧传统中熟悉的伪君子被赶下舞台放进不可靠的现代小说时，会发生什么？那样的人物比传统的伪君子更有威胁性，因为不再有任何真实，供他可靠地错误再现；我们解读他的动机也变得更困难。事实上，在某种意义上，他变成不透明，因为他不再是熟悉和稳定的"伪君子"类型，他不再是伪君子，恰是因为他不说谎：他没有什么可以说谎。因此，他更可能是悲剧人物而非喜剧人物，或者说，更可能是悲喜剧人物，更可能是唯我论者或幻想狂而非说谎者。他与自己的恐怖世界融为一体。

在奇特的小说《戈洛夫廖夫老爷们》（1875—1880）中，谢德林［本名 M. E. 萨尔蒂科夫，有时名叫萨尔蒂科夫－谢德林（Saltykov-Shchedrin）］描绘的正是这样一个人物，正是这样一个世界。伪君子波尔菲里·戈洛夫廖夫是艾莉娜·彼得罗芙娜和弗拉基米尔·米哈伊诺维奇·戈洛夫廖夫的儿子。D. S. 莫斯克称这部小说"肯定是俄罗斯文学中最忧伤的作品"。故事背景就在戈洛夫廖夫的阴森庄园。戈洛夫廖夫一家是小地主。谢德林也出身小地主家庭，他在许多故事和短剧中嘲笑了这个阶级。戈洛夫廖夫老爷们都是酒鬼，没受多少教育，喜欢幻想。他们依靠剥削农奴的劳动维生，挥霍自己没有意识到的特权。他们像不自知的色盲，只看见他们视线错误建构起来的世界。

老戈洛夫廖夫大多数时间在他的书房喝酒，像八哥一样学舌，写淫诗。庄园由艾莉娜·彼得罗芙娜打理。艾莉娜极度节制、俭省、残酷。她对三个儿子——斯捷潘、波尔菲里和帕维尔——只有鄙视。尤其是二儿子波尔菲里，家里人都叫他小犹大或吸血鬼，她有些怕。波尔菲里还是孩子时，"他就对'朋友妈妈'亲昵，悄悄地勾肩搭背，有时还搬弄是非……艾莉娜·彼得罗芙娜觉得这个儿子自小就是白眼狼。他看她的眼神好像很神秘。她分不清里面是毒液还是孝敬"。

戈洛夫廖夫一家是死亡之家。家里的人一个接一个出逃，但最后还是回家死掉。当然，他们只有回家，因为他们陷入了绝境。因此，在花光了家里给的钱后，只有四十岁、但看起来像五十岁的斯捷潘从莫斯科回到家，他鼓起的眼睛里充满血丝，"天寒，喝了酒，发着烧……他愁眉苦脸地看了看四周；这倒不是因为任何心中的不满，而是因为模糊的恐惧，怕随时饿死在地"。斯捷潘希望在家里能够苟延残喘，但是，苛刻的艾莉娜只想到自己活命，对他毫不开恩。

在某种意义上，斯捷潘算是死人。庄园里的每个人都命悬一线，要想活，最好的办法是关闭道德系统，就像在极寒天气里睡眠的身子。因此，家中最常见的气氛，从伦理上而言，近于无聊：盲目的空虚。比如，谢德林形容斯捷潘："他没有思想，没有欲望……他什么都不想要，根本什么都不想要。"艾莉娜同样封闭。她只准他吃一顿，只要饿不死。斯捷潘成了酒鬼。有人告诉艾莉娜，斯捷潘痛得要命，"她就像没有听到，不过心的耳边风"。艾莉娜有戈洛夫廖夫家男人的通病："她完全看不到，隔壁的房间住着一个与她有血缘关系的人。"

同样，帕维尔也把自己锁在屋中，最后成了酒鬼。谢德林描写他是"一个冷漠的人，莫名地忧伤，无法主动……他是无个性之人的最好例子"。在小说结尾附近，波尔菲里的侄女安妮卡也回来送死。她日夜徘徊，"浅吟低唱，一心只想累死自己，不要有其他杂念"。

戈洛夫廖夫之家是邪恶之地，是奥古斯丁和加尔文理解的那种邪恶：作为虚无的邪恶，缺乏善的邪恶。在这里，强调宗教特色是合适的，因为在这个遭肃清的世界，唯一短暂露出生机的人是绰号小犹大的二儿子。他首先是宗教虚伪的出色操纵者。他用传统宗教的邪恶来填补深渊。当斯捷潘、弗拉基米尔和帕维尔先后死去（帕维尔临终时，波尔菲里假惺惺地去"安慰"他，帕维尔拼尽最后一口气朝他吼道："滚，你这个吸血鬼！"），活下来的波尔菲里成了庄园新主人。

波尔菲里是谢德林的伟大创造。作为小说人物，他的生命力部分上来自一个悖论：他越平庸，就越有趣。传统而言，虚构的伟大伪君子通常都有趣，正如撒谎者都很有趣。然而，波尔菲里并非真正对自己撒谎，因为他与真理没有联系。他（自以为是）的"真话"全与自己有关，都是最沮丧、最平庸的谎言。在小说中某一时刻，谢德林挑明了这一点。他写道，法国戏剧中的伪君子"是有意识的伪君子，他们知道自己是伪君子，知道其他人也知道他们是伪君子"。然而，波尔菲里"是纯粹俄罗斯类型的伪君子，他完全缺乏道德标准，只知道习字簿中的训诫。他诡辩、欺骗、贫嘴，极度无知，怕魔鬼。所有这些品质都是负面的，不能为真正的伪君子提供稳定的资源"。

　　波尔菲里用无尽的平庸消磨他的妈妈和仆人。他惯用的伎俩是吁求上帝："上帝会怎么说？"他相信上帝的天命观，用来为他的残酷、挥霍、吝啬和偷窃辩护。一个生动的喜剧场面就是帕维尔临终。波尔菲里坐着四轮马车前来；艾莉娜心里立刻想，"这只狐狸一定是闻到尸体的肉香"。波尔菲里进入房间，身后是他两个儿子沃登卡和佩登卡（沃登卡模仿爸爸的样子，"抄着双手，翻动眼珠，耍耍嘴皮"）。看见艾莉娜不高兴，波尔菲里对她说："我看得出来，你很丧气！这是错误的，亲爱的！大错特错！你应该问自己，'上帝会怎么说？'，为什么，他会说，'在这里，我用智慧安排好了一切，她还抱怨什么！'。"他继续说：

　　　　作为兄长，我很悲伤。事实上，不止一次，我可能哭了。我为弟弟感到悲伤，非常悲伤……我流下了眼泪，但我转念一想："上帝会怎样说？上帝难道不比我们知道得多？"想到这里，我就开心。我们都该这样……看看我，看看我多坚强！

但波尔菲里还是怕。他经常画十字，在圣像画前祈祷。以真正戈洛夫廖夫一家的方式，他不是在祈祷任何好东西，而是祈祷不被魔鬼带走。（这是个含蓄的好笑话，波尔菲里怕魔鬼，但事实上他就是魔鬼。）"他继续祈祷，做该做的事，但同时看着窗外，看是否有人未经许可就进了地窖。"他用宗教的陈词滥调保护自己性命免受威胁；虚伪的宗教是他道德的伪装。

小说中最恐怖的一幕发生在波尔菲里的儿子佩登卡回家要钱时。佩登卡赌光了他所在团的三千卢布，如果他还不回去，就会被充军到西伯利亚。佩登卡走进父亲的书房，波尔菲里正举起双手跪拜祈祷。波尔菲里冷落了他半个钟头（佩登卡想得没有错，他的父亲是故意把他晾在一边）。最终，佩登卡开口说，他丢了钱。波尔菲里"和蔼"地说："那就还回去吧！"佩登卡说，他没钱。波尔菲里马上警告他，不要"让我也蹚你的浑水。我们且去吃早饭，坐着安静地喝茶，也可谈点别的，只是看在上帝的面上，不要谈这事儿"。佩登卡痛苦地说："我是你唯一剩下的儿子。"波尔菲里回答说："亲爱的，上帝带走了约伯的一切，但约伯不抱怨，他只是说：'上帝给的，上帝带走——上帝做得没错。'我的孩子，就是那样。"

虚伪是俄罗斯文学中熟悉的题材，其中，宗教虚伪有着特殊的位置。契诃夫的故事《在峡谷里》嘲讽了一个神父，这人一边用浮夸的话语安慰一个刚失去孩子的女人，一边拿"叉子"指着她，"叉子上叉了一块腌制的蘑菇"。在《不法分子》中，一个农民站在检察官面前打呵欠后，立刻在嘴巴上画十字。

谢德林在 19 世纪 70 年代开始写《戈洛夫廖夫老爷们》。作为俄罗斯最伟大的讽刺家，他在《寓言故事集》中已嘲笑了宗教虚伪。这个伊索寓言一样的集子，写了虚弱的省长、贪婪的地主、愚昧的官僚和残酷的神父。在他的寓言故事《村火》中，一个寡妇的独子葬身火海，一个像波尔菲里一样的神父指责她悲伤过度。他"和蔼地责备"她："为什么要抱怨？"他给她讲了约伯的故事，提醒她说约伯非但不抱怨，"反而更爱上帝，更爱创造他的主"。后来在故事中，村里地主的女儿告诉妈妈这个寡妇的苦难遭遇，地主也像波尔菲里一样吁求命运："这对她来说太可怕了；但你要坚强，薇拉！……抱怨没用，宝贝儿。万物皆有目的——我们必须记住！"

有时，《戈洛夫廖夫老爷们》不像是小说，倒像是充满讽刺的杀戮。它的残酷无情与其说是彻底搞清真相，不如说是将迫害进行到底。事实上，谢德林看起来很享受读者的震惊，他吊销了小说的传统使命，不再耐心地挖掘人物在家庭环境中的动机。相反，他给我们封闭的魔鬼。我们不能探索这些人物，因为他们与道德世界隔绝。谢德林知道，在小说的意义上，目睹斯捷潘回家是多么恐怖，多么不符合传统。回家的斯捷潘是对浪子回头寓言的无情颠覆："大家都知道，他们面前的人是失宠的孩子，他回到仇恨之地，永远回来了；在这里，他唯一的出路是被人拽着脚拖向坟墓。大家都为他感到抱歉和不安。"当然，除了斯捷潘的妈妈，她连抱歉和不安都没有。

谢德林知道，用那样非人道的语言书写家人团聚，这是对高雅情趣，尤其是小说的高雅情趣的冒犯，而他的叙事标记了这种冒犯。通常，谢德林会扮演全知的讽刺家，挤进来告诉我们应该如何看每个人物。在这部小说中，我们也的确看见一种更古老、更传统的惩罚性的讽刺利用了更灵活的悲喜剧小说形式。因为有时候，谢德林似乎是透过人物内心来写作。因此，当斯捷潘回来后，艾莉娜、帕维尔和波尔菲里开了一次决定斯捷潘命运的家庭会。艾莉娜对波尔菲里和帕维尔说，她准备给斯捷潘一点生活费，让他如村民一样活下去。谢德林评论说，"尽管波尔菲里·弗拉基米尔拒绝当裁判，他还是对妈妈的大方感到吃惊，他觉得有义务对她指出这个提议可能引起的严重后果"。因为读者能够看见，艾莉娜根本谈不上"大方"，所以小说这时假装认为艾莉娜就是波尔菲里所想的样子，叙事不无反讽。但是，突然一个淘气的转弯，我们知道，波尔菲里根本不值得信任，波尔菲里从来不会想到别人的好。那么，告诉我们波尔菲里认为艾莉娜大方，这是什么意思？这可能吗？波尔菲里的道德感这么败坏，他这么恨艾莉娜，他还相信自己虚伪的谎言，他邪恶的谄媚和做戏，真的相信妈妈在这时刻大方起来了？或者，简单一点问，是不是波尔菲里真的认为艾莉娜对斯捷潘大方，所以，他恨妈妈，更恨这个兄长？我们不知道，但无论如何解读，谢德林这个全知的讽刺家，暂时抛弃了我们，变成了一个小说家，决定不插进来告诉我们怎样想，决定不捅破这扇暧昧之窗。

这种手法带我们更接近人物，让我们进入他们灵魂的荒野，哪怕只有片刻。当用之于波尔菲里时，这种手法更加有效，因为我们可以分享波尔菲里的自欺。在此，谢德林的叙事真正"不可靠"，是对不可靠人物的不可靠叙事。比如，在小说中一个毁灭性的时刻，谢德林写到波尔菲里："他与外界完全失联。他没有收到书报和信件。儿子沃登卡自杀了；除了寄钱时，他也很少给另一个儿子佩登卡写信。"读者对这个细节很吃惊：谢德林上次提到沃登卡，他还是模仿父亲的小孩儿。在这里，我们第一次听说他自杀。但是，如果我们再次把这个句子看成（事实上）是波尔菲里的闪念，那么，可以看出，波尔菲里会是多么无心地想起这个自杀的儿子——只当是不重要的闪念，几乎不值得提起。

然而，我们越是走近波尔菲里，实际上他就变得越不可知。在这意义上，波尔菲里是现代主义小说人物的原型：他没有观众，他是陌生化了的演员。这个伪君子不知道自己是伪君子，周围也没有人告诉他他是伪君子。他有点像革命小说中的人物，因为他没有"真正"可知的自我，借用劳伦斯的话说，没有"稳定"的自我。在 19、20 世纪之交，深受陀思妥耶夫斯基和俄罗斯小说影响的小说家克努特·汉姆生发明了一种新人：他的小说《饥饿》和《神秘的人》中的疯狂主人公，翻来覆去地讲错误地自我归罪的故事，在找不到明显理由时，行为就极度乖张。我们难以知道他们什么时候撒谎，什么时候没有撒谎；我们不可能理解他们的动机。他们也是不可知的人物。在某种意义上，他们也是对伪君子形象的颠覆。他们强烈反抗虔诚的路德教，他们成为对虔诚的戏仿。他们在大街上高喊自我编造的罪行，其实无人真正搭理。从陀思妥耶夫斯基，中经谢德林，再到汉姆生，这条脉络清晰可见。《戈洛夫廖夫老爷们》这本人物渴望虚无之境的喧闹怪书，有时像是粗俗的滑稽剧，有时像是恐怖的哥特故事，有时像是一部小说，随着岁月推移，变得越来越现代了。

《安娜·卡列尼娜》和人物塑造

　　每个阅读托尔斯泰的人都觉得，这种阅读体验与阅读其他伟大小说家不但有程度的不同，更有类型的不同。但究竟如何不同，为什么不同？正如认为一个人应该从侧面而不是从正面接近大象，评论者发现自己在旁边跟着托尔斯泰猛冲，只是故意摆个角度照相。托尔斯泰透明的艺术——作为中性感光底层的现实主义，像空气——使之很难解释，我们往往只有气急败坏地陷入重言。为什么他的人物那么真实？因为他们很有个性。为什么他的世界看上去真实？因为它很真实。诸如此类。甚至托尔斯泰本人有一次在为他的写作辩护时，也被迫陷入悖论。1876 年，在给朋友尼古拉·斯塔拉科夫的信中，他说，《安娜·卡列尼娜》不是可以抽离书中的观念的集合，而是一张网络："这网络也不是由（我认为的）观念组成，而是由别的东西构成；它的内涵绝对不能直接用言词表达出来，只有间接地用言词去描写人物、行为和场景才能表达。"

小说开头就能证明托尔斯泰简单的满足。奥勃朗斯基生机勃勃，出身高贵，头脑简单，相貌英俊，"乐观开朗，志得意满"，习惯性地微笑。他一直与孩子从前的家庭教师有染。不幸的是，他的妻子多莉发现他的私情。奥勃朗斯基痛苦地想起最近的一个晚上，他从剧院回来，"拿了个大梨准备给妻子"（我们才读两页小说，托尔斯泰多汁的细节已然结果），结果发现她不在书房，而是在卧室，手里拿着那封泄露了一切的倒霉的信。

但奥勃朗斯基不会真正忧伤。像托尔斯泰笔下的许多男人，他自我满足，甚至到了唯我的地步。正如在莎士比亚那里一样，我们觉得托尔斯泰的人物真实，部分原因是他们想当然地认为他们的世界真实。妻子不快乐，奥勃朗斯基能做什么？生活告诉他继续，忘记好了，一切都会烟消云散。事实上，他就忘记了这一回事。他睡觉，醒来，穿衣，在这些仪式性的行为中，他显然获得了习惯性的快乐。他穿上"淡蓝色绸里的灰色睡衣"。我们看见他"宽阔的胸膛里猛吸了一口气，摆开他那双轻快地载着他肥胖身体的八字脚，迈着素常的稳重步伐走到窗前……"，理发匠进来，"光滑丰满的小手"
在"他长长的、卷曲的络腮胡子中间剃出一条淡红
色的纹路"。然后，奥勃朗斯基坐下来吃早餐，打
开"油墨未干的晨报"。

托尔斯泰的人物塑造一般是从对身体的描写开
始。他笔下的身体往往揭示出人物的本质。随后这
种本质在小说中反复呈现。托马斯·曼和普鲁斯特
都从这种"母题"的书写方式中受益良多。奥勃朗
斯基的微笑出现在小说开头，可以说再也没有消
失。在小说前三十页，他三次举起手制止别人的手
（理发师、秘书和列文的手）——某种意义上，他
难道不是举手阻止我们读者，事实上在说，"看我
的，我完全掌控生活"？奥勃朗斯基的妹妹，安
娜·卡列尼娜，也"迈着载着她丰满身子的轻快步
伐，奇怪地轻盈"。这些本质既是身体的本质，也
是伦理的本质。或许可以说，就伦理而言，奥勃朗
斯基和安娜的步伐过于轻盈，没有扎实的根基，比
如说不像列文，小说中托尔斯泰的伟大英雄和代言
人。他第一次出场是在奥勃朗斯基的办公室外"踱
来踱去"，托尔斯泰描述他是"一个体格强壮、宽
肩的男子"。安娜的丈夫阿列克谢·卡列宁是一个本
分的官僚，但性情冷漠、缺乏想象。与安娜相反，
他以错误的方式扎根太深：他第一次出场是在彼得

堡的车站，渥伦斯基立刻注意到他奇怪的走路姿势，"他摆动屁股，步履蹒跚的步态"。正如托尔斯泰重复这些本质的表象，它们也产生了自己的生命，看起来开始自动重复。这些人物在回应彼此的本质。比如，家里来的不速之客瓦卡·维斯洛夫斯基有一个恼人的习惯，他喜欢盘坐在胖腿上。这唯一的习惯就成了他的本质。列文有次抱怨说他不喜欢维斯洛夫斯基，因为他爱"盘腿"。

奥勃朗斯基像托尔斯泰的许多人物一样抑制不住成为自己，成为自己的本质。他的本质就是他的身体：头脑简单，肩膀宽阔，生活奢靡，步履轻盈。他开心的活力当然有传染力。奥勃朗斯基是这类人，他散发出生命之热，可以温暖他人。他的司机马特维喜欢帮他"受宠的身子"穿衣。几页后，当奥勃朗斯基和列文在安格利亚餐厅吃午餐时，那个鞑靼老侍者忍不住开心地笑看着奥勃朗斯基品尝美食。读者以同样的方式受到感染，一种奇怪的交流开始发生——要记住小说才开始几页的——在此，我们也渴望在这个自满的人的身边，他如此自满，可能根本不会注意到我们。我们愉快地看着奥勃朗斯基吃东西，"从梨形的壳中挑出又湿又黏的牡蛎肉"。我们愉快地看着鞑靼老侍者，"他的大屁股上翘起了尾巴"。我们愉快地看着列文绷着脸——列文，这个自命不凡的乡下人，这个与自我竞赛的道学先生，宁愿吃"白面包和奶酪"，讨厌"被铜器、镜子、煤气灯、鞑靼侍者……所环绕"。

整部小说中都是如此。托尔斯泰的细节极其有力。卡列宁在对安娜很生气时，将公文包放在胳膊下，用胳膊肘死死夹住，"肩膀耸了起来"。商人亚比宁的"长靴在脚踝那里起皱，一直到了小腿肚"。在成功求婚之后精彩的一幕，列文狂喜难耐地在酒店里等待着向未来的岳父岳母宣布计划的那一刻，而与此同时，在隔壁的房间，"他们一大早在谈论机器和骗局，在咳嗽"。后来在小说中，吉蒂和列文结婚了，他看她梳头，"她圆圆的小脑袋后面头发狭小的分缝，在她梳子朝前梳动时不断地闭合"。列文的管家阿加菲娅·米哈伊诺夫娜"抱着一罐新泡的蘑菇到地窖，脚下一滑，摔倒在地，手腕脱臼"。多莉坐下来跟可怜的卡列宁说话时，发现孩子们的教室很私密，于是他们就"在一张课桌前坐下，课桌上铺了油布，布满了小刀的划痕"。

这些细节肯定大多属于托尔斯泰在信中说的"网络"。首先，他的描写生动准确："油墨未干的晨报"，或者，隔壁的人在早上咳嗽。其次，我们注意到，他的细节几乎总是被功能推动，被生命运动——事实上就是生活——推动。米哈伊诺夫娜抱着的不是泡好的蘑菇，而是"新泡"的蘑菇；亚比宁的靴子由于走路起了皱纹。吉蒂的头发分缝只有在梳头时开合。卡列宁的胳膊夹得很紧时肩头才耸起。

　　有些东西从这张"网络"中产生出来，我们感觉到托尔斯泰非常不同于其他现代的现实主义者。他没有兴趣告诉我们，事物在他看来是怎样；他没有兴趣告诉我们事物像什么。这就是为什么他在那些时刻避免使用比喻。托尔斯泰的比喻往往平淡普通："他觉得就像那样一个人，进了一家店，看见东西对他来说太贵"等。（纳博科夫正确地注意到，就连这类比喻托尔斯泰也不擅长。）当福楼拜（在《情感教育》中）描写火车穿过乡野，烟囱飘出的蒸汽拖着长长的尾巴，他将之比喻为"一只巨大鸵鸟的羽尖不断被吹起"，这是很美的比喻。但文体家就是文体家，这是福楼拜看待世界的方式。但在托尔斯泰那里，正如在契诃夫那里，现实在他的小说中出现，可能不是作家看到的样子，而是人物看到的样子。

　　福楼拜描写火车时，他是将它冻结成画面加以捕获的，宣称这是他自己的火车。但《安娜·卡列尼娜》中的现实是人物的现实，现实在场，动作发生在当下。福楼拜的火车一旦成为风格就显得有点冗余，特别是因为比喻——哪怕最伟大的比喻——往往强调偶然性：作者希望我们注意 X 碰巧像是 Y。然而，阅读托尔斯泰时，我们有一种强大的奇怪感觉，尽管一切都特别的自由——作为小说家的托尔斯泰随心所欲，有时甚至进入列文名叫拉斯卡的狗的心思——但似乎一切都奇怪地成为必然。这部分是因为，在托尔斯泰那里，现实不是作家的玩具，而是人物必要的粮食。普鲁斯特在论《安娜·卡列尼娜》和《战争与和平》的一段神秘的话中写到，这些小说的每一特征，尽管人们认为是"被观察"（即风格化，"偶然性"，"文学性"），但事实上是"作家认同的法则的外衣、证据或条例，无论这法则是理性的还是非理性的"。普鲁斯特说，每个姿势，每个字眼，每个动作，都代表了一条法则，使我们觉得，我们在"许多法则中前行"。某种程度上，普鲁斯特可能点出了托尔斯泰笔下身体细节作为力学法则的必然结果：油墨未干的晨报，清晨的咳嗽声，靴子穿后会起皱，油布总是有刮痕，梳头时头发的分缝会开合。使用比喻的作家总是从理论上描写世界，描写的是或然的世界，但托尔斯泰只是如实描写世界，描写的是现实的世界。

托尔斯泰在 1873 年开始写《安娜·卡列尼娜》，尽管他在 1870 年就告诉过妻子，他计划写一本小说，主角是一个已婚女人，由于通奸而受辱。与《包法利夫人》一样，也许都是现实生活中的真事促动了小说的诞生。1872 年 1 月，安娜·斯特凡诺娃·皮诺戈夫——附近一个地主的情妇——在被情人抛弃后卧轨自杀。托尔斯泰前去站台看了尸体后感慨万分。19 世纪下半页描写堕落女性的小说都有家族相似性。安娜和爱玛·包法利一样爱看小说。哈代的苔丝与安娜一样胸脯丰满。事实上，三个女人追求感官快乐到了不负责任的地步。男人情不自禁被她们诱惑，当然，这并不被认为是男人的过错；列文在小说后面碰到安娜，自责说受了她"狡猾的影响"。然而，《苔丝》、《包法利夫人》和《安娜·卡列尼娜》，虽携带了男性责难的病菌，但在某种意义上却产生了抗体，那些命中注定的女主人们最终获得同情而非审判，她们被写入了小说而非被一笔勾销。一个原因是，19 世纪是小说人物的伟大时代，特别是女性小说人物的伟大世纪。这些女人竭力逃避社会的监禁：正是因为她们想逃离一个只把她们类型化的世界，她们变成了真正的人物。

起初，托尔斯泰计划写一本小说，惩罚犯下罪孽的安娜。在最初几稿中，她是一个肥胖、有点庸俗的女人，而她戴了绿帽的丈夫是一个圣徒。那时，我们现在所见小说中的大多数场景还没有出现：列文挥舞镰刀与农民一起劳动；他和吉蒂的婚姻（他们丰饶的家庭生活是对安娜和渥伦斯基贫瘠庸俗生活的健康"回答"）；谢尔巴茨基一家（吉蒂的父亲谢尔巴茨基公爵是托尔斯泰最好的小人物之一，想到他把俱乐部中一间房命名为"聪明房"就禁不住会心一笑）。这些情节都还没有出现，相反，只是一门心思围绕三角恋情展开。但是，正如理查德·佩韦尔所写，托尔斯泰"在道德上逐渐扩大了安娜的形象，缩小了她丈夫的形象；罪人变得越来越美丽而生动，而圣徒变得越来越虚伪而抽象"。

通常，对于《安娜·卡列尼娜》有两个反对意见。第一个就是，那些宏大的挥动镰刀的场面——甚至还包括后来列文等人打猎那几章——很单调，没有必要。屠格涅夫和后来的詹姆斯都觉得，这部小说没有结构。今日，他们的观点再次得到应和，如 A.N. 威尔逊，在他精彩的《托尔斯泰传》中，他写道："从美学角度来看，铺陈列文的章节明显理由不足……插入的这些章节部分没有艺术性，写得没有章法。"现在，最好把托尔斯泰看成是一个本能的野兽，那些神经质的形式动物学家根本追不上。真的，在某种意义上，托尔斯泰是伟大的反形式主义者。但他自己坚持认为，他的小说有隐形的结构。看起来我们值得去探个究竟。

小说的某些力量——这也是另一个使阅读托尔斯泰在类型上不同于阅读其他小说家的品质——必然与托尔斯泰减缓现实主义节奏的方式有关，这样一来，不再有大多数现实主义小说的人为节奏，反而多了生活的充足而缓慢的节奏，正如我们每天经历的生活。当然，列文挥舞镰刀与农民一起割草这些页的文字本身很漂亮："那些高大的草温柔地拥抱着车轮和马脚，草籽留在湿漉漉的轮辐和轮毂里。"与列文一起干活的一个老农民的小细节也非常动人，每当在草丛里发现蘑菇，他都弯腰捡起来放进口袋，喃喃自语道："我家老太婆又可以饱餐一顿了。"

这些插入的章节让小说现实主义的惯常速度缓慢下来。正如列文惊奇于这些农活是多么繁重，忘记了时间的流逝，同样，小说也忘记了时间的流逝。小说里著名的赛马一幕，渥伦斯基落马，大约在第二百页左右。我们再次看到这一幕，从安娜的视角。然后，在接下来八十页，吉蒂去了一处德国温泉，碰到神圣的维兰卡；谢尔盖去看望了他在乡下的兄弟列文；列文与农民一起割草；多莉和孩子去了乡下；痛苦和气愤的卡列宁开始接受安娜给他下的最后通牒——她爱渥伦斯基，"我听到你在说话，但我心里想的是他。我爱他，我是他的情人，我忍受不了你，我怕你，我恨你……"但在这一百来页里，我们再也没有见过渥伦斯基，直到第三百页左右。托尔斯泰在写什么？"比赛后的第二天，渥伦斯基起来得很晚，他穿上西服，没有洗浴和修面……"对于我们来说，一百页已翻过，但对于渥伦斯基来说，刚刚过了一夜。这一百页，一个普通读者可能一夜正好读完。读者的阅读速度可能与渥伦斯基的生活速度同步。我们难以想象有更好的例子来印证"真实的时间"。

第二个更严厉的反对意见就是指控托尔斯泰的说教。难道不是这样吗，托尔斯泰先是强迫列文与农民认同，然后在小说即将结尾时走向非常托尔斯泰式的天主教（三分伦理加一分神学）？当列文将人生致力于"信仰上帝，信仰作为人唯一之目的的善"，致力于"灵魂生活，只有灵魂的生活才是值得一过的生活，只有灵魂的生活才是我们珍视的生活"，小说随之结束。可以肯定的是，挥舞镰刀割草的场景包含了说教的含义。读到托尔斯泰这样写农民——"那一天漫长的劳作在他们身上只留下欢愉，别无其他痕迹"——我们免不了哑然失笑。

但事实上，列文与农民的关系被描绘为带有一种喜剧的荒诞感，因为列文像小说中许多人物一样是唯我论者。列文用农民来为他自己的道德洁癖服务，这点读者非常清楚。后来在书中，托尔斯泰把列文唯我的喜剧制造成小说中最好的一幕：吉蒂答应求婚后，他相信世人都会与他一样兴奋。晚上，在与未来的妻子约会后，列文回到酒店，与值夜班的门卫叶戈尔有一段对话。列文问叶戈尔结婚时是否爱他老婆。"当然爱，"叶戈尔回答说。"列文看见叶戈尔也很兴奋，也想说出心底的感受。"这是一个狡猾的句子，因为，是列文认为叶戈尔想说出叶戈尔内心的感受，还是列文认为叶戈尔想说出列文内心的感受？我们真的不知道，因为这时门铃响起，叶戈尔开门去了。第二天早上，列文认为，就连酒店门外的车夫"显然也知道了一切"。在这些章节里，列文的自恋尽管很有趣，但它使我们早先对他与农民一起割草那一幕的解读变得复杂。这肯定是托尔斯泰有意为之的。

此外，还有一种意见认为列文的说教不但妨碍了我们对他的自由感受，也伤害了他的独立性，这种意见预设的前提是列文具有那样的独立性，"艺术家"托尔斯泰被"说教者"托尔斯泰拖累了。但是，托尔斯泰从来不是笔下人物纯洁得不可破坏的真正的纯粹艺术家。他的人物塑造方法总是充满悖论：他的人物的本质是固定的，但作为人却是不断变化的。列文的本性是"渴望变得更好，这种渴望从来没有离开过他"，尽管这并不意味着我们总是知道他如何表现。卡列宁本性很冷漠，但在小说中一个动人的意外时刻，他像个孩子一样哭泣，温柔地原谅了渥伦斯基和安娜。不过很快，他恢复了冷漠本性，拒绝与安娜离婚。

如果托尔斯泰的人物相比其他小说家的人物有不同种类的现实，那是因为他们既是必然的，也是不可预测的，既是普遍的，也是特殊的；尽管他们肯定成其为个体，但我们总能意识到谁制造了他们。托尔斯泰有着前现代的原始风格，让我想到著名的阿尔弗雷德宝石，这颗 19 世纪英国制造的珠宝，上面刻了一行文字暗示阿尔弗雷德大帝，"我是奉阿尔弗雷德之令而造"。同样，尽管他们具有独立性，托尔斯泰的人物也以一种方式打上印记："我是奉托尔斯泰之令而造"。想想小说开始不久列文和奥勃朗斯基的碰面。尽管我们对他们几乎一无所知，但列文和奥勃朗斯基作为人物和作为本质已鲜活地确立下来。托尔斯泰告诉我们，他们是多年的朋友，感情很深。然后，他以熟悉的方式插入进来告诉我们："尽管，正如经常发生在选择不同道路的人之间的那样，他们理性上会为对方的行为辩护，但打心底里还是瞧不起对方。"在大多数作家笔下，作者的这种干预是很危险的：人物刚出场，作家就把他的胖手指插进蛛网，不但告诉我们怎么看待人物，还告诉我们有一条普遍规律，规定了某些人怎么看待对方（"正如经常发生在选择不同道路的人之间的那样"）。

　　然而，这种插话——小说中这样的情况有许多，这里只是早期的例子——没有损害奥勃朗斯基和列文的个性，因为他们的个性恰好存在于体现了普遍规律的那些不同的和难以预测的方式。柯勒律治说，"正如在荷马那里，所有的神都穿了铠甲，维纳斯也不例外"，同样，"在莎士比亚那里，所有的人物都很强大"。他所谓的"强大"，指的是他在另一个地方对麦克白夫人的评价，她"像莎士比亚所有的人物一样，自成一个阶级"。在他那本论托尔斯泰的伟大作品里，约翰·贝利告诉我们，《战争与和平》的早期构思中，罗斯托夫伯爵最初出场时叫普洛斯托伯爵：俄语中"普洛斯托"的意思是"诚实单纯"。这种构思是出于艺术还是说教？肯定兼而有之。托尔斯泰不是用一种（抽象意义上的）观念开始写作，而是用一个真理、一个关于罗斯托夫的大写真理开始写作。

　　正如哈姆雷特，《安娜·卡列尼娜》中的人物也是普世情感的后裔。当列文觉得全世界肯定都意识到了他对吉蒂的爱，无论是从个体的情感还是从普遍的自恋而言，他的感觉都不无真实。我们能想象奥勃朗斯基感觉到了同样的东西，甚至渥伦斯基也能感到。当安娜和渥伦斯基争论，渥伦斯基说错了"体验"一词时，安娜想笑，这时，许多读者会辨认出一个典型而微妙的托尔斯泰的细节。但是，我们难以说清，这究竟告诉了我们关于安娜或渥伦斯基什么强烈个性的东西。辨认出那样一个细节，我们觉得愉快；更为愉快的是认识到它普适于人类。是的，我们对自己说，这就是他们争论的东西。我们接下来也许会说，托尔斯泰的人物有他们独特的感情，但他们的感情又不那么独特。悖论的是，他们彼此有别，同时却又分享普遍性。这从以下事实获得暗示，《安娜·卡列尼娜》中几乎所有的男性——无论是渥伦斯基、列文、奥勃朗斯基，还是那个养蜂的老人、多莉的司机，甚至那个不速之客维斯洛夫斯基——相貌都很"好看"。这些男人都有男人味，因此在这方面他们都很类似。同样，小说中两个不同的孩子——列文的孩子和安娜的孩子——以完全同样的方式形容，都有胖乎乎的小手腕，上面好像缠着细绳。这肯定不是托尔斯泰的笔误；他只是重复婴儿期的普遍性质。

　　在大多数的小说中，我们看见人物在寻找自

我，或迷失自我，或建构自我。在托尔斯泰这里，困难与其说是成为自我，不如说是成为自我之外的别的什么。这正是托尔斯泰的意思，他在晚年说，"我五岁怎样，我现在就怎样"。这或许是为什么他感兴趣这样的时刻：他的人物发现自己被迫要扮演角色，或者，自然的东西听上去像人为的东西，听上去不像自己，比如，对于在奥斯特利茨大地上的尼古拉·罗斯托夫来说，伤者的哭声听上去是装的。在《安娜·卡列尼娜》中，当我们看见一个人物与不可遏制的本性挣扎时，这场面总是动人的。一旦安娜真正离开了他，卡列宁是那么痛苦，以至于他一反常态，想跟上司吐露他的悲伤。但是，即便是陷入这异常的沟渠，卡列宁一直比他能够知道的更具特色。因为，托尔斯泰告诉我们，像个恪尽职守的官僚，他提前准备了开场白："他准备了这句话：'你听说过我的悲伤吗？'"这句开场白僵硬得可笑，可怜的卡列宁啊，我们差点为他笑哭。当然，他什么都没有说。

重读《安娜·卡列尼娜》，我们会惊讶于小说中人物的自恋。我们得知，渥伦斯基"没有注意细节的习惯"。在来自彼得堡的列车夜间停靠的那个小站，他对安娜表达了爱意之后，他走回他的车厢，"他现在好像仍然很骄傲自满。别人在他眼里好像只是一些东西"。卡列宁发现自己无法想象他要是安娜会怎样。他再次试了试，最终还是放弃了努力："设身处地想象另一个人的思想和感受，这种精神活动卡列宁不习惯。"甚至多莉和吉蒂这两个富有同情心的母亲，也没有发现安娜不只是孤独得"可怜"——在小说很后面，当安娜来拜访她们时，吉蒂有点傲慢地对多莉说安娜"可怜"——而是像刚吸食了鸦片，接近于自杀。

在小说中那个"又湿又黏"的共享世界——托尔斯泰用于肌理、内容和气味的浓重标记法——和许多活在自己世界的人物的自私内心世界之间，有着强大的张力。因此，当那个世界破门而入，降临在这些爱幻想的人头上，最感人的事件就开始发生。比如，渥伦斯基第一次在彼得堡车站看到迎接安娜的卡列宁时，他心里想："喔，这就是她先生！"托尔斯泰立刻补充了一句："只是到现在，渥伦斯基才第一次清楚知道，这位先生是与她有联系的一个人。"

《安娜·卡列尼娜》的世界的悖论在于，它是唯我论者们高度共享的世界（比如他们的家庭成员相互认识）。安娜的表情反复被描写为充满"同情"，只有她不是唯我论者。但她的感性是一种病态的自由，因为她没有一个真正的世界去施展她的理解。

离开了社会，她开始枯萎——事实上，她被唯我论者的社会改造成了唯我论者，这个社会拒绝正确地看待她。渥伦斯基不注意细节的习惯，对她来说是致命的。小说最精彩的部分是最后一百页，托尔斯泰慢慢展示了渥伦斯基和安娜之间关系的解体。安娜一再与她不可压制的自由本性搏斗。每天，渥伦斯基出外应酬，宣示他的自由。但她不能那样做。社会禁止她那样做。她带着嫉妒和仇恨反省，"他有一切权利，我却一无所有"。每天，她暗自发誓，渥伦斯基回来后她将不再抱怨。每天，她都违背誓言，她不能自已。当她掉落在列车的车轮下时，在某种意义上，她最终与她的本质融为一体。因为托尔斯泰告诉我们，这个脚步轻盈的女人，"双手放在车厢下，轻轻地动了一下，像是马上准备再次站起来，但她的腿跪了下去"。我们最初见到她时，她脚步轻盈；现在，她轻盈地走向死亡。

伊塔洛·斯韦沃的不可靠喜剧

　　这是《苏格兰轶闻录》（第七版，1888）中一篇典型的喜剧。一个主人责骂他的仆人：你敢到处说你家主人小气吗？不敢，不敢，仆人回答道，你哪里见过我那样说，"我只是心里那样想"。

　　许多喜剧都围绕逻辑矛盾展开，其中的手段看见目的转身就逃，好像毒蝎偶然会伤及自己。喜剧矛盾往往同时在几个可能层面复制自身，以上例子就是证明。如果我们认为这个笑话突然表明仆人的确认为主人小气，那么我们至少发现两个喜剧矛盾。第一，仆人以为他在洗刷妄议主人之罪，却没有意识到自己同时就在犯下同样的罪。第二，仆人的回答不但没有藏住心思，反而无意识地公开。

　　人际间的误解之所以好笑，都是因为它们不仅是表现交流困境的即时闹剧，更能暗示出自我的虚妄。这个自我，像任何虚妄的美一样，也裹着自大的貂皮。在这则苏格兰轶闻中，两个隐蔽的自大狂在自说自话：主人只想到自己，所以才问仆人是否一直在败坏他的名誉；仆人也只想到自己，才把心思和盘托出。如果这是轶闻引人发笑的部分原因，那么这里的喜剧看来在其伦理和惩罚的层面起作用，照见双方的盲目和愚昧，磨掉虚妄的光芒，套住邪恶的自我。这是相当严厉的柏格森的喜剧观：喜剧就是清洁剂。

但是，喜剧当然也宽恕，其中也编码了同情。如果自我空虚的愚行使我们笑，同样，它也使我们哭，因为我们悲伤于自我所囤积的伟大的自由幻象。这则苏格兰轶闻过于短小，还产生不了悲伤，但它的潜力包含了这样一个关于人的悲喜剧观念：当他认为自我真正解放时，恰恰是在宣告自己的不完善。塞万提斯的《堂吉诃德》也许是关于自由幻象的最伟大的喜剧。小说上卷即将结尾时，堂吉诃德精彩地捍卫了游侠骑士的使命："就我而言，可以说我是个勇敢大胆、谦恭有礼、豪爽大方、温文尔雅、颇有教养、吃苦耐劳、忍受魔法的游侠骑士。"这不全是肆意的自夸。但它背后的痛苦在于，为了成为那样的人（他很难说得上温文尔雅），堂吉诃德就成不了他自己：他疯了。他想象自己很自由，但无论是实际上还是比喻意义上，他都带着锁链：就在他自夸了美德之后，为了保护他，他被装进笼子，在善良的神父兼理发师的护送下，坐着马车回到了他的村庄。

伊塔洛·斯韦沃（Italo Svevo）的《泽诺的忏悔》（这里用的是人们熟悉的英译本书名 *Confessions of Zeno*）是关于自由幻象的悲喜剧。这部伟大的小说问世于 1923 年。斯韦沃的小说明显属于《堂吉诃德》和《好兵帅克》的喜剧传统，属于叔本华（他对斯韦沃有很大影响）所定义的喜剧：喜剧产生于我们的观念和客观现实之间的不和谐。堂吉诃德和泽诺都是幻想狂。堂吉诃德古典、信教，有骑士之风；泽诺现代、世俗，属于资产阶级。堂吉诃德一心为人，以惩恶扬善为己任，但以失败告终；泽诺一心为己，尽管无心插柳，但却大体功成。堂吉诃德积极追求，最终轰轰烈烈地失败；泽诺消极等待，结果滑稽剧式地成功。

《泽诺的忏悔》在喜剧的两根柱子之间移动，在道德惩罚和悲剧哀伤之间移动，在自大的温暖场面和自以为自由但实际上受囚禁的自我的可悲前景之间移动。斯韦沃的写作方式使这种自我的前景更加尖锐可感：小说采用第一人称叙事；泽诺·科西尼，的里雅斯特的商人，五十七八岁，应心理医生的要求讲述了他的童年。泽诺有疑心病，神经质；他讨人喜欢，唯我，是一个喜欢自省的、自私自利的资产阶级人物，是真正的厌世之花。我们眼前的小说据说就包含了如下回忆：中年男人泽诺想起自己的学生岁月；他可悲而可笑的戒烟努力（他认为抽烟是他失眠、发烧、肌肉酸痛的关键诱因）；他父亲之死（临终前，老人抬起手，立马落下，碰巧打在泽诺的脸上）；他想娶马尔芬迪家一个女儿的滑稽闹剧（当然他最后娶的是当初认为最丑的一个）；他的商战传奇（泽诺是个糟糕的商人，成功纯属运气）。

泽诺的叙事与他的心灵一样疯狂，因此，他是极度不可靠的叙事者，正如要是由堂吉诃德来承担他自己故事的叙事。在大多数小说中，不可靠的叙事者往往有一点可以预测，因为他们必须是可靠的不可靠：叙事者的不可靠受到作者操纵。事实上，没有作者的可靠，我们就不能"读出"叙事者是否可靠。真的，看了几页后，我们就知道泽诺的自叙要打折扣；我们差不多相信他所说的反面。某种程度上，这为我们提供了喜剧的前景，耐心"抵制"我们准确的诊断；我们这些读者变成了泽诺的分析师。因此，泽诺说他有多强大，他看起来就多弱小。他越是说自己会戒烟，会离开情妇，我们就越不可能相信他。他越是把许多病的根源归咎于一个器官，我们越会认为他是无病呻吟的明显案例。

不可靠叙事几乎如企业运作一样地高效：一旦小说家摆好摊子，他就能一章章批量使用他的手法。泽诺告诉我们，他对上了年纪的合伙人奥利维感情复杂。"他一直跟我干，干到现在；但我真的不喜欢他，因为我总认为他阻挡我干他干的活。"尽管小说才到十七页，我们已相当有把握地认为这句话靠不住，他没有能力干他指责奥利维不让他干的活。同样，泽诺告诉我们他的求婚过程。马尔芬迪家四姐妹，他疯狂地向其中三个（阿达、奥古斯塔和阿尔伯特）求过婚。对他不可靠的叙事，我们早有心理准备，至此我们已学会如何读懂他。他第一个见到的是奥古斯塔，他觉得她最不漂亮：不像泽诺，我们预先知道，这是他最后会娶的姑娘，因为我们已预知泽诺的人生喜剧原则，结果几乎总是他梦想的反面。

倘若只是可靠的不可靠，那么泽诺会容易读懂；他会是个伪君子、傻瓜。（事实上他是伪君子，不过是间歇性的伪君子。）但斯韦沃从两个方面神奇地修改了不可靠叙事这一技巧。正是这种修改加深了小说的喜剧性。

第一，泽诺想忠实于自己，有时他成功了。他把回忆设想为一种忏悔。他对胡乱求婚的描述就包含了准确的自我观察："通过我的努力，我实现了射手的梦想，击中了靶心，只不过是目标旁边的靶心。"在这一段里，他告诉我们怎么向阿达求婚；他选中她，是因为她美丽端庄。"因此，我决定赢得阿达的心，不停地让她取笑我，忘记了我选择她的最初原因是她的端庄。是的，我对她抱有幻想，但在她看来，我的幻想肯定太过分。"

　　第二，泽诺想写下他冷静分析的回忆，从而达到自愈的目的。斯韦沃这部小说一大笑点就是，泽诺认为他在做精神分析，但同时却忙于抵制正式的精神分析。就像写下忏悔录的奥古斯丁明显不相信基督。在小说结尾附近，泽诺的医生——可以想象他读完了我们刚读的部分——告诉泽诺，他有恋母情结。泽诺说不可能。他尊重母亲，也爱戴父亲。此外，"我没有那种病，最确凿的证据就是我没有治好过它"。这种荒诞的反驳与小说的喜剧风格一致，严格建立在逻辑矛盾和反转的观念之上。比如，生活是一场病，唯有死亡才能治愈（肯定不是靠精神分析）；泽诺能够（暂时）戒烟，只有在他不想戒烟时。或者，最动人和好笑的例子是，看医生是为了得到精神健康证。当父亲告诉他，他认为他这个儿子疯了时，泽诺得意地说，他有医生的证明，证明他没有疯。对此，泽诺的父亲眼含泪水，悲伤地回应道："啊，看来你真的疯了！"

所以，泽诺的不可靠叙事不像纳博科夫笔下的亨伯特。亨伯特是在开脱自我；泽诺是在理解自我。大多数不可靠的叙事者自以为正确，实际上他们是错的。很少人会如泽诺一样，站在一个自以为正确（但实际上错误）的位置分析自己的错误。斯韦沃把意识转回自身，让读者成为公正的侦探，渴望获得根本无法染指的伦理和精神的正义。

整个小说必须被置于这种喜剧的悖论视角来阅读：一方面，泽诺认为他在对自己做精神分析；另一方面，他错误地断定，精神分析缺乏分析他的手段。但是，考虑到这悖论，他为什么要回忆？他为什么要写下来？表面看起来，泽诺写下他的意识，是把这当成是在描述它所想象的自由。但我们这些读者能够看见，写下这些文字的人仍然不自由。泽诺认为，只要他坦白承认，他有过谋杀姐夫的冲动，就会取消他真正仇恨姐夫的指控。但我们可以看见，他自始至终都仇恨他的姐夫。在小说开头，泽诺想戒烟，我们同样发现这一幕非常好笑。他坦白交代，他年轻时许多日子都在不断下决心要戒烟；读书期间，他换了不少住所，自己掏钱重新贴了壁纸，用以盖住上面留下的他"最后一根烟"的日期。他说，最后一根烟有着独特的味道。"其他的烟也很重要，因为在点燃它们时，你在宣示你的自由，同时，力量和健康的未来依然保留，只是离去一点点。"但是，动人的不是泽诺会否戒烟——我们对此表示怀疑——而是他迫切的信念，戒烟与他身心的健康有关，与"自由"真正有关。泽诺认为，他能控制他自由的条件——我们可以看到，那些只是他不自由的条件。

这部新颖奇书的作者生于 1861 年的的里雅斯特。他的原名叫埃托雷·施密茨。伊塔洛·斯韦沃（或施瓦本的伊塔洛斯）是他的笔名。这个笔名表明了他复杂的背景：意大利语（家里讲的里雅斯特方言），奥地利公民（的里雅斯特是奥匈帝国的城市），德国血统（事实上是德国犹太人）。他出生在富有的大家庭：父母生了十六个子女，八个活了下来。每当新生儿降临，经商的父亲弗朗西斯科·施密茨总会激动地大叫道："今天我又赚了一百万！"但弗朗西斯科的财富事实上很快只剩泡影：1880 年，他的生意遭受重创；这一年，为了减轻家庭负担，怀揣艺术梦想的埃托雷只好去谋生，在维也纳联邦银行的里雅斯特分行的通信部门找了一份工作。这份工作他做了十八年，直到他岳丈的家族企业（生产防腐海漆）把他解救出来。

在那本令人愉快的共同生活回忆录中，斯韦沃的妻子，利维亚·委内齐亚尼·斯韦沃，回忆起一个听上去很像泽诺的男人。斯韦沃头很大，额头很高（他早秃），一双温和的黑眼睛有些突出。他迷人，患有失眠症，有些神经质，饱受神经刺痛和痉挛之苦。在他们约会期间，利维亚说，斯韦沃不安地警告过她："记住，一字不择，一切毁灭。"与泽诺一样，他烟不离手，在"最后一根烟"的烟云和崩塌的决心中度日。他迷信用数字占卜，经常决定在四点过七分——这是他母亲去世的时刻——抽他的最后一根烟。"或许靠抽烟，"利维亚写道，"他才能压制那些'蛙'叫，他称一直折磨他的怀疑为'蛙'叫。"泽诺的竞争对手、未来的姐夫奚落他不走心；在利维亚的笔下，斯韦沃的漫不经心也让人震惊，他会戴两副袖套，直到手腕奇怪地沉重才会注意。她讲了一个故事，斯韦沃带了 150 里拉出门去买她家厂里需要的东西，几个小时后他回来时，该买东西没有买，却带回一盒糖，钱包里还多了10 里拉。

斯韦沃与契诃夫气质相投：都有几分刺探隐秘的爱好，或许在这张面具背后，是对人和动物苦难的强烈敏感；都不愿意如"知识分子"一样思考或行动，反感浮夸，讨厌诗歌——"为何用那么多字表达那么少的内涵？"这是斯韦沃的诗歌观；都对宗教有敌意；都有一双发现微妙喜剧的慧眼。斯韦沃专注于妙趣，专注于妙趣的悖论和矛盾。乔伊斯曾经责备他，他虽然不说粗话，但却写粗话，斯韦沃妙答说："看来，他的作品不能当着他的面读。"《泽诺的忏悔》里到处都是那样大大小小的妙趣：泽诺的情妇嗓音可怕，却偏要去当歌手；泽诺的音乐天赋有限，却偏要给姐夫讲如何拉小提琴。他笔下的最后一根烟和健康证都妙趣横生。就连小到泽诺对他秃头的刻画（我最喜欢的细节之一），也令人忍俊不禁："我头上很大一块地方，已经被我的前额挪用。"最风趣的细节是，斯韦沃临终时看见侄儿抽烟，有气无力地也要求来一根，在遭到拒绝后，他小声说："看来，那才真的是最后一根烟。"

斯韦沃对诗歌有敌意，认为诗歌没有内涵；这种敌意很重要，因为他是最具哲学性的现代小说家之一。他能大段背诵叔本华。显然，《泽诺的忏悔》中的核心观念——生活是一场病——受到叔本华的影响（弗洛伊德也承认受到叔本华的影响）。但我猜测，斯韦沃也被这个哲人既活泼又严肃、充满悖论的妙论迷住。比如，在《作为意志和表象的世界》中，叔本华写道：不断地走路就是为了防止跌倒，正如我们身体的活动就是不断地在预防死亡。

叔本华爱养狮子狗，他喜欢说，只有他的狗特别不乖的时候，他才用"人"这个字眼骂它。斯韦沃也爱猫狗，一生都在写动物寓言，表达的主题是动物永远摸不透人多么神秘和邪恶。

斯韦沃的前两部小说《一生》和《暮年》比《泽诺的忏悔》（这部作品与他第二部作品《暮年》相隔二十五年）传统得多。《泽诺的忏悔》显然是现代主义小说，《一生》和《暮年》显然是"自然主义"小说，两部作品都写与女人卷入不当关系的男人。《一生》中的男主人公阿方索·尼提和《暮年》中的男主人公埃米里奥·布伦塔诺，都被他们与女人的不当关系毁灭。很大程度上，他们根本不理解自己为何毁灭。他们有些像《情感教育》中的男主人公弗雷德里克·莫罗，他们过着绝望的漂泊人生，但却自以为生活有方向、自由，自欺欺人地美化自己的生活。不同的是，弗雷德里克从根本上说没有反省，因此有点儿空虚；他在等待浪漫和历史——事实上就是浪漫的历史——来填充。相反，阿方索和埃米里奥用神经质的内省来填充自己。与泽诺一样，他们是执迷的自我捐客，与他们的良心不断做热气腾腾的交易，他们真正在作恶时，能够说服自己是在行善。他们天生有一种讨厌的倾向，本应该表达关切的时刻，偏偏出奇地平静。在斯韦沃的前两部小说中，这种倾向显然不是喜剧性的；在《泽诺的忏悔》中，这种倾向既是喜剧性的，也是悲剧性的。在《暮年》即将结尾时，埃米里奥眼睁睁地看着妹妹死去。他几乎忘了，妹妹是因为他才死的：他找了个理由，离开生病在床的妹妹，跑到码头边和情人最后一次幽会。码头边风雨大作，但"在埃米里奥看来，这折射出他内心的风波。这给了他更强的平静感"。他看着渔夫，想起——

> 他命运的惰性是他不幸的根源。如果他的生命中只有一次任务，要解开或重新打结一条绳子；如果把渔船——无论多么小——的命运委托给他，由他照顾呵护；如果他必须用自己的声音压倒这狂风和大海的怒吼，那么，他应该会少些怯懦，少些忧伤。

埃米里奥的想法——他淡淡地希望命运会使他强大——是《暮年》的典型特征。这种早衰或道德脆弱感捆绑着斯韦沃所有的主人公。伯斯·阿切尔·布隆伯特将《暮年》翻译成了英语（斯韦沃的作品第一次更名为《埃米里奥的嘉年华》）。在为妻子写的精彩译序中，维克多·布隆伯特将这种囚徒状态形容为"一种特殊的情感（有些人实际上生来就老了）；或者更确切地说，是一种特殊的惰性，梦想者的惰性，现代的惰性，充满反讽的无聊和厌倦"。

《一生》发表于 1892 年，注意的人很少。《暮年》发表于 1898 年，立即湮没无闻。的里雅斯特是一个鱼龙混杂的边城，意大利文学界不会认为它可能诞生出伟大的文学。斯韦沃的意大利语古怪、平淡，有时还显得像一个笨拙商人的语言，只要细看，会挑出许多毛病。的里雅斯特也并不自认是艺术之都。大多数当地人认为斯韦沃是企业家而非作家。斯韦沃的《暮年》出版后（他所有的书都是自费出版），他觉得大部分只有送人。文名不显，斯韦沃很受伤，只好把宏大的抱负压在心底。事实上，斯韦沃把写作压了二十年。"写是必须写，但没有必要发表。"他喜欢说。1902 年，他写道："那可笑而讨厌的、称之为文学的东西，现在完全从我的生活中切除了。"他操起小提琴说，它"把我从文学中拯救出来"。（他拉得虽不好，不过或许比他笔下的泽诺要好。）

多年来，他日益介入妻子的家族企业，负责监理建造在伦敦东南边查尔顿的工厂。从 1903 年到 1914 年战争爆发，斯韦沃每年都要在查尔顿租来的公寓中住一两个月。他这样做是有意模仿叔本华

（在温布尔顿住过）和克鲁泡特金（在布莱顿住过）；但实际上模仿得并不像，有点儿滑稽。特别是，他无意结交伦敦的作家或知识分子——他的英语也很糟糕——宁愿在查尔顿过"悲伤的 / 永远哭泣的"漆黑的贱民生活；找个地方，读星期天的报纸，看图书馆借的书，喝瓶装啤酒，这就是他生活的弦乐四重奏。

正是斯韦沃英语不好，他才与乔伊斯结下友谊。1904 年，乔伊斯来到的里雅斯特的贝立兹学校教英语。1907 年，斯韦沃接触乔伊斯时，乔伊斯在做家教。乔伊斯在家中说的里雅斯特方言，英语教学方式奇特。他有一次布置英语练习，要求斯韦沃写一篇文章，评论《一个青年艺术家的画像》的开头几章。斯韦沃起初隐瞒他写了两本被人忽视的小说，但他最终承认自己是作家。他把自己的书送给了老师。一个广为流传的故事说，乔伊斯读完《暮年》后宣布，斯韦沃是优秀的小说家，地位相当于法国的法朗士，他还声称他能背诵出小说最后的几页。

1914 年，战争爆发后，乔伊斯离开了的里雅斯特。斯韦沃和乔伊斯之间一直保持着若明若暗的友谊。1923 年，《泽诺的忏悔》出版后，依然是熟悉的结果，石沉大海。斯韦沃想起了这段友谊，于是写信给乔伊斯，问他是否可以帮助一下《泽诺的忏悔》。乔伊斯暗示他，法国作家瓦莱里·拉尔博和邦雅曼·柯莱篓等人对意大利文学有兴趣。斯韦沃立即送了几册给他们。乔伊斯热衷于他现在非常自如的高雅文化的热闹场合。幸亏乔伊斯的建议，正是法国文学界最先严肃地对待斯韦沃这本最伟大的小说（"意大利的普鲁斯特"，这句老调虽然很不准确，但是真诚热烈）。接下来轮到意大利文学界脸红了。1930年，贝丽尔·德·佐伊特的英译本面世，七十年来一直是英语界唯一的标准译本，直到最近，美国著名的翻译家威廉·韦弗出版了精彩的新译本。

韦弗把书名改为《泽诺的意识》，某种意义上更贴近原书名——意大利语中既指主人公的意识也指他的良心。韦弗认为，"忏悔"是个含混的古词，容易让人搞混，像在伟大的奥古斯丁和卢梭面前激动不安，而且有不相宜的天主教回声。然而，重读斯韦沃的小说，我不太确信是否该回避宗教的回声。因为众所周知，斯韦沃讨厌有组织的宗教，因为他的小说采用了精神分析的框架，所以《泽诺的忏悔》一般只是从世俗的角度来解读：这是现代郁滞和神经质内省的伟大喜剧。但是，斯韦沃的反宗教性，像叔本华和汉姆生一样，特点恰在于它所拒绝的东西。某种意义上，斯韦沃代表了奥古斯丁式宗教的悲观人生观——痛苦的奥古斯丁写道，"我们必须得出结论，整个人类正在受惩罚"——和叔本华式美学的悲观生活观的逻辑融合。斯韦沃的妻子反复描述他是个忧郁的男人，对生命的短暂和痛苦很敏感。他对此深有体会：弟弟埃利奥1886年得肾炎而死，年仅二十三岁；妹妹尼奥米死于难产；妹妹奥特西亚死于腹膜炎；妹妹娜塔莉生了两个聋儿；1918年，就在他要动笔写《泽诺的忏悔》时，妹夫阿方索死于心脏病。利维亚写道，这些不幸"使我的丈夫很悲观，面对命运的严厉打击，他几乎是自暴自弃。他总是期待最坏的事情发生，随时准备遭逢苦难，似乎在他生命的最深处，他已预见了那骇人的痛苦：第二次世界大战将夺走他深爱的女儿"。（斯韦沃的三个外孙也在二战中丧生；斯韦沃的家遭炸毁。）

　　小说中某一刻，泽诺想给阿达留一个深刻印象，他告诉阿达，他对父亲之死很悲伤。他继续说，如果他有子女，他会让子女少爱他一点，这样他死了他们就不会难过。阿尔伯特风趣地说，"最保险的办法是生下来就杀掉"。这是斯韦沃的漂亮隽语。阿达说，她认为人一辈子只是为死亡做准备是不对的。泽诺反驳说："我坚持自己的看法，死亡才是生活的真正主宰。我总是想到死亡，因此我只有一个痛苦：必死无疑。"

活着只是为死亡做准备，但却不想死。这难道本质上不是一种没有宗教慰藉的宗教观？斯韦沃反复带我们回望，首先是积极为死亡做准备的纯粹古人（泽诺的名字就足以说明问题），然后是中世纪和文艺复兴时期的伟大哲人和作家。他的小说回荡着庄重的隽语，颇像托马斯·布朗爵士——托马斯写道，"活着的漫长习惯使我们讨厌死亡"——在许多方面，近似于 17 世纪的圣徒杰里米·泰勒——在《神圣的生活》中，杰里米告诉我们，开始秃头意味着男人在为死亡早做准备（斯韦沃应该很喜欢这句话）。

1919 年，乔伊斯从苏黎世回到的里雅斯特，斯韦沃问他对精神分析的看法。乔伊斯明确回答说："精神分析？如果我们需要，把握忏悔就行。"斯韦沃显然被乔伊斯的回答弄得哑口无言。但或许他也得到启发，因为他继续写的小说表达了非常相似的情感。热纳托·波吉尔利曾写道，在《泽诺的忏悔》中，斯韦沃对精神分析进行了精神分析。但我们不妨同样说，他迫使精神分析做了自我忏悔。毕竟，生活是一场病，这种观念是精神分析面对如何和何时结束病人治疗这些著名难点的逻辑结论；如果疗程必须持续多年，甚至持续终生，那么生活事实上就是漫长的疾病。这或许可视为精神分析抵制宗教、决心成为疗效而非信仰的多余的宗教或形而上的弦外之音。在那种意义上，《泽诺的忏悔》不仅对精神分析做了精神分析，而且把它视为另一种宗教，因此，只是一种现代的欺诈。

小说主人公反复发现自己在对宗教态度进行夸张和戏仿。小说中经常出现的字眼是"纯真"：他渴望"纯真"，但同时丑化"纯真"。他成功戒烟了短短几个小时，"我的嘴里变得洁净，我感觉到一股纯真的味道，正如新生儿肯定知道的味道，然后，烟瘾再次袭来"。他渴望告诉刚去世的父亲，他很"纯真"，不是他杀了他。一天晚上，他觉得"纯真"，因为他离开情人回到妻子身边比平时早："我觉得很纯真，因为我还没有不忠到夜不归宿的地步。"他戏仿忏悔和赎罪的宗教仪式：他对妻子忏悔，他不爱刚生下来的女儿，然后感觉轻松许多，"我良心恢复平静，再次入睡……事实上，我现在完全自由了"。

从这种角度解读，《泽诺的忏悔》是一部比它有时看起来还要黑暗的书。P. N. 弗班克在对斯韦沃的精彩阐释中说，乔伊斯和斯韦沃"不仅把资产阶级人士奉为主人公，还欢快地与之认同"。然而，斯韦沃，这个多年来以商人面目示人的作家，在许多方面不是一个欢快的资产阶级人士。泽诺嘲讽资产阶级生活的虚伪，首先是宗教痛苦和净化的虚伪。泽诺最为明显的小说同道是汉姆生的主人公，他们故意扭曲宗教中罪与罚的分类，企图掌控他们不具有的东西。相比之下，汉姆生更为狂野，因为他笔下精神分裂的人物实际上发明了那些他们感觉要为之受罚的罪，他们发明了自己的堕落。泽诺的罪更为真实；他发明的是他的纯真，他爱幻想他的纯真。汉姆生，这个曾经相信路德教的无神论者，执迷于罪；斯韦沃，这个只是为了娶妻才名义上皈依天主教的犹太无神论者，执迷于忏悔。

斯韦沃只有短短四年得享意大利伟大新小说家之大名。作为泽诺·科西尼的创造者，他称这段时间为"拉撒路的奇迹"。他死于 1928 年的一场车祸。在他临终时，有人问他是否想要祈祷。"既然一生都没有祈祷，最后一刻祈祷有何意义。"在他生命的最后一刻，光荣而威严的伊塔洛·斯韦沃根本不像泽诺·科西尼。

乔万尼·维尔加的同情的喜剧

　　一个西西里农民眼看就要死于疟疾，他在床上"像十一月的秋叶"般战栗。他的邻居们过来看望他。他们站在屋子里，"在炉边暖手"。他们都信命，说他没救了，因为"这种疟疾杀人比枪快"。这个农民临死前告诉儿子杰里："我死后，你去找拉戈雷蒂的牛老板，叫他还欠我的四十五袋谷子，他从五月份一直欠到现在。"杰里纠正他："不对，只有二十二袋，外加一夸脱，因为你有一个多月没放牛了，你不该从喂你的手上偷东西。""你说得对！"他父亲说完后立刻断了气。

　　这是《羊倌杰里》中的一幕。故事作者是西西里作家乔万尼·维尔加（Giovanni Verga，1840—1922）。在英语世界，人们不大读他；在意大利，人们往往也是出于义务才读他，就像大家都感觉到的一些经典，但却只隐约受到尊重。在英语中，他的名声也许靠的是《乡村骑士》。这个故事先后被改编成戏剧和歌剧，主角是一个年轻士兵，他有个心上人，遭别人抢了，于是他就去决斗，最后在决斗中丧生。但这个故事不是他最伟大的故事；它能给人的印象是，维尔加只是一个都德式的作家，真实地描绘了"西西里的生活场景"。

在英语中，维尔加受到冷遇颇为奇怪。在西西里生活过一段时间的 D. H. 劳伦斯，发现维尔加的作品时非常兴奋。他在 20 世纪 20 年代翻译了维尔加的作品，盛赞《羊倌杰里》和另一个故事《罗索·马尔佩洛》足以跻身有史以来的最佳短篇之列。劳伦斯的评价不无道理。维尔加最好的作品完全可以匹敌契诃夫，这表现在：彻底不带感情地描写日常的乡村生活；具有诱骗性的不透明的内心生活；最重要的是他自我窒息的能力，不是从作家可能的角度，而是完全从他笔下几乎未受教育的人物的心灵来打量生活。事实上，某种程度上，维尔加比契诃夫走得更远。契诃夫终究是知识分子，哪怕是非常羞怯的知识分子。维尔加却是站在劳动人民——即 1860 至 1880 年间西西里乡村中的农民——阶级内部写作。在英语中，他明显的同道是哈代和劳伦斯。不同的是，维尔加对知识分子或外人都不感兴趣。比如，他笔下的神父本质上与他笔下的农民没有区别——他们和城里人一样精神贫瘠，只是更穷而已。

在意大利语界，维尔加的影响一直很大：他的西西里同乡皮兰德娄跟他学写小说，作品就像从他的人物中衍生出来的；维斯康蒂的电影《大地在波动》改编自他的小说《枸杞树旁人家》（又名《马拉沃利亚一家》），角色不是由专业演员而是由西西里村民来表演；帕韦泽的精彩小说《月亮和篝火》像维尔加一样，致力于耐心地理解日常乡村生活；帕索里尼的电影《马太福音》也启用了非专业的群众演员，利用维尔加的写实风格，表现耶稣在农村地区的传道。

然而，这一切使维尔加听上去只是可敬，一个必要的灵感源泉。事实上，他更加刺激。我首先想起受劳伦斯的热情影响去读《羊倌杰里》时，我僵坐在椅子上，精神专注愉悦。在我看来，里面有一种新东西，写得非常直接、简单，却十分精致。这种精致某种程度上与维尔加的细节有关。因为他描写细节时没有评论，细节在读者眼中变成了谜，难解的谜。比如，上面举的杰里父亲临终那一幕，写得那么轻灵，体现了维尔加悲喜剧一贯的快捷风格，但实际上又那么密实。老人的朋友来看他，像是为了安慰他，其实这是维尔加的典型风格。在他的笔下，这些人一方面信命，一方面贪婪地"在炉边暖手"：在维尔加贫穷的乡村世界，生存是第一位，经常也是唯一的动机；慷慨是玩具。在这方面，他的人物与动物没有区别。事实上，维尔加刚刚描写了杰里的马在冬天围着篝火暖尾巴。

正是生存，在驱动父子之间最后交流这一幕恐怖的喜剧。父亲心里想着儿子，提醒儿子等他死后去收债。杰里的反应完全挫败了我们对生活或传统小说的期待。（比如，我们期待他会说："别说了，爸爸，你放心吧。"）他严肃地提醒父亲，债务没有那么多，"因为你离开那些牛有一个多月了，你不该从喂你的手上偷东西"。杰里这个时候还反驳，让人很吃惊。当然，这是荒诞的喜剧，一个马上要死的人还会需要忠告，在他不再需要人喂养时，不要从喂养他的手上偷东西。但是，杰里心里想的只是自己：在父亲死后，他需要被一只手或另一只手喂养；他只是一个贫穷的小羊倌。他父亲肯定知道这一点，所以他在断气之前才顺从地表示同意："你说得对！"这里漂亮地放了一个感叹号，无意中暗示着他临死前的最后一点激情，一种更加矫情的激情，因为它感叹的对象明显很平庸。这一幕只有五十余字，但却如此动人。看起来一闪而逝的细节，其实非常重要。琐碎既是维尔加的内容，也是他的文风：他那些不起眼的细节，像他那些不起眼的人物，并非不重要。

维尔加的世界是一个残酷的世界。19 世纪末期的西西里，可能是欧洲最穷的地方。维尔加的羊倌和渔民大多是文盲。在《枸杞树旁人家》中，母亲收到参加海军的儿子来信，信里的文字在她看来"像乱七八糟的鱼钩"。这些人相互也没有多少同情。因为故事像是由他们中间的人在叙事，所以放眼一看，对主人公没有多少同情。有时看起来，在这个世界上，作者对待人物的方式，如同那些人对待他们的动物，只有粗暴的同情和温柔的残忍。《枸杞树旁人家》中的年轻人恩托尼，离开村子到城里淘金，结果失败了，空手而归。他很羞愧，八天没有出门。要是他出门，村里人怎么看？"只要看到他，"维尔加写道，"他们全都会当面笑他。"维尔加如实写来，没有评论。这不仅是真实的生活，而且好像完全是理所当然的事。

《羊倌杰里》的结尾更加苦涩。一起放羊的羊倌告诉了杰里读者早已知道的东西：杰里的妻子与主人唐·阿方索有染。（杰里和阿方索尽管社会等级不同，却是儿时的好朋友。）但是，在把消息透露给杰里时，这个羊倌的做法有些粗暴；事实上，他看起来一直嫉妒杰里，认为杰里摆架子，因此，在"丢失的奶酪"引起争执时，他突然冒出一句："唐·阿方索占了你老婆，你还待他如兄弟，你昂着头到处晃，像个加冕的王子，头上长角。"在他的嫉妒中，这个羊倌将绿帽子的一般符号——头上长角——转换成王冠！但心地单纯的杰里不相信这是真的。不是因为他认为妻子不容怀疑，而是因为他真的不懂绿帽子是什么。正如维尔加简单而漂亮地写了一句："要他理解不寻常的东西很难。"

然而，读者渴望同情地与人物产生认同，维尔加当然知道这种渴望。事实上，他知道，他越残忍地剥夺我们的同情，我们越渴望给予同情。维尔加知道如何利用西西里世界的残酷来博取读者的同情。他计划写五部曲，总书名叫《失败者》，其中《枸杞树旁人家》是第一部。当那个羊倌告诉杰里他妻子的消息时，当不幸的穷小子恩托尼遭村里人嘲笑时，维尔加希望我们对他们报以同情。他悄悄地怂恿我们这样做，在叙事中插入他爱用的称呼"可怜的家伙"或"可怜的人儿"。因此，当邻居来为杰里的父亲送终，维尔加写道："这个可怜的人儿能够做的回应，就是像吃奶的小狗一样尖叫。"这再次带着一种粗暴、仓促的同情感，似乎这个生活圈子只停留了片刻表达感情，然后就听天由命地合上了一个人的生命之书。

　　维尔加这种似乎是圈内人叙事的手法特别微妙，因为我们读者面对那样无情的判断，为了获得我们需要的感伤，往往反感这种叙事，反感这个生活圈子。因此，维尔加的小说之所以特别，是因为他的人物不自由——叙事者知道他们全都是失败者——但他的读者可以自由地抵制那种决定论，事实上，维尔加的叙事还狡猾地怂恿读者去抵制。这是对一般情况下——当小说家的写作似乎获得整个生活圈子的支撑时——发生事情的颠覆。罗兰·巴特把传统的全知叙事风格称为"符号意指系统"，意指作家诉诸大家共识的时刻。比如，托尔斯泰高度简洁有力地使用了这种技巧。在《伊凡·伊里奇之死》中，他描写了一群人议论伊万之死的消息。托尔斯泰写道，"正如人之常情"，每个人都高兴地想，死的是伊凡·伊里奇，不是自己。在那样的时刻，托尔斯泰怂恿我们同意他对普遍生活真相的看法。

　　但维尔加使用"符号意指系统"产生的几乎完全是反效果，完全是对立。首先，不像托尔斯泰，他从来不离开这个生活圈子的声音，对每个人物和事件的判断不是来自作家乔万尼·维尔加（相反，有时候很清楚作家托尔斯泰在对我们读者说话），而是来自离卡塔尼亚只有几里远的一个小村子：一个人数有限、智力有限、往往善良也有限的生活小圈子。其次，他邀请我们同意的那些真相和普遍知识是如此残酷，如此野蛮地被表述，以至于读者不得不起而反抗。比如，《枸杞树旁人家》中的渔民巴斯提纳佐出海死了，维尔加写他的家人，"其他人又开始哭，小孩看见大人哭也跟着哭，尽管他们的爸爸已经死了三天"。尽管这小说没有正式的叙事者——它是第三人称全知叙事——我们不得不想象，叙事者好像是一个相当残酷的渔妇；当我们细察这个奇怪的句子，那个渔妇显然在暗示，这些孩子并不是真正想哭。"尽管"一词是关键：毕竟，叙事者在继续暗示，他们已有三天时间去克服悲伤！那些认为三天时间不足以让孩子克服悲伤的读者，自然会抵制维尔加残酷的暗示，可以说，他们会反对作者，同情孩子。

这种叙事手法对于喜剧来说也是神奇的载体，因为它允许整个生活圈子不知不觉显示出愚昧和迷信。在《枸杞树旁人家》中，维尔加描写了当地的教堂司事。这是一个不受欢迎的人，因为"他无所事事的时候总是拉响教堂的祈祷钟，做弥撒时，他带基督在受难十字架上喝的那种酒，简直是渎神"。再次，我们感到，写这小说的不是维尔加，而是村子里一个爱说闲话的老人，一个愚蠢、挑剔、糊涂的老人，他以为本地的小店就能买到"基督在受难十字架上喝的那种酒"。

乔万尼·维尔加是贵族，但他的文风却没有贵族气。1840 年，他出生在卡塔尼亚一个地主家庭。读书时，一个爱国的老师激励他写作热烈的浪漫故事。他早期的小说——所谓浪漫的乔万尼——很流行，很伤感，受到当时最好的小说家的影响，如大仲马、雨果、司各特、苏（Sue）、傅耶（Feuillet）。学者乔万尼·切凯蒂认为，他的小说《一个女罪人》（1866）"重复和拖沓，像在性兴奋的状态中完成"。故事都是讲有抱负的年轻绅士，爱上迷人的女人，其中有决斗、自杀、炽热的情书和狂乱的死亡。到了 19 世纪 70 年代末，维尔加在佛罗伦萨出了名，地位开始巩固。直到 20 世纪，维尔加的早期作品还继续畅销，比他后期写西西里农民的小说畅销许多。

但是，尽管他出了名，在 19 世纪 70 年代，维尔加开始频繁回西西里。他的姐姐在 1878 年去世，他在家乡住了两年。在这期间，他写下了那些农村生活故事，结集为《田野生活》（1880），其中就包括《羊倌杰里》和《罗索·马尔佩洛》。1881 年，他出版了伟大的小说《枸杞树旁人家》——又称为

《马拉沃利亚一家》，它讲述了马拉沃利亚一家三代可怕的覆灭。不经点拨，很难相信他的早期作品和晚期作品是同一个作者维尔加。它们就像完全不同的人生季节。同样，我们难以知道维尔加为何和如何变成了后来的作家：就好比福楼拜，当初学大仲马，然后继续写出了《简单的心》。学者们提到他的西西里同乡路易·卡普纳的影响，卡普纳兴奋地探索了民间故事和口语传统。其实，维尔加可能读过福楼拜。可以肯定，他读过左拉（他们后来见了面），然后开始打造他独特的现实主义，也就是众所周知的写实。

　　维尔加不认为小说必须"科学"或提供社会学的个案研究，但他的确逐渐相信，小说的任务就是带着最尖利的牙齿找寻生活，作家应该从小说中逃出来，从而帮助创造出"客观性"。《格拉米格纳的情人》是《田野生活》中的一篇故事。维尔加在其中写下了这样的宣言："今日，我们更新了艺术过程……使用不同的方法，更加准确，更加亲密。我们高兴地牺牲了叙事的高潮及其心理影响……"维尔加希望，"艺术家之手完全看不见"，然后，"艺术作品会看起来在自我创造，自动生长，结出果实，就像是自然的一部分"。

　　这类新小说的题材就是西西里的乡村生活；叙

事模式像是由一个农民来叙事。这意味着一切似乎是透过某个主人公的眼睛看到的。因此，在维尔加的作品中，很少有 19 世纪小说那种熟悉的自然描写。风景被认为理所当然，即使有描写，也只使用普通的比喻。几乎同时，契诃夫正变成这种风格的大师：在一个故事中，一只鸟的叫声听上去像整夜关在栏内的牛在低吼；契诃夫把贫穷村子里听到的手风琴声漂亮地形容为"手风琴听上去就很贵"。像契诃夫一样，维尔加的比喻貌似"缺乏文采"，其实绝非平凡或平淡。在《枸杞树旁人家》中，动荡的大海被如此描述："船在海浪上跳跃，就像发情的鲻鱼……当天气不好或吹西北风时，软木浮子整天在水上舞蹈，就像有人在为它们拉小提琴。"维尔加也在小说中点缀一些谚语，有时是人物说的，有时隐蔽地编织进叙事，作为"符号意指系统"的一部分："有人把良心放在背上，眼不见心不烦。""剃头先剃自己，后剃别人。"（这句谚语可以当成维尔加世界中整个生存意识形态的墓志铭。）"克罗西非索叔叔说起那事就来劲，好像没完没了，因为正如他们说的，'东西长了变成蛇。'""结婚和主教是天作之合。"

　　用那样的敏感和细致，注意他不合逻辑的人物和他们不合逻辑的推论，会产生一个很有活力的悲喜剧世界。读者对这个世界的限度总是心知肚明。经常，这种效果令人震惊——真的是震惊，再没有更合适的词来形容。有一次，杰里（当然他是文盲）叫朋友把他心爱姑娘的名字写在一张纸上，然后带在身上，像是护身符。杰里想到书写的伟大和神秘之处："知道如何书写的人，就像把文字储存在保险箱的人，就像把文字放在口袋里到处走的人，还能派它们去他想要的地方。"文学中很少有作家写得这样富有人情味儿（我搜寻了脑海，莎士比亚显然是这样一个作家）。在另一个地方，我们碰到这样一个人，"他如此快乐，以至于衣服都装不下他了。"在《枸杞树旁人家》中，还有这样神奇的一幕。一群人在讨论利萨战役的消息，在这场战役中，意大利被奥地利击败：

　　"全是报纸上的道听途说。"

　　"可大家都说我们输了！"

　　"输了什么？"克罗西非索叔叔一只手捂住耳朵问。

　　"一场战争。"

　　"谁输了？"

　　"我，你，总之，我们大家，意大利。"药店老板说。

"我什么东西都没有输！"克罗西非索叔叔耸了耸肩说。

但马拉沃利亚一家输了东西：卢卡，在家族中是儿子，也是孙子，正好在战败的军舰上。维尔加以其特有的转调，描写完这场广场喜剧，把笔锋转向忧郁的报道，这家人如何等消息，几周没有听到结果后，最终还是担心最可怕的事情发生，于是跑到卡塔尼亚来打探。在这个小港口，他们受到了嘲讽。一个海军军官翻阅阵亡将士名册，找到了卢卡的名字，只说了一句："已经过去四十天了……在利萨死的，你们难道还不知道？"

圈内人叙事也意味着一种松散的意大利语。这种新的语言可能看起来零乱，没有成熟，因为它不是"文学语言"。但维尔加也没有用西西里方言；他改编了标准的意大利语，打乱了句法，引入了格言和比喻；假若他的人物讲标准的意大利语，他们貌似就会使用他改编的语言。维斯康蒂的电影《大地在波动》破坏了维尔加微妙的技巧，他通过标准意大利语的画外音告诉我们，西西里人使用方言。画外音继续告诉我们电影素材的激进政治意义，将悲观的、相当去意识形态的维尔加变成一个地道的马克思主义者。画外音告诉我们，鱼贩子欺骗、剥削渔民："老渔民，"画外音说，"安于现状：'穷人总是买单'。但年轻渔民怒目圆睁。"这种全知的权威叙事，正是维尔加在小说里小心翼翼避免的东西；但在电影里，他的努力被一笔勾销。

维尔加的叙事力量，最好的证据莫过于《罗索·马尔佩洛》这个令人心碎的短篇。这样的短篇一旦读到，你就想大声向其他人念出来。故事讲的是罗索·马尔佩洛短暂而痛苦的一生。这是一个提心吊胆的孩子，一个红发小鬼，在西西里的一家砂矿当童工。大家都叫他马尔佩洛，这个名字的本义是"魔鬼的头发"，因为传说，魔鬼才长红发，所以红发的孩子让人觉得不吉利。看起来，叙事者是马尔佩洛的工友。他们都怕可怜的马尔佩洛，都鄙视可怜的马尔佩洛。也就是说，叙事不带任何明显的同情。但事实上，这个短篇充满了诡秘的同情；它代表着维尔加最伟大的成就，利用喜剧的残酷制造出喜剧的忧伤。

这个非常忧伤的故事以一个不合逻辑的推论开始，可以说，其中的生活圈子告诉了我们它对马尔佩洛的看法。这是开头一句："大家叫他马尔佩洛，因为他有一头红发，因为他是淘气鬼，将来会成为真正的坏蛋。"他有一头红发，因为他邪恶：在某种意义上，整个故事围绕这个不合逻辑的推论展开，因为出乎意料的是，故事的前提不是基于对马尔佩洛的理解，甚至不是基于想去理解。就这个故事而言，理解马尔佩洛，就是责备马尔佩洛。这就是小说的结尾：维尔加写道，矿工们都打马尔佩洛，"哪怕他不该打，理由是，如果不打马尔佩洛，他就会干出那些事"。马尔佩洛接受了这不合逻辑的推论的专制。当他因莫须有的罪名而挨打之时，他从不喊冤，他只耸一耸肩说："这有什么用？我是马尔佩洛。"

当然，马尔佩洛是讨厌。他是受辱者，也是欺辱者。他的父亲死在矿井，埋首沙中，他的母亲抛下他不管。叙事者补充了一句："他妈妈不记得他拥抱过她，所以她也从来不拥抱他。"这是多么可怕的一句话，维尔加一向的简慢文风表露无遗。但这也是故事中叙事的根本原则，一方面有效地传达出一个信息，马尔佩洛不可拥抱；另一方面怂恿读者拥抱他。叙事者好像在说："马尔佩洛没有拥抱过我们，所以我们也不拥抱他。他既不可知，也不可爱。他是个坏人，这就是我们要讲的故事。"马尔佩洛唯一理解的东西是暴力。他打那头在矿井下干活的可怜的骡子，边打边嘟囔："你这样干可以死得快点儿。"某种意义上说，马尔佩洛自己不想活，也不想别人活。矿上来了一个新童工，马尔佩洛就罩着他，开始教他如何残酷。他告诉他："打这头骡子，因为它不还手；要是它能还手，它会把我们踩在脚下，偷吃我们的粮食。"当这头骡子最后死了时，马尔佩洛说："要是它没有出生多好。"

　　人们给新来的童工取了个残酷的绰号"青蛙"，因为他有一次从脚手架上掉下来，大腿脱臼，"这个可怜的小家伙背着沙包，一路跳着走，就像在跳坦兰泰拉舞，矿工们都笑他，叫他'青蛙'"。在这里，维尔加像在作品中其他地方一样张扬残酷，叙事完全遵循矿工圈子的语言和价值观，同时，用"可怜的小家伙"这样的称呼，怂恿我们挑战这些人残酷的笑声——因而也是挑战维尔加自己叙事的笑声。维尔加希望我们同情马尔佩洛。马尔佩洛也是可怜的小家伙，哪怕没有人愿意承认。最明显的例子是，在父亲死后，马尔佩洛还满怀深情地照料他父亲的那双鞋，维尔加写道："他小心翼翼地把鞋子挂在他挂了调色板的钉子上，每到周日，他就取下来，擦亮，试穿一下。然后，他把鞋子放在地上，紧紧挨在一起；他双肘靠在膝盖上，两手托腮，一连几小时看着鞋子。大家都在猜，他这小脑袋里又在打什么鬼主意。"当然，故事立刻怂恿我们抵制这种残酷；尽管罗索可能是个魔鬼，但我们强烈认为，他看着鞋子时，心里满是对父亲的哀伤。

　　故事中的痛苦场面一幕接一幕。其中，最痛苦的要数身体虚弱的"青蛙"生病那一幕。马尔佩洛认为"青蛙"是个娘儿们，他夸耀自己的力量。他打"青蛙"，想给他注入力量，但他用力过猛，"青蛙"开始咯血。马尔佩洛吓到了："他发誓，他打他不是想伤他；为了证明他没有说假话，他拿了一块大石头，狠命地砸自己的前胸和后背。"

　　但"青蛙"病得很重，他躺在床上，拼命想呼吸，一天天憔悴下去。马尔佩洛来看"青蛙"，坐在"青蛙"床边，"用那一双前额下鼓出的大眼睛"盯着"青蛙"，"像要给他画像"（多么崇高的比喻）。马尔佩洛搞不懂"青蛙"的身子为什么这么虚，他认为是"青蛙"太放纵自己。他不明白"青蛙"的妈妈为何哭得那么凶。他问"青蛙"，"他两个月来挣的钱还不够饭钱"，为何他的妈妈还要大惊小怪。毕竟，马尔佩洛的妈妈从来没有拥抱过他。"但'青蛙'没有理他，看起来很专心地躺在床上。"

　　我记得最初读到最后这一句时，突然慢下来，然后几乎是心惊胆战地回头重读了一遍："但'青蛙'没有理他，看起来很专心地躺在床上。"这句话听起来像"青蛙"主动选择奢侈地躺在床上，好像他有选择，但事实上，他就要死了，不得不困在床上。这句话维尔加用的是第三人称叙事，但它肯定代表了马尔佩洛的想法，在马尔佩洛看来，躺在床上的"青蛙"似乎是一种他难以理解的奢侈的幸福（"看起来很专心地躺在床上"）。事实上，在这个恐怖的惨淡故事中，死亡就是一种奢侈的幸福，因为它是从劳作中解脱，从生命中解脱。"青蛙"死了。不久后，马尔佩洛在火山下迷宫式的矿井里失踪，"再也没有消息"。

　　要是他没有出生多好。

约瑟夫·罗特的符号帝国

1

对于约瑟夫·罗特（Joseph Roth），你自始至终都会注意到那种文风。这个在 20 世纪 20、30 年代写作的奥地利小说家，极大的趣味就在于他奇怪、轻灵、盘绕的句子，总是歪歪斜斜地拐进最不可思议的比喻。将现实主义的光辉力量、清澈的叙事和浓烈的诗意天衣无缝地结合，实属罕见。约瑟夫·布罗茨基说，在罗特的每一页都有一首诗。可以肯定的是，比起其他作家，罗特对于比喻近乎神经质的喜爱，让人更快地想起另一个诗人奥西普·曼德尔斯塔姆成也意象、败也意象的文风。

与曼德尔斯塔姆一样，罗特的细节和意象往往首先不是福楼拜那种视觉的细节和意象。描写人物胡须的精确色泽，然后将之比喻为，比如，电灯卷曲的铜丝（尽管他完全能够这样写），他对此特别不感兴趣。相反，他从身后或侧面走近意象，然后爬向既神奇又有一点儿抽象的东西。在《先王冢》(1938) 中，他刻画了一个谈论在第一次世界大战期间奥匈帝国前途的商人："他边说边摸他的八字山羊胡，像是想要同时亲吻帝国的两边屁股（即奥地利和匈牙利）。"

这种神奇抽象的层面可见于罗特的所有小说，从最早的《蛛网》(1923) 到最后的《第 1002 夜的故事》(1939)。《蛛网》相当粗糙平淡，但第二部作品《萨沃伊饭店》(1924) 表现出成熟的力量。主人公加布里埃尔·丹在西伯利亚战俘营关了三年，最后流落到东欧的无名小镇，下榻萨沃伊饭店。这家面积很大的酒店住满了逃难的人——波兰人、德国人、俄罗斯人、塞尔维亚人和克罗地亚人。这本早期作品已经显示出罗特使用比喻的深厚功力。"我的房间——最便宜的一间——在七楼，房号703。我喜欢这个数字——我对数字有点迷信——因为中间的零，就像一个女人被一老一小两个绅士夹住。"狄更斯和（更明显的）果戈理可能影响了罗斯，但最大的影响可能来自他在维也纳报刊上的写作，特别是专栏或小品文的写作的操练与打磨。这些专栏文章都是些简短的素描，偶尔发些议论，但大多是描写细致的片段。卡尔·克劳斯是这种文体的先驱。在罗特开始写作时的 20 年代，阿尔弗雷德·波尔加是这种文体的最著名的主将。瓦尔特·本雅明称波尔加是"德国小品文大师"。1935 年，在撰文庆祝波尔加六十大寿时，罗特说，他自称是波尔加的私淑弟子："波尔加擦亮平凡的东西，直到它变得不平凡……我从他那里学到要呵护语词。"

小品文因其简短，所以每句话都要承受压力，要用比平时多一倍的力量来包装。波尔加在一篇文章中形容一根手杖："一根犀牛骨制造的小手杖，在他的手指间翻飞。手杖颜色有点儿浅黄，看起来像一根加粗的糖竿。"这也是罗特的典型文风。这些小品文——本雅明的散文算是这种文体的表亲——往往开头就动来动去，每句话都像是新的开始。这种写作本质上是格言式写作，虽然不容易看出来，因为每句话都被赋予了格言的地位。克劳斯说，格言是零点五倍的真实，也是一点五倍的真实。用它来形容比喻，或许也成立，特别是罗特作品里的比喻，在那里，比喻神奇地不真实，同时也是神奇地过于真实。

事实上，罗特把小品文的技巧用于小说，写出的作品好似时刻都会结束，同时也因此在不断延拓的终结前包含另一句漂亮的话。他的作品高度模式化，但每句话都是离散的爆炸。比如，在罗特最伟大的小说《拉德茨基进行曲》（1932）中，他描写讨厌的温特尼格勋爵坐着他的四轮马车穿过那个有守备部队驻防的城市："这个小老头就像个可怜兮兮的古人，他干瘪蜡黄的小脸裹在一张很大的黄色毯子里……他驾着马车穿过阳光满溢的夏日，就像一阵可怜的冬日寒风。"他描写转瞬即逝的落日场景："天突然变黑。夜猛地掉进街道。"他描写努力写自己名字的农民奥鲁弗吉："汗珠从他低垂的眉毛下渗出，像晶莹剔透的开水珠……水珠流啊，流啊，像奥鲁弗吉大脑流下的眼泪。"在《先王冢》中："在古老的奥匈帝国境内，小城的小站看起来都一样。黄色的小站，像冬日躺在雪地上、夏日躺在阳光下的猫。""站台前面孤独的灯笼，让人想起竭力想破涕为笑的孤儿。"在《无尽的逃亡》（1927）中："寒冰之夜，很冷，我第一个念头是，你刚喊出口，声音就冻住，根本传不到你喊的那人。""这个女人剃得光光的大腿并在一起，像同样一身打扮、穿着透明丝袜的双胞胎姐妹。"侍者"像园丁一样走来走去；他们往杯子里倒咖啡和牛奶，像在为白色的花台浇水。路边有树和凉亭，那些树简直像在卖报纸"。在《右与左》（1929）中："薄暮时分，只有对面小树林中的银桦闪着微光，站在其他树中间，像白日的碎片溜进古老的夜晚。"

1894 年，约瑟夫·罗特出生于哈布斯堡帝国的边城布罗迪。这里曾经是奥地利的加利西亚地区，现在是乌克兰的一部分。在戴维·布朗森的德文传记（英文翻译即出）厘清真相之前，罗特的生活经历一片混乱，这些传言正好配得上他出生之地的那个幽暗边城——在他的小说中，罗特反复写到这个边城，但每次都有变化。

布罗迪有不少犹太人，但罗特后来似乎隐瞒了他的犹太身份，他宣称父亲——原本是加利西亚的商人，名叫纳楚曼——是奥地利的政府官员，甚至，有一次宣称父亲是波兰伯爵。这样的幻想可能是维也纳当时的反犹主义所致，更可能的原因是罗特保守的浪漫主义，以及他对尚武的奥匈帝国近乎天真的爱。无疑，只要那个真实的父亲消失了，就更容易发明一个虚构的父亲：罗特还是孩子时，他父亲因发疯被关进了德国疯人院。正如读者必然注意到的，罗特的小说中痛苦的主题就是父子关系：缺席或无用的父亲和受伤的、无目标的儿子。这种主题在《齐珀与他的父亲》（1928）中最为明显，小说是阿诺德·齐珀这个年轻人的画像，他的精神之所以幻灭，一方面是因为"一战"期间他上了前线，另一方面是因为他父亲轻率地支持战争。

　　罗特在《拉德茨基进行曲》中对父子关系进行了最深入的思考。这部小说的形式美源于它那灌溉了全书结构的生命之流。我们在小说开头就碰到了约瑟夫·特罗塔上尉，他在1859年索尔弗里诺战役中偶然救了年轻皇帝弗朗茨·约瑟夫的命，因此受封为男爵。命中注定的、喜爱幻想的特罗塔家族就此奠基，虽然一代不如一代勇敢，但一代比一代喜爱幻想。特罗塔男爵的儿子弗朗茨，只是奥地利西里西亚地区一个卫戍小城尽职尽责的军事长官。小说真正的主角是弗朗茨的儿子卡尔·约瑟夫·特罗塔少尉。这个人特别失意，他先加入了骑兵队，主动离队后又加入了步兵队，结果在"一战"期间傻傻地死了。

　　像彩云一样笼罩在特罗塔少尉头上的，是他祖父的名声，"索尔弗里诺的英雄"。年轻的特罗塔配不上这种英雄品质，特别是因为他祖父的壮举纯属偶然。某种意义上，他的痛苦恰在于他想攀比一种原本并非努力结果的品质。罗特巧妙地将这个故事拓展成对奥匈帝国的赞颂和批判：特罗塔少尉逐渐代表了脆弱的年轻一代，他们靠日渐式微的帝国早期的英雄主义过日子，难以凭意志力获得曾经偶然凭本能获得的东西。然而，唯一不变的是皇帝弗朗

茨·约瑟夫的统治，他在 1848 年登基，直到 1916
年驾崩。弗朗茨皇帝是所有帝国子民的全知但缺席
的父亲。某种意义上，他既是特罗塔少尉的父亲，
也是他的祖父，因为他漫长的统治跨越了三代。当
然，弗朗茨皇帝才是索尔弗里诺的真正英雄，在他
的英名下，特罗塔经历了兴衰。每当特罗塔少尉坐
在咖啡馆看见弗朗茨皇帝"穿着闪光的白色军服"
的标准像，他就想起家里他祖父的旧照。特罗塔家
族就是哈布斯堡王朝的缩影；这种家国合一的特征，
罗特既把它理想化，也对它进行了嘲讽。

　　历史至少两次给约瑟夫·罗特的生命留下了强
烈印记。第一个大事件是皇储弗朗茨·斐迪南大公
1914 年 6 月在萨拉热窝遇刺身亡；两年后，皇帝弗
朗茨·约瑟夫驾崩，奥匈帝国随之分崩离析。罗特
写了十三部小说，其中至少一半，我们必然会见到
这个军刀一样的句子或其变体，将叙事一刀两断：
"一个炎热夏日的礼拜天，皇储在萨拉热窝遇刺身
亡。"第二个大事件是 1938 年德奥合并。德国吞并
奥地利的消息传来，加速了罗特内心道德勇气的崩
溃。那时，他正流亡巴黎，终日只有借酒浇愁。十
四个月后，也就是 1939 年 5 月，罗特去世。不过，
在此期间，他有足够时间将德奥合并写入《先王
冢》，将之当成戏剧性的尾声。某种意义上，这部

作品是《拉德茨基进行曲》的续集，通过卡尔·约瑟夫少尉的表弟这个人物，将特罗塔家族的故事从1914 年延伸至 1938 年。

可以说，罗特的生命轨迹如同走过了白日、黄昏，最后进入黑夜。他看见心爱的帝国衰变成无足轻重的非君主制的奥地利，最终落入希特勒的口袋。1914 年夏，罗特进入维也纳大学读书，此时的奥匈帝国已风雨飘摇。他在 1916 年参军，一年后开赴加利西亚前线。战争结束后，他一无所有，只剩下那些成了俄罗斯人战俘的故事，以及一段被强制发配到西伯利亚的经历。后来，他把这一段历史赋予了《无尽的逃亡》中的弗朗茨·汤达和《萨沃伊饭店》中的加布里埃尔·丹。不过，罗特可能没有参加过战役，因为他供职于军报。接下来的十年，他断断续续在柏林生活，他写的小说纳粹很不喜欢，特别是《无尽的逃亡》和《右与左》。《无尽的逃亡》讲述一个从战场上回来的男人，逐渐对德国"文化"自信的崛起产生了幻灭；《右与左》记录了 20 世纪 20 年代德国法西斯的成长历程。

1932 年，罗特发表了《拉德茨基进行曲》，声名鹊起。1933 年，他逃亡到巴黎。在巴黎，他泡在酒缸和难以纾解的浪漫乡愁里。面对纳粹的步步紧逼，他的解决办法似乎是提议光复哈布斯堡王朝。

1935 年，他"放弃"犹太身份，自称是天主教徒。他在 1939 年临终时，身边好像有一个神父、一个拉比和哈布斯堡王朝光复会的一个代表。

2

对于奥匈帝国的子民，特别是斯蒂芬·茨威格和约瑟夫·罗特这种乡愁和理想化的模子刻出来的人，萨拉热窝事件之所以重大，不是因为它点燃了"一战"，而是因为"一战"诱发了他们崇拜的哈布斯堡帝国的覆灭。哈布斯堡帝国就像不同的国家和民族构成的神奇列岛，像一个孩子制图时的幻想，它北起维也纳，包含了布拉格，东至莫拉维亚、西里西亚和今日波兰的一部分，从维也纳朝南，包含了在 1908 年吞并的克罗地亚和波黑。当然，奥匈帝国是更早的神圣罗马帝国在 19 世纪的化身；它是一个受宠的孩子，有五百多年的历史特权；1848 年后，它得到精神之父——皇帝弗朗茨·约瑟夫——的照料。1916 年，弗朗茨皇帝驾崩，两年后，这个帝国消失，哈布斯堡王朝淡出历史，进入历史叙事；原来帝国的疆域里开始了此起彼伏的政变，成为人们每月社会生活中小小的谈资。

罗特是奥匈帝国的伟大哀悼者；罗伯特·穆齐

尔是它伟大的精神分析师；卡夫卡是它黑色幽默的
寓言家。罗特最典型的小说是描写一系列人物形
象，他们迷恋帝国的荣光，或者轻率地依赖帝国，
但出于种种原因，他们对帝国失望，然后迷失了方
向，人生变得漫无目的，最终陷入绝望。通常，他
笔下的主人公会离开象征帝国的奥地利军队的怀
抱，因为"一战"已经结束，或者莫名其妙去职
（像《第1002夜的故事》中的泰提吉男爵）。在小
说的进程中，主人公可能到帝国的边缘（边城），
也可能到中心（维也纳）。在边城，主人公生活在
哥萨克人和犹太人中，可能会参加"一战"，可能
战死（如《拉德茨基进行曲》中特罗塔少尉在1916
年身亡），可能成为俄国人俘虏被发配西伯利亚
（如《先王冢》中特罗塔的表弟和《无尽的逃亡》
中的弗朗茨·汤达）。如果他活下来，他肯定会回到
战后空心的维也纳，如《齐珀与他的父亲》中穷困
潦倒、漫无目标的阿诺德·齐珀，或罗特的第三部
小说《造反》中的安德列·皮姆。

罗特的小说乐于坚持帝国的同一性，坚持帝国
境内不同地域身着统一的帝国华服。他的小说演绎
了一种虚构的帝国主义，把同样的状况强加给不同
小说中形形色色的人物。在罗特的小说中，帝国境
内礼拜天的午餐总是面汤、牛腩、樱桃饺子。春

天，金链花和新的阳光总会使维也纳咖啡屋里的银器熠熠生辉。政府官员总是留着胡子，像蜡像一样笔挺。在边城，总有一家布里斯托酒店，主人公会在这里小住一阵，总有一间小酒馆，俄罗斯人在那里用尽全部身家，好进入帝国。总有云雀欢叫和蛙鸣。到处都能看见受人景仰的皇帝的画像，到处都能听到乐队在演奏令人心潮澎湃的军乐，特别是《拉德茨基进行曲》。

但是，哪怕是在他们乡愁最浓的时刻，他的小说也要夸大和嘲笑帝国在其子民的生活中的存在。如果说，罗特热爱这个帝国，因为它强加给形形色色的人们一种帝国的统一性，那么，他的小说也将这种大一统的帝国视为一种专制，甚至一种独裁。因此，罗特和卡夫卡比表面看上去那样有更多的共性。他的小说如此强调帝国的统一性，结果却暗示，要实现帝国的统一性不再可能。罗特的挽歌向读者表明，这个帝国不仅死了，远去了，而且，在现实中，它不再可能等同于罗特对它怀抱的那些荒唐的梦想。我们感觉到，甚至在这个帝国尚存的时候，罗特就开始为之唱起挽歌，因为它没有足够的活力配得上他理想中的帝国。因此，他的小说——当然全部都写于奥匈帝国覆灭之后——是双重意义上的挽歌：它们是对一种原初挽歌感情的挽歌。

因此，罗特最伟大的那些小说从对奥匈帝国的描写中同时压榨出喜剧和浪漫主义。这种浪漫主义是喜剧，因为多元的大帝国既是辉煌的，也是荒诞的。在1938年出版的《先王冢》中，罗特借主人公弗朗茨·费迪南德·特罗塔之口描绘出帝国异常丰富的人力资源：

> 这个帝国的直辖市、首都及皇宫所在地，它的灿烂辉煌完全倚仗王室领地对奥地利那悲剧般的爱恋。普兹塔草原的吉卜赛人、亚喀尔巴阡山脉的胡楚尔人、加利西亚的犹太马车夫，我自家的亲戚、斯洛文尼亚齐波尔耶的烤栗子商贩，来自巴奇卡的斯瓦本烟草种植者、西伯利亚大草原的饲马者、奥斯曼的西贝尔斯纳人，来自波斯尼亚和黑塞哥维那的那些人，来自摩拉维亚地区哈纳凯的贩马者，来自埃尔茨山脉的织工，来自波多里亚的磨坊主和珊瑚商人：他们所有人都慷慨地养育着奥地利，越贫穷的人越慷慨。他们的主动付出似乎理所应当，他们同时付出如此多的不幸与痛苦，只为了使这个帝国的中心成为优雅快乐、精妙绝伦的所在。（聂华译）

罗特写下这段文字时是 1938 年，正值纳粹占领了奥地利之后，他的乡愁最浓之时。但是，这段文字中有着一种很不稳定的东西（"越贫穷的人越慷慨"），这看起来是故意的，读者似乎难以分辨罗特是否非常真诚：怎样的帝国才可能是那样的乌托邦？罗特津津有味地提到那些古怪的专名（奥斯曼人，波多里亚的珊瑚商人）。他像抒情诗人一样滚动舌头吐出花木的专名（虎耳草、苋菜、香桃木）。这些专名离开了参照系，立刻变得很抽象，飘荡在莫名其妙的空间；这些空间难以验证，事实上很少有人知道，比如，波多里亚在哪里？

当罗特的语言最奢侈时，这种奢侈恰恰是一种悲伤的反讽。《拉德茨基进行曲》尤其如此。这部小说的文字极端浪漫，也极端绝望。比如，在一个神奇的时刻，特罗塔少尉带着情人到维也纳看一年一度的圣体节游行。游行队伍中，维也纳观众看见大帝国的各军团：

　　浅蓝色的步兵裤被照亮了。穿着咖啡色军装的炮兵队伍正在从眼前经过，他们的服装真正体现了弹道科学的严肃性。穿淡蓝色衣服的波斯尼亚人头上戴着血红色的土耳其帽，在阳光下显得格外红，如同伊斯兰教教徒为尊敬圣

徒陛下而点燃的小篝火。在豪华的黑漆马车里
坐的是戴着金羊皮勋章的骑士和穿黑衣服的满
面红光的地方专员们……少尉的心平静下来
了，同时又在激烈地跳动——像是医学上说的
一种怪异性。缓慢的圣歌之间不时腾起一阵阵
欢呼，像小白旗夹在绘有图徽的大军旗之间。

（关耳、望宁译，略有改动）

"穿淡蓝色衣服的波斯尼亚人头上戴着血红色
的土耳其帽，在阳光下显得格外红，如同伊斯兰教
教徒为尊敬圣徒陛下而点燃的小篝火。"我们读到
这一句欣悦的话，正如罗特希望的那样，我们感觉
到他写这句话时孩子般的惊奇。这是一个梦，在梦
里就连比喻也被这个帝国同化，在弗朗茨·约瑟夫
眼中，血红的帽子变成了供祭时的篝火。这种结
合——孩子的浪漫和超现实的反讽喜剧，现实和超
现实，天真和世故——给了罗特的写作一种吊诡的
气息：既新潮，又落伍。罗特出色的英译者迈克
尔·霍夫曼注意到了他小说中存在的不同肌质：如
"格罗茨的讽刺，克里姆特的半抽象的华丽，保
罗·克利的自由自制的现代发明"。对此，我还要补
充一点，那就是伊利亚·列宾——创作出士兵吃喝
和大笑的著名大幅油画的列宾——的流畅、红润和

丰满。用小说的术语说，这（多少）相当于他的作品中有托尔斯泰（甚或巴别尔）的味道。比如，在下面这个流畅而丰富的段落，罗特赞美了生活于帝国边缘的哥萨克人的马术：

> 在奥地利和俄国两国的边界森林之间有一块辽阔的平原，哥萨克的骑兵按照军事化队形，骑着家乡的草原马飞奔而来，宛如穿上了军装的劲风，长矛挥过高高的皮帽，长长的木头柄好似空中的闪电，长矛上系着小彩旗。骏马奔驰在柔软的弹簧似的沼泽地上几乎听不到马蹄声。那马蹄飞也似的踩下去，潮湿的土地只能以轻轻的叹息作回答……哥萨克人仿佛是在羽毛上奔腾……哥萨克人一边纵马飞奔，一边从马鞍上用粗壮的黄马牙拾起地上的红手帕或蓝手帕。他们将身子一直倾斜到马肚子底下，两条穿着锃亮的长筒皮靴的腿紧紧夹住马的两侧。另一些骑手把长矛抛得老高，让它在空中旋转一阵子，然后又乖乖地落到骑手们高高举起的手中，它们好似活猎鹰飞回它们主人的手上。还有一些骑手伛偻着身子，上半身平平地贴在马身上，将嘴亲热地压在马嘴旁，纵身一跳，从小小的铁环中穿过去，那铁环大概

只能做中等木桶的铁箍。（关耳、望宁译）

这样的段落，除了约瑟夫·罗特，没有伟大的现代作家能够写出来（巴别尔虽然是罗特模仿的对象，但巴别尔缺乏他这样的眼界），更没有人像罗特一样，如此吸引人地将叙事和抒情、将纯净现实主义的活力和比喻强大的灵光奇妙地结合起来。

3

如果说罗特对奥匈帝国的爱有点病态，那么罗特笔下典型的主人公也有点病态——他们不但对帝国的爱有病，而且因帝国而病。对罗特产生很大影响的托马斯·曼已经表明，小说家可以用因生活时代而病的主人公来对时代之病进行批判，比如《魔山》中的汉斯·卡斯托普。

罗特的《造反》也可以为证。这部小说写于1924年，罗特时年三十岁，仍自称有点左派。故事具有寓言性。安德列·皮姆从战场归来，丢了一条腿。他是一个单纯、忠诚的帝国子民，完全相信国家会给他抚恤金，给他一份小小的工作赖以谋生。最初一切都还好。当局给他发了残疾证，还为他安了假肢。安德列每天为欣赏他演奏的观众，创作忧伤的情歌和爱国的进行曲。他娶了一个善良的战争寡妇。然而，一次偶然事故颠覆了他的人生：他与一个富有的企业家产生了冲突，攻击了前来调解的警察。结果，他的残疾证被吊销，人也被送进监狱。

安德列在监狱里虽只待了六周，但这是决定命运的六周。他迅速衰老，成了无言的叛乱分子，在精神上与对社会不满的人、愤怒的战争老兵和其他煽动者在一起。他之前很鄙视这些人，轻蔑地称他们为"异类"。尽管他走出了监狱，但他觉得生活变成了监狱。他过去信任的帝国现在完全把他压垮。小说中经常出现的一个意象是安德列收到官方的精美传票，邮票图案是帝国之鹰。安德列变成了帝国之鹰的猎物。《造反》结尾具有辛辣的讽刺意味：他的朋友威利发达了，在维也纳开了家咖啡馆，安德列就在那里找了守厕所的工作，罗特写道，安德列"决定要去革命"，像他在"咖啡馆里的报纸"上看到的纵火者一样去革命。但是，在咖啡馆的厕所里，报纸"一般都过期几天，他看到的新闻不再是新闻。但他还是把一些新闻剪成长方形，装在干净袋子里，挂在墙壁的钉子上。威利老是告诫他，要节约厕纸，厕纸很贵"。换言之，奥匈帝国的老爷们用革命者来擦他们的屁眼，进一步说，用安德列这样的精神革命者来擦他们的屁眼。

　　相比《拉德茨基进行曲》中的特罗塔少尉、《齐珀与他的父亲》中的齐珀和《第1002夜的故事》中的泰提吉男爵，安德列更加叛逆。尽管他不像那些人一样对无目的的生活抱有奇怪的漠然，但他同样失败。罗特的主人公都是哈布斯堡帝国的牺牲品，被他们的深爱之物——像父亲一样在身边给孩子安全的帝国——败坏。泰提吉男爵因行为不端而解甲，从此开始无目的的漂流，最终自杀身亡。"我想他迷失了生活方向，"有同僚回忆起他时说，"人可能迷失方向！"有朋友说，阿诺德·齐珀变得"冷漠、忧郁、优柔、脆弱，缺乏判断力"，他认为，齐珀的毁灭是因为他父亲，因为他的父辈："我们的父辈要为我们的不幸负责。是我们的父辈发起了战争。"

　　但真正该负责的是所有帝国子民的父亲，弗朗茨·约瑟夫皇帝。在《萨沃伊饭店》里，加布里埃尔·丹发现，房客都和他一样，是这个帝国的流亡者，他们都怪饭店是他们不幸和淤滞的根源："不幸的消息都是从饭店传来的，他们认为萨沃伊就是不幸的名字。"像奥地利军队一样，罗特笔下的萨沃伊也是哈布斯堡帝国的缩影。这个帝国才是他们真正"不幸的名字"。

　　问题是，为什么这个帝国让子民失望？一方

面，与罗特一样，人们对帝国绝望的爱难以抑制。另一方面，正如罗特小说微妙的暗示，这个帝国根本不现实，根本不具包容性。无论是对它的爱，还是对它的理解，都超越了现实。在《没有个性的人》中，罗伯特·穆齐尔写到了这点。他赞扬这个帝国允许公民保留"内心世界"，部分原因是根本不存在"内心世界"。穆齐尔写道，这个帝国"可以说只默许自身存在。我们在其中只有消极自由，不断意识到我们没有充足的存在理由"。

罗特似乎很珍惜这个"没有充足的存在理由"的帝国。他的小说满足于这个事实，这个帝国在功能上无效，比如，众所周知，奥地利的军队不堪一击，但在美学上魅力十足；换言之，他爱的是帝国的修辞，他爱的是首先作为修辞的帝国。他的小说中一直有这种感觉，形形色色的人奇妙地聚在一起可能只是神奇的虚构——似乎只可能为小说而存在（如血红的土耳其帽）。罗特喜欢把这个帝国当作虚构的形式，当作类似于小说的东西。在罗特和他的主人公眼里，这个帝国对于生活来说太魔幻，但对于小说而言却不够魔幻。

因此，他的小说不只是关于帝国；它们还象征性地对帝国进行演绎。他的小说利用符号的帝国创造出了一个封闭世界，坚持梦幻般的不可逃避。罗

特的意象从中获得了喜剧和魔力。在《先王冢》
中，我们在前文碰到的那个男人摸着他的八字胡，
"像是想要同时亲吻帝国的两边屁股"。在《拉德茨
基进行曲》中，罗特同情地取笑特罗塔的父亲，描
写这个恪尽职守的地方军事长官多么干瘦憔悴，看
起来像"美泉宫动物园来自异国的鸟——这些动物
是自然的一部分，想用动物王国来复制哈布斯堡帝
国的面相"。在《齐珀与他的父亲》中，维也纳一
家咖啡馆的常客像是"困在城堡中的卫队"。

　　罗特用这个不真实的世界——其中一切都为了
帝国的光荣环环相扣——既是哀悼一统天下和四海
升平的失落时光，更为有趣的是，通过夸大这个统
一的帝国，从而必然导致对它的失望和嘲讽。因
为，那样一个渗透了生活各个角落的帝国——动物
园的鸟儿呈现在哈布斯堡帝国的面相，甚至咖啡馆
的常客都是卫队——怎不近于安德列·皮姆发现的
独裁或专制？比如，在《拉德茨基进行曲》中，罗
特最出色的地方就是让人回想起帝国日常生活节奏
的缓慢、重复。罗特精彩地描写了特罗塔想起一顿
礼拜日的午餐，在餐厅的窗外，小镇乐队在演奏
《拉德茨基进行曲》，特罗塔一家点了牛腩和樱桃饺
子，这样一顿午餐在一年中任何礼拜日都一成不
变。但是，这本小说也刻画出生活的惯性和压迫的

统一性的毁灭景象，刻画出小说中人物因忧虑而产生出的绝妙喜剧。毕竟，维也纳的那家咖啡屋里的常客在心生幻灭的客人眼中，或许是像"卫队"，但正是在那样的咖啡店，在《先王冢》结尾，一个人走进来，宣布德国人已经占领了维也纳。由于拒绝历史，罗特的人物在历史面前更加脆弱。首先，他们只是行动的客体；帝国是他们的命运，是他们婴儿化的根源，因为他们把意志拱手让渡给他们既在场又缺席的伟大父亲：弗朗茨·约瑟夫皇帝。军队是管理这些儿童的帝国机构。在咖啡馆里凝视着最高统帅画像的特罗塔中尉就是最悲伤的例子。在《第 1002 夜的故事》中，当泰提吉男爵从骑兵队解职，他很迷茫。罗特用了一句可爱的话来形容泰提吉的反应：他好像是新招募的市民。在罗特的小说中，退役就像从帝国"退下来"。

这些反讽和喜剧使罗特的保守主义变得生动和复杂。罗特看到，《拉德茨基进行曲》中的特罗塔中尉认为，加入军队，为他祖父的名字增光添彩，他在维护他的遗产。但罗特让我们也看到，特罗塔不但没有扩大那份遗产，反而令之冻结。罗特描述加布里埃尔·丹是"掉进"萨沃伊饭店的"猎物"。在小说另一处，一个人物说："头枕石头，这是犹太人的命运。"从这种角度看，尽管罗特放弃了他自己的犹太身份，但他那些自我挫败的主人公，即便非犹太人，本质上终究都是犹太人。

因为这个帝国对于罗特的人物就是一切，所以他们往往把一切，甚至包含形而上，都转化成帝国的术语；他们把哈布斯堡帝国当成了宗教。这在《造反》中一直得到暗示："然后，他想起没有了残疾证。他立刻觉得活了过来，可他没有权利活下来。他什么都不是！"当残疾证被吊销后，安德列这样想。正是帝国给了他活下来的权利，告诉他做什么，答应照顾他。在罗特的小说中，进行曲不仅是比喻，它们是一切。但在生活中某个关键时刻，它们是不够的。

在罗特的小说中，哈布斯堡帝国是一种宗教，是令人失望的上帝；帝国令它的子民失望，如同上帝可能会令坚定的信徒失望，因为它难以形容，因为它意味着太多。这种宗教造成了宗教的虔诚，同时也造成了世俗的反叛。罗特希望实现的愿望播下了自身失望的种子。他笔下与生活战斗的主人公都有这样的自我挫败感，在小说的时代，他们是史诗性的主人公，某种意义上，是小堂吉诃德，全都拿着不合适的武器扑向生活。可以说，罗特的小说是战争小说，尽管里面没有真正的战争。再次，我们想到卡夫卡，这不仅是因为在《造反》中，罗特对狱中的安德列允诺，一个幽灵般的"长官"将帮助他早日脱身。卡夫卡说过一句名言，"希望是无穷的，但不是我们的"。在罗特悲伤的喜剧世界，帝国是无穷的，但不是我们的。

博胡米尔·赫拉巴尔的喜剧世界

　　下面这句话有什么好笑和忧伤的？"算命先生有次看完我抽的纸牌后说，要不是我头上有一小朵乌云，我就能成大事，不但能为国家谋福利，还能为全世界谋福利。"

　　立刻，一个人像一道伤口迅速在我们面前张开：这可能是一个男人（有点儿吹牛），心比天高，命比纸薄，脾气古怪，可能疯癫、健谈，嚷嚷着各种逸事。在他宏大的抱负里（"为全世界谋福利"），有喜剧，有悲伤。抱负宏大，必然受挫，所以悲伤；但他以相当轻松、甚至自豪的方式面对挫折，所以喜剧：他对阻挡他命运的那"一小朵乌云"有一丝不快吗？——至少这是重要标志。因此，这人可能抱负很大，但也可能非常信命。"一小朵乌云"，这样的表达难道不高明？它暗示了这人的自我感膨胀，现在，他从地理学的意义上看待自己，像欧洲气象图上一片正受低气压影响的阴暗地带。首先是"小"：一个神奇的字眼，因为它暗示这人尽管可能为他的障碍感到自豪，但也可能鄙视障碍，或者，他相信，只要他愿意，随时都可将障碍抹掉，继续做大事。

这些就是1997年去世的伟大捷克小说家博胡米尔·赫拉巴尔（Bohumil Hrabal）的典型幽默话语中包含的东西。说出这句自白的是一个自称"崇拜欧洲文艺复兴"的饶舌鞋匠，是《老年舞蹈课》的叙事者。赫拉巴尔喜剧小说的许多主人公都很健谈。比如，《过于喧嚣的孤独》的叙事者汉嘉，从事了三十五年废品压实工作，偷偷利用他从废品里抢救出的经典自学。他告诉我们，他想成为百万富翁，买下布拉格"城里所有钟表的荧光指针"。现在，他读他抢救出来的康德和诺瓦利斯，梦想到希腊度假，参观"亚里士多德的出生地"斯塔吉拉，"只穿长衬裤在奥林匹亚广场跑道上奔跑"。汉嘉不洗澡，他担心洗澡会传染上疾病，"但有时候，当我渴望希腊理想之美时，我会洗一只脚，或者洗一下脖子"。

再如，《我曾侍候过英国国王》的流浪汉主人公迪特。他在布拉格的一家酒店当服务生，有一次

与曾侍候过英国国王的领班一起接待埃塞俄比亚皇
帝。通常，迪特无一不错——纳粹攻占捷克斯洛伐
克时，他娶了一个德国田径运动员——但有时，他
说的一句话很睿智或有远见，每当人们为此恭维
他，他总是"客气"地说："我曾侍候过埃塞俄比亚
皇帝。"再如，米洛·希尔马，这个腼腆的年轻人是
赫拉巴尔最著名的小说《严密监视的列车》中的报
务员。当他得知站长可能晋升铁路局督察时，他满
脸崇拜，兴奋地问："像那样的督察……铁道系统那
样的地位相当于陆军少校，是吧？""是的。"站长
说。"啊，这么说来，"希尔马叫道，"你三颗小星
星要换成一颗大星星，就接近督察的地位了！"

　　赫拉巴尔笔下备受伤害的主人公，明显是模仿
雅洛斯拉夫·哈谢克笔下遭遇"一战"的喜剧傻瓜：
好兵帅克。帅克是生活在不再是史诗、甚至不再是
喜剧时代的桑丘。赫拉巴尔很崇拜《好兵帅克》。
他与一个研究捷克文学的美国学者之间有许多书信
往来。后来他写的这些书信被挑选结集为《绝对恐
惧》。在其中，他赞扬哈谢克的小说，"好像宿醉之
后，用左手随意抛出，写作极为快意"。帅克与赫
拉巴尔的许多主人公一样，像是宏大历史事件中欢
快漫游的"小人物"。正如帅克成功地说服秘密警
察抓他，后来被送往前线，同样，赫拉巴尔笔下搞

笑的服务生迪特发达之后，听说执政党抓了国内所有的百万富翁、独独漏了他时很生气。因为他最大的梦想就是当百万富翁，所以他拿着银行存折亲自前往警察局，说应该立刻把他抓起来。（尽管他颇费了番口舌，还是达到了目的。）帅克表面上傻，实际暗藏聪明；他只是表面上迎合当局，实际上暗中颠覆。同样，《过于喧嚣的孤独》中的汉嘉，这个从压实机下拯救书籍的人，不仅是一个自学了许多无用知识的博学者，而且是生活在庞大书籍审查制度下的小小叛逆者。

与哈谢克一样，赫拉巴尔的耳朵也贴近酒桌。他在布拉格最喜欢的据点是金老虎酒吧。他经常在那里一坐几个小时，听那些泛着啤酒泡沫的故事。知道他的那些人都会回忆起这样一个人：他喜欢假冒酒客而非作家，满足于安静地坐着听故事，收集故事，做这个生活圈子里最大度的乞丐。昂德雷耶·达纳耶克在 1997 年为赫拉巴尔写的颂词中回忆起"一个很有灵性的艺术家和自由思想家，但行为和面貌却像劳工。在足球丙级联赛微醺的球迷中，你很可能发现他（或许狡猾地笑）；你也很可能偷听到他引用伊曼努尔·康德或他另一个哲学神祇来评论比赛"。

1914 年，赫拉巴尔生于莫拉维亚。在法国超现实主义的影响下，他开始写诗。这些诗歌很快打开双肩变成了段落：散文诗、顿悟式短章、轶闻断片。《布拉格滑稽剧》（第五期）刊登了许多他写于 40 年代的早年诗歌，其中大多沾染了赫拉巴尔的独特怪癖："在那家河上的酒吧，我坐在靠窗的角落。我在读书，你在哭。我跟着你哭，矮胖的老板娘也在哭。"

50 年代初，他加入了诗人吉日·科拉尔组织的地下文学社团。他现在改写短篇，但他没有拿去发表。他在文学社团成员（包括小说家约瑟夫·斯科雷吉）面前朗读。据传言——听上去像塔西佗和普鲁塔克收集关于统治者的"象征"故事——赫拉巴尔有天偶然听到人问正在卖木偶的科拉尔："科拉尔，你有再死一次吗？"这个问题显然针对的是布拉格流行的死神木偶，但在赫拉巴尔听来，它暗示了一种新的写作方法：源于人类日常生活事务而非明显超现实的异质元素，可能以自然的喜剧方式相互抗衡。

赫拉巴尔开始试验一种无限流动的风格。这种风格近于意识流（他崇拜乔伊斯、贝克特和策兰），其中的人物疯狂联想和独白。他称这种风格为 pabeni，按照斯科雷吉的说法，最接近该词的意思是"胡扯"。这种胡扯其实就是没完没了的废话。

赫拉巴尔的作品中跳动着的可爱的不负责任，与它对丰富故事的欢迎不无关系。经常，我们会感觉到，赫拉巴尔在小酒馆听到一个简短的喜剧故事后，夸大了它的喜剧性。《老年舞蹈课》的叙事者一带而过地告诉我们，对有人在母亲坟前的十字架上吊死，当地牧师非常生气，因为他必须为墓园重新祝圣。《过于喧嚣的孤独》中的汉嘉遇到一个拿刀子对准他喉咙搭讪的男人。这个男人在背诵完一首日恰尼乡下美景的赞美诗后抱歉地说："他实在找不到其他办法让别人听他的诗歌。"《我曾侍候过英国国王》中，一个将军下榻迪特工作的酒店。他很贪婪，也很好奇。每喝一口香槟，每抓一次牡蛎，他都厌恶得发抖，骂刚才下肚的东西："啊，我不喝这泔水！"这让人想起契诃夫（赫拉巴尔喜欢契诃夫和巴别尔），他从报纸上窃取故事，记在一个笔记本里，里面全是诱人的谜语，比如："餐厅里的包间。一个富人，脖子上系着餐巾，用刀叉碰了碰鲟鱼：'至少我在死前还有小吃'——很长一段时间，他每天都这样说。"

赫拉巴尔没有契诃夫那样严肃和悲观。他喜欢加热他捕捉到的谜语，他掠夺来的故事和神秘的事物，让它们散发出神奇的水汽。他完全能写契诃夫式的现实主义（汉嘉想起在农场集市上一个女人站着卖"两片月桂叶"），还密切注意故事中的辉煌或崇高——他称之为故事"底层的珍珠"——经常允许他饶舌的叙事者胡扯，自由发挥他们的故事。最好的例子就是写于20世纪70年代初但直到1983年才发表的《我曾侍候过英国国王》。迪特给我们讲述了下榻金色布拉格酒店的形形色色的销售代表。其中一个是著名服装公司的销售代表，来自帕尔杜比采。他有最先进的试衣技术，就是将一张张羊皮纸片裹在客户身上，在上面写好尺寸。回到制衣间后，他把这些纸片拿出来缝成纸衣，套在装有橡胶气囊的模特身上，慢慢充气，直到模特膨胀起来，然后，在纸衣上涂满胶水定型，就成为客户的人体模型。当气囊拿掉后，只要不断充气，人体模型就会在天花板上飘荡。每个身上都有名片，写上名字和住址。客户的人体模型"高高飘荡在几百个五颜六色的人体中，直到他死去"。

　　不难预料，迪特对这种荒诞、神奇但无用的创新很感兴趣，他想订制一套新的宴会礼服，"穿着这身礼服，我和我的人体模型就能飘荡在这家著名公司的天花板上；这肯定是世上独一无二的制衣公司，因为只有捷克人才有那样的创意。"于是，他拿出积蓄，定做了一套礼服。衣服做好后，他亲自前往帕尔杜比采去取。在制衣公司里，他看见"一个小人"（迪特的确很矮，所以穿了高跟鞋）湮没在十分气派的人体模型中：

> 那可真叫壮观！天花板底下飘挂着将军和军团指挥官们的上半身，还有著名演员的上半身，甚至连汉斯·艾伯斯也在这里做燕尾服，他的上半身也挂在这天花板下……每具上半身人体模型都拴了根小绳，绳线上拴着写有人名地址的卡片。过堂风一吹，这些卡片像被鱼钩抓住的小鱼一样跳动不止。经理将我的卡片指给我看。我读了一下我那卡片上的地址，将我那半身模型扯下来。它的确很小，我看着它几乎要哭出来。可是，当我看到大将军的上半身，还有我们旅馆老板贝朗涅克的上半身也都挂在我旁边，就不禁开心地笑了。我为自己能到这样一家公司来做衣服而感到高兴。（星灿、劳白译）

赫拉巴尔可能听到某人说起现实生活中某公司的疯狂计划。他把故事记下来，然后借逃避现实的疯狂主人公之口说出，还进一步地用陌生化来粉饰。赫拉巴尔决心将故事用视觉呈现出来，为它染上神秘色彩，这样，我们不只是得知公司的产品计划，他还邀请我们一起想象挂满人体模型的房间。他的决心中的确有魔幻色彩。赫拉巴尔有时被称为电影作家，可能与《严密监视的列车》成功改编成了电影有关。但相当奇怪的是，小说的视觉性为电影提出了一个问题，因为它仅仅邀请电影去模仿。但像这样的场景有一种奇怪的元素，虽有画面感，但仍然只是理论上存在，是梦。某种意义上，即便不可否认它在发生，但这一幕难道不是迪特的梦？赫拉巴尔的描写经常有可见和不可见的悖论。它们就像水汽。我们感觉到，它们不只邀请读者去看那些悬挂着的人体模特，还邀请读者去想象某个在想象它们的人。这中间还是颇有差异。

　　在某些方面，赫拉巴尔是一个早期的魔幻现实主义者，表面上看，他像那些喜欢大量故事、奇异色彩、玩笑、双关、闹剧和逃避的现代作家：拉什迪、格拉斯、（近作中的）品钦、大卫·福斯特·华莱士等人。在这些作家的近作中，我们碰到名字傻乎乎的恐怖组织、克隆老鼠、对话的时钟、巨大的奶酪、在婴儿床上玩空气吉他的婴儿等等。但这与其说是魔幻现实主义，不如说是歇斯底里现实主义；它借用现实，但却逃避现实。这些小说挥霍那些不妨称之为非人的故事：说"非人"，不是因为它们不可能发生，而是因为它们并不真正与人类相关。相比之下，赫拉巴尔的魔幻故事是喜剧故事，是人的故事——它们真的是欲望的具现。吊诡的是，它们不是寄生在现实之上，而是魔幻现实之上。它们进入一个乌托邦的世界，一个笑和泪的王国。想象一下，那些在天花板上晃荡的名流的人体模特给迪特留下的印象，这是多么好笑和悲伤；想象一下，酒店老板贝拉内克的人体模特给迪特留下的印象与那些大将军和演员一样，这是多么好笑和悲伤。

赫拉巴尔不是有浓厚意识形态或讽喻性的作家。但是，他的第一本短篇小说集《线上云雀》在1959年即将出版前一周遭禁。四年后，它易名为《底层的珍珠》面世。根据斯科雷吉的说法，这本书"送作者上了星光大道，其名声之巨，超过了以前所有的捷克作家"。《老年舞蹈课》出版于1964年。一年后，《严密监视的列车》发表。电影的成功使赫拉巴尔多了一张护身符。但他的作品还是遭禁：苏联坦克开进捷克，一向高产的赫拉巴尔再次销声（他结集的作品有许多卷，只有一小部分被翻译成了英语）。斯科雷吉离开捷克斯洛伐克去了多伦多。后来，他在多伦多出版了赫拉巴尔等作家的小说的流亡版。

70年代初，也就是遭禁期间，赫拉巴尔开始写

《我曾侍候过英国国王》。这部小说最初以地下出版物的形式流传，直到 1975 年。据说，赫拉巴尔特别操心它的正式出版。卡尔·斯拉普在发表于《布拉格滑稽剧》杂志的一篇文章里，扣人心弦地（不乏赫拉巴尔式的喜剧地）描述了他和捷克音乐家协会爵士乐分会的同事，在 1983 年怎么以协会"内刊"这种半合法的方式出版这部小说。赫拉巴尔说，"小朋友们哪怕只出一册，我也死而无憾"。他们印了五千册，用传单告诉人们，可以到爵士乐分会的办公室来取。斯拉普写道，赫拉巴尔的酒友拿着啤酒杯垫都来了，杯垫上面写了一行文字："请送一册《我曾侍候过英国国王》——赫拉巴尔。"1986 年，斯拉普和爵士分会成员入狱。有党员发现小说还剩几箱，就把它当圣诞礼物卖给了其他党员。1988 年，斯拉普等人获释。

《我曾侍候过英国国王》是一个快乐的流浪汉故事。小说以明希豪森男爵一样的漫游奇境记开始，以泪水和孤独结束。这种波动是赫拉巴尔最伟大作品的特征。小说叙事者迪特就像一片云，总是追逐经验的太阳。他是一个飞毛腿一样飘飞的傻瓜，天真地追逐一个又一个世界历史事件。因为他的服务足资典范，埃塞俄比亚皇帝奖赏给他一枚蓝丝带勋章。他经常取出勋章，挂在脖子上，提醒自己和他人，他是个人物。事实上，他是个傻瓜，尽管他学会了傻瓜的智慧。他娶纳粹运动员时，遭到朋友们排斥，后来因为里通外国而入狱。出狱后，他成了百万富翁，成功地经营着一家酒店。"但是，现在来的客人都很悲伤，即使快乐，也不是我熟悉的那种快乐，而是强颜欢笑。"（后来，昆德拉将这种幽默命名为"可笑的笑声"，是那些纯洁的和有权的"天使"的强颜欢笑。）那时正值 1948 年。赫拉巴尔的高明在于，用一个不可靠的疯狂之人对政治发起了一场小小的批判。

迪特说服新的执政当局，将他当真的百万富翁抓了起来，没收了他的资产。后来，迪特获释，在一个偏僻山村修路过余生。他有一间茅屋、一匹马、一条狗和一头羊。小说突然安静下来，赫拉巴尔好似走完一趟列车，终于到了几乎空无一人的尾厢。结尾非常凄美。迪特坐在酒馆里问村民，想埋在哪里。村民个个哑口无言。迪特说他想埋在旁边小山上的墓园，他的坟要骑在小山之巅，他的尸身要平稳如船，这样，他的生命在死后会化成两道等量的细流，涓涓流下山阴山阳，一道汇入波希米亚地区的河流，一道穿过边境汇入多瑙河。这一声咏叹调越来越高，混合了荒诞的梦想和严肃的真诚。迪特解释说："我想死后成为世界公民，我死后生命平分成的两道细流，一道流入伏尔塔瓦河，途经拉贝河，最后流入北海；一道流入多瑙河，途经黑海，最后流入大西洋。”

正如《老年舞蹈课》中的叙事者和他的“一小朵乌云”，迪特扩大了地理空间。他荒诞地实现了捷克斯洛伐克既是一个国家、又不只是一个国家的梦想：他死后成为世界公民。这种深切的梦想及其可笑的挫败是赫拉巴尔不变的主题。在某一刻，迪特提到同事的权叔，一个上了岁数的乐队指挥，为他所在的哈布斯堡帝国时代的军乐团写了许多波尔卡和华尔兹曲子。迪特说，由于这些音乐还在演奏，老人家出门砍柴时，总是穿上哈布斯堡帝国的旧军装。就欲望的性质而言，这离《过于喧嚣的孤独》中的叙事者汉嘉并不远。汉嘉渴望穿着长衬裤在奥林匹亚的跑道上奔跑，实现他希腊体育精神的梦想。

所有这些人之所以动人，在于他们的梦想和他们实现梦想的有限手段之间的巨大鸿沟：迪特在某种意义上满足于戴上勋章，满足于梦想死后成为“世界公民”。当汉嘉想做个“希腊人”时，他洗一只脚或手，读一点亚里士多德。然后，以一种神奇的辩证方式，这有限实现的梦想逐渐看起来就等于原初的梦想，逐渐看起来就是足够大的成果，最后变成了这些人物新的吹牛资本：那个穿着奥匈帝国军服砍柴的老人并没有真正被挫败。他很有梦想，也很信命。

因此，赫拉巴尔的喜剧充满了悖论。它在无限的欲望和有限的满足之间保持平衡，它既叛逆又宿命，既骚动又明智。从政治上而言，它不是可靠的激进的幽默：赫拉巴尔自称受到哈耶克的教诲，是"一个渐进党，这是我在这个中欧国家的权宜之计"。他的主人公想成为一切，但他们没有意识到他们的梦想是多么大，不知道他们这样逐梦时实现得多么少。

这是受阻、错位、落网和消解的喜剧。因此，毫不意外，赫拉巴尔有时说，他的喜剧是基于他喜欢的一个发现。他在干洗店的发票上面看到这样一句话："有些污渍除非物质毁灭才能消除。"在《绝对恐惧》中，赫拉巴尔顺便表彰了弗洛伊德关于喜剧和玩笑的写作，称之为具有"中欧，尤其是布拉格的典型特征"。我们可能记得，弗洛伊德将幽默跟喜剧和玩笑进行了区分。他关心的是"破碎的幽默"——"泪与笑的幽默"。他说，这类幽默的快感来自情绪的戒备。读者准备好的同情由于喜剧事件的发生而受阻，从而转移到次要的事情上。在迪特这里，他思考死亡时我们感受到的那种严肃，因为他对葬仪的安排而可笑地受阻。这是对受阻之人的受阻的幽默。用弗洛伊德的话来说，赫拉巴尔是一个伟大的幽默家。

当然，他也是一个伟大的作家。他最优秀的作品《过于喧嚣的孤独》，演绎出更激烈的波动，从开始的轻快到结尾的绝望。当了一段时间垃圾压实工的赫拉巴尔，通过汉嘉，他创造出他最复杂的"傻瓜"。汉嘉或许是赫拉巴尔最为真实的自我写照。（赫拉巴尔和汉嘉都从压实机下拯救图书，他把布拉格郊外乡村小屋的车库当成图书收藏室。）汉嘉阅读面广，赫拉巴尔就利用了这个主人公的精神资源，不管汉嘉多么疯癫，结果产生出自由流动的文风，特别灵活，像有些荷兰大师的绘画，具有多重的内景——或者说多重的虚假内景。这应该是幽默的赫拉巴尔的最好写照。

由于布拉格郊外出现了更加庞大的、工业化规模的垃圾压实机，汉嘉差不多快要失业了。他去看过这种新机器，但他不喜欢他看到的场面。显然，与他小小的出版社那里不一样，这种新机器不仅压实垃圾（其中偶尔有一本废弃的书），而且吞噬成千上万的书。这些书被一辆辆货车拉来。庞大的新机器是金属制造的书籍审查官，是邪恶新时代的预兆。斯科雷吉认为这部小说是赫拉巴尔"对禁书行为的诗性谴责"，但这是过重的解读。因为，在明显的政治讽喻之上，赫拉巴尔敏捷地勾勒出一弯幽默的新月。汉嘉对庞大的新机器做出怎样的反应？他回到他一个人的出版社，为了保住饭碗，力争将产能提高百分之五十。正如在赫拉巴尔笔下经常见到的那样，不可靠（事实上在这里是疯狂）的叙事者悄悄地消解了对政治的批判。

汉嘉增加产能对他于事无补。他被解雇后，在布拉格四处晃荡，经常停下来去喝杯啤酒。他坐在公园看孩子光着身子玩耍，看他们从裤腰松紧带到上腹之间的彩带。然后，开启了一连串的观察和幻象。这个段落惊人地具有活力，一泻千里。仅凭这段文字，无假它求，应该就能奠定赫拉巴尔在世界文学中的声誉：

　　加利西亚虔诚教派的犹太人常系一根色彩鲜艳的、有条纹的腰带，把身躯分为两截，比较讨人喜欢的一截，包括心、肺、肝和脑袋，以及只可勉强容忍的、不重要的一截，即肠子和性器官那截。天主教的神父们则把这道区分线提高到脖子上把教士硬领看作一个明显的标志，突出大脑独一无二的至高地位，因为大脑是上帝蘸手指的托盘。我望着嬉水的儿童和他们光裸的身体上背带裤留下的清楚的条纹。我想到了修女们，她们用无情的布条把脑袋缠得严严实实，只薄薄地片下一张脸庞，嵌在上了浆的头盔里，犹如 F-1 车手。我看着这些在水里拍溅着水花游动的光身子儿童，他们对性尚一无所知，他们的性器官，诚如老子教导我的，却已暗中成熟。我想到神父和修女的那些布条条，犹太人虔诚派的腰带，我暗自寻思，人体是一只计时的沙漏，在下面的到了上面，在上面的到了下面，两个互相衔接的三角形，所罗门王的印记，他年轻时写的《诗篇》和年老时论"虚空的虚空"的《传道书》之间的和谐。（杨乐云译。略有修改）

这种思绪的洪流真实、睿智、崇高，同时疯狂而喜剧（修女戴着拘泥的贴头帽像 F-1 车手）。这也是一个绝望之人的想法，是汉嘉三十五年压实垃圾和拯救经典的成果：他是一个思想的小偷，他的头脑就是思想的压缩包。所有这些思想都在这简短而飞扬的一段话中颤动。

1997 年 2 月 3 日，困于他所谓的"过于喧嚣的孤独"，老是想着"从六楼跳下去，从每间房都伤害我的公寓跳下去"，重病缠身、绝望之极的博胡米尔·赫拉巴尔在一家医院的六楼上喂鸽子时坠落。有些污渍除非物质毁灭才能消除。倘若上就是下，那么下就是上。

J. F. 鲍尔斯和神父

真有人喜欢神父吗？看起来，反对教权是健康的本能，我们精神的小农意识即可自证。我在神父中间长大；家族中的叔伯和堂兄弟都是神父。我相当熟悉某种英格兰教会教区长的住处，就如熟悉我的卧室：主房里沉重的木头和简单的装饰，房间微暖，可能是因为电热器的模糊热量，也可能是因为刚走的那些哀求者留下的不愉快的残余热量——那些需要帮助的教友似乎无所事事。有时，正如挂在冰冷的塑料护墙板上的廉价牵索被窗户绊住，外面的花园看起来像搁浅在海底的植物。人们都怕必须走下寒冷的楼梯去用卫生间，无一例外要面对用内置磁石吸附在肮脏支架里的绿色药皂。然后是形形色色的神父：迂腐的，圣洁的，狂热的，退职的，时髦的，疲惫的。他们长长的教袍看起来藏着东西。在一个孩子看来，这些人从脖子到脚穿着一身有点黑亮的冷酷法衣，就像全身裹着鞋革，简直难以置信。他们低着头，炫耀着谦卑。其中一个人爱用"打扮"这个动词；另一个给出他自己满意的评价时喜欢花哨地添加一句："没有什么特别的理由……"

这也是美国作家鲍尔斯（J. F. Powers）的世界（尽管是天主教）。对于从 20 世纪 40 年代末到 80 年代末美国战后中西部的天主教会，鲍尔斯作了出色的书写。鲍尔斯生于 1917 年伊利诺伊州的杰克逊维尔，死于 1999 年；现在，在不断延伸的望远镜——"作家的作家"——的末端，他几乎已不可见。他写的量少而保守，只写了两部长篇小说（其中的《神父之死》获得 1963 年美国图书奖）和三部短篇小说集。他的作品虽得到伊夫林·沃、弗兰纳里·奥康纳和菲利普·罗斯的赞美，但他生前就已消失于朦胧的后世；换言之，他眼睁睁看着他的作品绝版。他作品的真正后世，以纽约书评书系组织的全集再版形式出现（长篇小说《神父之死》和《麦苗吐青》以及《鲍尔斯短篇小说集》），更加善良，尽管看起来完全可能，鲍尔斯精炼的风格、反讽的悲观和选择的题材——除了神父还是神父——最终会再判他作品一次死刑。

鲍尔斯不可避免地被他的教友称为"天主教作家"，但他书中的世界却是天主教会所宣扬的世界的对立面。总的说来，他的神父主人公坏得没有吸引力，人们情不自禁会问，鲍尔斯是否真的喜欢或赞同大多数天主教的神父。他们不是有魅力的离经叛道者，像格林和莫里亚克笔下的神父，他们因为罪而更有趣，可能成为更好的牧师。他们只令人淡淡失望。格林笔下的神父太世俗，但终究很有宗教信仰，不是传统的信徒；鲍尔斯笔下的神父太传统，不是真正的宗教信徒。他们有过的虔诚和精神敏感，在教区凝固的日常生活中早就松弛。他们失去了过去神学院的理想，变成了喜欢妥协的谄媚之徒。

天主教会欣赏格林，有人猜测，部分原因是他的悲观主义没有威胁。事实上，他告诉我们，宗教生活比我们想象的复杂，终究会给我们安慰。但鲍尔斯很有威胁，不大容易被天主教欣赏，因为他的作品累积的暗示：宗教生活，特别对于神父来说，实际上不可能获得。在一本上千页的小说中，我们几乎看不到鲍尔斯笔下的神父在反省精神事务。这根本不是说，按照《古兰经》从来不提骆驼的原理，这些神父不提他们身边之物。相反，他们是克尔凯郭尔攻击的"基督教世界"的奴隶——从事神父的活动而非见证基督的实践，热爱红尘而非效仿基督。

　　鲍尔斯是他所在行业的真正神父：虔诚、退隐和出世，这些品质在他笔下的人物身上罕见。二战中，他是一个有良心的反战者，为此蹲了十三个月监狱。他认为他的写作是上帝给予的。"当我创造我最好的作品时，我就在上帝使用的字母中……我认为上帝给了我天赋，"他在 1988 年说，"为此，我通常每天都在祷告时感谢上帝。"他是一个高明的文体家，节约地使用他的才华：宁愿努力几天，安妥一词，甚至一字。在为那本故事集写的精彩导言中，丹尼斯·多诺霍写道，爱尔兰短篇小说家肖恩·奥法兰也许会开玩笑，鲍尔斯"用了一上午写了一个逗号，再用一下午考虑该不该换成分号"。这是一种坚硬而丰富的美国文风，同时又有文学色彩和谈话风格，它埋藏在创作努力之下的主调是高度的放松。下面是短篇《恩典临在》中的一个典型段落，描写一个神父午饭后很不情愿地与昏昏欲睡的教友坐在一起：

　　　　有一段时间暂歇。在此期间，威尔玛在装烟斗；法布尔神父在打量房间：书架上没有书，只有植物和一些小玩意儿；家具塞满了东西，在遮灰布下像馒头一样隆起，东西还在不断增加，色彩和多样性像是要与热带的自然界抗衡；钢琴上有曼陀铃和两张照片，一张应该是马特斯先生的遗像，另一张是护士班毕业留影，其中一个姑娘他娶了做老婆，她过去一向很漂亮，现在胖得不成样子；马特斯太太现在公然打瞌睡，房间里响起呼噜声，马特斯太太的呼噜声和品特先生一唱一和；阳光洒在他们身上，洒在摇晃的蕨类植物上。

鲍尔斯在明尼苏达州科里奇维尔的圣约翰大学任教多年。那里是本笃会的一个基地，他每天都去参加宗教仪式。他对本笃会很忠诚；这个教会在布道时带有一种愤懑，对衰退的教会相当厌恶。因为他是喜剧作家，所以这种愤懑包扎了明喻，有时难以捉摸。不过，他的作品对于教会在战后初期那段碌碌无为的岁月的确提供了严厉的批判。

在他的德国宗教和哲学史中，海涅写道，马丁·路德没有看见，基督教的"绝欲"理想对人性提出了不可能达到的要求。但天主教会，海涅说，承认了人的欲望，所以在上帝和魔鬼之间，在精神和物质之间达成了适当的合约。鲍尔斯的神父就是那样的立约者。他们懒得朝魔鬼扔墨水瓶；他们也许会给魔鬼一支笔和一条虚线。在鲍尔斯的一个短篇《热情》中，一个主教听烦了一个热情的神父的话；这个神父理想化地告诉教友，不该给侍者小费，因为这会冒犯对方的尊严。主教在肚皮里回应："人们应该做他们可能做的事情，哪怕是件小事，不应该要求他们做明显力所不能及的事情。"

《神父之死》的主人公乌尔班神父是鲍尔斯最用心的人物。他在明尼苏达各地的天主教堂周游，"只想为教区注入一点活力，没有任何炫耀"。他忙于在大平原商会演讲，借了一辆英国跑车开着到处跑。他订购了一套隐居之所，在附近建了高尔夫球场。他自负、有野心、狡猾，他身上像抹了世故的油脂，狡猾地避开了神学争论——"他见人说人话，见鬼说鬼话"。鲍尔斯第二部长篇小说《麦苗吐青》(1988) 中的乔·哈克特神父其实是个骗子，诚然，他开始修道院生活时是想当圣徒，但他很快挥霍完了这种对于教会生活的冲动："事实上，他根本没有牺牲他的精神生活——自从他被任命为神父起，他的精神生活就已结束。"

这些神父往往躲避虔诚的信徒。《黑暗王子》中的伯勒神父"喜欢不出风头、麻木或胆小的教友"。鲍尔斯的故事都很有趣，其中最有趣的一些场景都与逃离、甚至想方设法躲避最热心教友的神父有关。"要是退缩的信徒，他对付起来倒是驾轻就熟，但要是遇到热烈的信徒，特别是能言善辩的信徒，他就像见了魔鬼一样恶心。要赶走这种人，只有靠祷告和斋戒。但这两种方式他都不擅长。"通常，这些神父都愤世嫉俗。鲍尔斯描写《神父之死》中的那个主教："大平原毕竟是农村教区，所以主教就利用了一切与农村有关的东西——因此，整个夏天，无论怎样，他的祷辞都是农民告诉他希望什么样的天气。"

这些神父是精神上缺乏好奇的菲利士人——伯勒神父认为 J. T. 法雷尔的《斯塔兹·朗尼根》三部曲是"《圣经》之后最好的东西"——他们每天把陈芝麻烂谷子的事情当面包：铁路是否免费，下水道和供暖问题，为新建筑筹款，男士俱乐部，祭祀塔与念珠社，参加者比例的升降。他们罔顾耶稣在《福音书》中的训诫，把他们的思想交给明天。他们很有野心——但野心只局限于从助理牧师升到本堂牧师，"用俗话说，就是从小老鼠到大老鼠……"有人看见一个副主教在读《福布斯》。在另一个短篇里，一个前主教得到赞扬，因为"他懂房地产"。教会就是公司，效率"仅次于美标石油公司"，要按照公司来运营。

以这种轻快摇摆的讽刺方式，鲍尔斯无论好

坏，听上去像辛克莱·刘易斯。或许，许多时候，正如更频繁地在刘易斯的笔下，讽刺的范围很广。比如，伯勒神父开车到咖啡馆买汉堡时心想，"是的，如果他不得不死，他就为信仰而死"。（他吞吞吐吐地说出"不得不"三个字时，就足以判断他的道德勇气。）但鲍尔斯暗示了对教会更深刻的批评。最初，神职身份被想象为如僧侣一样出世。在鲍尔斯笔下明显很世俗的神父身上，仍然有相当非世俗的东西。事实上，或许可以说，他们也被他们的非世俗性败坏。尽管他们像商人一样酸腐和铜臭，但他们狭隘幽闭的心灵和谈话还是折射出幼稚、自满和封闭。这是一种没有内容兜售的行话。事实上，他们可能不够世俗。说他们世俗，或许只是指他们太容易活在他们自己的小世界里。

鲍尔斯用高明的技艺捕捉到这种封闭性——当然，倘若没有，他的小说就只有社会学价值。在他的小说中，有教区长，他们生活中除了尖酸的管家别无女人；他们可怕的食物（"煳成棕色的土豆，烧焦的青豆，某种动物的绞肉……罐头桃片，薄纸片一样的无花果酥"）；他们憨厚的门卫；他们吝啬、自私、干瘦的本堂牧师；新来的助理牧师，从修道院出来，还有理想，还很虔诚，但突然就站在功利的悬崖边。他的写作像契诃夫一样细节翔实，细节不是静止的，不会因为获得拣选而凝冻在小小的自豪中，而是动态的，是故事的活轮。阅读鲍尔斯，我们经常会想到契诃夫的短篇《主教》的叙事者讲的那个矮小神父和他高大儿子的一则故事。儿子是学神学的学生，有一天，他对厨师发脾气，骂她是"耶户的蠢驴"，听到儿子这样骂人，神父连忙走开——"他觉得丢人，因为他记不起《圣经》中有那头蠢驴"。契诃夫还袭用了伊万·蒲宁笔下一个副主教的真实故事。这个人把葬礼上的鱼子酱全部吃光了，契诃夫将这个故事写进了《在峡谷里》的开头。

鲍尔斯的细节就像那样：猛增的故事。《麦苗吐青》中的乔·哈克特在饭馆额外给了一点小费，"怕女侍者是天主教徒，也怕女侍者不是天主教徒……"但是，鲍尔斯笔下的神父更具共性的是吝啬。在《恩典临在》中，我们结识了一个令人印象深刻的吝啬神父，"一只灰色的睡鼠"，他对助理牧师说的都是生搬硬套来的话。可以想象，为了节约钱，在弥撒结束后，他会吹熄教友点亮的祈祷蜡烛。"他说，这样容易'失火'。"在短篇《他们中的一个》里，据说，有一个同样吝啬的神父将圣诞节时供奉的火腿藏在车尾箱，带出去当午饭。《刀叉》中还有一个令人不快的神父，一个冷傲的老爷，鲍尔斯写道，他"不知道怎么礼貌地跟人说话"。这个老爷干巴巴地讲了握手的历史和意义，却不懂与他新来的助理牧师握手。极为反讽的是，我们看见他进门："他打开纱门停留了片刻，像是想起什么或不愿进来——这就是他的谦卑……"

这些教区长的住地是自暴自弃的居所，我们看见，困在里面的神父如何用愤世嫉俗的可允许的世俗来过度补偿。但这只是一种虚假的世俗，危险性有限。因为它用肉欲这种虚假的世俗来替代了真正的世俗。一种商人一样的花言巧语的男子气概，一种关心参加者比例和筹资的男子气概，一种在吃饭喝酒抽烟方面的男子气概，一种反社会的自私自利，一种对电视体育节目恍恍惚惚的服帖——鲍尔斯的人物都有这些可以宽恕的缺点，作为他们对非现实住所的逃避，遁入虚假的世俗。他们是浅薄的罪人，正如他们是浅薄的信徒。

当然，那种作为虚假世俗的肉欲是性——不仅是性欲或性行为，而且是包含了性的常态世界：家庭生活，与其他女人的自由关系（鲍尔斯笔下的神父在异性来访时总是打开书房门），拖着强制甚至是必然的身子生活。性是根本之罪，因为它是最基本的欲望；倘如克尔凯郭尔所说，罪是基督教的核心，那么，性也必然是基督教的核心。性也是无限的，因为它是最自然的欲望。好酒，贪吃，愤世嫉俗——这些都是可控制的罪，哪怕只是名义上，因为它们不完全自然，不具有普遍性。神父可以有这些轻微的伦理疝气，但他不允许一头栽进性欲，彻底崩溃。耶稣希望我们成为自己的思想警察。因此，很奇怪，海涅赞扬的在精神和物质之间做了妥协的教会，事实上对神父提出了不可能的要求，要求"绝欲"。

我们从鲍尔斯的作品中会推出这种结论。因为他的神父被奇怪地剥了壳——剥夺了性欲，以便他们所有的小罪恶和小失败在这黑暗的缺席周围看起来都是毁灭。令读者吃惊的是，从来没有看见鲍尔斯的神父讨论性，从来没有描写他们思考性或对他人有性欲。我们会认为，这是鲍尔斯的方式，指向这些人生活中不可言说的东西、真正不被允许的东西。然而，正如华莱士·史蒂文斯所说，"想象的缺席/本身就需要想象"。相反，鲍尔斯从来没有针对这种缺席发表看法，他的沉默逐渐看起来不是故意要具有表现力，而是他自身方面奇特的忽视，这种忽视标示出他作为作家偶尔会犯的错误——他有时候不愿意自由进入人物的意识。

毕竟，因为他不让我们看见这些人的真正欲望——他们没有性欲，这是难以想象的——我们就无法分享他们受损害的整体性。在这些人物和他们的煎熬中，有一种外在性——鲍尔斯神奇地将之表现得精彩生动——但是有时候却缺少相应的内在性。非常偶然，我们会看见神父抵抗性诱惑，但这些诱惑是作家设置在他们的前进道路上的；我们从来没有看见他们的心灵受到诱惑，正如每天生活中发生的那样。比如乌尔班神父，一个女人当他的面脱下衣服挑逗他，鲍尔斯动人地写道，神父把目光从她身上移开，不去看她。"就像撕电话目录，从最难撕的地方入手。"他像伯勒神父一样，听到外面的高跟鞋响，"决心转身离开窗前"。这种决心中有哀伤。这写作有力度，因为它即席而成。但我们不承认这种决心会给这些人带来伤痛。我们只是他们心灵的过梁。

　　人们可能认为，鲍尔斯也很少表现他的人物享受精神生活，我们要把这种沉默理解为在暗示一种痛苦的匮乏。但鲍尔斯的确写了许多几乎抛在脑后的祈祷冲动。比如，他写了哈克特神父看见自己放弃精神生活时后悔不迭。但我们没有读到哈克特神父对于失去性生活的后悔。《麦苗吐青》开始时讲述了乔·哈克特十几岁时的生活。鲍尔斯写到乔的性冒险，告诉我们这孩子得了性病，然后叙事时间跳过几年，直接切入修道院生活。从这时刻开始，又过了 280 页，在此期间，我们看见哈克特神父陷入许多恶的泥潭，但鲍尔斯再也没有提到性，甚至连外来的性诱惑也没有。它离开了乔的心灵，离开了小说，乔的性病看起来像是产生这种沉默的一种相当拙劣的方式。当然，在性方面，哈克特神父是一个很乏味的小说人物。

鲍尔斯对于精神生活的沉默在他的两部长篇小说中的确变成了某种问题。小说主人公都缺乏充分的意识，部分原因在于，它们是流浪汉小说，人物在行动的过程中呈现自身。不断地强调教区的世俗活动，强调小恶，牺牲对精神追求的讨论，过不了多久，就会显得有点儿荒谬可笑。尤其是鲍尔斯的第二部小说，我们觉得与那些人的贫瘠生活完全不搭界。把神父写得好像是商业经理人，不可避免的结果是，读者以为在读商业经理人的故事。经常有人赞扬鲍尔斯把神父描写得似乎与其他人没有区别，但这可能不是优点，而是教训。我认为，这种赞美暗示了世俗的神父可能比其他世俗之人有趣。但事实上，可能恰恰相反——首先，神父的世俗性更有局限，其次，它可能表现得有趣，只是因为那是一般来说非世俗之人的世俗。

这些问题只折磨他的长篇小说，特别是第二部长篇小说。他的短篇以及长篇小说中像短篇一样的场景光彩夺目，因为鲍尔斯不用强迫性地用几百页来铺陈主人公的内心。（在短篇小说的才华方面，他堪比尤多拉·韦尔蒂和 V. S. 普里切特，但在长篇方面就要稍逊一筹。）像许多短篇作家那样，他擅长刻画人物，善于捕捉人物最为核心的亮点。由于他的短篇只描写生活的猛然一击，我们不用从粒子构建出整体，不会感觉到整体的匮乏。相反，我们陶醉于他笔下人物的活力；我们只是短暂地投身于他们的小说世界。

鲍尔斯的语言一向出色，极为华美繁复，比喻丰富但不流于奢侈，每句话都是经过深思才落笔。哪怕是简短的一句话也摇曳多姿："几根枝条折叠在死亡中"；一个神父"不称职的古老黄灯再次亮起"；还是这个神父，有人看见他躺在床上穿裤子，"双腿像榴弹炮一样高举张开"。一个修女居高临下地看着她不喜欢的讨厌神父："神父按摩他的秃头，想打起精神。斑斑点点的头皮在他的手指间皱巴巴的，像在对她做鬼脸。"

像有些文体家——如乔伊斯（但不像纳博科夫）——鲍尔斯喜欢写对话；某种程度上，对话即风格。从契诃夫和乔伊斯那里，或许还从（赞扬过他短篇的）普里切特那里，他学会观察人们表达自己时暂时得出的不合逻辑的推论，看见这些突然出现的不合逻辑代表了自由的小小骚乱，事实上也代表了困于有序心灵中的逻辑的小小骚乱。在这些短篇中，给神父制造困扰的那些教友，无一例外都是突然制造小小骚乱的自大狂；对于这些地位低微的人，神父就是一个流动的告解室，可以把几乎是惩罚性的自大的心思朝他倾吐。比如，《刀叉》中新寡的克莱恩夫人来看尤多克神父，主动做了自我介绍："神父，这是一个德国名字。克莱恩是德国血统……不是神父你想的那样……有人认为这是一个犹太名字。事实上，他们是从克莱恩家族偷去的。"慢慢地，神父才搞清，克莱恩夫人是来请教如何投资她刚继承的遗产。听到神父建议她捐献遗产，她非常气愤，"我不得不说——你算哪门子神父。克莱恩过去说，如果我有问题，就去找神父——我呸！你算哪门子神父！"

　　鲍尔斯似乎是偶然捕捉到人物内心这种自然流露的愤懑。而这时，也是他笔下最具有喜剧意味的时刻。比如，当一个陌生人问起他来自哪里，乌尔班神父回答说，他离开芝加哥多年了，听他这么一说，那人脱口而出："芝加哥！千万别告诉我你在那里惹了麻烦！"短篇《悍妇》中的斯通纳夫人，一个可悲的管家，将每一个新的天主教徒的名字都记下。有一次饭后，她和神父坐在一起聊天，"我把亨利·福特的孙子拿下了，神父"。另一次，斯通纳夫人突然无缘无故地说："我知道亨利·福特在哪里用大豆做方向盘，神父。"（句末溜须拍马放进去的"神父"，简直是神来之笔。）再如——这是我最喜欢的例子——那个在搅动冰激凌的胖子说："'我的爹！'他一声惊呼，像是一个自我求助的小神。"

鲍尔斯轻轻落在这些自大狂的小风波里，同样，他也斜斜地照亮了那些悲伤的关键时刻，在其中，他笔下的神父发现了自我。比如，在《黑暗王子》中，一个胖胖的、孤独的助理牧师，早就过了升职的时间，突然得到消息，主教要和他商量一下新的工作；想象一下他得到这消息时是什么反应，"他真正的价值只露出一角，就像一座可靠的、随便的、冷淡的冰山之一角"；当然，他没有升职，只是调走。在《拱顶石》中，一个主教对于建造新教堂很激动，直到一天，他去参观，注意到拱廊没有用拱顶石，他就觉得自己在教区的地位无足轻重，教堂都不值得用拱顶石，他想着这一建筑上的缺陷，对新教堂立刻没有了兴趣。在《悍妇》中，一个神父觉得自己不够强大，面对欺凌他的女管家，说话没有底气。

这些短篇中最好的几篇，肯定能跻身最优秀的美国文学之列。鲍尔斯再次显示了现实主义喜剧能够做到的东西：它如何处理特殊的人物，它如何灼伤我们的骄傲，保佑我们的脆弱。现代喜剧，宽恕的喜剧，都是不可救药的世俗喜剧。因为尽管鲍尔斯有天主教信仰，尽管他对天主教会非常失望，他的写作以其温和的反讽往往不知不觉颠覆了天主教；他的人物犯下毫不忏悔的罪孽，没有受到惩罚，反而得到宽恕，他们灵魂的那块干地，因作者温柔的笑声而湿润。

歇斯底里现实主义

1

一种文类逐渐硬化。要描述当代这类"雄心勃勃的大小说",现在成了可能。家族相似性是它们的自证。人们可以指认出一个它们共同的父亲:狄更斯。诸如拉什迪的《她脚下的大地》、品钦的《梅森与迪克逊》、德里罗的《地下世界》、大卫·福斯特·华莱士的《无尽的玩笑》和扎迪·史密斯的《白牙》等新作,它们互相交叠,就像一本大地图册,地图从上一页的页边消失进下一页。

当代这种大小说是一台好似陷入飞速运转尴尬境地的永动机。它看起来想消除静止,似乎羞于沉默。故事中套故事,在每一页生根发芽。这些小说一直在炫耀它们妩媚的拥堵。与这种不停地讲故事的文化密不可分的，是不惜一切代价的对活力的追求。事实上，就这些小说而言，活力就是讲故事。不妨做如下的戏拟。假若有一个人在伦敦经人介绍［名叫图璧·沃克洛图璧（Toby Awknotuby），即“是生还是死”（"to be，or not to be"）！］，那么我们将很快被告知，图璧在德里还有一个双胞胎兄弟名叫璧图（Boyt），当然就是图璧（Toby）的音位变序，他们的生殖器都畸形，他们的母亲属于总部（很奇怪地）在奥克尼群岛的邪教，父亲（恰好在广岛原子弹爆炸那一刻出生）过去十三年来一直是地狱天使（但是，他所在的地狱天使组织很奇怪，一心疯狂钻研晚年的华兹华斯），姑姑德丽娜是激进左派，在撒切尔夫人 1979 年当选首相时突然奇怪地哑了，此后再没有说话。

　　这真的是戏仿吗？拉什迪、品钦、德里罗、华莱士等人的新作中刻画的对象有：一出生就在婴儿床上弹空气吉他的摇滚巨星（拉什迪）；一条会说话的狗，一只机械鸭，一大块八角形奶酪，两盏谈话的钟（品钦）；一个迷上细菌、可能是 J. 埃德加·胡佛化身的名叫埃德加的修女和一个在新墨西哥沙漠中画退役 B-52 轰炸机的观念艺术家（德里罗）；一个名叫轮椅刺客、致力于解放魁北克的恐怖组织和一部很感人、看了它的人都会死的电影

（华莱士）。除了这些东西外，扎迪·史密斯的小说还刻画了：一个伊斯兰恐怖组织，基地在伦敦北部，组织名称的首字母缩写（KEVEN）很傻；一个名叫"命运"的动物权益组织；一个克隆老鼠的犹太科学家；一个在1907年牙买加金斯敦地震中出生的女人；一群耶和华的见证人，他们认为世界在1992年12月31日终结；一对双胞胎，一个在巴格达，一个在伦敦，两人在同一时间伤了鼻子。

这不是魔幻现实主义，倒不妨称为歇斯底里现实主义。在这些小说中，讲故事变成了一种语法：如何结构，如何推进。现实主义的传统不是遭废除，而是变得枯竭，变得过劳。因此，贴切地说，我们的反对意见不应该是针对逼真性，而是针对道德性：我们指责这类风格的写作，不是因为它缺乏现实——这是常见的指控——而是因为它在借用现实主义的同时似乎在逃避现实。这类风格的写作不是雄起，而是雌伏。

这让人想起克尔凯郭尔的话，旅行是逃避绝望的方式。因为这些小说都有一种愉快的、充满双关的、像在旅行中的精神宁静。（相比之下，《无尽的玩笑》这方面特征不明显；华莱士的下一部作品代表了对他看起来幼稚的作者声音的深化。）它们的叙事模式看起来与悲剧或痛苦完全不谐。尽管《地

下世界》是其中最黑暗的一部作品，但是，在不断
默默涌入的人物和情节中，在一页页完美地毯一样
的优雅文字里，有一种令人放心的感觉，觉得故事
不会结束，再添一两千页轻而易举。在《地下世
界》中，有许多或明或暗的敌人，但沉默不在敌人
之列。

　　显然，这种乐观为读者共享。人们反复称赞这
些小说是充满奇迹的漂亮陈列室。那么多花样！那
么多故事！那么多神秘时髦的人物！明亮的灯光被
当成住房里有人的证据。小说中一大块奶酪、一只
克隆鼠或三次不同的地震，就被视为伟大想象力的
有意义的或神奇的证据。这是因为这些要素被误认
为是场景，似乎它们构成了小说前进的动力或压
力，而非被当成本来的面目对待——想象的道具，
意义的玩具。生活的活力被误认为是戏剧的活力。

　　这些繁忙的故事和子故事在逃避什么？它们在
逃避尴尬。其中一个尴尬关乎小说中讲故事的可能
性。反过来，这与小说中人物和人物再现的尴尬有
关，因为人物产生故事。或许可以说，这些新小说
充满了非人的故事。这个说法恰是一种矛盾，一种
不可能，一种兼而有之的渴望。总的说来，这些不
是不会发生的故事（惊悚片或魔幻现实主义小说往
往包含了不会发生的东西）；相反，它们就是人们

身边的故事，而这些人们，要是这些故事发生在他们身上，其实可能会受不了。它们不是违背物理法则的故事（显然，有人可能会出生在地震发生的时刻）；它们只是违背了劝导法则的故事。这是亚里士多德的意思:亚里士多德说，听故事时，比起"难以置信的可能"（比如，伦敦一个基地组织可能会叫 KEVEN），人们更喜欢"令人信服的不可能"（比如，一个人在空中飘浮）。最令这些新小说难以置信的是，它们的故事太丰富，太有关联性。故事里有一个邪教组织令人信服，但有三个就难以置信。塞万提斯讲了一个会说话的两条狗的著名故事，但它只有几页长，感觉更像寓言，而非写实练习（正如他准确地称之为"一个代表性的故事"）。

　　毕竟，一部小说最终会成为一个精密结构。在其中，一个故事对另一个故事的可行性和现实性做出判断。然而，这些作家似乎过于珍视故事的关联性，将之作为绝对价值。他们的小说具有过度的向心力。不同的故事互相纠缠，两倍、三倍地自我繁殖。人物之间永远看得见关系、关联，情节曲径通幽或偏执式地平行对应。（万物都有联系，这种观念本质上就有些偏执。）这些小说家在小说开头的时候，就像过去伦敦南部的街道规划师:如果命名了罗斯金大街，那么接下来的街道就会命名为卡莱尔大街、特纳大街和莫里斯大街等等。这些小说都迷恋人物之间的关系，就像互联网中的信息。

比如，在《白牙》即将结尾时，艾丽·琼斯先后与双胞胎兄弟马拉特和马基德发生了性关系；她怀了孩子，可不知道是谁的种；史密斯笔下的刺激情节看起来纯属偶然，实际上是有意而为。在《地下世界》中，一切人和事都以某种方式与偏执和核威胁搭上关系。《她脚下的大地》暗示了希腊和印度神话中都有一个深层结构将所有人物绑在一起。《白牙》的终曲充满冲突，但小说中的全部人物，即使大多分属于不同的邪教和狂热的宗教组织，还是都去伦敦参加了科学家马库斯宣布成功克隆老鼠的新闻发布会。

这些小说中的人物不是真正的人，不是完整意义上的人，他们的联系需要作者来强调。事实上，读者会想，正因为他们并非真实存在，所以才会强调他们的关联。毕竟，现实中，他人即地狱；生活中的人更多的时候是离群，而不是群居。因此，这些小说发现自己陷入悖论的位置，将关系强加于终究只是观念中的而非现实中的人。这些小说的形式告诉我们，我们都有联系——被原子弹（德里罗）、神话（拉什迪），或自然的种族多元性（史密斯）联系在一起；但这只是形式上的教训而非真实上演的生活。

这种过度的讲故事的方式，已经变成当代小说中用来遮蔽辉煌匮乏的一种方式。这相当于太阳王路易十四的"朕即国家"原理。匮乏的部分是人物。当然，自现代主义以来，如何在书页上创造人物一直面临危机。自现代主义以来，最伟大的一些作家一直在批判和嘲笑人物的观念，但却缺乏令人信服的方式，回到对人物的纯洁再现。当然，当代这些雄心勃勃的大小说中，人物华丽生动，富于戏剧性，几乎成功掩藏了他们没有生活这个事实。在这方面，比起拉什迪，扎迪·史密斯没有那么过分；史密斯的主要人物还进出于人的深度。有时，他们似乎挑起她的同情；有时，他们只是表面上可笑。

但是，且来看看她在那本很有创意的大小说中如何处理繁多的小细节。扎迪·史密斯描写了总部设在伦敦北部的伊斯兰基地组织 KEVEN。她告诉我们，这个组织的创始人 1960 年出生于英国殖民地巴巴多斯，名叫蒙迪·克拉德·本杰明，"他的父母是穷得没鞋穿的长老会酒鬼"。他十四岁时入了伊斯兰教，十八岁时从巴巴多斯跑到利雅得，在伊玛目穆罕默德·伊本·沙特伊斯兰大学学习《古兰经》。他在那里读了五年，对学习产生了幻灭，于

是在 1984 年到了英格兰。在伯明翰，

> 他把自己锁在伯明翰姑妈家的车库里，在
> 那里一待又是五年，只与《古兰经》和一卷卷
> 《无尽的喜悦》为伴。他通过猫洞把饭菜拖进
> 来，排泄物则装在一只印有加冕礼图案的饼干
> 箱里，通过同一途径递出去。为防止肌肉萎
> 缩，他定时做仰卧起坐。在这段时间，《悉力
> 沃克报道》定期发表关于他的文章，还给他起
> 了个绰号："车库里的古鲁"（报社本来想用
> "幽闭中的狂人"，因考虑到伯明翰有很多伊斯
> 兰教徒而作罢），还搞笑地采访了他那位困惑
> 不解的姑妈卡琳·本杰明，一名后期圣徒教会
> 的信徒。（周丹译，略有修改）

　　显然，扎迪·史密斯不缺乏创意。这里的问题
是创意太多。这段话或许折射出她小说中讲故事的
更大困境：就各个细节本身而言，几乎都可能有说
服力（或许把屎尿从猫洞送出去那个细节除外）；
但是放在一起看，它们就相互破坏：长老会酒鬼的
父母和摩门教的姑姑，这样一来，疯狂穆斯林这个
现实就不可能成立。作为现实主义，这个段落难以
置信；作为讽刺，它很漫画；作为漫画，它太现实；

无论如何，它不会让我们想到一个真正虔诚的教徒。尽管表面上光鲜，它只是讽刺漫画而已。

2

或许可以认为，只有极少的文学再现人物。即便最伟大的小说家，如陀思妥耶夫斯基和托尔斯泰，都要使用类型化人物、说教和重复的母题等手段。契诃夫笔下那种真正自由的人物是很少的。《布登勃洛克一家》是托马斯·曼的处女作——曼写这部作品时只比扎迪·史密斯写作处女作时大一岁——里面大量使用了母题，作为标签贴在不同的人物身上。（这些贴了标签的人物如何活！）不那么伟大但依然突出的作家都沉迷于这类当代小说中习见的非现实的象征性活力——比如，萨特的《恶心》中的自学者，他有点难以置信地借助字母顺序走完了图书馆，或加缪的《鼠疫》中的那个作家格朗，他反复写他小说的第一句话。

当然，狄更斯是擅长使用母题的大师（陀思妥耶夫斯基读了狄更斯之后佩服至极）。狄更斯的许多人物，尽管正如 J. M. 福斯特指出的，属于扁平人物，但却跳动得非常快。他们是只能透过厚重多节的门窗才能看见的人物。他们的活力是表演的活力。对于战后小说，特别是战后的英国小说，狄更斯具有压倒性的影响。几乎没有作家不受他影响：安格斯·威尔逊和缪丽尔·斯帕克，马丁·艾米斯的强大的喜剧怪兽，拉什迪的超大号人物，极具戏剧性的安吉拉·卡特，写《毕司沃斯先生的房子》的奈保尔，V. S. 普里切特以及现在的扎迪·史密斯。在美国，贝娄对于怪诞和外表的栩栩如生的描写，某种程度上也受狄更斯影响；德里罗的《地下世界》希望从不同的层面描写社会的各个方面，难道不就是狄更斯《荒凉山庄》那样旧式小说的翻版？

　　狄更斯在当代作家中受欢迎，一个明显的原因是，对于那些没有能力、也不愿意创造完整人物形象的作家来说，他戏剧性地创造和推动生动人物的方式提供了简易模仿的蓝本。狄更斯笔下的世界似乎住满了很简单的人物。狄更斯指引小说家如何开始塑造人物，不任其漂流。相比起亨利·詹姆斯等人塑造的蜿蜒曲折复杂多变的人物，狄更斯笔下简明生动的人物容易模仿，容易参透。（我这样说，不只是把自己当成好像是无与伦比的批评家，还心有歉疚地把自己当成一流的小说家，笔下的人物不止一点儿受狄更斯式漫画的锋刃影响。）对于一个由于种种原因难以创造人物的时代，狄更斯使漫画受到尊重。狄更斯给了漫画式人物以自由，给它裹上超现实主义、甚至是卡夫卡式的（赘言）外衣。事实上，为当代小说家说句公道话，狄更斯告诉我们人物刻画很大程度上就是对漫画的掌控。

但在狄更斯那里，总能立刻感受到强大的感情，撕掉人物的道具，打破他们的囚笼，让我们进入他们的内心世界。米考伯先生或许是漫画人物，一个简单的单声道的人物，但他有感觉，他使我们对他有感觉。我们想起大卫·科波菲尔告诉我们的那些充满感情但很质朴的话："米考伯先生在门内等我；我们一起到他楼上的房间放声哭泣。"

当代雄心勃勃的大小说动辄几千页，但像这样的一个时刻，却很难找到。我们已习惯读七百页的小说，几个小时置身于小说世界，没有体验到任何真正感人的或美丽的东西。这就是为什么没有人想重读《她脚下的大地》这类书，而《包法利夫人》，我们时常翻阅直到纸张发黄。部分原因还在于，我们时代一些颇具影响的小说家认为，语言和对意识的再现不再是小说家追逐的目标。信息变成了新的人物。正是在这方面以及对狄更斯的利用，将德里罗和新闻报道式风格的汤姆·沃尔夫相联系，尽管前者文风高雅，后者如电影一般的庸俗。

因此，生动的漫画人物，凑合着过去就够了，其更深的理由，如果曾经出现，则来自他们沉溺于

一张关系网。扎迪·史密斯在一次访谈中说过，她
关心的是"我能够结合在一起的思想主题——从其
他地方和世界来解决问题"。她说，作家的任务不
是"告诉我们某人对某物的感觉，而是告诉我们这
世界如何运行"。她引用大卫·福斯特·华莱士和戴
夫·埃格斯的话评论道："这些家伙知道这个世界的
很多东西。他们知道宏观—微观经济学、互联网原
理、数学、哲学……他们还知道街道、家庭、爱、
性等等。这是难以置信的富有成果的结合。只要能
保持平衡。我不认为有人能够做到，但我希望有人
能够做到。"

3

　　这是温柔而节制的说法。事实上，扎迪·史密
斯或许不相信她所说的。在我看来，她是一个相当
有兴趣告诉我们"某人对某物的感觉"的作家。这
是她的一大力量之所在。更为公平地说，扎迪·史
密斯或许比她同时代的任何作家都更可能"保持平
衡"，一部分原因是她知道需要平衡，一部分原因
是她很有才华，仍然年轻。在她作品中最好的地
方，她接近人物，赋予他们人性。相比于拉什迪等
人，她对此更有兴趣，也更有天赋。在《白牙》

中，她笔下狄更斯式的漫画小人物和怪东西（如灯丝），经常闪耀光芒。比如，其中有一个校长，一个在几页内一闪而灭的小人物，她确切地捕捉到了他身体的本质："格伦纳德橡树中学的校长一直在发火。他已经谢顶，发际线就像落潮一样。他的眼窝很深，双唇朝后吸进嘴巴里。他谈不上什么身材，毋宁说，他把身子折叠成了一个扭曲的小包，脚手交叉打上封印。"这构成了一个可辨认的人物类型，事实上，是一个可辨认的英国人物类型，总是处于内敛或消失的过程中，正如扎迪·史密斯意味十分浓厚的狄更斯式的形象暗示，总是把自己从房间里邮寄出去。这个校长像《大卫·科波菲尔》中的达特尔小姐："她把什么都拿到磨刀石上去磨，就像她磨自己的脸和身材……她全身都是锋刃。"

　　正如拉什迪所说，扎迪·史密斯"惊人地自信"。奥威尔说狄更斯的建筑虽然残破，但有一批精美的石像鬼。我们也很想用这句话来评价扎迪·史密斯。她建筑的核心就是傻傻地扑向多样性——邪教、克隆鼠和牙买加地震。严格说来，《白牙》缺乏道德严肃性。但她的细节往往具有说服力，既有趣，又感人。它们自成一体。诚然，她讲了两个家庭——琼斯家和伊克巴尔家——的故事。艾丽的父亲阿吉·琼斯再婚娶了牙买加女人克拉拉·鲍登。十几岁时，他与来自孟加拉的穆斯林萨马德·伊克巴尔并肩作过战。他们是三十年的朋友，如今在北伦敦比邻而居。这是一个喧嚣而破败的地区，到处是花哨的印度餐厅、骚动的酒吧和肮脏的自助洗衣房。扎迪·史密斯敏捷地抓住了这个地区的氛围。"无一例外"，这里每条街都有

　　一家已经倒闭、却仍残留着早餐广告的三明治店

　　一家对花里胡哨的营销手段缺乏兴趣的钥匙店（配钥匙在此）

　　还有一间老是大门紧闭的发廊，它得意地展示着一些只可意会的双关语（精雕细剪、额外优惠、今日毛发、明日不存）。（周丹译）

　　萨马德的妻子阿萨拉是一个有吸引力的小说人物。她靠在家缝黑色塑料服为生。这些衣服都流入"一家名叫'苏活霸主'的小店"。（这是这部喜剧小说中许多有趣的玩笑之一。）萨马德在伦敦中部地区一家餐厅当侍者。他是一个聪明人，但愚蠢的职业让他觉得挫败。他是一个有道德的人，但他生活其中的这个道德松弛的地区令他沮丧。小说中他大部分时间都在生气。确切地说，他不像小说人

物，而像漫画人物。他对英国和英国的世俗性很生气。他决定按照《古兰经》来教育双胞胎儿子马拉特和马基德。但马拉特，至少是最开始，加入了一个横行霸道的街头帮，话里"古怪地夹杂着牙买加方言、孟加拉语、古吉拉特语和英语"。他整天在大街上游荡，混迹于"犹太青少年、街舞男孩、印度小孩、小流氓、小混混、粗鲁男生、吃摇头丸的人、美丽公主、喜欢运动的卷曲金发女子、国民兄弟、穿破烂衣服的人和巴基斯坦人之中"。（这就是扎迪·史密斯在访谈中所说的要给我们信息。但是，这一群排成一列缓步走来的青少年里有一颗定时炸弹在里面。在《绝对的初学者》中，科林·麦金尼斯带给我们伦敦 20 世纪 50 年代的信息，但现在这部小说在哪里？绝对落在最后。）马拉特的弟弟马基德，是一个相信科学的理性主义者，显然对伊斯兰教和他哥哥都没有兴趣。但他的父亲决定送好学生马基德回到孟加拉，接受可靠的宗教教育。当然，这个计划事与愿违。

　　扎迪·史密斯写得好的地方，似乎无所不能。她挑起刺激，自然有其理由。比如，好几次，她证明自己非常擅长内心独白；有好几段，她的自由间接体用得很漂亮：

"噢，阿吉，你真有意思。"莫琳伤感地说，她对阿吉始终有一点点好感，但又仅限于一点点，因为他有点怪，老是同巴基斯坦人和加勒比海人说话，甚至一副若无其事的样子；现在还讨了一个有色女人做老婆，连什么肤色都不提，直到会餐那天她本人露面，大家才知道她居然那么黑！看到她时，莫琳在吃对虾开胃菜，差点噎住了。（周丹译，略有修改）

这是非常漂亮的写作，叙事似乎在莫琳不无偏见的混乱头脑里流淌。那个不怀好意的小词"甚至"是多么巧妙地放在这里。当她的声音进一步落在这个表示强调的小词上时，谁不会立刻听到莫林傻傻强调的声音？

小说最好的章节之一是对查尔丰家的温柔嘲讽。这是北伦敦的知识分子中产阶级人家，十分自鸣得意。马拉特、马基德和艾丽都与这家人有交道。（查尔丰的儿子约书亚在格伦纳德橡树学校与琼斯家和伊克巴尔家的孩子是同学。）男主人马库斯忙于基因工程实验；他的妻子乔伊丝从事园艺写作。乔伊丝过着政治上毫无省察的生活，她是自由主义者，自以为什么都正确。就连她的园艺书籍也包含了她论杂交重要性的正统思想录。扎迪·史密斯从其中一则思想录中演绎出了一长段话："在花园里，正如在社会和政治舞台上，变化是唯一恒在的东西……据说，交叉授粉的植物也往往结出更多更好的种子。"

但就是这个乔伊丝，在马拉特和艾丽第一次登门时，情不自禁地惊呼，家里居然来了"棕色陌生人"。扎迪·史密斯对查尔丰家的嘲讽尽管温柔，但已对她的小说形式产生了反作用。表面上，她在提防拉什迪那样虔诚地相信混杂是可欲的，但实际上，这是一种重要的消极能力，因为她把拉什迪式的话语变形过后插入了同一章里："这是棕色、黄色和白色陌生人的世纪；这是伟大移民实验的世纪。"有人会把这类过失归为她的写作还不成熟。相比于代表作者声音的谭诺出面公开宣告，马库斯抱着他娇妻的可爱时刻更为有力（这对夫妻很恩爱，尽管有点扬扬自得）——"像个赌徒伸出双手把桌上筹码一把揽在怀里"。在这里，十五岁的艾丽——她的父母不爱交流——想到"自己父母之间现在都是虚拟的接触，只是借助对方手指刚刚抚摸过的地方，如遥控器、饼干盒和电灯开关"。

但是，扎迪·史密斯是一个令人沮丧的作家，因为，尽管她有喜剧的天赋，但却甘心让作品中的段落堕落成漫画和一种贪婪而动荡的极端主义。比如，她描写的奥康奈尔咖啡屋。阿吉和萨马德是这里的老顾客。好笑的是，老板是伊拉克人——"他们全家人皮肤都不好"——但店名却是爱尔兰的名字，里面还有许多爱尔兰风格的装饰。正是在这里，作者告诉我们，阿吉和萨马德无所不谈，包括女人：

　　想象中的女人。如果有女人走过奥康奈尔油迹斑斑的窗子（从来没有女人敢进来），他们就会相视而笑，胡乱猜想起来，看萨马德当晚的虔敬程度而定。这种猜测漫无边际，比如你会不会在匆忙之中把她一脚踹下床来，还有各种袜子或紧身衣的相对优点什么的，然后必然会大大争辩一番小乳房（很挺的那种）与大乳房（那种往两边摊开的）孰优孰劣。但是他们从来没有讨论过真实女人的问题，那种有血有肉、潮湿、黏糊的女人。但这次不同。由于几个月里发生了这些史无前例的事情，两人有必要提前到奥康奈尔开碰头会。原来萨马德终于给阿吉打了电话，坦白了这件可怕的麻烦事：他以前骗了人，现在还在骗人，他被孩子们看见了，而现在他时时刻刻都看见孩子们的身影，就像幻影一样，不分昼夜。阿吉沉默了片刻，然后说："真见鬼。那么，四点钟见面。真见鬼。"阿吉就是那样，临危不乱。

但是，到了四点一刻，还没见到他的人影，绝望的萨马德已经把自己的每个手指甲都咬到了指甲根。他趴在柜台上，鼻子抵在放碎汉堡的热乎乎的玻璃柜面上，眼睛对着一张画了安特里姆郡八处美景的明信片。

米基身兼厨师、侍者和店主三职，他最得意的莫过于叫得出每位顾客的名字，看得出顾客有什么地方不对劲。他用一把小铲子把萨马德的脸从玻璃上铲开。（周丹译）

这类写作离开了它本应有的面目，更接近于滑稽演员汤姆·夏普之流的低俗"喜剧"风格。虽然它不乏活泼，但它在平庸和粗俗中浪费了才华。与书中的许多段落不同，它不能以它是透过某个人物的心灵来写作作借口。在这里，扎迪·史密斯是叙事者，是作者。但是，当她要求我们想象这个头脑发热的穆斯林谈论女人的乳房时，我们对萨马德一无所知（我们后来也对他一无所知）；这难以说服我们，扎迪·史密斯在说真话。相反，这个话题似乎是扎迪·史密斯从《男士酒吧话题》这样的陈词滥调的文章中选择出来的。此外，这里的语言也趋于极端，萨马德不仅心急，还把指甲啃到肉里；店主用"小铲子"将他从玻璃柜台"铲开"。看起来从这里到爆炸的避孕套之类的东西只有一步之遥。对于一个能够写得那么优雅的作家，这里的语言如同奇怪的厚指甲，掐灭在粗话中，比如，"压扁"就是一个青少年的口头禅。让人不解的是，它镇定自若地与别处精雕细琢的句子或段落待在一起。

　　一般说来，《白牙》的前半部分质量明显更高，后半部分看起来写得草率，语言散落，情节荒唐，如脱缰之野马。写作质量高低不一，有时甚至两页之间都有差异，此外，扎迪·史密斯似乎犹豫不定该花多大力气呈现人物。萨马德就是一个很好的例子。整体来看，他肯定可以算是漫画人物。他像印度人一样荒唐地乱用语词，完全具有印度人（或孟加拉人）的"气质"，因为他实际上只是单向度的人——他愤怒地捍卫伊斯兰教。然而，扎迪·史密斯的语言偶尔会没有拘束，她的漫画之笔会漏涂，从那些漏涂的空斑中，我们能看到萨马德的温柔，看见他的挫折。比如，在他打工的那个餐厅里："从傍晚六点忙到凌晨三点，然后白天睡觉。日光对他来说像体面的小费一样稀少。这有什么用，萨马德会想，把两个硬币和发票放在一边，还要去找还十五便士；这有什么用，你给一个人的小费与你扔进许愿池里的面值一样多。"

这是惊人的书写，让我们偷窥一个人最深的欲望。将小费和扔进许愿池的钱币联系在一起，将它们和萨马德宏大的欲望联系在一起，这样做很好。想一想那两块被粗暴推开放在一边的"硬币"！我们很好奇，扎迪·史密斯本人是否意识到这有多么好。因为，令人困惑的是，三十页后，她似乎离开了萨马德的内心，开始讽刺地（相当粗糙地）从外部来观察他。她描写萨马德和阿吉的战斗经历，描写他们的初次见面。小说的语气围绕他们虚假的英雄气剧烈摇摆。阿吉看着萨马德。他们都是十九岁。萨马德口齿不清地问："朋友，你看得那么专心，难道我身上有什么秘密？……你在研究无线电话，还是对我的屁股有兴趣？"在此，我们似乎又置身于汤姆·夏普的世界。

四十页后，扎迪·史密斯有一段很好笑的文字，写萨马德如何徒劳地抵御手淫的诱惑。有一阵，萨马德迷恋上了手淫，按照真主的旨意，如果他手淫，他必须斋戒作为补偿："这反过来……导致这一类手淫，哪怕一个住在设得兰群岛上的十五岁的孩子也可能纵欲过度。他唯一的安慰是，他像罗斯福一样创立了新政：他要打手枪，但不要吃枪子。"这与在奥康奈尔咖啡屋的那一段一样，还是语调的问

题。再者，扎迪·史密斯在这里不是透过萨马德的
内心在写作；将萨马德和一个设得兰群岛上的孩子
一知半解地相提并论，这是她的安排。影射罗斯福
的新政更是放错了地方，只能证明这种随意使用典
故的写作风格有不可抵抗的诱惑。同样，请注意这
句话，"他要打手枪，但不要吃枪子"。这不符合萨
马德的话语风格；他不会这样说。这是作者说的话，
她这样写作时，不仅是在为人物代言，还缩减了
他，抹杀了他。

　　除了语言风格上的起伏，小说在同情和距离、
依附和剥离、精彩和平淡、让人惊奇的成熟和平凡
的幼稚之间也有奇怪的摇摆。《白牙》是一本大书，
不是在贩卖碎片。无论是令人激动之时，还是令人
沮丧之时，它都"湮没了尺度"。事实上，它的篇
幅就是在考验自己。它令人失望，某种原因上与这
个事实有关，很明显，小说从头到尾，扎迪·史密
斯的故事在生长演变，狂野地生长演变，但她的人
物没有。诚然，那些人物也在改变——他们的思想
在改变，住的国家在改变。马拉特当过城里的说唱
歌手，现在成了基地组织恐怖分子；约书亚是他科
学家父亲的理性的孝子，现在成了争取动物权益的
怪物。但是，这些人物的思想无论怎么变化，在小
说里总有一种尴尬，一道裂缝。这种思想的改变总

是在一两段内就被迅速点明。在那些时刻，小说似乎在权衡是否要朝它的浅滩处深深地看一眼，但最终放弃了这种打算。

雄心勃勃的当代小说究竟要走哪条路？它会有描绘生活的勇气，还是仅仅吼一声看法？《白牙》包含了这两种写作。在小说结尾附近，这两种文学模式之间出现了富有启发意义的争吵。地点是在马库斯即将开新闻发布会宣布克隆老鼠成功的会场。小说里的主要人物都在场。艾丽有孕在身，她看看马拉特，再看看马基德，说不清肚子里孩子的父亲是哪个。她突然不再焦虑，因为作者闯入小说，兴奋地告诉我们："艾丽的孩子不可能被精确地描绘，也不可能被确切判断。有些秘密是永恒的。幻想中，艾丽已看到那样一个时刻，一个离现在不远的时刻，那时，根不再重要，因为它们不能重要，因为它们不必重要，因为它们太长、太曲折、埋得太他妈的深。她期待那一刻。"

但是，正是扎迪·史密斯的安排，艾丽才最不可思议地与马拉特和马基德做爱；正是扎迪·史密斯的断言，艾丽才最不可思议地不再关心谁是孩子的父亲。很清楚，比起艾丽的现实处境，比起她可能的实际所想，现在更重要的是一个普遍的信息：对根的逃避的需求。一个人物就这样被牺牲，为了扎迪·史密斯在她的访谈中所宣称的："我能够结合在一起的思想主题——从其他地方和其他世界来解决问题。"这的确解决了问题。但代价呢？当艾丽消失在这些思想主题之下，读者或许幽幽地想起米考伯先生和大卫·科波菲尔，他们没有掩埋在思想主题之下，他们在楼上的房间一起哭泣。

乔纳森·弗兰岑与"社会小说"

1

如果仍有人渴望伟大的美国"社会小说",那么,2001年的"9·11"事件可能已经改变了人们对它的渴望,标志就是这种非对称性:无论社会小说如何变,总是逃不过"文化"的掌心。尘埃会击败花环。如果话题性、关联性、新闻报道、社会评论、说教式的现代主义和浅薄的智慧——总之当代美国小说中的庞大胜利者——是社会小说选中的游戏,那么,它迟早要被飞奔的素材超越。社会小说或许是司汤达所说的沿途漫步的镜子;但是,倘若这面可怜的镜子现在漫步过曼哈顿,它将装不下那些反射物。比如,乔纳森·弗兰岑(Jonathan Franzen)的小说《纠正》(*The Corrections*)结尾一

段描写了美国世纪的终结，现在看起来已可悲地
过时：

> 在伊妮德眼中，当前的事态与她年轻时相
> 比实在是平淡无奇。她还记得 1930 年代自己
> 目睹了世界经济形势恶化时一个国家危机四伏
> 的情景……今天如此惨重的灾难似乎再也不会
> 降临到美国人头上了。防范措施早已就绪，犹
> 如每个运动场地铺设的塑胶软垫，缓和了外来
> 的冲击。（朱建迅、李晓芳译）

尽管这段话中的声音还有一点犹豫，但乔纳
森·弗兰岑可能会同意，小说不应该追逐社会资讯
的诱饵。五年前，他写了一篇文章发表在《哈泼
斯》，他宣布社会小说不再可能存在。这篇文章写
得精彩动人，像他所有的作品一样漂亮而直率，
最重要的是很长，以至于很少有人会注意到内容
的不连贯。他开篇承认最近很压抑，对社会小说
的前途感到忧心，"对将个体和社会联系在一起的
可能性感到绝望"。他写道，自《第二十二条军
规》之后，没有任何有挑战性的小说真正影响过
文化。作为年轻作家，他一直相信"将小说人物
置于动态的社会语境中会使讲述的故事更丰富"。

他一直相信社会小说应该带来"社会新闻，社会教益"，应该"面对文化发言，给主流社会带来新东西"，有"责任将时代的重大问题戏剧化"。

弗兰岑的处女作《第二十七座城市》就是他所说的社会小说。但是，它来去都相当安静，留下弗兰岑思考为何"我介入文化的小说没有挑起我原本打算挑起的文化，反而如坠真空，只收获了六十篇评论"。尽管《时尚》杂志上刊载了一次新书发布会的图片，算是大的推广，但也仅仅是"无关文化宏旨的安慰"。他的第二部小说也一点一滴地掉入名流的流沙。评论很好，"销量不错，但就与文化的关联性而言，却是震耳欲聋的沉默"。看起来，社会小说丧失了用途，它失去了中心性，失去了文化力量；电视等现代技术"在社会教育方面做的工作更好"。如果作为题材的现代文化本身就转瞬即逝，那如何创造出永恒之物？弗兰岑也许是当代小说家中最为困惑的作家，他贴切地提出了这个尖锐的问题，如何写作表现时代但又合理抗拒时代的小说："不吸收与时俱进的时髦语词和姿态，不挑战一夜之间就过时之物的霸权，而是确认和推进它，你怎样获得话题的'关联性'？"

在文章结尾，弗兰岑认定"社会小说的模式有问题"，他承认："带来'有意义的新闻'不再是社会小说的根本功能，而是偶然的产物。"看起来这是美学的解决办法。"期待社会小说背负我们整个不安社会的压力，帮助解决我们当代的种种问题，在我看来这是典型的美国幻想。要写可以避难的真实句子：这难道还不够？这难道还不多？"

我认为，弗兰岑对社会小说在"句子"中"避难"的美学解决办法是正确的，或至少是正确的方案之一，但他给出的理由却是错误的，因为它们令人质疑他是否真的相信自己的解决办法。首先，这篇文章受到自传性色彩的影响，他的论证很快流于病态主观性的弊端；可以推测的是，正是这种不无弊端的自传性色彩，在《纠正》的出版期间吸引了媒体，他的文章才被广泛地传阅，似乎他只是抱怨美国小说中某种特定文类的脆弱，然后决定用《纠正》来继续推进，创造一种真正强大的文类，首先是人们真正需要的小说。美国文化对小说究竟有多严肃，弗兰岑的参考指标之一是看小说家是否会出现在《时代》杂志封面。《时代》杂志注意到了弗兰岑的这个观点，发表了一篇书评，明确的主题是：如果《时代》都在刊登《纠正》的书评，那么《纠正》肯定是一部重要的小说。

对于这种愚蠢的报道，一定程度上要怪弗兰岑，因为他的文章反复求助于主观的解决之道，解决本应该属于客观的争论。我们读到他的绝望，他"与主流之间压抑的疏离"，他"对更多读者的渴求"和他的"孤立"。事实上，在文章中他说他对社会小说很灰心，因为他变得很孤立；所以他决定回到社会中，从事一点新闻写作，参加一些文学聚会，为《纽约客》写稿等，然后，他开始对社会小说感觉好了一些！这种论证的结果就是，人们完全搞不清弗兰岑宣布社会小说死了是否是因为他的社会小说死了……

更重要的是，尽管他的解决方法或许是美学的，但对于社会小说难以为继，他提供的原因却是社会的原因，而非美学的原因。弗兰岑没有问话题性、关联性、大的读者群、主流等是不是社会小说应该追求的东西；他只是说社会小说没有成功地追求到这些。他没有考虑这个观点："社会教益"，带来"新闻"，但或许与艺术没有任何关系。像他在文章中引用过的唐·德里罗一样，弗兰岑在社会小说和社会之间建立了某种竞争关系，几乎是棋逢对手。社会小说必须匹配文化，与文化的力量相当。由于社会小说明显做不到，那么，社会小说必然有失落，必须充实起来。德里罗在1997年发表的名为《历史的力量》的文章中认为："从根本上说，小说类似于宗教狂热，迷恋于执着、迷信和敬畏等元素，这样的品质将迟早阐明它们与历史的对立关系。"这个观点令我相当吃惊。（想象一下托尔斯泰会怎样利用其中的逻辑矛盾。）弗兰岑的结论更可接受，他认为，社会小说不应该追求像文化那样行动，而是名正言顺的美学产物。

但是，尽管观点有些差异，弗兰岑的前提像德里罗一样，实际上在迎合社会小说被认为应该抵制的文化。他们这样做，是因为他们认为文化有一种力量，必须从社会的层面应对，而非按美学的方式绕开。弗兰岑悲叹："我介入文化的小说没有挑起我原本打算挑起的文化。"他所谓的"介入文化"，是不是指文化应该反过来介入小说？这样一来，文化会不会变成这种介入是否成功的裁判，变成这种介入的控制者，就像《时代》杂志那样？事实上，《时代》毕竟在宣告："我们对你介入文化的小说感兴趣，证据是我们在这里告诉你我们对它感兴趣，反过来介入你。"弗兰岑的话可能只是意味着："我介入文化的小说没有挑起我原本打算挑起的文化的反应。"最终，他挑起的是自己的反应。

这类论证的危险在于它太功利。我们不妨回顾一下弗兰岑拿来作为他小说事实上介入了文化的证据。两百篇评论和四十张照片？什么小说才算没有"坠入真空"？是不是说哪怕《纠正》这样的畅销

书，入选了奥普拉·温弗瑞的书友会荐书，本质上
而言最终还是"坠入真空"？唯一的成功是美学的
成功，"文化"不会确证美学是否成功，不会"介
入"美学是否成功。首先我们不会是这种终极成功
的决定性裁判：约翰逊博士认为，一本书是否有美
学力量，不妨看它能否流传一百年。美学上是否成
功只能由一堆后人来评判。在这种意义上，伟大的
小说出版后即坠入真空：它在教育周围的空间。比
如，尽管《恶心》和《局外人》不是成功介入生存
文化的伟大小说，但它们是教育出存在主义文化的
伟大小说。

因此，当弗兰岑走向艺术的自足性，走向一种
在"句子"中"避难"的新小说，这种姿态看起来
很脆弱，很大程度上是因为他似乎不相信艺术的自
足性。他似乎相信艺术的社会性。在抽干了道德和
权威的美学中，能够有什么"避难"？谈到道德时，
弗兰岑写道："我不能忍受严肃小说对我们有用这类
说法，因为我不相信与世界相悖的东西会有疗效。"
（重读这句话，它很快就变成不合逻辑之推论的写
照。）谈到美学等级的观念时，他写道："最后，我
抗拒文学是高贵的召唤这类说法，因为精英主义与
我的美国本性不能安然共处，因为……我相信人要
有风度，所以，我很难对我喜欢迈克尔·克莱顿的

兄弟解释，我写的东西真的比克莱顿的惊悚小说更
好。"（我们再次注意到，在逻辑出现危机的这一
刻，弗兰岑又遁入了个体的主观看法。）

不相信道德和权威，没有美或真理，这样的美
学是一种饥饿的美学，饥饿到只能在几个真实的
"句子"中"避难"。考虑到这种饥饿的美学，难怪
弗兰岑文章中大部分的论据要么是社会学的论据，
要么是自传性的论据。仅仅依靠这种美学，不可能
提供充足论证，反对已有的社会小说，青睐一种不
同类型的美国小说。在这种美学中，唯一可能的只
是姿态。或者毋宁说，唯一可能的是弗兰岑在他的
文章中制造出的东西：一篇什么都沾一点儿的辩论
文章，一点儿美学，一点儿社会学，一点儿实用主
义，一点儿自我申辩。

2

弗兰岑如此连篇累牍地悲叹写作社会小说不再
可能，让他看上去是在渴望其复兴的可能。他似乎
只是对社会小说的可能性灰心，而非对其可取性灰
心；他仍然半心半意地爱着它。正如他的文章既求
助于社会学，也求助于美学，把各种论据都放在一
起，同样，他的新小说也像是一艘有玻璃底的船，

我们透过船底能够瞥见当代美国小说的各种潜流：有家庭现实主义（一个中西部家庭）；有社会文化分析（德里罗笔下费城一家味道刺鼻的生物科技公司）；有校园闹剧；有广阔的狄更斯式的现实主义（在太多的美国小说中已经变得堕落和粗鄙之时）；有"精明的年轻人的反讽"（如在我们熟悉的里克·穆迪和大卫·福斯特·华莱士笔下，关于公司花园、烹饪政治和立陶宛黑市等的即兴谈话）；偶尔还有叙事风格廉价的报刊写作。

但是，公平地说，《纠正》也有相当的优雅、有力、喜剧和美。当弗兰岑钻进人物，当他剥开他虚构的兰伯特一家被堵塞的机制，这些品质最为可靠地显露出来。我这样说，不是指这种反智的轻描淡写的赞扬——只有在"讲故事"，逃避理论或野心的时候，弗兰岑才最感人。相反，我的意思是，当他对心灵描写抱有野心，甚至对心灵加以理论探究，当他省察意识，不管有意还是无意地发现，意识真的是司汤达所说的那面镜子，无助地反射出时代的任意的角度，这时，他才最感人。

事实上，弗兰岑在《哈泼斯》上的文章提出了一种柔化的德里罗式的写作。他只保留了德里罗触手可及的野心，想要固定住整个痛苦扭曲的文化。德里罗心目中的小说家是法兰克福学派那种表演

者，用辩证的恶作剧与文化战斗。令人伤心的是，
德里罗的作家观很有影响，需要一段时间才能消
亡。今日，只要带着一台便携式电脑，就会被认为
是可以到处走动的聪明人。弗兰岑"聪明"或"精
明"的理论就有这样的便携式特征，可能逐渐会令
人厌倦。但是，他不在意。他礼貌地暗示，德里罗
最有野心的文化批判小说《地下世界》因完全缺乏
人物深度而被削弱；他把自己的小说《纠正》——
德里罗为他写了精彩的推荐语——视为对德里罗的
纠正，转而重视人物描写。这是值得欢迎的。这不
仅值得欢迎，还是当代美国小说的迫切使命。当代
美国小说中的代表作都是描写伟大自我意识的书，
但却没有自我在其中；它们都是让人着迷的奇书，
知道上千种形形色色的东西——最好的印度尼西亚
咖喱鱼的做法！长号的音响特性！底特律的毒品市
场！连环画的历史！——但却不懂得一个人。

　　因此，《纠正》是一次纠正，如其所是，它取
得了神奇的成功。在小说温暖的中心——许多人说
过，弗兰岑的作家魅力恰在于他的书看起来温暖但
实际上黑暗——是伊尼德和阿尔弗雷德·兰伯特。
这对夫妇退休后生活在虚构的堪萨斯城市圣裘德。
他们是努力奋斗的中产阶级：阿尔弗雷德是一个传
统意义上的家长，大半生在中太平洋公司——中西

部一家铁路大公司——工作，他担任工程师；伊尼德是家庭主妇，人生差不多都用在丈量他们社会地位的慢慢上升上。阿尔弗雷德固执、压抑、克制，是那种坚定不移的爸爸，总像一块巨石挡在他的孩子面前，不管是作为榜样，还是作为警示的教训。伊尼德是爱吵闹、爱发火的妈妈，总是催逼孩子要努力奋斗。她对他们的期望很高，但她想要的不是他们想要的。弗兰岑提供了一个很好的例子。伊尼德"每两周就要写一封辞藻华丽的信"给儿子奇普，其中一封信里劝他放弃博士学位："我看见你过去得的科学竞赛奖……我想到你这样能干的年轻人当个医学博士能给社会什么回报，但是，你知道，爸爸和我总是希望我们养大的孩子不只想到自己，还要想到他人。"

然而，他们身为父母的权威在瓦解：阿尔弗雷德患有帕金森综合征，身体逐渐失去控制，记忆慢慢丧失，只好天天照顾他的伊尼德也日渐憔悴，她请求三个孩子帮助的声音也日渐刺耳。弗兰岑精彩地探讨了这三个成年子女的生活阴影：加里在费城一家银行做事，三兄妹中只有他结婚生子；奇普本是学院中人，如今在曼哈顿抛掷时光，想做编剧；丹尼斯是成功的厨师，在费城开了一家新潮的餐厅。弗兰岑的小说洋洋洒洒，有足够的篇幅持续稳步地堆积奇闻逸事，让我们对兰伯特家每个人都有感觉。特别是，我们看见，兰伯特家的子女尽管过着成年人的成功自由的生活，但他们心灵不自由，因为他们仍然离不开父母的卵翼。他们所有的决定，无论有意还是无意，都要经过父母的台面，因此，兰伯特家的子女，像我们中许多人一样，真的只是名义上的成年人。

　　家庭构成了重要的决定论。弗兰岑这本小说许多地方都很出色，其中最精彩动人的地方是他提出了"纠正"观念，作为一种注定失败的斗争反对这种决定论。在最简单的层面上，弗兰岑的"纠正"观念只是子女经常认为自己过的生活是对父母生活的纠正。弗兰岑说加里"全部的人生设定为对父亲人生的纠正"，同样可以说，丹尼斯和奇普也以不同的方式在进行纠正。但是，父母或许也想象孩子是对他们生活的重新纠正，渴望通过孩子替代性地生活，正如伊尼德迫切所做的那样。再次，这种渴望可能埋下了痛苦的种子，因为纠正自己是痛苦的：可以肯定的是，伊尼德感觉到她的孩子对她的纠正过于尖锐猛烈，过于公开不留情面，为此她倍觉痛苦。她痛苦地想，为什么她的孩子不想要邻居家的孩子想要的东西？为什么她的孩子要住得那么遥远，为什么他们要从事编剧和烹饪那样奇怪的职业?

当然，这种纠正的梦想只是幻梦，因为家庭决定论往往将纠正转化为复制。丹尼斯遗传了母亲的躁动和父亲的抑郁；加里也遗传了父亲的抑郁。当加里责备父亲抑郁时，阿尔弗雷德说，真正抑郁的是他儿子，对此加里脱口而出反驳："我的人生根本就与你不同。"执迷不悟到这等地步的家庭幻梦是伟大的小说主题之一。比如，《布登勃洛克一家》和《泽诺的忏悔》就是两个生动的现代例子。这种幻梦是喜剧和哀伤的来源；正是这种敏感的喜剧，构成了弗兰岑最好的成就。

社会小说相对说来存在不足，证据就是，尽管弗兰岑努力从社会层面拓展他的纠正主题，但他的努力终究是泥牛入海。他努力把小说中的纠正与20世纪90年代的繁荣和90年代之后的市场"纠正"联系起来；他努力解决美国对抗抑郁药的依赖，将之比喻为美国大力"纠正"脑化学。小说中一个人物想："大家都积极纠正思想，增进感情，改善夫妻关系，提高育儿技巧，而不仅是按部就班地结婚和生子。"这可能根本不是弗兰岑的伤感情绪，肯定代表了他将纠正观念变得浓厚的努力，将之视为更多美国人的抑郁。在许多次访谈中，弗兰岑说，他对美国医药和股票市场的评论可以说是炒他小说的冷饭。在先前的小说中，他受成就社会现实主义经典的野心蛊惑，投入了许多社会资讯。可想而知，当他开始写兰伯特家的故事时，以前的野心还是难以割弃。但是，这些冷饭似乎有点馊了。

"纠正"是小说的简码。小说最后一章的标题也是"纠正"，开头第一句即："纠正，当它最终到来，不是一夜之间化成的泡影，而是更温柔的衰退，是主要金融市场持续时间长达一年的价值漏损，是持续的萎缩，步调平稳得上不了头条，结果大家都可预测，除了傻瓜和劳苦穷人之外无人受到严重伤害。"这句话也概括了兰伯特家的缓慢结尾和纠正：阿尔弗雷德进了养老院，渐渐消亡；伊尼德和子女重新团聚。

令人难受的是，根本没有必要以此方式拓展主题。还有什么题材能大过永恒的家庭纠正？由于兰伯特家此前显然没有以此方式和他们的时代相联系，在小说即将结尾时突然暗示他们家庭内部的纠正与经济的或社会的纠正有关，这似乎有点铤而走险。弗兰岑的相提并论不但没有加强这种联系，反而看上去只是喻说。一旦开始看起来只是喻说，它就只是美学的姿态，比喻的姿态。因此，以一种残酷的自我惩罚方式，这朝着社会方向猛冲的一步，结果看起来就像朝美学方向软绵绵的一步。

当然，这是因为社会性无论如何已经存在，紧紧地扎根于兰伯特家庭和他们的行为。迈克尔·坎宁安在推荐语中热情洋溢地写道，《纠正》堪与《布登勃洛克一家》相提并论。但是，《布登勃洛克一家》可爱的明晰源于托马斯·曼的目的单纯而含蓄，他从来没有挑明布登勃洛克一家衰亡的更大的社会学成因。弗兰岑在美学和社会之间摇摆，让人想起他在《哈泼斯》上文章的左右不定。他的摇摆更加特别，因为他有时候看起来完全能够信任含蓄的诚意，完全能够尊重含蓄，而不用追求明晰。家庭纠正的主题富于暗示，弗兰岑也表明，他是暗示性书写的聪明操纵者。

比如，在小说开篇不久，阿尔弗雷德的手开始不听使唤；他的帕金森综合征已现端倪。用了一个绝妙的比喻，弗兰岑将不听使唤的手比喻成淘气的孩子，言下之意是，阿尔弗雷德这个人被他的手怜悯地"纠正"："他的苦恼冒犯了他的产权意识。这双摇晃的手不属于别人，只属于他，但它们拒绝听他的话。它们像淘气的孩子，像个两岁大的孩子，乱发脾气，不顾他人的感受。他的命令越严，它们越不听话，越是可怜巴巴的样子，越不受约束。对一个桀骜不驯、拒绝像成年人那样表现的孩子，他一直没有办法。不负责任，不守规矩，这些是他生活的祸根。这简直是魔鬼逻辑的又一个例子，他不合时宜的苦恼居然是他的身体拒绝听他使唤。"

这样的写作，清晰、直接、敏锐、富有人情味，是这部小说最根本的特征。阿尔弗雷德是一个严肃而骄傲的人，他的疾病让他有失尊严，他为此非常痛苦，但他几乎从不抱怨，即便子女回家最后一次家庭圣诞团聚，为他换内裤，为他擦尿，他也最多是干巴巴地说一句："我觉得这病越来越麻烦。"但是，弗兰岑更高明之处在于，他不知不觉地拓展了阿尔弗雷德的手如同叛逆的孩子这一意象，没有丝毫突兀的感觉。小说后面，奇普在微怒之下故意用烟头烫手；接着，加里在微怒之下被电锯偶然伤手；再后来，丹尼斯给陌生人看她当厨师后割伤和烫伤的手。这样的书写也许是偶然，但更可能是有意。小说形式为了什么而存在，它如何为它作为文类的独特性而自辩，正是这些才构成了其为文类的资本。这是弗兰岑这部小说的语言——含蓄的语言、暗示的语言、形式的语言、比喻的语言、音乐的语言。阿尔弗雷德事实上被他的双手纠正；这部小说让我们看到这是如何做到的。此外，阿尔弗雷德的双手也在其他人物身上重复。

当他离开这条道路，沿着他的旧爱——社会小说——的道路缓缓前行，弗兰岑就犯了错误。每当如此，他的声音就开始沙哑；那个弗兰岑——聪明的新闻撰稿人，袖珍的理论家——探出头来。当代小说想熟知生活中的许多东西，有时就像一个人，上太多的课，没有时间读书；忙着去旁听，失去了淡定从容。当然，有些读者喜欢弗兰岑满目的校园政治，立陶宛黑帮，生物科技专利，抑郁的化学原理等等。但是，在我看来，那些人掉入了循环论证的陷阱，他们认为"介入文化"的小说就是告诉文化已知的东西。弗兰岑原本很聪明，可以避开这个陷阱，但是，看见他有时也掉入其中，难免令人沮丧。

比如，他有一种观点，用医学方法处理他用来描绘人物情绪和动机的语言，会带有反讽的味道，挑明——因此或许也是在抵制——化学对我们精神语言的渗透。对此，我抱有看法；正如模仿中经常出现的情形，对于他的读者来说，结果只会是，以一种近乎共谋的形式，重新再现那种渗透。于是，我们知道，"悔恨神经元（第 26 神经元）布满了加里头脑中的要塞，特别适合用进化来回应"；后来，我们又看到，"在他第一口饮料甜蜜的润滑作用下，他的神经胶质细胞发出低沉的咕隆声"。丹尼斯生气时，弗兰岑写道："生气是自动的神经化学事件，没有办法阻止。"总之，这种文风不过是借机炫耀一点儿专业知识：丹尼斯被她妈妈"心动过缓"的老灶弄得很生气；当她对新来的厨师生气时，弗兰岑写道："人们不认为厨师是政治动物。厨师是人类中的线粒体；这些线粒体有独自的 DNA，它们在细胞中漂浮，给细胞能量，但不是细胞的一部分。"（天哪，我们心想，弗兰岑表明他居然知道线粒体！）在小说中其他地方，我们还看到："当严肃的眼泪积聚在扁桃体后面时，扁桃体就释放出一种氨黏液"；"他的牛奶中出现多相的淡蓝色漩涡"。丹尼斯借了许多钱给奇普，弗兰岑描写这个哥哥的负债感受："他背负着债务的烦恼而活，直到这种债务出现脑神经母细胞瘤的症状，在他的脑组织结构中太复杂，他怀疑切除后他还能不能活。"

在那样的时刻，弗兰岑变成了文化的反讽者，他的人物面前总有一个变态的形容词。最能说明问题的例子莫过于一向不动感情的银行经理加里与妹妹在费城市中心拌嘴那一幕。他站在种了几排花的银行大楼小广场上。"加里喜欢把公司花园当成是特权盛会的背景，当成是娇纵的转喻，然而，不要对它们期望太高，这很重要。不要有求于它们，这很重要。"这一小段话也许本身就是小小的转喻。它听上去就像一百多个追求聪明的精明美国作家一样：傻乎乎的语言暮气沉沉，没有活力。那个冷静的文学批评术语"转喻",那个可爱的新词"娇纵",那种"有求"时来到公司花园所暗含的可笑反讽,看起来像写得漂亮。但三秒之后,我们就会觉得,加里不会这样想,不会这样表达。因此,这想法是弗兰岑的。但这是空洞的想法。谁会对公司广场"期望太高"?不幸的结果就是,这语气听上去好像弗兰岑在嘲笑加里,在傲慢对待人物或我们读者——这肯定不是弗兰岑想要的结果。

《纠正》是一本大书,在其漫长的篇幅内,语言很可能穿越了不少的平原和浅滩。但是,如果将书中作者精明的评语和那些贯穿其中的真实的语言相比较,我们立刻就会觉得前者实属多余。阿尔弗雷德拒绝尴尬地说起他的疾病,只是说这"病"给他带来麻烦和不便。他的沉默胜过那些洋洋洒洒地谈论神经母细胞瘤、扁桃体细胞、线粒体和神经元等的段落。有时,简单的句子会像刀子一样迅猛准确地插入内心。比如,弗兰岑描写了丹尼斯童年中这些熟悉的反差:"她到明亮而现代的学校上学,每天回家就如回到古老而黑暗的世界。"是的,我们想,我们知道这种反差。再如,在最后感人的一幕,困在床上的阿尔弗雷德在临终之前绝望而徒劳地想解开捆绑他的带子,弗兰岑写道:"他像一个二维空间里的人,却要追求第三维空间的自由。"这也许是阿尔弗雷德的墓志铭。

同样，这部小说也在不同的空间中摇摆，有些空间更丰富和自由。如果可以说，它不知不觉就有力地反驳了某类社会小说的可行性，那么，肯定也可以说，它生动地展示了另一种小说——人物小说——的生命力。这是，或应该是，弗兰岑在"真实"的句子中避难的意思。不难想象，在现代的压力之下，在真实的句子中避难何其困难。我们全都是姗姗来迟的例外主义者。但可以肯定的是，这是后现代的褊狭，弗兰岑的心目中似乎并不相信它。我们不是独特地被现代境况命定；如果我们被命定，那也是以相当古老的方式命定，正如塞万提斯、斯特恩和斯韦沃知道的那样。我们被命定，因为人总是漫溢出他们的目标；他们的灵魂无谓地忙碌，被梦想和欲望堵塞。这是弗兰岑小说的黑暗主题；这也是它最真实的触觉。其他的都是"社会新闻"，或许会被抛弃，正如它们应该被抛弃。

汤姆·沃尔夫的肤浅和信息问题

汤姆·沃尔夫（Tom Wolfe）的小说是简单的标语牌。他的人物一次只能体验一种情感；他们是自我的广告：贪婪！恐惧！仇恨！爱！痛苦！这些荧光闪闪的人一点不像真人。他们是带有醒目大印记的类型化人物：自负的房地产商！离异的第一任妻子！年轻性感的花瓶夫人！打扮入时、满口白人语言的黑人律师！笨手笨脚的足球员！他们奔波在繁复的情节里，在锣鼓喧天的语言中跑完全程。

奇怪的是，沃尔夫认为他写的是现实主义小说，示范了美国小说应该如何发展。1989 年，他写了一篇趾高气扬的宣言，题目是《悄悄追踪这头十亿足之兽》，提倡"基于报道之上的高度细节化的现实主义"，正如他两年前发表的小说《虚荣的篝火》。他抱怨很少有小说家对"大都市或当代生活巨大而丰富的切片"感兴趣；抱怨他们放弃现实主义走向了他所谓的"文学游戏"：极简主义或涂了无菌白色涂层的先锋主义。他认为我们只有积极走出去报道美国社会，才能将美国社会带回来扭送入小说。左拉踏上他的"纪实"之旅时这样报道了法国社会，辛克莱·刘易斯报道了 20 世纪二三十年代的美国社会。正是报道的细节使小说"迷人""诱人"和"动人"，沃尔夫说："是普遍事实，制造出真实感，使小说迷人或诱人。"他写道，这是现代小说给我们的礼物，给我们的情感教育，我们在狄更斯或在《安娜·卡列尼娜》中可以见到。"读了荷马、索福克勒斯、莫里哀、拉辛、锡德尼、斯宾塞或莎士比亚的主人公的不幸命运，有谁会感动得流泪？"沃尔夫在一句著名的话里诘问，但是，《老古玩店》中的小内尔去世时，谁都会哭泣。

只有奇怪而蒙昧的心灵才不会被古希腊悲剧和莎士比亚悲剧强烈感动；只有孤儿式的现实主义才排除甚至反对莎士比亚的人物。（谁比福斯塔夫更像狄更斯式的人物？）但是，沃尔夫的文章与其说是对美国文学的回应，不如说是对美国电影的回应；反过来说，它不是文学的回应而是电影的回应。因为当代美国小说根本没有忽视它对现实主义的责任。或许在 20 世纪 60 年代是出现了一点儿先锋饥渴症，但自那以后，我们有约翰·厄普代克的郊区沉渣，约翰·欧文（John Irving）的巨婴症，理查德·福特（Richard Ford）的新泽西房地产，罗伯特·斯通（Robert Stone）的像海盗一样粗鄙的世俗社会。菲利普·罗斯则成了纽瓦克档案专家。《地下世界》难道不是关于原子弹的狄更斯式旧小说？美国小说中有太多的现实主义；现实主义已变成闲置的自由。

沃尔夫的文章读起来与其说像他被美国小说中现实主义的失败刺激，不如说像被美国电影中现实主义的成功激怒。我们从他完全是电影化的解决办法中推断出这点：走出去，填满你的笔记本，然后不分青红皂白地将所有这些现实塞进小说。（到处拍照，然后不要编辑。）像商业电影导演一样，沃尔夫没有意识到，他艳俗的故事是矫情的或夸张的。他认为它是现实的，因为生活是艳俗的；他像大嗓门的人，以为别人说话也是大嗓门。因此，尽管许多作家用"纪实"填满了笔记本，但沃尔夫宁愿用更粗俗和更夸张的例子来奖励勤奋，比如，左拉和辛克莱·刘易斯这些现在很难有人会去重读的作家。在《包法利夫人》中，福楼拜事无巨细地记录了农展会；托马斯·曼准备写《魔山》时，参观了他妻子入住的疗养院；乔伊斯……但沃尔夫从来没有提这些更有文学性的作家，因为他们证明了用普遍事实（他们浓缩的智慧，作者偷窃来给他们的奖赏）在书页上所完成的东西远比他们借用的半生不熟的东西重要。沃尔夫没有在寻找现实主义；他需要浓烈的肉汤式的新闻写作。

　　假如沃尔夫不是漂浮在微笑之海，假如媒体没有为他戴上狄更斯传人的花冠，所有这些本来不值一提。《华盛顿邮报》认为《完美的人》"硬朗、有挑战性、毫不妥协"，它"令人想起狄更斯的作品"，直抵"灵魂深处"。《新闻周刊》认为："现在没有作家——记者或小说家——比汤姆·沃尔夫更好地书写美国。"《时代》激动地宣称："无论怎么概括《完美的人》，都难以烛照小说伦理的幽微。"《纽约时报》断定沃尔夫的"段落漂亮而有力，不但能与当代美国小说家、而且能与任何美国小说家匹敌"。因此，看起来有必要解释，《安娜·卡列尼娜》和《完美的人》之间的差距，不仅是才华的问题，而且是文类的问题：如同喷泉与气溶胶喷雾的差距。沃尔夫的小说只是表面像狄更斯的小说，它们不是文学性的小说。尽管它们体量庞大，扭曲的情节不断克隆，但它们的野心不过是简化的管理。

　　所谓的"现实主义"，沃尔夫指的是可辨识的

汤姆·沃尔夫的肤浅和信息问题　289

现实。他的人物都是类型化人物：每个人代表了某种普遍性。比如，《完美的人》书名中指代的主人公明显就是简单的类型:查理·克洛科是南方粗鲁的、大男子主义的房地产商，一生遭逢乱世。读大学时，他是学校橄榄球明星，身高马大，举止豪放，颇有领袖气质。他现年六十岁，与长期任劳任怨的妻子玛莎离了婚，新娶了二十八岁身段柔和的塞瑞娜。小说背景在亚特兰大，他是建造这座城市的大功臣。他不喜欢生性敏感的儿子沃利。他一辈子风风火火，逢山开山，遇河搭桥，抛出很多种族主义和仇视同性恋的话。当他的金融帝国开始崩塌时，正如你期望的那样，他如困兽犹斗。只是到了小说的结尾，债务的焦虑明显让他屈服。但这实际上是一次精神胜利。在精神反转之前——这看起来是沃尔夫心不在焉所致，他想草草收场——查理·克洛科在整部书中没有说过任何令人吃惊的、有趣的、古怪的、有意义的、漂亮的或特别喜剧的话。你期望他生气，他就生气。你期望他伤悲，他就伤悲。你期望那样的人会为无用的小玩意儿骄傲，他真的就为那些无用的小玩意儿骄傲。他没有令人感兴趣的或感人的秘密，就连他的缺点也让人觉得没趣，因为恰恰都是大家期望的那样气势汹汹的人该具有的缺点。

小说中 20 世纪 90 年代的亚特兰大住满了类型化人物。他们都在沃尔夫狂风般的语言中摇摆。在查理·克洛科身边摇摆的是邪恶的哈里·泽勒。哈里在一家著名的国际投资公司任职，他决定要收回公司借给查理的钱。法里克·法侬是在佐治亚理工大学就读的黑人橄榄球员，他被控强奸了伊丽莎白·阿默赫斯特。伊丽莎白的父亲是亚特兰大最富有、最有权势的人物之一，英曼·阿默赫斯特。精明的黑人市长担心这个案子会撕裂城市，决定力邀一度也为佐治亚理工大学橄榄球队效劳的名人查理·克洛科出山当众为法里克美言几句。市长请圆滑的黑人律师罗杰·怀特（Roger White）来穿针引线。罗杰穿得衣冠楚楚，总是担心举止看起来太像白人。他在大学时就有个绰号，叫罗杰·太白（Roger Too White），他对此一直耿耿于怀。（沃尔夫的人物都有一大焦虑或缺点，反复被媒体挤压，因此读者很容易辨识。玛莎是遭抛弃的商人妇；罗杰·怀特是成功的黑人推销员；市长是厚颜无耻的黑人战略家;法里克代表了具性威胁的黑人运动员。）此外，在加利福尼亚，一个名叫康拉德·亨西里的年轻人在为克洛科环球食品公司工作。一天，他的人生道路将与查理交叉，他会改变查理的人生，使之更美好……

　　遗憾的是，这些人中没有一个可算是个体。他们全都是从社会的目录表中选出的，即便小人物也都是类型化的人物。沃尔夫情不自禁地把这种可识别的标识贴在词汇身上。比如："巴克·马克纳特是南方白人的样本。"两个警察"真的是五大三粗的乡下人，周六晚上喝醉后喜欢跑到铁路交叉口打石仗"。一个势利的律师"似乎只有愤懑和鄙视那样的表情"。（那样的表情肯定使他的虚构再现变得容易！）查理在佐治亚农场的手下："查理每次看见大块头，听到他低沉的贝克县的嗓音，就知道是典型的严格的黑人工头。"查理公司在加利福尼亚的雇员肯尼："那种年轻加州人粗胳臂粗手，是当地所说的红脖子大老粗。"法里克·法侬："你能看到那种真正的贫民窟孩子密实的肌肉和电缆一样的肌腱。"英曼·阿默赫斯特："他是佐治亚州特产的那种肥胖的白人。"可以说，在沃尔夫笔下，人物都是"样本"，是"那样""那类""那种"或"典型"。

　　当然，沃尔夫要出去收集他的普遍事实。但是，你看，它们是一排排闪闪发光的典型：

　　　　她身上写满了 Black Deb（歧途黑少女）的字样。她的父母无疑是 20 世纪 90 年代在夏洛特、罗利、华盛顿或巴尔的摩的典型黑人职

业人士。看看她手腕上的金手镯，可能值几百
美金。看看她蓬松的发浪……可能读的是霍华
德大学，甚至是北卡罗来纳大学教堂山分校或
弗吉尼亚大学；属于精英学子中的一员。

"她身上写满了 Black Deb（歧途黑少女）的字样。"
事实上，在她"身上写满"字样的是沃尔夫，以便
她身上打满她那一类型人的广告。

　　沃尔夫好像意识到了这些危险，他用一种虚假
的狄更斯的方式，把他的人物的形象弄得很怪异，
来搅动他的类型。他或许也研究过索尔·贝娄外表
强硬的人物。因此，他的许多人物是大尺度的身体
标本，胀破了他们的衣服。这是基本原理，要使一
个人物有趣，最简单的方式是让他看起来怪异。所
以，他的人物都是大胖子。比如，佐治亚理工大学
橄榄球教练巴克·马克纳特："他的脖子似乎有一英
尺宽，从黄色的 Polo 衫和蓝色的运动上衣里冒出
来，像是与斜方肌和肩膀焊接在一起。他像一块坚
实的肉直抵头发，其中一半头发是奇怪的银金色，
发型弹性丰满，有几根高高翘起，像在大叫男士一
次理发 65 美金。"五百页后，当罗杰·怀特第一次
见到查理·克洛科，沃尔夫几乎以同样方式形容的
查理："他的脖子、斜方肌、肩膀和胸膛像是焊接成

的一块肉。"（这与斜方肌有什么关系？究竟什么是斜方肌？）同样很胖的人物还有英曼·阿默赫斯特和黑人市长的司机："这个司机像是一辆坦克，他的衣领尺寸至少二十英寸。"某个拖车公司员工也是大胖子："标准的巨人，足有250磅，一盎司也不少。他的袖子已经扯掉，露出浑圆的肉臂。"

正是沃尔夫的类型学、他理想的忠实报道，将他推入耸人听闻的夸张。一方面，他发现了现实资讯，掌握了美国的社会学的潮流；另一方面，为了对他平淡的现实资讯做出反应，他故意嘲笑和丑化人物，使他们更加典型。但这样一来，他们只是古怪的典型。他们做不到的是成为个体。他们只是皮肉之相，没有精髓，软弱无力。沃尔夫冲向人物描写亮闪闪的极端，总是忽略微妙而迷人的中值。《洛杉矶时报》在一篇基本上持批评态度的评论中认为，沃尔夫的人物"像狄更斯的人物一样多少有些滑稽"。但是，在重要的文学性的任何层面，沃尔夫的人物都不像狄更斯的。狄更斯的滑稽人物不是可辨识的类型人物，而是奇怪的个体。沃尔夫的文风总是偏好最普通、最庸俗的语词。他不擅长用明喻或暗喻。狄更斯发现了出人意料的细节，发现了鲜活的比喻。想想《远大前程》中的乔·葛吉瑞，"他的眼睛里有一种很难确定的蓝色，似乎和眼白混在一起。"在《大卫·科波菲尔》中，朵拉的表弟，"他穿着救生衣，腿很长，看起来像另一个人的午后阴影。"还有同一本书里的乌拉·希普，他的嘴"像邮局一样张开"。有时，这些令人快乐的妙语几乎与准确性无关；嘴巴不可能像邮局（顺便指出，狄更斯指的是邮筒）。这些快乐，这些文学的快乐，存在于每个细节嘶嘶冒泡的内部，存在于细节之间，存在于比喻带来的道德启迪之中。（乌拉·希普的嘴巴像邮局，换言之，他是每个人愿意使用的信使。）

文学并不总是像生活一样。为什么它应该总是像生活？有时候，真实的东西并不总是现实的东西，因为它难以置信。狄更斯常常在一个公墓散步，那里有一座坟墓，埋了十三个小孩，全都来自同一家庭，全都是出生未久即夭折。在《远大前程》的开始，他把公墓这个场景偷偷塞进了小说，但把死去孩子的人数减到不那么耸人听闻的五个。好的"纪实"或好的报道可能是糟糕的文学。当然，还有另一条路，详细纪实的细节并非必然是现实主义的：我们大多数人吸收、呈现或记忆细节不是靠纪实。我们在普遍事实的狂热中不会沸腾；但我们会在独特细节的低温中战栗。

然而，沃尔夫总是把人物当成数据的坟墓提供给我们。奇怪的是，这些人物也像这样互相评价。那个"身上写满了 Black Deb（歧途黑少女）字样"的年轻女子，事实上是透过精明的黑人律师罗杰·怀特的眼睛看到的，那时她正在大街上跳舞。罗杰·怀特可能意识到自己的身份，只是用社会学的细节来湮没这个女生；但他更可能注意到了她奇怪的耳朵。在《安娜·卡列尼娜》中，列文紧张地跑去找医生，带他来看即将临产的妻子，他没有像沃尔夫的人物一样，为我们拼贴一张迟钝的观察图，比如，医生居住的豪华大街，他的斜方肌，他几块钱理的头发，他来自法国巴黎（狄德罗大街）的古龙香水，他从圣彼得堡著名衬衫厂商帕韦尔—苏林购买的衬衫等等。他没有这样做，他初为人父，难免有男人的笨拙和焦虑，误以为妻子随时会临产，误以为医生拖拉得可怕，列文的注意力全集中在医生离家前坚持要抽完的"粗大香烟"上。这根粗大的香烟产生了文学性。在《完美的人》中，没有任何东西像这根粗大的香烟。话说回来，这样的细节一般是想象出来的，不是拘泥地"记录"下来的。

　　沃尔夫和与他类似的作家呼吁的"现实主义"，总是关于社会的现实主义，不是关于人类情感、动机和秘密的现实主义。要忠实于感觉，我们就要承认，我们可能同时感觉到多种事情，我们的思绪会大幅度波动。这是莎士比亚——那个从来没有打动过汤姆·沃尔夫的莎士比亚——的现实主义，莎士比亚知道，我们内心生活的源源不绝是多么有说服力，我们对我们所讲的故事是多么失望，我们的悲剧和喜剧——或者说我们的悲喜剧——还藏了多少隐私不为人知，因为情感的现实主义认识到，人的故事总是差异的结合点，不是非黑即白，不是非此即彼。

但是，沃尔夫的人物只有简单性。查理·克洛科明显在某种程度上是以美国商业巨子、新闻大亨罗伯特·麦克斯韦为原型。罗伯特神秘去世，留下他的金融帝国风雨飘摇，有些员工身无分文。小说中有个地方，查理回想起罗伯特，也打算像他那样"消失"。漫画人物一样简单的查理，作为小说人物毫无深度，在反思罗伯特这样真正的大亨时，更加映照出他的肤浅。在沃尔夫的笔下，罗伯特似乎像查理一样也是漫画式的人物，他人高马大、野蛮粗俗。但我们知道，真实的罗伯特远比漫画人物复杂得多。他是犹太人，出生于捷克斯洛伐克，靠自身努力成为富有争议的英国绅士；他是个独裁者，但显然两个忠诚的儿子都很爱他；他是资本家，也是出名的左派——他有许多有趣的矛盾之处。

不过，沃尔夫的人物还有一点儿鲜活的内心生活。他小说中唯一有趣的方面是，沃尔夫非常传统地致力于意识流，致力于内心独白；这很好。沃尔夫花整页的篇幅描写他人物漂流的内心和焦虑，有时，靠纯粹的毅力，坚持紧贴人物的思绪，他传送出微弱的力量。（同样，沃尔夫坚持使用对话，用语音的方式来传递方言和俚语。有时，他的报道之精彩，传达之忠实，话语之奇特，使得真正的力量如火花一样在书页上闪耀。加利福尼亚监狱那一幕的力量就来源于沃尔夫努力捕捉黑人囚犯谈话的大无畏决心。）

但不幸的是，沃尔夫的人物一次只有一种感情；他们的内心生活像自我单调的叮当声。正如毕加索有他忧郁的阶段，同样，沃尔夫的人物也有他们愤怒的时期，他们的角质期，或他们的悲伤期。但这些时期不会在同一时间出现，因此，他消解了意识流潜在的灵活性，确切地说就是如同生活一样的随意性。读者发现他的眼睛不断跳到每部分内心独白的结尾，因为他知道，它炫目的单一性让人厌倦。因为这些人只带着一种感情思考，所以他们觉得这感情一直强大。这本小说中所有的意识流以同样的方式让人兴奋，让人觉得夸张，不管是谁的意识流，都用尖锐刺耳的斜体、像箭雨一样的惊叹号和像莫尔斯电码一样歇斯底里的省略号。因此，意识流这种用于表现个性的伟大小说工具，在沃尔夫的小说中，结果证明每个人都一样。每个人都在内心里胡乱涂鸦。小说开头不久，查理·克洛科对放肆的妻子怒不可遏："为什么你……你……你……你……这么放肆！"两百页后，此时成为他前妻的玛莎听着音乐会，生气地想起前夫，表达方式完全如出一辙：

> 是她……她……她……她……好好……打造了……渐渐为世人所知的这个查理·克洛科，现在过了三十年，他倒是有胆……有胆……甩了她，把她像块破烂一样扔掉，好像是她全凭运气才飞黄腾达，好像是他把她带进亚特兰大富人区巴克海特的神奇生活，简直荒唐透顶！

这种意识流的精彩之处在于，它在泄露了心灵的活动时，也暗示了不能说出或难以言表的东西；它是灵魂的结巴。沃尔夫可能认为他用"为什么你……你……你……你……"这样的滑稽表达方式就能捕捉到精神的结巴，但是，这种便捷的传统手法，它可以平等地施于所有的人物，恰恰暗示了相反的效果。它表明作者对于如何捕捉破碎的思想多么自鸣得意。事实上，沃尔夫的确说过："在此，这就是你的做法，重复人称代词四次，书页上像图腾一样地撒满省略号。"表面上，他在宣布他的现实主义有多么困难，实际上，他在声称它是多么简单而传统。

问题是，谁在玩弄沃尔夫在宣言中所说的"文学游戏"？是他在《悄悄追踪这头十亿足之兽》一文中鄙视的博尔赫斯，还是沃尔夫自己？博尔赫斯把文学游戏玩得如此漂亮，以至于它们不再是游戏。沃尔夫毫无美感、甚至可以说十分普通的"现实主义"，只是忘记了自己是游戏的一场乏味的游戏。在生活中，没有人会这样想，"为什么你……你……你……你……这么放肆！"沃尔夫的现实主义，摇摆于单调的类型化和怪异的夸张之间，是一套不真实的手法；在他的现实主义中，人物呼吸如"鼾声"，思考时还会顺便留下省略号，可以做长达两页的白日梦，然后从身边隔了一条简洁破折号的现实中惊醒："啊，他觉得——就在那时突然的宁静插入他的想法……"把这类写作当成文学加以接受是危险的，不是因为任何人会将之与生活混淆，会认为"生活就是这个样子"，而是因为读者读到它时可能会想："文学就是这个样子。"这种自以为是的简单，这种玩具套式的文学符码，本质上与儿童喜剧的叙事技巧没有区别，如果它自称为现实主义，然后因其"无情的"野蛮而受赞扬，因其能够直抵人"灵魂深处"而受褒奖，那么，这种现实主义是当代可怕的变形，十分值得我们吃惊地"记录"。但是，请不要由汤姆·沃尔夫来"记录"。

萨尔曼·拉什迪的诺布小说

《愤怒》(*Fury*)，一部耗尽了最高级否定词的小说，一部可能会使最宽容的读者愤怒的小说，一份用双手拼命挥舞的自辩书。它讲述了马力·索兰卡教授的故事。索兰卡教授是印度裔，刚刚抛下了共同生活十五年的英国妻子和三岁的儿子，从伦敦飞往曼哈顿。他发明了一个玩偶，投入市场后赚了大钱。现在，他来到美国，急于消除他的过去，从头再来。他想埋葬他的罪恶感，这种罪恶感除了与他的离异有关，还与他"愤怒"的时刻有关：他拿着一把刀对准熟睡的妻子，想象自己用刀捅她。

但在曼哈顿，在这千禧年尽头沸腾的、滑稽的、用钱养肥的曼哈顿，索兰卡教授没有找到想要的宁静，却发现了普世的愤怒。他在街头踟蹰，像一个痛苦的流浪汉，怒视疯狂的美国当代生活，

"到处都是疯狂生活，都在残忍地拒绝放慢速度，第三卷千禧年之书已经冒出头角，真他妈让人难以接受"，想到这些，他就火冒三丈。索兰卡教授先与愤怒的塞尔维亚女人米拉·米洛（米洛舍维奇的简称——你看，就连她的名字都很愤怒！）有染，后来又勾搭上漂亮的印度女人尼娜，"他从远处见过的最漂亮的印度女人，最漂亮的女人。"但尼娜也有自己的愤怒，她是政治活动家，索兰卡跟着疯了一阵之后，最终还是离开了尼娜。小说结尾，索兰卡回到伦敦，住在克拉里奇酒店套房，"睁大眼睛，直挺挺地躺在舒服的床上，听着远远传来愤怒的喧嚣"。次日，他可怜巴巴地跟踪他抛下的妻儿，看着他们在汉普特斯西斯公园散步。

这部小说似乎是一份自辩书，部分原因是它被肮脏现实的乌云笼罩。许多读者知道，拉什迪本人曾经抛弃了英国的妻子和孩子，来到美国开始新生活，在《谈话》杂志的发布会上结识了一个漂亮的印度女友。除了题材和主题方面的巧合，这部小说似乎希望我们将它看成是狂热的日记。《愤怒》可以说打上了邮戳，也不妨改名为《谈话》：主要背景几乎一成不变都是 2001 年的纽约，像日历一样每页记录下纽约发生的大大小小事件。

因此，我们在小说中看到"波多黎各日游行"

最后发生的强奸案，看到歌手科特妮·洛芙。小说中明确提到Gucci设计师汤姆·福特，演员梅格·瑞恩和丹尼斯·奎德，白宫实习生莫妮卡·莱温斯基，名模娜奥米·坎贝尔，歌手马克·沃尔伯格，艺术家索尔和格弗雷德·斯坦伯格，英国超模、作家苏菲·达尔，电影《古墓丽影》中的女主人公劳拉·克劳馥，美国作家戴夫·艾格斯，美国主播查理·罗斯，Tommy Hilfiger休闲服等等。这部小说包含了这样的句子："因为电视上放了《吸血鬼猎人巴菲》，所以吸血鬼火了一把。"还包含了这样的段落：

> 本季热门电影《角斗士》，由杰昆·菲尼克斯饰演罗马皇帝，影片讲述了罗马帝国的衰落。生死大战、游戏、光荣和尊严都能在电脑制造出的伟大角斗场的幻象中见到……同样在纽约，也有面包和马戏：狮子王音乐剧；第五大道自行车赛；乡村歌手布鲁斯·斯普林斯汀在花园酒店演唱了一首歌，内容与警察开了四十一枪杀死二十三岁的几内亚移民阿玛多·迪亚罗有关，警察协会威胁抵制他的音乐会；希拉里vs.朱利安尼;红衣主教葬礼;《侏罗纪公园》中的恐龙大战；摩托车队，两个名字大致可以

互换的总统候选人（戈什和布尔）；希拉里
vs. 瑞克……可爱的卡通英国鸡；文学节……

　　这些细节尽管可爱，但挤成一团。《愤怒》将
之拿来招摇，立马显得过时；这些琐细的文身已经
淡化。减少小说再现的任务，降低模仿的水准，只
停留在没有肌肉的闲聊，只记录社会事实，这显然
是灾难性的决定。首先，它废除了形式：拉什迪的
清单为什么要结束？总有更多的电影可以包括在
内，下周末总会有聚会。当作家记录下一些细节，
只是因其发生，那么，他就难免不去逢迎它们，难
免不为它的反复出现的小小黏性而感恩戴德。因
此，无论是在上面这段话，还是在整部小说中，索
兰卡（以及我们会想到的拉什迪）似乎想抱怨这些
转瞬即逝的东西和噪声，甚至想抵制它们，但他引
用这些细节的语调实际上更接近于自鸣得意，接近
于黏糊糊的殷勤反讽。

　　当然，所有这些轻飘飘的参考内容都被认为是
"愤怒"的组成部分，是与索兰卡的黑噪声相对应
的白噪声。作者经常要求我们想象索兰卡躺在床
上，双手捂住耳朵，竭力屏蔽曼哈顿的声音，"一
个主宰着世界、充满半真半假话语和回声的城市"。
我们很容易一再捕获这种忏悔的调子，这种要求赦

免的声音：如果说索兰卡周围有一种普遍的愤怒，那么，他自己尖锐的愤怒也许就少了几分罪恶感，因为他像小说一样只是沾染了时代的疯狂。如果索兰卡是因动荡的世纪末而愤怒，我们有什么理由指责这个可怜的家伙抛妻弃子？

把拉什迪等同于索兰卡，也许看起来有失公平，但是小说自身的败坏迫使产生了这样的等同。整部书中，有一种令人痛苦的不确定性：究竟是谁的声音在说话？

一方面，作者给我们提供了一个据说很挑剔的欧洲偷窥者，他欣赏"古老欧洲的奥妙之处"："下午出去散步时，小萨利·索兰卡总是头戴巴拿马草帽，身穿乳白色亚麻布套装，像个旧世界的流浪汉，手杖在空中转个不停。"索兰卡本质上就是贝娄笔下塞穆勒先生的印度翻版；他甚至有个犹太人昵称萨利。和贝娄一样，拉什迪在描写和评价的前后，一般也加一句几乎是程序性的套话，诸如"索兰卡想"之类的导语。所以我们看到："美国在侮辱全世界，马力·索兰卡按他传统的方式想"；再如，"索兰卡再次对于人的自动变形能力惊奇不已"，等等。

另一方面，索兰卡选择看什么东西，他如何再现？索兰卡先生来自什么行星?[1] 在这些问题上，小说摇摆不定，从而带来致命的危险。事实上，对于纽约汉普顿海滩旁的豪宅，对于曼哈顿的新潮餐厅诺布（Nobu）和帕斯提斯（Pastis），对于名流艾伦·德詹尼丝、托尼·索普拉诺和詹妮弗·洛佩兹，"旧世界"的索兰卡看起来不但很感兴趣，而且非常熟悉。小说中某处，索兰卡想起他的第一任妻子也许在曼哈顿某个地方："萨拉·李尔可能就在曼哈顿，他突然想。她现在也快六十了，成了大人物，带着鼓鼓的公文包，在新潮餐厅诺布和帕斯提斯有秘密的订座电话，周末出城南高速前往阿默甘西特度假。"现在，我们明白为什么萨拉·李尔可能知道诺布和帕斯特斯的秘密订座号码，但为什么"旧世界"的索兰卡教授也知道呢？在另一处，索兰卡心想，尽管他觉得他可能快疯了，他还是"逃避去看精神病医生。黑道家族中的托尼·索普拉诺可能也会逃避，但去他妈的，这是电影中虚构的人物。索兰卡教授下定决心独自面对这个魔鬼"。还有一处，他看见《入侵脑细胞》的电影海报：

---

　　[1]　译注：上一段说到索兰卡如同塞穆勒，所以，此处影射的是贝娄的小说《塞穆勒先生的行星》。

　　到处都是詹妮弗·洛佩兹电影新作《入侵脑细胞》的海报。电影中詹妮弗·洛佩兹被缩小，然后注入了连环杀手的脑细胞。这听上去像是拉克尔·韦尔奇主演的《神奇之旅》的翻版，但又如何呢？没有人记得这部蓝本。一切都是抄袭，都是过去的回声，索兰卡教授想。这是献给詹妮弗的一首歌：我们生活在复古的世界，我是穿越历史的女孩。

　　从最后这句歌词，我们可以判断，索兰卡——他似乎认为正确拥有深厚的历史记忆，就应该熟悉韦尔奇的电影——也熟悉麦当娜。

　　我们再来看看索兰卡的语言。对于一个英国化的印度裔教授，一个没有在美国生活过的剑桥国王学院的前院士（拉什迪曾经待过的学院），索兰卡的用词却像本土美国人一样特别地道。索兰卡使用"gotten"而不是"got"，想起某人是"his pal, his best buddy"（他的兄弟，最好的兄弟），回忆起"getting jiggy beside a big-assed Puerto Rican girl"（坐在一个大屁股的波多黎各妹儿旁边就激动不已）；他的用词中包含了"shrinks"（退缩）、"head doctors"（精神病医生）、"industry mavens"（业内行家）、"goddamn noise"（去他妈的噪声）和"the cheesiest daytime soap"（最烂的白日肥皂剧）。当他向尼娜抱怨美国霸权时，他激动地说了一气，像菲利普·罗斯小说中受困的一个人物："索兰卡上钩了，他想说，错的就是错的，因为美国去他妈（Goddamn）的巨大霸权，因为美国他妈的（fucking）巨大诱惑。"显然，要制造出合宜的美国式"愤怒"，一种方式就是加油使用"Goddamn/fucking"这样的语词。

究竟是索兰卡在想还是拉什迪在想？这不是无关痛痒的抱怨，不是书呆子式的挑剔"视点"。因为这种不确定的声音，这种借用来的混乱语言，渗透和感染了叙事组织。一种漫画式的不真实的声音，只会制造出一种漫画式的不真实的现实。且看下面这些闪着荧光的虚假句子："this glowing six-foot Cruella De Vil fashion plate of a mother"（这个容光焕发的母亲就像六英尺高的库伊拉时装样片）；"erect, wiry, with Albert Einstein white hair and Bugs Bunny front teeth"（这个人挺拔而清瘦，阿尔伯特·爱因斯坦式的白发，门牙像兔八哥）；"the owner-manager, a Raul Julia lookalike"（这个物业主管看起来像劳尔·朱力亚）；"she had become the Maya Angelou of the doll world"（她变成了玩偶世界中的玛雅·安吉罗）；"a petite Southern belle... who

was a dead ringer for the cartoon sexpot Betty Boop"
（这个南方小美女……简直就像性感卡通明星贝蒂
娃娃）；"tall and skinny, with a sexy John Travolta
quaff"（他高高瘦瘦，发型就像性感的约翰·特拉
沃尔塔）；"a Stockard Channing of the near-at-hand"
（她简直就是近在咫尺的斯托卡特·詹宁；很不幸，
这个比喻让人想起奥吉·马奇自吹是"近在咫尺的
哥伦布"）。

这些平庸之徒，这些貌似有活力实际上面目不
清的讨厌家伙，全是《愤怒》中（所谓的）人物，
全是透过索兰卡教授的眼光看到的样子。这种写
作本想追求生动，结果适得其反，产生了小于生
活的人物，因为中间隔着先在的形象：当一个人被
形容为长着兔八哥一样的门牙，你看见的是兔八
哥，但你没有看见这个人物。也许，你甚至连兔
八哥也见不到——坦率地说，如果用兔八哥来取代
那个头发像爱因斯坦、门牙像兔八哥的人，取代
有一天来给索兰卡教授修厕所的那个八十多岁名
叫约瑟夫·斯林克的管道工，我们会谢天谢地。拉
什迪写道，斯林克的口音"就像德国犹太新移民
的口音，还没有来得及改善"，这个老人在那里自
言自语：

　　我的名字你觉得好笑？那就笑吧。有个西蒙先生叫我厨房斯林克，他的阿达太太叫我厕所斯林克，他们叫我斯林克俾斯麦，我也不会生气，这是个自由国度，但我做事，来不得半点儿幽默。在拉丁语中，幽默来自眼睛的湿润。这是海因里希·伯尔的话，伯尔就是1972年诺贝尔文学奖得主。在他的行当，他认为幽默是有帮助的，但在我的行当，就要犯错误。你看我的眼睛湿润吗？我的工具袋里没有阻风门。我喜欢办事干脆，拿钱也干脆，你跟我来这里。像电影里的黑鬼说的，给钱。打仗时，我在纳粹潜艇上堵过漏洞。你这点儿小玩意儿，你以为我还搞不定？

　　这种漫画式写作，一直是拉什迪职业生涯中的缺点，但却多年来一直被幸运地吹捧为"魔幻现实主义"，其实真正该叫"歇斯底里现实主义"。这只能证明他没有能力写作现实主义小说，因此，奇怪地印证了现实主义写作的声誉，印证了现实主义写作是多么有难度，是多么艰巨的挑战，是多么真正的严格。

　　由于拉什迪华而不实的风格影响很大，需要反复澄清的是，那样的生动不是有活力的生动，事实

上，它代表了对真正活力的畏惧，在面对栩栩如生
的东西时流露出的一种尴尬或难堪。有些批评家将
过量等同于丰盛，就像有些人认为只有胖小子才健
康。他们无疑可能宣布，拉什迪这部新小说"充满
了神奇的人物，其中有一个知识渊博的人随口就能
谈论拉克尔·韦尔奇的电影，有一个管道工看起来
像爱因斯坦，对海因里希·伯尔的作品如数家珍！"
（这类批评家总有一支削出感叹号的笔！）但是，
真正的活力——并不必然与栩栩如生等同——没有
必要大喊大叫。用叶芝的话说，它轻手轻脚地
走过。

　　通常说来，拉什迪对人物的评论文字在难以置
信和平庸陈腐之间圈出了一大片荒野。可以肯定的
是，这种小说形式与他醒目的色系不相吻合。像许
多当代小说一样，《愤怒》利用了一个过载的流浪
汉形象，一个人具有所有作家的洞察力，走出去记
录作家——要是他能像浪漫主义诗歌中的"我"一
样自传性地言说多好——应该看到的东西。当然，
这种流浪汉的形象在浪漫主义诗歌中（如华兹华斯
的《序曲》和波德莱尔的《恶之花》）就已出生，
后来，在现代散文（如本雅明的作品）和小说中
（如里尔克的长篇《马尔特纪事》，甚至包括萨特的
《恶心》和伍尔夫的《达洛维夫人》）得以重生。对

于这种传统，当代小说补充了这种似是而非的观念，这些流浪汉不仅是作家的替身，而且在某些方面是太多漏洞的迷路的侦探。旧地图已过时，新的标记不能辨识；因此，现代的流浪汉被当代大量难以解读的能指逼疯。贝娄笔下的赫索格站在曼哈顿人行道的下水道栅栏上，觉得"脚下"栅栏粗糙的表面"像盲文"。这个世界蜂拥而来，字迹模糊不清：对于读不懂它的人来说，它就是盲文，是错误问题的错误答案。拉什迪应该会把索兰卡——这个因愤怒、因"到处都是疯狂生活"而愤怒和晕眩的教授——添加到这种文学遗产中。

　　但这是一种难以为继的文类，因为它很大程度依赖作家的手腕和聪明来掌控和推进。在普通人手里，由于缺乏了手腕和聪明，流浪汉小说只是一次作家的机会，表达他对所关注之物的看法。流浪汉小说变成了一系列流动的篇章，兴趣和质量各异。《愤怒》就是这一类失败之作，因为拉什迪缺乏优雅的文学性，难以使描述性分析保持有趣。他的语言，无一例外，都很平淡，缺乏创新，因此，索兰卡观察到的细节没有任何火花。他的分析经常是令人瞠目结舌的平庸。以下是索兰卡—拉什迪对电视广告的看法：

这些商业广告缓解了美国人的痛苦、缓解了头痛、胀气痛、心痛、孤独的痛苦、儿童和老人的痛苦、为人父母的痛苦、身为人子的痛苦、成年男女的痛苦、成败的痛苦、运动后舒服的痛苦、带有负罪感的可怕的痛苦、孤单的痛苦、无知的痛苦、城市针扎般的痛苦、空旷原野的单调疯狂的痛苦、不知道想要什么的匮乏的痛苦、在每个半醒半梦的警惕自我中狂吼的虚空的痛苦。难怪广告流行。它使事物变得更好。它给你指路。它不是问题的一部分。它解决问题。

暂且不论这段文字如何完全失真、拗口等毛病,它也最多算是一篇"习作"而已。

更糟的是,这种流浪汉小说,如果被有限的文学才华削弱到毫无意义的地步,将在魔幻现实主义或漫画式的冲击之下完全失效。如果流浪汉不是经验主义者或理想主义者,只是糖果色的动画人物,他何必上街。拉什迪可能会回应说,他不是写作现实主义失败,他根本没有打算写现实主义,因为他根本不相信现实主义,他只相信他欢闹丰富的"魔幻"非现实。对此,正确的反驳是,再现既是现实主义的也是魔幻的。小说本身是虚构,是在制造发明；将魔幻添加入虚构，效果不是双重的虚构，不是提升小说的温度，而是一种蜃景式的虚假热度，最终完全消失。正是这个原因，斯林克，那个八十多岁的欧洲犹太管道工，真的在我们眼前消失进入他的"生动"形象。他的复杂性，他的社会史，他秘密的欲求和悲伤，他在现实生活中的喜剧：所有这些由于过量而遭废除，正如大音稀声。

这类"生动"写作越渴望接近传统的现实主义，它的危险就变得越明显。因为它越接近现实，它亵渎的现实表面越大。索兰卡看见一个"中年非裔美国女人，坐在旁边的长凳上"，在吃"长条鸡蛋沙拉面包，每吃一口，为了表示满足，嘴里都会大声发出哼哈的声音，像在打广告"。这种不知不觉流露出傲慢态度的小插曲，这种艳俗的游吟曲风——这句话好像在大声宣布，这些黑人哪怕只吃一块三明治就会开始灵乐合唱！——被人们熟知的正确术语过于乐观地平衡：这个女人可能像一个疯妈妈那样胡闹，但她仍然是一个"非裔美国女人"。这是当然的。

也许，拉什迪将他的人物比成是电影演员这样的人物时，表明了他对景观社会、对具有根深蒂固中介性质的当代美国世界的看法？你看，就连索兰卡教授也不能逃避这种堕落：他看见詹妮弗·洛佩兹，

立刻想到麦当娜！但是，败坏一整本书，相当于用
冗长乏味的方式对一种现代病菌表明看法。此外，
人们认为索兰卡不喜欢所有这些"愤怒"；但正是
他在谴责这个"复古时代"，"这个充满虚假拟像的
时代"。

天啊，拉什迪这本书中的矛盾（我们还得知，
几乎无所不知的索兰卡看见"杂志上那些匿名的脸
蛋，那些所有美国人无论如何都会立刻认出来的脸
蛋"，他似乎还觉得"陌生"），索兰卡教授令人难
以置信的庸俗，以及他同样令人难以置信的美国黑
话，这些扭曲的地方，合力干掉了作为人物的索兰
卡，只留下他作为拉什迪痛苦的忏悔冲动的虚构。
《愤怒》看起来与其说是在呈现索兰卡先生的行星，
不如说是在呈现拉什迪先生的行星，里面全是诺布
餐厅和汉普顿妓院的秘密电话。我们现在明白为什
么索兰卡—拉什迪恭敬地称纽约是"一个主宰着世
界、充满半真半假话语和回声的城市"。因为索兰
卡心目中的曼哈顿就如那个"看起来像劳尔·朱力
亚"的人一样肤浅。事实上，《愤怒》中的曼哈顿
是一座充满半真半假话语的城市，恰是因为索兰
卡—拉什迪用漫画式的人物充斥其中：索兰卡就是
其中之一，说着真假参半的话语。

不仅是曼哈顿。在这本小说中，美国也被当

成漫画形象看待。我们回想一下，索兰卡来到美国，"希望被吞噬……他来到美国，像他之前许多人一样，接受埃利斯岛的赐福，重新开始生活。美国，给我一个名字，把我做成响铃、芯片或长钉。让我沐浴于遗忘，让我穿上你巨大的未知。让我加入你的 J. Crew 服饰品牌团队，给我一双米老鼠耳朵！"三十页后，索兰卡回到这个主题：

> 他已经飞到这片创造自我的大地……这个国家典型的现代小说故事，讲的就是一个人重新创造自我，重新创造他的过去、他的现在、他的衬衫，甚至创造他为了爱的名字……他旧的自我必须取消，必须永远抛弃。如果他失败了，那么只是失败而已；但在努力追求成功时，他不会想失败之后的东西。毕竟，杰伊·盖茨比，他们中蹦得最高的人，最后不也失败了，但在他毁灭前，他经历了那种精彩的、易碎的、头戴金冠的、足资典范的生活。

这段貌似虔诚的话语中其实有着不知不觉的傲慢。或许，拉什迪没有意识到这种傲慢威胁着他貌似值得赞颂的文字。美国是一个"遗忘"和"无知"的地方，这种观念代表了旧式欧洲的轻蔑和新潮后现代的天真的完美偶合：在欧洲的旧目光中，美国总是被轻蔑地看成没有真正历史的国度；在后现代的新视野中，美国总是被赞同地看成没有真正历史的国度，就像巨大的不真实的迪士尼乐园，把米老鼠的耳朵递给咧嘴而笑的移民。

"美国，给我一个名字，把我做成铃声、芯片（chip）或长钉（spike）"：拉什迪似乎没有意识到，这可能是一片具有真实名字的大地，而非漂浮能指的游乐场，他没有意识到在美国真的生活着奇普（Chip）和斯帕克（Spike），并且足够神奇的是，他们有历史，甚至有美国的历史，不会遗忘过去，大踏步地穿过"无知"之云。他们甚至可能知道，没有必要弄清诺布是什么！拉什迪严肃地断定美国现代根本的神话是盖茨比的自我创造，他似乎没有意识到菲茨杰拉德的小说中有些许反讽和道德谴责的味道。索兰卡好像在自言自语地说："盖茨比能做到，我也能做到。"但菲茨杰拉德小说的力量在于，盖茨比的人生无论多么"精彩"但终归是失败，不是因为他的人生毁灭了（拉什迪显然秉持后果论的立场），而是因为盖茨比的野心本身是堕落的。

考虑到这些伦理的疑虑——它们在整部小说中不断战栗——在小说结尾，当索兰卡—拉什迪开始把自己打扮成卫道士，苛责美国被物质至上主义败坏，看起来就荒谬而奇怪。索兰卡突然放弃了对时尚的迷恋，在对这个世界下判断，同时拉响了形而上的警报："在他周围，美国的自我正在用机械术语重构，但它在任何地方都已失控……因为真正的问题危害的不是机器，而是有欲望的心灵，而心灵的语言正在失落。"当可爱而火热的尼娜令他倾倒时，索兰卡似乎发现了良心。他心想，"在这黄金时代、丰裕时代的表象之下，西方个体（或者说美国人的自我）的矛盾和贫乏在加剧"。曼哈顿突然变成了"这种大都市……在这里，财富被误认为是富有，拥有的快乐被误认为是幸福；在这里，人们过着光鲜的生活，以至于擦亮了原生态生活粗大的真相"：

啊，美国梦，文明是不是想在肥胖和琐碎中终结，想在罗伊·罗杰斯的电影、好莱坞星球酒店、《今日美国》、E! News 中终结……甚至想在米其林主厨尚乔治和法国名厨杜卡斯的不可及的餐桌上终结？是的，美国勾引过他；是的，漂亮的美国吸引他，美国巨大的潜力也吸引他，但美国的勾引也伤害了他。他在美国反对的东西，他必然在自己身上也要攻击。美国使他想要美国允诺了但又永远不给他的东西。

　　但是，现在像德莱塞在《嘉丽妹妹》中那样改善、鞭笞这座"围城"的堕落，为时已晚。有人认为，这是一种道德谴责，或许是一种忏悔形式，但这与先前的傲慢态度有多大差别？拉什迪认为美国堕落，与他认为美国不堕落，这些观念都是一样的庸俗。索兰卡心目中没有堕落的"吞噬者"——那个自我的救世主和抹杀者——是米老鼠；看起来，他奋不顾身反抗的堕落文明是罗伊·罗杰斯的电影，也可能是艾伦·杜卡斯的美食。随你选。但是，《愤怒》毕竟在以堕落的语言讲话，所以它没有基石，没有德莱塞式的人行道，没有贝娄式的纬度，来发射他伦理的舰队。这部小说显然被它谴责的那种堕落败坏。毕竟，看起来正是拉什迪—索兰卡让自己满脑子都是托尼·索普拉诺、洛佩兹和杜卡斯。或许，莫非这里的堕落在于，正是因为非常清楚那些小人物，所以首先指责他们是堕落者？谁会败坏那些堕落者？因此，拉什迪设法做出这道引人瞩目的盛宴，一方面要让欧洲屈尊，另一方面也要贬低美国。

　　写一篇寓言或自辩书，来展现美国如何危及一个人的灵魂，这是一回事，但发表一篇小说，着重展现那种危害，这完全是另一回事。

莫妮卡·阿里的新奇之物

　　过去二十年，英美小说已经被可称为是移民的内容刷新。在美国，这种有用的新奇之物往往是一度看起来如单子般稳定的美国性免不了使用连字符的结果（古巴裔—美国小说，波多黎各裔—美国小说，亚裔—美国小说，等等）。在英国，帝国巨大的离心机更是经常制造出背景放在英国之外的小说，即使以英国为背景，小说内容也明显与移民有关（如《撒旦诗篇》《抵达之谜》）。但对于移民来说，相比于更好客的美国，连字符在英国是一趟难赶上的列车。

　　许多读者、评论家和学院派一直感激这种新生活带给小说的好处：素材的增加；"多彩"世界的开放；更不用提时而激进的文学技巧——那样的时候总会提到"小说"一词的词源，人们也必然会引用庞德的文学"日日新"的定义。人们不大提及的是，这种新的素材可以提供另外的、或许更重要的服务，让小说回归到它19世纪的重心。它完成这个任务，靠的是再次引入西方小说中的传统社会——包括它们的婚姻纽带、宗教重负、公民义务、财产压力——从而让小说形式从来自过去的压力中恢复，这些压力被创造出来，是为了理解它们、抵制它们，在某种程度上也是为了逃避它们。维克拉姆·塞斯（Vikram Seth）的全景小说《如意郎君》（*A Suitable Boy*）就是这样的作品；同样，莫妮卡·阿里（Monica Ali）的处女作《砖巷》（*Brick Lane*）也是如此。

　　阿里的这部小说不可否认带有对新奇事物的迷恋。娜兹宁，一个没有什么文化的十八岁穆斯林女孩，来自孟加拉一个传统的村庄，由于包办婚姻，从她唯一熟悉的地方被连根拔起，来到伦敦东区一个破落的住宅区，与比她更有文化、多少有些英国化的四十岁的丈夫生活在一起。这种移民英国的痛苦震撼，其他作家早已触及，如奈保尔、拉什迪以及斯里兰卡裔小说家罗迈什·古奈塞克拉，但就我所知，没有作家像阿里一样，小说从头到尾全部的题材都取自英国这些孤独、破败、贫穷、近似于贫民窟的地区。这里有许多血汗工厂，板着面孔的女工在缝纫机上做计件活，廉租公寓十一楼的住户俯瞰楼下灰色的水泥地，一群群孟加拉青年四处游荡，有些加入了伊斯兰激进组织，有些吸毒上瘾变得浑浑噩噩。扎迪·史密斯小说中北伦敦的多元文化世界，读者想去探访，一方面是因为那地方读者觉得新奇，另一方面是因为那地方从根本上说是欢快的；然而，阿里的小说世界是令人震惊的单一文化（它只包含无论是出于选择还是必然才保留自己文化身份的孟加拉人），即便小说中有许多喜剧的场面，这个小说世界远非让人快乐。

　　新素材带来新视野，这是小说历来享有的好处；阿里的小说中就有许多这样的新东西。（比如，一个人物手机上收到"礼拜提示"，这是一家伊斯兰商业呼叫中心提供的服务，一日五次定时发出做礼拜提示。）但阿里的新世界也是一种复辟，因为它相当自然地允许她生活在这样一个小说世界，在其中，祈祷、自由意志和通奸全都有古董价值。以通奸为例子，这曾经是小说重要的发动机，现在成了闲置的汽缸，只是在形式或名义上用来推动一下情节。今日，通奸作为小说主题逐渐枯萎，因为它身后不再拖着什么后果。相比之下，19世纪的小说，通奸真的是被情节使用：由于它在羞耻、惩罚、欲望、逃避和监禁构成的体系中举足轻重，所以启动它也就等于启动了这种像钟表一样的体系的发条。

所以，当年轻的娜兹宁——她在婚后头几年很不喜欢丈夫，现在才慢慢忍耐他的存在——发现自己倾心于一个来自孟加拉的伦敦小伙子，开始与他偷情，这是小说最吸引人的时刻。尽管远离了她生活的那个世界的严厉谴责，但娜兹宁作为虔诚的穆斯林信徒，她深信自己有罪，会在永恒的地狱煎熬。同样，阿里对自由意志和决定论的处理也从这个事实中汲取了力量，小说的主角虔信命运。当她在伦敦最好的朋友拉齐娅问她，她丈夫在英国过得比孟加拉好，为什么还那么抱怨英国，娜兹宁答不出来："她在这个国家，因为这碰巧发生在她身上，所以，别人在这里也是同样原因。"再次，重新使用 19 世纪小说的一些情节，不仅因为文学传统，还因为许多小说家相信决定论；这种决定论，许多男主人公和女主人公（尤其是女主人公）既服从又抵制。从小说虚构的角度而言，要让宿命论自我呈现，就需要大量的演绎，需要许多的故事——某种程度上，要让读者感觉到作者在擦亮情节照进人物的灵魂深处。

阿里最大胆的决定也许是把近乎半文盲的身份赠送给她的女主人公。娜兹宁当然不是半文盲；但她这个见识从没有超出自己小村庄的女孩，突然来到伦敦，一开始根本不会任何英语，的确使她在英国近乎成了半文盲。阿里的叙事声音非常贴近娜兹宁；小说中，我们无法单独进入其他人物的内心；我们感知的一切都经过娜兹宁印象的过滤。因此，我们获知的小说世界以及小说中伦敦的一切新信息，都来自娜兹宁，是她接近它们时获得的信息。我们已习惯于认为新信息是作家告诉我们他知道的东西（天哪，他居然十分熟悉北达科他州房地产的情况！）的炫耀机会，我们已习惯于认为，新信息是作家风格的一部分，是作家风格肌肉上的褶子，以至于当作者一反风格常态，让我们接触到新信息时，我们会有新的震撼。

但事实上，这不是反风格；这是为了人物风格的利益而压制明显的作者风格。（所以，这是最伟大的风格。）结果就是可爱的单纯，作者引导我们去体验这个圆睁着无知眼睛的孟加拉村姑的生活，去看她的成长。小说开始不久，娜兹宁在电视上看到几分钟滑冰节目，但她不知道那是什么。阿里也没有直接告诉她或我们读者那是什么；要明白那是什么，我们读者也要经历以下几乎是解释学的过程：

　　一个男的穿着紧身衣（衣服很紧，他裤裆

那里像在当众炫耀），一个女的穿着裙子（裙子短得屁股都遮不住），他们牵着手，像有看不见的力量把他们猛地扔过椭圆形的场地。观众一起拍掌，然后停下来。好像有什么魔力，场上两人也几乎同时停了下来。接着他们又分开了。他们单飞，眼看要飞到一起了，马上又分开。他们的每个动作都很紧急、强烈；像在表白。那个女的抬起一条腿，鞋尖（娜兹宁第一次看见鞋上有锋利的刀片）抵在另一条腿的大腿上……

这段话也许看起来没有什么特别的，直到我们意识到作者的用心，阿里透过娜兹宁的目光来看西方观众一眼就能明白的东西：滑冰。然而，娜兹宁看到的却是不雅观的私部，看到人们同时鼓掌突然又同时停下（这是漂亮的一笔，看台上端庄的观众对于一个此前从没有看过滑冰表演的人来说肯定看起来也很奇怪），看到男女之间自由和强烈的情欲（形成对照的是，娜兹宁最近偶尔听到她丈夫查鲁在电话中告诉朋友，他的媳妇儿是个眼睛闭得紧紧的"纯洁村姑"，是个"好员工"），最后，也只是在最后，她才看到那鞋上"锋利的刀片"。

通过娜兹宁的眼睛来看一切，小说得到的回报是（正如俄国形式主义者过去常说的）"陌生化"
这件礼物。在蹒跚的发现之旅中，一切东西似乎都
披上了新装。这成了阿里小说中的系统程序，使人
耳目一新，让人觉得神奇，当然也成功带我们体验
了娜兹宁的阵痛和胜利。对于娜兹宁来说，尤其是
在英国最初的几个月，上街如同在大海中航行（小
说书名即取自伦敦东部哈姆列茨塔区的著名街道）。
她看见许多穿着和她一样的人，穿着纱丽或旁遮普
睡衣，戴着小帽，随后，她的目光落在穿着不同的
两个女人身上，"她们穿着黑色短裙和黑色短上衣，
肩膀上隆起来一块，一边可以平放一只小水桶，不
会洒出一滴水来"。就这样，她第一次看见了垫肩
（这是 1985 年）。

一天，娜兹宁离开她熟悉的线路，朝伦敦金融
区方向闲逛。她看见两个学童，"像大米一样白，
像孔雀一样闹"。最后，她在一座庞大的玻璃塔脚
下停下脚步：

入口像一台玻璃扇在慢慢转，把人吞进
去，吐出来……她看着街上与她擦肩而过的行
人的背影，他们都很匆忙，都有私事，都在执
行有难度的确切任务：今天要升职，要准点赴
约，要用不多不少的钱币买报纸，这样交易才

会快捷和无缝连接，要不浪费一秒钟过街，走
到街道对面时红灯正好亮起。

　　作为一个作家对伦敦熙攘人群的描写，这也许
表面看来很平淡——哪里有对人群的即兴议论，哪
里有切片的比喻，哪里有漂亮的细节？直到我们再
次意识到，这是娜兹宁异常天真的叙事，这段漂亮
捕捉到的话语没有掺杂作者任何评论。在她眼里，
旋转门成了一台大风扇——她哪曾见过这种旋转
门？——接下来，她几乎像孩子一样确信，大家都
在执行"有难度的确切任务"，因为街上每个人都
行色匆匆。为了说明娜兹宁心目中看来神奇的任
务，作者绝妙地补充了细节："准点赴约"或"走到
街对面时红灯正好亮起"。在这里，随意使用自由
间接引语产生了奇妙的效果。

　　但是，娜兹宁不仅仅是用于产生陌生化效果的
道具，尽管这种效果很奇妙。阿里小说的力量在
于，它绘制出女主人公慢慢积累英语的过程，绘制
出她积累做母亲和妻子的自信，绘制出她婚姻的波
动——她最终学会尊重、甚至学会去爱她的男人。
再次，这种弧度以最精妙的方式得以追踪。当娜兹
宁的第一个孩子死于医院，他得的什么病没有透
露；我们只知道，他身上长了"一些红色的小疹子"，

被送进了急诊室。这完全符合娜兹宁自己的英语能力和医学知识水平，毕竟她刚刚学会英语单词"医院"。因此，过了一百来页，也就是在八年后，当阿里不经意地提到娜兹宁的一个女儿患"扁桃体炎"住院，我们会有一种愉快的冲击，一种定量的满足。这些女儿已经教会了她们妈妈英语，她的自信——无论是英语能力方面还是医学知识水平方面——已经增长。

然而，即便娜兹宁学会了一些东西，阿里还是细心地用无知作为背景来映衬她的知识。小说中间，当娜兹宁经历了所有生活的教训之后，她顺着砖巷漫步，注意到廉价餐馆和昂贵餐馆的差别（她都没去过）："桌子之间隔得很开，没有装饰，但娜兹宁知道那是一种风格。""知道那是一种风格"：这就是娜兹宁的全部想法。没有更多的东西。因为这就是她全部知道的东西。她不可能详细阐释我们所谓的极简主义；她在伦敦待的时间也只足够认识一种风格。（这种没有装饰的风格也可以说恰是阿里的文风。）我们想想看，都市小说中描写了多少时髦的餐馆，浪费了多少波心知肚明的嘲讽！相比之下，阿里的笔下却很简洁，那种作者的沉默和同情，是艰巨的成就。

娜兹宁的婚姻是小说的核心。她的丈夫查鲁是另一个重要角色，他是毕司沃斯式的人物——热心、或许自我教育多过学校教育（他有学位，或如他所说，毕业于达卡大学）、爱折腾、充满梦想、容易受伤，非常想逃离他的小世界。他一结婚，就想回到孟加拉，希望英国生活方式"污染"他们家之前就搬走，他不停地祷告——"到时我们可能就在达卡了"——有着《圣经》中的哀伤，近乎俄罗斯人的哀伤。当然，他们结婚时，他在娜兹宁眼中就是个陌生人：一个不是很吸引人的中年胖子，在地方议会工作，梦想得到提拔，但我们知道他永远不会如愿。对于这种包办婚姻，阿里的语言很犀利："十八年来，她想不起有孤单的时候，直到她结婚之后。"娜兹宁一开始对查鲁很戒备，非常反感强加的身体接触——她要为他挑鸡眼、理头发；直到他们的孩子去世，查鲁变成了她真正的伴儿，她才意识到，尽管她不爱她的丈夫，但他是个值得尊重的好人。在我们看到他们身体温柔的接触或者甚至一起大笑时，小说中一百余页已经过去。

由于查鲁背后明显有着毕司沃斯式的优秀悲喜剧血统，所以有时候他看起来只是一种可辨认的类型人物，甚至是有点文学性的类型人物；随着小说的进程，阿里并没有真正对他加以深化。正如毕司沃斯与一个所谓的理想新闻学院通信，同样，查鲁把他获得的证书装进相框挂在墙上，其中一份是莫利学院颁发的证书，他在那里上过夜校，修读 19 世纪思想史——尽管他对娜兹宁解释说莫利学院事实上没有给他文凭："他们只给了结业证，没有毕业证。"在一场接一场的喜剧中，她敏锐地捕捉到他的脆弱和夸张。阿萨德博士是当地的医生，查鲁认识的最"尊贵"的孟加拉人。有一次，查鲁邀请博士夫妇来吃晚餐，席间他痛苦地说："我们知识分子必须团结起来。"但是，当阿萨德博士脾气火爆的妻子一再追问何意时，可怜的查鲁变得语无伦次。查鲁以他一向自命不凡的口气声称，"身为移民就是上演悲剧"。阿萨德的妻子完全不同意：

> "你指的是什么？"
>
> "文化冲突。"
>
> "什么？"
>
> "代际冲突。"查鲁补充说。
>
> "什么是悲剧？"
>
> "不仅是移民。莎士比亚写过。"

尽管他巧辩（或者说正因为他巧辩），但（或所以）查鲁在这场对话中还是失败了。小说中最喜剧也最悲伤的一幕是，有一天，他带着电脑回家，把妻子和两个女儿叫到身边来，开始在电脑上写东西："每敲一下前，他都要仔细检查键盘，把脸凑向字母键，像有什么宝贝儿溜进键盘缝隙间。几分钟后，他写完了一句话……'亲爱的先生，我写信是想告诉你''一切回来得如此快'，查鲁用英语念道。他的面颊泛起愉快的红光。"

阿里用温柔的喜剧和机敏的手腕激活了这个爱折腾又焦虑的男人，我们可以从中获得不少满足，"只有他的眼睛不快乐，它们在说，我们在这里做什么，我们在这张圆圆的快活的脸上做什么？"正如娜兹宁对他的感情在增加，我们亦然："查鲁走到她旁边，斜靠在散热器上。要是眼前有更坚硬的东西，他一定会靠在上面休息。劳心，他说。这才是真的锻炼。没有什么比劳心更辛苦的活儿。"阿里巧妙地把查鲁拎出来，但丝毫没有流露出讽刺。难怪，在小说中，查鲁提到那所（他去上过课但没有修完一门课的）开放大学（the Open University）时，总是会犯语法错误，吃掉前面的定冠词，说成是"Open University"。在小说结尾，查鲁对他的妻子说，"英语中有一条谚语：你不能两次踏进同一条河流。"阿里温柔地放过了他的无知，未加打扰。

卡里姆的强行介入让他们的婚姻更加岌岌可危。这个年轻人是当地伊斯兰组织孟加拉猛虎的著名活动家。查鲁为妻子买了一台缝纫机，娜兹宁开始做计件活，卡里姆是中间商，上门来购她的成品。卡里姆与查鲁完全不同：他年轻英俊，看上去很完美。他悠然自得地在娜兹宁的公寓里走来走去，在手机上聊天（正是他接受"礼拜提示"），脚搁在咖啡桌上，房间里留下他色情的踪迹。娜兹宁的眼睛离不开他："查鲁坐立不安时，他就表现出坐立不安。卡里姆不能安静下来时，他就显示他的精力。"尽管害怕通奸之罪，娜兹宁还是开始与卡里姆偷情，这种关系恰恰弥补了她婚姻中的缺失：这是非常强烈的肉欲关系，事实上，娜兹宁陷入了爱欲之中。当她把自己的外遇告诉好友拉齐娅时，作者提供了一把尺度来衡量她在这个非常传统的社会中的孤独。拉齐娅的儿子被发现是个瘾君子；娜兹宁认为一桩不幸或许可以交换另一桩不幸，于是吞吞吐吐地倒出了她的秘密。但拉齐娅打断她的话。"你不用因为我有麻烦才告诉我，"拉齐娅说，"你也不必自寻烦恼。"在这个世界上，要节约使用残余的道德，因此使得铺张支出的"忏悔"变得哑然。（维尔加笔下西西里贫穷的农民世界奉行同样节俭的原则。）拉齐娅虽然不是传统的穆斯林女人——后来她会听完娜兹宁的外遇故事——但阿里捕捉到这种感觉，只要听到这种事，也就是染上这种事。

有趣的是，在某种意义上，娜兹宁的虔诚与其说阻止了这种有罪的外遇，倒不如说使之成为可能。因为她一旦决定要在地狱永远煎熬，似乎除了臣服于命运，继续作恶之外，没有别的出路：她彻底迷失了。加尔文教提供了这类命中注定的基督教版本；詹姆斯·霍格（James Hogg）的《罪人忏悔录》则以虚构的形式提供了有名的注脚。娜兹宁这个伊斯兰教徒受到命运的奴役，比起加尔文教徒受到命运的奴役要平静得多；此外，它还有强烈的个体向度：娜兹宁总是相信要臣服命运，部分原因是她的祖母喜欢跟她说，她出生时差点没命，大家都劝她妈妈送孩子去医院，但她妈妈完全不加理会，丢下这句话，任她生死由命："我们没有必要挡命运的道。是死是活，我都接受。我的孩子没有必要浪费精力反抗命运。顺其自然，她才会越来越强大。"

娜兹宁如何顺其自然，这个家庭故事在无休止地重复。（它为叙事主题提供了一个相当简明的框架。）娜兹宁长大后相信："改变不了的东西必然是天生的。既然什么都不能改变，那么一切都是天生的。"她十几岁时，姐姐哈西娜要反抗命运，与情人私奔，她后来的苦难遭遇，包括卖身，让娜兹宁对命运解放更不报以多大的希望。（小说中穿插着哈西娜给娜兹宁的信。）

这部小说的要旨，关心的是娜兹宁是否有能力与她命定的命运抗争，这种抗争将围绕这个问题展开：她是否应该离开丈夫——查鲁现在不仅决定要回达卡，而且选好了日期，拿到了票——嫁给卡里姆。作者默默暗示我们，查鲁知道妻子的外遇，或者说至少产生了强烈怀疑，但是，他独特的回应显示了他的力量和脆弱。他什么也没有做，只是明显更加宠爱妻子和女儿。在小说最精彩的一幕，查鲁决定带全家人一起外出休假，他们上了巴士去观光——读者惊讶地发现，尽管结婚之后在伦敦生活了十多年，娜兹宁却还没有见过白金汉宫和议会大厦，没有到过伦敦市中心。他们一家人坐在圣詹姆斯教堂前的草坪上，吃着娜兹宁准备的野餐，查鲁突然对两个女儿说："你们知道吗，我能娶到你们妈妈，纯属运气。"《砖巷》充满了毫不显眼的隐秘图案，查鲁坦率地承认作为意外出现，不仅因为查鲁很少这样对妻子献殷勤，而且因为这个殷勤第一次倒置了他经常用的口头禅——他反复提醒娜兹宁嫁给"一个受过教育的人"是多么幸运。但就在此时，娜兹宁心里一边牵挂卡里姆，一边想搞清查鲁到底知道她多少底细。

《砖巷》是这种精彩叙事的伟大成就——这种

叙事是以人物为单位而不是凭借"风格"的瓦数逐渐照亮。当然，在这本小说中也有大量的文学风格，阿里也非常擅长使用漂亮的比喻和暗喻。例如，她用犀利的语言讽刺了孟加拉老虎组织集会中激进青年的穿着："他们穿着牛仔，或者穿着带有大钩（就像批改作业的钩号）的田径服，他们的服装就像被一个特别注重统一性的老师做了记号。"再如，在一次种族骚乱后，政客纷纷前来住宅区视察："他们背着手在住宅区走来走去，表示他们没有责任，他们身子微微前倾，暗示他们在展望未来。"尽管是娜兹宁在看穿耐克的青年，在看政客，但这显然不是她的语言；阿里放任自己经常脱离娜兹宁的目光。但是，这本大书的主角是娜兹宁；她是阿里追逐的目标；这种文风是伟大的奖赏，它自愿追随她的怕、她的无知和她的胜利，最终自愿追随她的理解。小说暧昧的结尾很明智。娜兹宁没有逃避她的命运，更没有必要抵制她的命运，但她理解了她的命运。生活就是她的莫利学院。

库切的《耻》：几点疑思

库切的著名小说都以排斥为食粮；它们的精神都饥饿。对于这个作家，我们总感觉到他喜欢省略。他的小说所排斥的东西或许与所包含的东西同样重要。库切的观念惊人地一致：他的作品为了密实的寓言而避开了松弛的丰富。他最好的讽喻作品《等待野蛮人》的背景是一个无名的帝国，与世纪之交的南非颇为相似。这部小说有着奥威尔式的力度。即使他的小说背景是可辨认的南非本土世界，正如库切的新小说那样，我们还是能感觉到脚下寓言的干种子，埋在当代生活熟悉的表层之下。

但这可能是苛刻的交换。为了研究各种政治社会，库切的小说避开了一般意义上的社会，避开了检查家里的灯丝；为了更绝望地探寻伦理生存，它们避开了对伦理生活的审视；为了描述单一强烈的痛苦意识，它们避开了对人类意识的全面描述，避开了描述人类意识的反复无常。为了讽喻／讽刺的苦涩浓缩液，它们避开了喜剧／反讽的温情味道。（一个没有任何喜剧冲动的作家，我们是否总有点怀疑？）尽管库切精于刺激的短篇故事不乏狂热的吸引力——这些故事总是难以压制——但他的长篇小说与处心积虑格格不入。他的语言精确，但并不珍奇。

英语世界中没有作家在智性的强度上堪与这个南非作家抗衡。没有作家像他这样具有哲思，或者熟悉各种语言和种种解构和后殖民理论：库切在开普敦大学教了多年文学，是南非著名的小说理论家，是研究小说命运的著名理论家。没有作家像他这样严峻，具有他这样痛苦而反复的诚实。他总是回到同样的痛点，就像关节在同一个地方反复碎裂。

他的书中排斥的东西几乎构成了生活本身，同样可以肯定地说，构成了小说传统中胜利的生活漫游的大部分。这看起来是强制性的约束；在 1987 年获得耶路撒冷奖后的致谢辞中，库切以一向的坦率似乎承认了这点。他也许是过于宿命地说，南非文学"不是完整的人的文学，它不自然地迷恋权力和权力的扭曲，离不开斗争、霸权和臣服等基本关系……它恰是我们期望有人在监狱中写出的那种文学"。

　　但是，人们还是喜欢（无论多聪明地）告诉他们思考什么的小说，喜欢把观念和问题摆在台面上的小说——喜欢可以讨论的小说。首先，人们喜欢讽喻，库切的书总是倾向于这种模式。库切微妙精致，很多时间他看起来并非真的在告诉我们思考什么；更好的是，他的小说自觉地展现出参与自身的表现模式，以至于他似乎经常告诉我们，要思考他告诉我们要思考的东西（当然，这仍然是告诉人们思考什么的类型）。《耻》在某种意义上就是屠格涅夫《父与子》的南非版，这部关于两代人战争的问题小说几乎无可挑剔。

　　尽管这是一部很好的小说，几乎可以说是太好的小说，《耻》还是激起一些有失公平的疑思。它知道自己的限度，小心翼翼地自治。它有时读起来像是一场考试的赢家，挑战的目的就是创造出当代小说的完美样本。它真实，珍稀，吸引人，感人，主题明确。换言之，它有无穷的阐释空间。但是，它还不完全成其为伟大，部分原因在于某种形式、认知和语言的简洁，几乎是可以想象的那种朴实无华的简洁，这种简洁，被小说中最有力的东西——它放肆的痛苦嚎叫，它强大的诚实——遮蔽，几乎成功地被压制。

小说是从大卫·卢里的视点来叙事的。卢里是开普敦理工大学教授。他自认为有点不合时宜：在一个学者不学无术、理论佶屈聱牙的世界，他是一个传统的人文主义者，热爱浪漫主义诗人。他原来教文学，现在被赶去教他鄙视的"传媒"。在另一种意义上，他也是老派人：他喜欢睡他的女学生。他与一个女生开始了短暂的艳遇。这个学生叫梅拉妮。他没有想到自己会陷进去。这段关系是你情我愿，只是卢里从来没有真正感觉到梅拉妮心在其中。

卢里非常明白，这段感情中存在着利用的成分。有一次做爱时，他很不舒服地感觉到，他就像霸王硬上弓："她没有抗拒。她只是在躲避；她的嘴唇在躲避，她的眼睛在躲避。她任他把她摆在床上，脱她的衣服：她甚至配合他，先抬起手臂，然后抬起臀部。她浑身有一点点哆嗦。脱光衣服后，她立刻像一只打洞的鼹鼠，溜进被单下，背对着他。"卢里觉得，尽管这体验"不是强奸，根本不是强奸，但对方没有兴趣，根本没有兴趣"。

卢里遭到投诉（投诉他的可能不是梅拉妮，而是比她大的凶狠男友），学术委员会告诉他，他必须道歉，接受心理咨询或某种"敏感性训练"。他承认他形式上有罪，但他拒绝为了他看来是很自然、甚至很美好的东西去接受心理咨询。他很疲惫，也很固执，他没觉得有必要忏悔，所以宁愿丢工作也不愿意假模假样地忏悔。他带着羞耻离开了大学，来到东开普，与独自生活在小农场的女儿露西同住。

《耻》的写作语言，即便按照库切的标准，也是遭到野蛮地压缩的。它一滴都无多余。他早期的小说，如那本好书《迈克尔·K 的生活和时代》，有时还会有默默的抒情，但在这里也遭抛弃。场景和人物三言两语一闪而过，就此丢下。叙事总是无休止地朝前冲。比如，卢里打量梅拉妮凶狠的男友时，我们看到的全是视觉描写："他高高瘦瘦，留了几根山羊胡，穿了一只耳环。他穿着黑皮夹克、黑皮裤，看上去比大多数学生都老成。他看来是个麻烦。"再如，露西眼中的黑人邻居皮特鲁斯："皮特鲁斯擦了擦他的靴子。他们握了握手。一张饱经风霜、皱纹密布的脸；一双精明的眼睛。四十岁？四十五岁？"

人们总是赞扬库切凝重苍凉，赞扬他文笔"紧凑"、细致、严肃和高效。当然，他的文体是好到足以令许多所谓文字华美、下笔千言的文体家汗颜。但是，这种加压式的速记，一旦过了临界点，就不再是丰饶，而是贫瘠，是一种不自然的约束。正是在这个临界点，省略变成了一种形式主义、一种美学，在其中，小说不再呈现复杂性，相反，将复杂性转化成了它自己太确信的语言。海明威的写作在最拙劣的时刻代表了一个极端，正如《永别了，武器》中的叙事者看见他的亡友，突然矫情地告诉读者："他看起来完全没有气息。天在下雨。我喜欢他。我认识的人都喜欢他。"

这样写作，如果是透过主人公疲惫厌倦或玩世不恭的眼光写出，效果无异于是抹杀了描写的内容。语言干脆拒绝延伸它的发现带来的后果。在当代小说家中，罗伯特·斯通（Robert Stone）和琼·迪迪恩（Joan Didion）就以这种方式约束自己。我认为，库切在《耻》中亦然。因此，在最简单的层面上，仅仅这样描写一个人——"高高瘦瘦……几根山羊胡……一只耳环……黑皮夹克"——根本是不充分的。这只是描写的开始。把它当成描写终点的这样一种文风，只是在服务于自己的需要而已。正如我们置身于一个只知道一点它的语言的国度，我们局限于说我们会说的东西，纯粹是为了自保。

在那样的时刻，小说不是对现实敞开。相反，它是有效地复制自己虚构的惯例。其中一个惯例是，人物和身体要描述得轻盈。另一个惯例是，人物能够迅速回想起多年来的东西，立刻得出结论。
卢里很像这类人物；他的反思、回忆和想法，一两
句话就能紧急集结。当卢里遇见他前妻罗莎琳德，
谈起他被学校解雇的事情时，他回想起他们最初在
一起的岁月：

> 他最美好的记忆仍旧是他们在一起的最初
> 那几个月：德班那蒸笼般湿热的夏夜，汗水把
> 床单都给湿透了，罗莎琳德那修长、苍白的肉
> 体在一阵阵很难说是痛苦还是快乐的悸动中扭
> 来扭去。两个感官主义者：当初把他们维系在
> 一起的就是这个，现在也还是。（冯涛译）

这段话放在大众市场的惊险读物里也合适。它
完全遵从惯例（"蒸笼般湿热的夏夜……肉体……
扭来扭去……快乐……痛苦"）。想到一段完整的婚
姻时，没有人会用这样简明的总结陈词。除了在小
说中。小说中的人们奇怪地喜欢这类想法，这类想
法存在于作为符码的小说，它唯一的使命就是曲折
地宣布：一个人在想他失败的婚姻。（特别扫兴的是
"两个感官主义者"这个说法，它有着虚假的自信，
但又代表双方以平静的口吻说出。）如果说这样的
写作看上去"高效"，这应该是言不由衷的赞美，

因为它的效率是节省小说家的时间，节省读者的努力。这是廉价的写作，真正是低成本的写作。正如在《等待野蛮人》的开头，我们看见士兵在睡觉，他们"梦见母亲和心上人"。言下之意是告诉我们：士兵睡着了。在小说的惯例中，士兵总是梦见母亲和心上人。

我们必须公平地承认，库切灵活、聪明，他作品中每个句子看上去落入窠臼，却又绽放出生命。《耻》的一个主题就是语词的平淡。当卢里和女儿发现他们无法沟通，卢里开始反省，在南非，语言变得"疲惫、易碎，像白蚁把里面蛀空。只有单音词才能依靠，甚至单音词也不全可靠。怎么办？他这个教过传媒的老师，也看不出有任何办法。除了再从 ABC 开始学起，没有别的办法"。因此，某种程度上，小说中语言的匮乏可以归咎于卢里，他对语言产生了幻灭和悲观。

但是，幻灭和悲观的意识仍然是活跃的意识；它只有依靠幻灭和悲观才能活跃。于是，小说家的使命就是充分呈现这种酸涩的精神品质。然而，库切没有这样做，或者，他拒绝这样做，他用卢里简化的语言来表现卢里的内心生活。换言之，在小说中，卢里根本不是作为被省察的心灵存在。他是有效的平淡之人。卢里——正如小说让我们看到的——变成活跃的意识；但是，他不过是库切简洁语言的声道。因此，卢里经常成为自己疲惫而清晰的意识的偷窥者。

这效果以库切或许没有料到的方式产生了局限，这些方式也超过了卢里自己的局限。这部小说总是感觉到紧张的平衡，但不太鲜活。精神反思迅速转轨到岔道上。人物讲话时一次说一句，像做单腿转的芭蕾舞演员。这种话语方式通常只用于电影中的人物或出现在奥斯卡·王尔德笔下。

> 他又和她做了一次爱……感觉很好，就像第一次的感觉一样好；他已经开始领会到她身体律动的含义。她学得很快，贪婪地寻求性爱经验……谁知道呢，他想：尽管如此，可能还真会有个未来的。
>
> "你经常干这种事吗？"事后她问。
>
> "什么事？"
>
> "和你的学生睡觉。你和阿曼达睡过吗？……你为什么要离婚？"她问。
>
> "我离过两次婚了。结过两次，离过两次。"
>
> "你第一任妻子怎么了？"
>
> "说来话长。改天再告诉你。"

"有照片吗？"

"我不收集照片。我不收集女人。"

"你这不是在收集我吗？"

"不，当然不是。"

（冯涛译）

　　卢里虽然很爱女儿，但他和女儿的关系一直不大好。他保守，孤僻；她是同性恋，左派，也很孤僻，独自住在一个危险区域的小农场，周围都是黑人和带枪的荷兰白人后裔。她最好的朋友贝夫·肖开了一家动物诊所。最初，卢里对这家诊所没有在意。由于一件可怕的事情，走到一起的父女又渐行渐远：三个暴徒闯入露西家中偷窃，朝卢里开枪，把他锁在洗手间，轮奸了露西。库切对这个时刻的书写很见功底。特别是，有人崇拜他大胆地描写了卢里这个种族主义者的恐惧和无力感（这些暴徒是黑人）："他说意大利语，他说法语，但法语和意大利语在最黑暗的非洲这里救不了他。他很无助，就像游戏里的萨莉阿姨，就像一个漫画人物，就像一个穿着法衣、戴着通草帽的传教士，紧握双手，抬眼等待，而那些野蛮人用他们的方言喋喋不休，准备把他丢进沸腾的油锅。工作使命，提升道德文化的伟大事业，全都抛在身后！他什么也看不见。"

　　就这样，开始了小说的下半部分。对于这可怕的突发事件，两代不同的人形成了不同的反应。小说下半部分就是对这两种不同反应进行扣人心弦的详细审查。正如在《父与子》中，年轻一代在政治上更激进；但小说的力量在于露西开始改变她父亲看法的方式，因为卢里在小说结尾时，被他的孤独和露西的理由打动，相比于小说开头，他变得更周到和悔恨。尽管小说结尾时露西和父亲没有达成一致，在某种意义上，他们依然各行其道，但他们毕竟在和解的努力过程中有所改变。

　　露西对强奸的反应在卢里看来很令人迷惑。她先是遁入支离破碎的沉默，然后遁入宿命论。她不想找媒体投诉，她拒绝搬走，部分原因是那看起来是一场失败，部分原因是她开始将强奸看成她继续占有这片土地的必要代价。她遭受强奸，相当于一种历史的补偿。"倘若那是一个人继续留在这里的代价呢？或许那就是他们的看法；或许那也应该是我的看法。他们认为我欠债。他们自认为是来收债、收税。为什么允许我不交钱就住在这里？或许那就是他们心里嘀咕的理由。"对此，卢里回应说："我肯定，他们心里肯定有许多理由。他们编故事为自己找理由解脱，这符合他们的利益。"但是，就在几分钟前，卢里还认为，黑人的暴行不是个人而是历史的暴行："这是历史在通过他们说话……错误的历史。那样想想吧，如果有好处。它可能看上去是个人的暴行，但不是。它来自祖先。"

但是，露西好像认同攻击她的那些人的自辩理由。当她发现怀孕后，她拒绝堕胎。相反，她期待生下孩子，抚养成人。她甚至迫不及待要爱这个孩子。卢里认为她的想法太怪，指责她"在历史面前作践自己"。他对露西的朋友抱怨道，"我根本不知道问题在哪里。在露西和我这两代人之间，一道铁幕似乎落下。我甚至没有注意它什么时候落下"。

有趣的是，对于这个相当惊人的观点——强奸作为历史补偿——这部小说出现了分裂。表面上看，它既是对受害者的羞辱，也是对施害者的羞辱。受害者遭受暴行，被认为是历史的应得，而施害者继续施暴，不仅是被历史决定，还被种族决定（"它来自祖先"）。库切在小说中讨论了这种可能性，最终提出了这种可能的观点，这为他带来了一些暗地里的批评。

但是，这部小说远比这点复杂。首先，一个南非那样的社会，被这类自由主义的白人的宿命论弄得四分五裂，其中，黑人暴力被视为有害的必需品，就如沙漠一样。库切诚实地让他的人物表达出这个观点。对于这个观点所象征的禁锢，这部小说

有所警惕；同样，它也对微妙的白人种族主义有所
警惕，根据白人种族主义，黑人被认为除了报复别
无其他可能的反应。在这意义上，这部小说发现了
卢里和露西不同政治观的纽带，然后将之戏剧化：
父女两人对南非的未来都不抱什么希望，都自以为
是地认为白人无论如何行为举止都必须比黑人"高
贵"。他们都接受了某种悲观的"现实主义"，其实
不过是抱有负罪感的种族主义的变体。卢里认为，
这些历史决定的罪犯应该和他们的同类关在一起，
但露西认为，她应该带着忏悔与这些历史决定的罪
人一起生活。

如果父女两人在不同的时刻都认为黑人的罪与
白人的罚不可避免，那么，库切好像是说，这只是
表明，所谓的保守主义和自由主义立场在南非呈现
出叠瓦状结构。我们不应该吃惊，库切的作品走向
以下的观点：在他的小说和散文中，他站在坚定的
自由主义立场，反复敲打种族主义和保守主义污染
南非一切政治立场——甚至包括他们自由主义对
手——的方式。

但是，戴维和露西依然没有简单的"一致"。
尽管卢里有时附和女儿的暴行不可避免的观点，但
他这样做是为了安慰她。他已发现露西现在找到的
极端观念令人安慰（"那样想想吧，如果有好处"）。

戴维偶尔表达认同，或许部分原因是他自己说话笨嘴拙舌，或许部分原因是他面对难以言表的东西无力表达。显然，卢里打心底是反对女儿的自虐的政治，他只是偶尔被女儿的解释所具有的可怕的胜利逻辑拖向她的立场。正是露西拒绝搬走；正是卢里，无论如何都要比女儿缺乏"信念"，无论多么尴尬，他都必然围绕她来重塑自己。同样显然的是，卢里的叙事功能具有对话性：作者安排他来反对和限制露西思想的黑暗诱惑，这样一来，小说最终才不会出现独白，才不会"建议"采取单一的政治立场。

令读者不安的是《耻》的形式，而不是其内容。因为这部小说的形式——它的故事，它故事的寓言性——的确似乎坚持认为，露西的"惩罚"是必然的。小说的形式具有对称性。卢里犯了错，虚拟性地强奸了梅拉妮；小说的功能就是磨掉他的自鸣得意和玩世不恭，为的是在后来他去看望她的父母的场景中，为他先前与她的纠葛而忏悔。"用我自己的话说，"他告诉她的父亲，"对于我和你女儿之间发生的一切，我现在正遭到报应……我要努力接受耻辱是我的生存状态。"这是卢里的"耻"和忏悔。当然，露西的"耻"不是她主动招惹来的和应得的；但在把这两种形式的忏悔相提并论时，这部小说令人不快地接近于暗示一种形式上并列的耻：父女两人都演绎了"必要的"堕落。作者把太多的重量强加于耻辱和忏悔的观念之上；露西遭遇的强暴被赋予了太多的因素——不仅被南非政治决定，而且被小说形式本身决定。

这是一个重大缺陷。它指引我们回到库切的局限，也是寓言的局限。《耻》的情节和形式都很紧凑，轮廓分明，看起来要求一种清晰的解读，但这种解读最终是对小说的简化和伤害——小说中的"问题"在两代人之间摊开，分成自愿的两个阵营：老与少，自由与保守，男人与女人，异性恋和同性恋。按照这种解读，小说的结构在力求融合这些二元对立，通过主张它们的对应，来消解它们的对立。小说的形式似乎告诉我们，尽管露西和父亲之间有对立，但他们的共识大于分歧，因为在这里，两个人都体验到他们既不同但又相似的耻。然后，最重要的是，书名有力地提炼出他们各自体验的精髓，用一个代表强大主题的简洁字眼将他们联系在一起：耻。

出现这些疑思，必然与库切对知性和形式的简洁有关。有人会发现，在简洁的寓言、复杂的小说成果以及库切高明的驾驭之间存在着张力。但是，这种张力也可能视为难以摆平的矛盾。其中，寓言性在库切庞大的才华箭囊中占据首席。如果《耻》

最终能更为复杂、更为有益地搅乱自我，那不仅是
对库切艰巨努力的礼赞，也是给予小说叙事本质的
礼物。小说叙事本质天生就倾向于戏剧性地吹皱思
想的波纹，而非荡平思想的主题。

索尔·贝娄的喜剧风格

1

在某个时刻或另外的时刻,每个人都被称为"优秀作家",正如所有的花儿最终都被称为美丽的花。"文体家"每天都在越来越小的王国中加冕。当然,真正优秀的小说家少之又少。这不奇怪,因为小说是全息的视域。伟大的文体家应该与伟大的作家一样稀少。索尔·贝娄或许是美国20世纪最伟大的小说家——这里的最伟大意味着最多产、最多变、最精确、最丰富和最奔放。(在质量的稳定性上他远胜福克纳。)这个观点似乎很少有争议。庄重的粗鄙;梅尔维尔式的大气磅礴("新开的丁香柔软如丝湮没在水中");乔伊斯式的妙语和暗喻;带着美国尖矛猛冲的明喻("他留着约翰·布朗一样的流星胡")；没有买保险就在幸福自由滚动的大胆句子；绝对满载遗产的语言，挤满了关于莎士比亚和劳伦斯的回忆，但又为现代的突发情况做好了准备；对细节具有阿耳戈斯一样敏锐的眼睛；驾驭这一切的强大哲学能力——所有这些现在都被认为是贝娄的特征，即所谓"贝娄的风格"。

　　阅读贝娄是活着的一种特别方式；他的小说就像胚芽。这是《拉维尔斯坦》中的一个意象，叙事者描写神经学家巴克斯博士如何诱骗病入膏肓的病人起死回生："巴克斯博士像上个世纪精明的印度巡视员，把耳朵贴在铁轨上听火车到来。生命很快会回来，在这一趟生命列车上，我应占据一席之地。死亡会滚回到窗外风景尽头原来的位置。"这个赞颂生命的可爱比喻也展现出生命。事实上，这部小说就是生命列车。贝娄的写作反复指向生命，指向生命的爆发。乔伊斯是他在 20 世纪唯一明显的对手。事实上，有时候他们古怪地接近。在《一个青年艺术家的画像》中，乔伊斯的注意力在手指伸不直的凯西先生身上停留了片刻："凯西先生告诉他，他把三根麻痹的手指送给维多利亚女王做生日礼物。"在《洪堡的礼物》中，我们在芝加哥碰到俄罗斯人巴斯："二楼过去一直住着手脚不便的老人，孤单的乌克兰祖父，退休的老太婆，还有一个点心师傅，他的绝活是做糖霜，因为双手患了风湿病，不得不退休。"这是奇怪的历史反转，就像布鲁克纳的音乐听起来像马勒，乔伊斯的作品有时候听上去像贝娄的风格，或者说，听上去最像贝娄的，莫过于劳伦斯在短篇《边线》中对莱茵河的描写："老父亲一样的莱茵河流过淡绿色的书卷。"

这种播下生命的文字移动迅速，用破碎的速度记录下印象。重读《赫索格》，我们碰到太多的神奇之处，多到无法记录。赫索格的女友雷纳塔，被生动地形容为"当然不是那种碰都不能碰的小姐"。记忆中一闪而过的学童斯特劳弗斯，"大拇指胖得卷曲成一团"。有一个拉比留着"短须，大鼻上到处是黑色的洞坑"。在厕所里吹口琴的纳查曼，"当他吸气吹奏时，你听到口水在口琴上小牢笼一样的锡格子里响动"。赫索格想起家里的灯泡，"像德国人的钢盔，顶部有个长钉，粗壮、卷曲、松动的钨丝在发光"。他想起兄弟威利哮喘发作时的样子，"他抓住桌子拼命呼吸，踮着脚尖像公鸡准备打鸣"。

当然，还有赫索格的好友瓦伦丁和他的木腿，"优雅地一弯一直，像一个人在划船"。赫索格记得儿时住过的医院，冰柱挂在屋檐上，"像鱼的牙齿，在最下端有一滴滴透明的滴液在燃烧"。那个信基督教的女人来找年轻的赫索格，给他读《圣经》，她脑后伸出的帽针，"像电车杆"。路过一家鱼店时，赫索格停下来看了看捕获到的鱼，"红黄色、墨绿色、灰金色的鱼装在袋子里，弓着背，像在冒烟的碎冰中游泳；龙虾挤在玻璃缸里，弯曲着触须"。在纽约，赫索格路过一个拆迁工地；这一段文字既抒情又特别翔实，堪称都市现实主义的绝佳样板：

> 在拐角处，赫索格停下来看工人们拆房子。那颗巨大的钢球径直朝墙壁荡了过去，轻而易举地穿过墙壁，进入房间。这懒洋洋的重家伙也晃荡进了厨房和客厅。金属球所经之处，一切都摇晃起来，破裂、倾倒下来。接着掀起一片白色的隐隐上升的灰尘的烟云。下午快要过去了，在已经拆掉房屋的空地上，有一堆火焚烧破烂的东西。摩西听到空气被火焰轻轻地吸进去，感觉到一阵热气。工人们继续把木头丢在火堆上，把板条掷标枪似的掷了进去。油漆像焚香似的冒出浓烟。破烂的地板感激不尽地燃烧着——这是已经精疲力竭的物体的葬礼。当六轮卡车把坍下的砖头运走的时候，用红色、白色、绿色的门围

着的脚手架在颤抖。太阳现在已经往西落到
新泽西的方向去了，周围一片耀眼的大气的
光芒。（宋兆霖译）

举了这么多例子，读者可能容易变得厌倦。优
秀的作家往往会提升读者，就像运河水闸，读者在
作者的层面游泳，忘了支撑他们的中介。不久之
后，读者可能想当然认为贝娄的细节本来就这么丰
富，可能不会注意到口琴上的小方格被称为"牢
笼"，不会注意到灯泡里的钨丝看起来不只是粗壮
而是奇妙地"松动"，不会注意到冰柱"最下端"
有一滴滴透明的滴液在"燃烧"（这是一个悖论，
在冰冷之物的尾端是火热，但它却绝妙地描写出冰
融化成水的那一刻；巧合的是，劳伦斯形容意大利
小树林里的橘子"像热炭一样悬挂在黄昏里"），不
会注意到那颗用来拆墙的巨大钢球在拼命干活时，
看起来又是在"懒洋洋"地"晃荡"——晃荡进了
厨房和客厅（贝娄在动词后添加了奇怪的介词；劳
伦斯也经常这样做，比如，劳伦斯描写走在情人身
后的女子，"从他身后色眯眯地看着他"，再如，
"班福德的高翻领像斗鸡一样挺立"）。

我们突然吃惊地意识到，贝娄在教我们如何
看、如何听，在教我们如何打开感官。在此之前，

我们真的没有想到电灯泡的松动，没有听到口琴中的口水泡在响，没有细看到鼻子上黑色的洞坑，没有仔细观察钢球在缓慢而笨重地选择击打的对象。至少有一打的优秀作家——如厄普代克们、德里罗们——能为你描绘鱼店的窗子，描绘得栩栩如生，但只有贝娄的才华，才能看见龙虾"挤在玻璃缸里，弯曲着触须"——在死寂的事物中看见骚动的生命。福楼拜对莫泊桑说："才华就是缓慢的耐心"，"一切东西中都有尚待挖掘之处，因为我们观看眼前的事物时，我们的眼睛习惯于只与前人对它的想法和记忆联系在一起。即便最小的事物也有未知的东西在里面。我们必须把它找出来"。在这种意义上，贝娄与福楼拜一样：他利用绝妙的比喻，让我们抓住新的联系或关系——"他光脚的脚趾像土耳其城市土麦那的无花果一样并在一起"；那些猫的"尾巴像掷弹兵即将掷出的手榴弹"；有一个人的"胡须像干麦片一样"——或者，他直接告诉我们还未被发掘的东西："她喉部的私房钱日丰，渐渐地就荡起了一圈圈涟漪。"

2

贝娄作品里有三种主要的喜剧：思想的喜剧，

精神或宗教渴望的喜剧和身体的喜剧。人们经常（我认为是错误地）在他"思想"的语境中讨论贝娄，以至于容易忘记，他的许多主人公是思想的失败者或小丑。他的小说很喜剧，很大程度上与思想的无效有关；这一堆堆思想的煤渣将这些不幸者像婴儿一样困住。"啊，那么多的人像线条一样缠在最微不足道的线轴上"，《更多的人死于心碎》中的叙事者如是悲叹。赫索格想知道，思想能否把他从疯狂人生的睡梦中弄醒，再也不迷乱地周旋于妻子和情人之间。"除非思想变成另一个迷乱的王国，另一个更复杂的梦，空谈家之梦，总体性解释的幻梦。"从解释的激情和体验的激情之间的脱节中，贝娄创造出一种独特的现代反讽——机智、热烈、聪明的反讽。他把这种普遍化的冲动加以普遍化，同时对它进行嘲笑。在《洪堡的礼物》中，主人公查理·西特林以他典型的含糊思维想："警察有自己按门铃的方式。他们像野人在按。当然，我们进入了思想史上一个全新的阶段。"

摩西·赫索格既是成人，也是孩子。他心里有许多关于他封闭而窒息的家庭生活的回忆。他回忆起他当移民的父亲，回忆起父亲严厉愤怒的脸。赫索格在伟大的思想前低着头，正如儿童在父亲前低着头。他的思想遗产既是父亲式的遗产，也是暴君式的遗产。他经常给那个伟大的死者写些狂乱而好笑的信——"亲爱的海德格尔教授，我想知道你所谓的'陷入日常'究竟是什么意思。它何时发生？"——就像战时一个儿子在前线写的家书。事实上，尼采和克尔凯郭尔是我们的父亲；我们这些现代人就像被惯坏的孩子，有了大量财富就骄傲自大，但却不知道怎样明智地使用。《只争朝夕》中的汤米·威尔赫姆抱怨说，"父亲不像父亲，儿子不像儿子"。

这不只是思想或学院派的喜剧；我们不只是笑知识分子的幻灭，而且体验他们忧伤的梦想。有时，这些喜剧人物根本不是正儿八经的知识分子，比如，《只争朝夕》中的威尔赫姆就不是，但他们与思想展开喜剧性的搏斗。或许，在贝娄的作品中，最感人的喜剧莫过于《奥吉·马奇历险记》中的一幕：艾洪，一个芝加哥的自学者，为当地报纸撰写了他父亲的讣告。这份僵硬、笨拙但高贵的讣告折射出一个很有野心的迂腐"知识分子"形象。在这个段落里，读者能够看出这一代美国犹太知识分子颤抖的奢望：

　　那天晚上，艾洪要我留下来陪他，他不想独自一人待着。我坐在一旁，他则以当地报纸社论的格式在写一篇有关他父亲去世的讣告。
"灵车离开新坟归来，留下长眠其中的人去经
历大自然最后的变化。他初来芝加哥，此地还
是一片沼泽；他谢世时，这儿已是一座大城。
他在大火之后来到这儿。据说，那场大火是因
奥利里太太的母牛为逃避哈布斯堡暴君的征用
而引起的。在他生前，作为一个建设者，他证
明伟大的建筑和城市并不一定要建造在奴隶的
白骨上，像法老的金字塔和在沼泽中躁躏了千
万人才在涅瓦河畔建起的彼得大帝的都城那
样。像家父那样一个美国人的一生，给人的教
训和那位谋杀施特雷利茨家族和自己亲生儿子
的凶手迥然不同，他说明成就是能以正当手段
取得的。家父并不知道柏拉图说过'哲学就是
对死亡的研究'一语，然而他去世时俨然一位
哲人，临终时对床边看守的那位老人说……"
那篇讣告的风格就是如此，他在半小时内一蹴
而就，在他的写字台上一张张油印出来，他吐
着舌尖，身子在睡袍中缩起，头上戴着压发
帽。（宋兆霖译）

　　我怀疑狄更斯或乔伊斯是否能写得更好。我们
开始读这篇讣告时在笑，读完后却在哭。我们的情

感留下了崇高的斑点。这里一切都如用漂亮的腹语说出：首先，是写作者缺乏训练，风格笨拙，不合文法，行文浮夸（"留下长眠其中的人去经历大自然最后的变化，他初来芝加哥时，此地还是一片沼泽"……"临终时对床边看守的那位老人说"）；其次，是无政府般的漫思，疏导乏力（"他在大火之后来到这里。据说，那场大火是因奥利里太太的母牛……引起"）；再次，是这个自学者放在句子里的历史典故（"为逃避哈布斯堡暴君的征用"）；最后，是艾洪矫情而鲁莽的美国乐观主义，这块新大陆似乎证明"伟大的建筑和城市并不一定要建造在奴隶的白骨上"。事实上，在美国没有奴隶的白骨！——这是多么神奇无知的乐观主义。注意，贝娄没有让艾洪用"诚如柏拉图所言"这种真正的知识分子用的套话，而是用了不自在的复杂表达"柏拉图说过……一语"。这种尴尬的表达将他与柏拉图之间的距离神圣化。在这里，"说过"一词是多么神奇，不知不觉带有喜剧意味——柏拉图好像王尔德一样，随时可以抛出一句妙语。

3

我们再来看贝娄笔下的身体喜剧。贝娄是人体形状的伟大画家，在敏捷地创造出怪物方面堪与狄更斯匹敌。比如，长篇《赫索格》中的瓦伦丁；短篇《你过了一天什么样的日子？》中的伟大艺术批评家和理论家维克托，"头发凌乱，胡乱穿了一条裤子"；短篇《亲戚》中的里瓦，"我记忆中的里瓦五官端正，头发乌黑，身材丰满，双腿笔直。现在，她身体的几何结构完全变形，变成了钻石形，膝盖那里就像轿车的千斤顶"；长篇《洪堡的礼物》中的皮埃尔，他的阳物像长号一样伸缩；短篇《把脚放在自己嘴里的那个人》中的著名学者、教授基朋伯格，浓眉就像"知识之树上的毛毛虫"。

这些丰富的外貌描写有什么用？首先，读到这些句子会给人纯粹的愉悦。基朋伯格的浓眉像知识之树上的毛毛虫，这样的描写不只是好笑，当我们笑时，我们也在欣赏可以贴切地称为哲学的那种智慧。这些看起来八竿子打不着的成分——眉毛、毛毛虫和伊甸园，或者女人的膝盖和轿车的千斤顶——联结在一起时，我们会心一笑，因为这些发现如曲径通幽。在读过贝娄之后，我们觉得，大多数小说家并没有真正下功夫仔细观察人物的外表和凹痕。但是，尽管如此，贝娄笔下的人物形象也不只是作为现实主义人物而存在。他不仅鼓励我们看到这些人物栩栩如生，而且鼓励我们参与创造的快乐，把他们制造成看起来像这样的样子，共同体验创造者的快感。这不只是读者如何看的问题；他们也是雕刻家，贝娄古怪而清晰的力量将他们也强行拉了进去。比如，短篇《莫斯比的回忆》中，有几行文字描写一个捷克钢琴家演奏勋伯格："这个肌肉发达的光头在琴键上猛按。"当然，我们眼前立刻浮现出"这个肌肉发达的光头"；我们知道他看起来像谁（指德国波普艺术家格哈德·里希特）。但是，贝娄接着补充了一句："他前额的肌肉跳起来，反抗那块白板——他光溜溜的头盖骨"，突然，我们进入了超现实的戏剧王国：这种想法是多么奇怪和好笑，这个人头上的肌肉在反抗他像白板一样的光头。

贝娄看人物的方式也透露出他的一些哲学。在他的小说世界中，人物不跟着动机流动；作为小说家，他不是深刻的心理学家。相反，他的人物就是灵魂的具现。他们的身体是他们的供状，他们破败的道德伪装已经剥掉：他们身心一致。维克托这个思想的暴君，有一颗巨大的暴君式的头；瓦伦丁这个眼睛滴溜溜乱转的通奸者，走路一瘸一拐；马克斯这个爱苛责孩子、情感内敛的父亲，下巴上有一道缝隙或皱纹，里面的胡须总是刮不到，当他抽烟时，"他就坐在烟雾里"。或许是这个原因，我们很少发现贝娄描写年轻人；甚至他笔下的中年人看起来都显老。在某种意义，他将所有的人物都变成老人，因为老人无助地把他们的本质穿在身上，就像穿了一件皮衣。他们是伦理战场上的老兵。

像狄更斯一样，在某种程度上也像托尔斯泰和普鲁斯特一样，贝娄将人物看成载体，代表主要本质或存在之律，采取母题的方式反复暗示人物的本质。正如在《安娜·卡列尼娜》中，奥勃朗斯基总是在微笑，安娜的脚步轻盈，列文的脚步粗重，每个人都配了一种特质，同样，马克斯有刮不到胡须的皱纹，《贝拉罗莎暗道》中索雷拉的巨胖，等等。《只争朝夕》或许是贝娄早期最好的作品。在这部小说中，威尔赫姆在纽约看见许多行人，似乎看见"每张脸上精致地写着一个特别的动机或本质——我劳动，我花钱，我奋斗，我设计，我爱，我抓，我举，我让路，我羡慕，我渴望，我蔑视，我死，我藏，我要"。

4

作为宗教或精神渴望的喜剧，贝娄的人物一再被逃跑的幻象勾引——有时是神话式的幻象，有时是宗教性的幻象，更常见的是柏拉图式的幻象（说是柏拉图式的幻象，是因为在这种意义上，人们觉得真实的世界不是真实的世界，只是灵魂的流放地，只是表象之地）。《洪堡的礼物》中爱好人类学的查理就是最好的例子。《只争朝夕》中的威尔赫姆想象出一个不同的世界，一个充满爱的世界。短篇《银碟》中的伍迪"暗自确信，上帝为地球设定的目标是充满善，浸透善"，每到礼拜日，他都像参加宗教仪式一样坐下来倾听芝加哥城里的钟声，但他回忆起的这个故事，却是一个可耻的偷窃和欺骗的故事，一个完全世俗的故事。《亲戚》中的叙事者承认，他"从来没有放弃这个习惯，将一切真正重要的观察与原初的灵魂或本心相连"（这里暗示的是柏拉图的观念，人带着身体离开原初的灵魂流亡，他必须再次找到回去的路）。但再次，激起他启示的是完全世俗的东西：一桩可耻的案件，牵连到一个行骗的亲戚。

在宗教的意义上，贝娄的人物都渴望人生有所作为；但这种渴望并不是以虔诚或严肃的方式书写，而是以喜剧的方式书写：在他的作品中，我们想将我们形而上的乌云化成雨的激烈而笨拙的努力，充满了嬉闹和哀伤。在这方面，贝娄或许最温柔的暗示是他晚期那个可爱的短篇《勿忘我的念物》（这个短篇显然是向伊萨克·巴别尔的短篇《我第一笔学费》温柔致意）。故事里的叙事者现在老了，回忆起他年少时的一天。那是在受到经济大萧条打击的芝加哥，他想起他还是爱做梦的少年，满脑子宗教和神秘的观念，明显具有柏拉图式的气质："那么，人来自哪里？"他反问。在芝加哥，他的工作是送花。他总是习惯带一本哲学或神秘学的书在身上。在他回想起的那天，他成了一出残酷恶作剧的受害者。一个女人引诱他进入卧室，鼓励他脱下衣服，然后把他的衣物扔出窗外就跑了。没有了衣服，但他现在的任务又是要回家：在冰天雪地的芝加哥要走一个小时才能到家，家里等候他的是奄奄一息的妈妈和他严厉的爸爸，"盲目的《旧约》中那样的愤怒"。

城里一家酒吧的酒保答应给他一身衣服，条件是他答应送一个喝醉了的酒吧常客回公寓。他把这个名叫马卡恩的醉汉送回公寓安顿下之后，看见两个没有妈妈的小女孩嗷嗷待哺，于是他留下来为她们做晚饭——他烧了猪排，肉汁溅到他的手上，房间里弥漫肉烟。他告诉我们，"我的教养把肉香战战兢兢地压住，我的喉咙充满了肉烟，我的肠胃绞痛"。他的确做到了。最后，他回到家，不出所料，挨了一顿爸爸的打。他不但丢了衣服，还丢了那本宝贝一样的书。那本书连同衣服一起被扔出了窗外。但是，他想，他要再买那本书，钱是从他妈妈那里偷来的。"我知道妈妈偷藏她省下来的钱的地方。因为我翻过家里所有的书，我发现她把私房钱藏在她那本敬畏的节日和祭日举行礼拜仪式时用的祈祷书里。"

这里有着含蓄的反讽。这个少年为混乱的世俗生活所迫而偷钱，但他拿偷来的钱去买哲学或神秘学的书籍，这些书无疑在宗教或哲学的层面上教导他：他过的这种生活不是真正的生活。为什么他连妈妈藏私房钱的地方都知道？因为他看了"所有的书"。他的书卷气，他的超凡脱俗，成为他知道如何完成偷钱这桩世俗之举的理由。他从哪里偷钱？从一本祈祷书。于是，读者会想，谁说这种生活，我们的叙事者如此生动地告诉我们的生活，尽管它有种种尴尬，有芝加哥的庸俗，但它何尝不是真的生活？它不只是真正的生活，而且以其自己的方式成为宗教的生活——因为他刚刚痛苦经历的这一天，也是值得敬畏的一天。在这一天，他学到很多东西。这是一个世俗的神圣节日，在他牺牲时间为非犹太人烧猪排中达到圆满。

这个可爱的故事忧伤而喜剧，它用燃烧的离心机将这些世俗—宗教的问题抛向我们：我们敬畏的日子是什么？我们又如何知道？

5

　　索尔·贝娄差点儿就出生在俄罗斯。他的父亲亚伯拉罕·贝娄1913年移居魁北克的拉钦。1915年6月，贝娄出生。他在魁北克生活了八年。1924年，亚伯拉罕举家迁居芝加哥。亚伯拉罕在德沃金的帝国银行上班。在他的作品中，贝娄一再让主人公梦回在拉钦的圣多明各街的童年时光，梦回芝加哥洪堡公园东边的少年时光。《晃来晃去的人》是他的第一部小说，相比于他后来的作品，这部作品克制许多，但是，在小说中，当约瑟夫擦着鞋，突然想起他还是孩子时在蒙特利尔也干过同样的活，这时，真正的贝娄式的调子突然吹响：

　　　　我从来也没有发现还有像圣多明各街那样的街道……譬如说，我曾看见一个车夫在尽力扶起摔倒的马；有一支送葬队伍穿过雪地；一个瘸子在奚落他的弟弟；此后再也没有比这种情景更能使我动心的了。库房和地窖里发出刺鼻的酸味、霉味；狗、孩子、法国女移民，满身疮疤、四肢畸形的乞丐；我再也没有见过这一类人，直到后来我长大，读到维庸笔下的巴黎时才重新见到……装着一只老鼠的笼子被扔进火堆；两个醉汉在吵架，其中一个走开了，血从头上滴落下来，有如夏天大雨初落时徐缓的雨滴；他一路走去，血点在马路上留下一条弯弯曲曲的线。（蒲隆译）

贝娄的处女作写于二十七八岁，但是，在这里，以不起眼的形式，什么都有了，比如，维庸，以及"夏天大雨初落时徐缓的雨滴"一样的血。在《赫索格》中，圣多明各街变成了拿破仑街，赫索格回想起"我过去的岁月，比埃及的历史还要久远"：

街头巷尾，砖屋上的窗玻璃仍是黑黑的。穿着黑裙子的女学生，三三两两地走着去上学。运货马车、雪橇、大车、马匹都震颤着，天空一片铅青色，到处是玷污的冰雪，一道道肮脏的车辙足迹。摩西兄弟戴上帽子，一块儿开始祈祷：

"啊，以色列，你的帐幕多美。"

拿破仑街，这条发臭的、肮脏的、破烂的、千疮百孔的、玩具般的、饱经风霜的街道。私酒商的儿子们就在这条街道上念着古老的祷文。赫索格心中对此依恋不已。他在这儿所体验过的种种人类感情，以后再也没有碰到过。犹太人的儿子，一个接一个，一代接一代地生下来，睁开眼看见这一个奇异的世界，人人都念着同样的祷文，深爱着他们发现的东西。这真是个从未失灵的奇迹。拿破仑街道有什么不好？赫索格心想。他所要的东西全在这儿了。他母亲给人洗衣服，不时哀伤叹息……他姐姐海伦，有一双常用浓肥皂水洗的白色长手套，她在音乐学院上课时，就戴这双手套，还带一个皮的乐谱夹……一个夏天的晚上，海伦坐着弹钢琴，悠扬的琴声从窗口传到街上。平台钢琴上铺了一块绿色的绒布，钢琴盖仿佛是块长满青苔的石板。台布上挂着球形的流苏，就像一颗颗核桃。赫索格站在海伦背后，凝视着翻动着的海顿和莫扎特的乐谱出神，真想如一条狗那样哀鸣一番。啊，这音乐！赫索格心想。（宋兆霖译）

贝娄职业生涯的重要意义之一是，在贝克特时代，他保留住了 19 世纪作家的敏锐灵魂，保留住了伟大俄罗斯作家的形而上倾向。他像上一代作家，决定从可有可无的东西开始书写人物。他曾经写道，当我们读到"19 世纪和 20 世纪最好的小说家，我们马上意识到，他们采取不同的方式来为人性定义"。但是，在大多数当代文学中，"这种理解人最伟大品质的力量似乎是分散了、变形了或完全埋没了"。在他的诺贝尔获奖演说辞中，他写道："存在另一种现实，真正的现实，我们没有看到。这另一种现实总是给我们暗示，没有艺术，我们收不到这些暗示。普鲁斯特称这些暗示是我们'真正的印象'。"

不怕说句危言耸听的话，我们也许会说，贝娄延长了小说的生命。他判了现实主义缓刑，把它的脖子从后现代的铡刀之下拉了回来；通过借用现代主义的技巧来复活现实主义，他成功地做到了这点。他的文风有浓厚的"现实感"，但是在其中难以发现任何现实主义的惯例。人们不用走出屋子，走上大街；他的人物没有"戏剧性的"对话；在贝娄笔下，几乎不可能找到这样的句子——"他放下饮料，离开房间。"那是因为大多数贝娄式的细节在他小说中是作为记忆出现，作为被记忆的头脑过滤之后的场景出现的。因此，在贝娄这里，细

节是现代的，因为它总是细节的印象；但他的细节
有一种不属于现代的坚实感——它们事实上是"真
正的印象"。

> 我过去的岁月，比埃及的历史还要久远。
> 多雾的冬日，没有黎明。黑暗中，只有灯泡亮
> 着。炉子是冷的。爸爸把炉栅摇了几下，弄得
> 到处是灰尘飞扬。炉栅子咯咯响过一阵后，小
> 铲子又在炉子底下叮叮当当地响了起来。卡珀
> 拉尔粗烟丝害得爸爸咳个不停。烟囱里冒出的
> 青烟随风而去。接着，送牛奶的人驾着雪车来
> 了。雪地上，但见垃圾、粪便、死老鼠、死狗
> 到处都是，弄得臭气熏天。穿着羊皮衣服的送
> 奶人转了转门铃……这时拉维奇从房里出来
> 了，他酒意尚未全消，穿着件厚实的毛线
> 衣……（宋兆霖译）

赫索格在回忆这一幕，因此，也是在回忆某种
立体的情感，这种情感在贝娄笔下很浓烈，心思反
复以不同的方式回到同样的细节，思考再思考。这
是一种广义的意识流，在广义的表象下，它看上去
差不多就是传统的现实主义。当然，贝娄从乔伊斯
那里学习到，意识流给了现实主义新生命，因为它

豁免了现实主义必须以传统方式进行说服的责任。一个标准的现实主义客户或许会竭力说服我们，赫索格厨房中发生的那一幕正如我们现在见到的样子，或者正如其他人物过去见到的样子。在那样一种惯例下，要让我们"相信"那个送奶人，就必须想象出他的生活——对他生活可信的描写。但是，记忆可以选择和强调，可以扑向一个小细节——灯泡钨丝粗壮、卷曲、松动——恰是因为这些事件早已发生，才没有说服我们的压力；没有现实主义经常尴尬地发现自己要面对的同步性的压力（"她进门时猛咳了一声"）。贝娄使用细节不是说服我们某种东西存在，而是差不多相反——证实它的缺失。在乔伊斯和贝娄这里，现实主义是一种挽歌，是意识流的支流。

非常奇怪的是，这种意识流，尽管享有描写的伟大加速器之名，事实上延缓了现实主义的写作速度，要求它把时间消磨在琐细的记忆上，围绕琐细记忆盘旋，不停回归。这种意识流真的是短篇、轶闻和断章的助手——毫不奇怪，短篇和意识流在文学中几乎同时在 19 世纪末大量出现：在汉姆生和契诃夫的笔下出现。比如，在伊萨克·巴别尔（巴别尔的作品在 1929 年被译成英语，贝娄在 20 世纪 30

年代读过）那样的短篇小说家那里，我们会碰到许多琐细但尖锐的细节，中断或远离了传统现实主义叙事维系的庞大网络。有时，巴别尔《我第一个鸽舍》的调子很接近贝娄："就连我的伯祖父索约尔也走了。我爱这个喜欢吹牛的老人。他在市场卖鱼。他胖乎乎的手总是湿湿的，沾满了鱼鳞，闻起来有寒冷而美丽的世界的味道……除了那些商贩，教过我《摩西五经》和古希伯来文的利伯曼老人也来捧场。我们受宠若惊。我们圈子里的人都尊称他为先生。这次他的比萨拉比亚酒喝过量了。传统丝绸流苏的末端从他的马甲下面戳出来。他用古希伯来语祝我身体健康。"

贝娄的文风像巴别尔一样，穿行于不同的时空，穿行于今日与传统、现在时间与记忆时间、短暂与永恒之间。《勿忘我的念物》中的叙事者写道，在家里，在屋内，他们的生活靠的是"过去的规则"，但"在外面，靠的是现实的规则"。同样，贝娄的文风神奇地穿行于"过去"或传统的规则和即刻强劲的"现实"规则之间。尽管这可能不是一种理想的风格，但话说回来，理想的风格根本就不存在。当然，还有一些语域，贝娄不能探测，或者，他没有选择去探测。然而，比起任何当代其他英语作家，贝娄的文风因为多元而显得洋洋大观，包含了抒情、喜剧、现实主义和俗语等成分；在美国，比起贝娄早就确立的经典地位所可能激发的赞美，它值得更多的赞美。

真实的毕司沃斯先生

　　亨利·柏格森在他的笑论中认为，喜剧是惩戒，不是宽恕。这个哲人告诉我们，笑，就是同情的匮乏，是距离，是冷漠。一个纯理性的世界仍然可能包含笑。但是，一个纯感性的世界可能不会有笑。柏格森似乎把莫里哀的例子普遍化了。他这样做时，所描绘的喜剧就与喜剧小说大相径庭。因为最伟大和最真实的一类小说，可能恰是同情的喜剧小说，特别是种吊诡得令我们坐立不安的喜剧小说，堂吉诃德、托比（Uncle Toby）、泽诺（Zeno）、普宁（Pnin）或赫拉巴尔笔下傻乎乎地受到启发的主人公，他们既令我们心生鄙夷，又让我们感同身受。他们都是忙碌的灵魂。他们的心被梦想塞满，这种梦想把他们的洞见抛在了后面。他们宣称了解自己，但他们的自我太分散，无法自知。只有我们才了解他们，因为我们至少了解他们这点：他们对自我无知。因此，他们是丰富的洞穴，我们朝里面注入了友善的祭品：一旦只有我们能够提供他们匮乏的自我知识，那么，我们就变成了那种匮乏，变成了他们的一部分。

维·苏·奈保尔伟大的喜剧人物毕司沃斯先生就属于这一类。他大度但易怒，高贵但歇斯底里，该严肃时却诙谐，决心很硬但在行动中一触即溃，精神自由但实际上买了一张谦卑的车票上了命运的列车。他是非常感人的喜剧人物之一，是战后英国小说中少数几个可以流传后世的人物。我们看到毕司沃斯先是成了写招牌的人（他的第一件作品是帮邻居写了一张"闲人免进"的招牌），然后成了《特立尼达卫报》的记者。他是梦想家，喜欢读小说中对异国恶劣气候的描写。他渴望写出他自己的故事，他给"伦敦埃奇韦尔路新闻理想学院"写信，该学院建议他写"具有地名特色的浪漫故事（你的教区牧师可能就是丰富信息的宝藏）"。毕司沃斯有一种焦虑的冷静；他是神经质的斯多葛派："他回到家，冲服了一袋麦克林恩牌胃药冲剂，脱了衣服，躺在床上读罗马哲人爱比克泰德。"奈保尔早期喜剧作品的特征，在这句微妙的话中体现得淋漓尽致：不同语域的词汇并置一起，相得益彰，胃药因为爱比克泰德而显得高贵（这句话在最后那个响亮的人名中靠岸，漂亮）；荒诞的虚假英雄气，以及叛逆和宿命之间温柔的平衡：胃药就像毕司沃斯的灵魂，会不断冒泡，尽管爱比克泰德有安定片的作用。最重要的是，这句话中包含了同情的认同——这就是休·肯纳（Hugh Kenner）谈到乔伊斯时所谓的"查尔斯舅舅原则"——奈保尔的描述染上了毕司沃斯的思维方式，好笑而迂腐地写下了胃药的商标名字，正如要是由毕司沃斯来叙事会做的那样。在此，奈保尔正如我们一样变成了毕司沃斯。喜剧不是距离，而是接近。

无疑，奈保尔能够穿透毕司沃斯幸福而混乱的意识，原因之一是，在小说最深切的时刻，这个年轻作家在描写他父亲西帕萨德·奈保尔的本质。我们在《奈保尔家书》中看到，比起毕司沃斯先生，奈保尔的父亲更世故，更有文化。但是，这两人都有放纵的愉悦，同时都有放纵的焦虑。他们都有洋溢的精神，将错位的梦想胚芽根植在他们聪明孝顺的儿子身上。无论多么不经意，这往往是一个梦想，希望儿子不要像父亲：偷偷发表过短篇的西帕萨德·奈保尔多次写信告诉儿子，他相信儿子会成为伟大作家；而他自己全部的希望是，有一天一家英国出版社将正大光明地出版他的作品。这种梦想正如《毕司沃斯先生的房子》中的描写，毕司沃斯告诉儿子阿南德，"我不希望你像我一样"。"阿南德知道，"奈保尔写道，"父亲和儿子，彼此都将对方视为脆弱的一面，彼此都觉得要为对方负责任，这种责任在特别痛苦之时，在一方就伪装成夸大的权威，在另一方就伪装成夸大的尊重。"

在《奈保尔家书》中，西帕萨德是绝对的主角，以至于这本书就像只有半边睡了人的双人床。这些书页中冒出来的西帕萨德，比起从《毕司沃斯先生的房子》的书页中冒出来的毕司沃斯，一样强大，甚或更加强大。年轻的奈保尔写这部分家书时还是一个学生，他出场的频率也不及阿南德。奈保尔家书开始于 1950 年，奈保尔（家人都叫他维多）离开家乡前往牛津；结束于 1953 年的 10 月，西帕萨德死于心脏病，年仅四十七岁。这些信里称为"爸"的西帕萨德，在他十七岁的儿子前往牛津时，是《特立尼达卫报》的记者。对于父子两人来说，这都是一段既压抑又兴奋的时期。西帕萨德的工作令他沮丧，他绝望地想抽时间出来写小说。工作让他疲于奔命，把他压碎。他在 1950 年 10 月写信向儿子解释：

　　是时候写些我早就想写的东西了……是时

候做我自己了。我什么时候才有这样的机会呢？我不知道。刚刚下班，快累死了。《卫报》快把我掏空了，尽写些乱七八糟的东西……咸鱼之类的东西什么价。其实，那正是我明天要报道的事情呢！真不痛快……好了，不要气馁，更要紧的是：表现好一点。

　　来自妈妈和所有人的爱，

爸爸

（冯舒奕、吴晟译）

　　西帕萨德把他自己的梦想嫁接在他获得自由的聪明的儿子身上。"无论如何，我绝对相信，你都将成为伟大的作家，"他给在牛津上第一个学期的儿子的信中写道，"切莫堕落：知道一切都不可过分……守住你的中心。"后来，他写信给儿子："我经常在工作之后十分疲惫，必须心情愉快才能在工作之后回来干活（写小说）。这份工作榨干了我的精力。"他告诉儿子，他晚上躺在床上潦草地写小说。"事实是我觉得自己被困住了。"

　　正是西帕萨德种种错位的梦想使他显得如此喜剧和哀伤。尽管儿子的书信经常很温馨，但也无济于事。我们从不怀疑，这个十几岁的孩子，家里的长子，有着更大的力量。这种力量足以刺激他的父亲，足以给他留下深刻印象，也足以令他失望。在某种意义上，奈保尔尽管还没有成年，但在心智上已超过了父亲；因为他父亲对他的情感需求，远比他对父亲的情感需求强烈。西帕萨德的信写得啰唆，而儿子的信写得节制，对此，爸道歉说："有时，你会发现我的信太啰唆；如果你认为它们荒唐，那就忘记吧，就像忘记那么多的陈词滥调。"奈保尔成名早，还是学生时就在创作中获得成功；西帕萨德自怨自艾地感叹道："我的上帝！像你这么大，我连一封信都写不好。"

一个人在心智上超过父亲，有时自然会滋生出强烈的孤独。奈保尔在牛津第一学期写信告诉妹妹，父母把满腔心血都倾注在他身上，使他感觉到被爱的同时，也颇觉悲哀："一个人觉得太脆弱，关照不了那样大的责任——配得上那份爱的责任。"其他时候，那种孤独——也许更妥帖的说法是孤单——会突然爆发出一种奇怪的、有点丑陋的、过度增生的威信，从而使这个年轻人觉得有必要教育他的父亲。他十八岁时在给妈妈的一封信里写道，"顺便说一声，请转告一下爸，我不喜欢他信里那么多 I'd 和 We've，尽量少用撇号"。更经常的是，奈保尔的信中既包含了对父亲的温暖敬意，也包含了对父亲必要的客观评价，这是一个作家的断奶行为，这个年轻人开始像其他人可能的那样来看待父亲，把他当成一个人物角色。他在家书中写道："多么开心收到爸从家里写来的精彩书信。要是我不认识他，我一定会说：有这样一个爸爸多开心。"

事实上，尽管奈保尔在威信、教育和经验等方面的优势很不自然，但这些家书的调子主要还是温馨的，因为"爸"的温情至大至广，足以驱散家中的一切寒意。一个看起来典型的例子就是，当奈保尔暗示他和一个英国姑娘开始亲近，他的父亲在对异族婚姻提出警告后，在信末写道："对我来说，对我们所有在家的人来说，唯一重要的是你的幸福。"在这本家书中，读者并非第一次感觉到，在许多方面，西帕萨德肯定是一个理想的父亲，因为一方面，他知道儿子在心智上超越了他，他依然能够接受；但另一方面，他对七个子女的爱是绝对的，是不能超越的，是难以匹敌的。他的爱大于他的威信；因此，他绝非是一个理所当然的父亲，相反，他一直就像由父亲组成的王国中的平民，是父亲这个角色的业余者。

像许多父母给了孩子他们自己不曾有的机会一样，奈保尔的人生经历也就成为西帕萨德的人生经历。他催促儿子写长信，详细描写在牛津的日常生活，尤其是与"大牛"（这是西帕萨德喜欢用的词，同样也是奈保尔极力避免使用的词）的交往。但是，活在这些书页中的这个父亲，最令人开心的，不像大多数有野心的父母，他不压榨儿子，让儿子有内疚感。恰恰相反。他不嫉妒儿子的经历，不责备儿子有这些经历，他强烈认同儿子的经历，接受它们，愿意与儿子一道分享。他对儿子的前途有野心，但他对自己没有野心；他的儿子是他丰富的幻想生活的版本。真正在牛津安排与著名人物见面的是信里的爸。因此，在爸的人格中，最喜剧的成分之一是，他错位地借助儿子的经历而生活，同时给他未曾有过的经历提供大量的建议。"不要怕当艺术家。劳伦斯就是真正的艺术家"，他鼓舞儿子。当奈保尔说还没有成功地与牛津大学研究东方宗教的拉达克里希南教授搭上关系，西帕萨德回信中提了一堆建议：

> 我真心希望你再次拜见拉达克里希南能够成功。若能得到这样的人的关注，吃一两回闭门羹换来一次会晤是很划得来的。跟这样的人打交道，最好的方式是坦承你的意图。你的开场白可以这么说："家父向来认为您是当代印度最伟大的思想家之一。他总是说，在拜读了您的《印度之心》之后，才真正了解了印度教。"

这样，你就可以破冰了，如大家所言。联络，
维多，不间断的联络。让我继续说下去……你
若是和这位大学者交谈愉快，可以写封信跟我
讲述你的经历，如有必要，写封长信。我会非
常高兴读这样的信。我会把这封信和你的其他
信件一起收好。每个星期都写信给我说说你遇
到的人。告诉我你跟他谈了些什么，他们又是
怎么说的……（冯舒奕、吴晟译）

难以想象，西帕萨德会一本正经地建议他骄
傲、焦虑、早慧的儿子用这种油嘴滑舌到可笑的方
式去"破冰"。但他的确是一本正经的，这是他的
喜剧，他的辛辣之处。他的建议绝对是瞎指导，但
他提建议时就像一个忙碌的权威已经设身处地进入
情景。他偷偷钻进了牛津的那间屋子，代替儿子坐
在里面。他一点儿没觉得有压力，因为他对儿子的
认同有那样神奇的效果。在那么自由和自信地给出
建议时，他先前的化身似乎已经有过他渴望听到的
这些经历。他的儿子就是他的化身。当然，西帕萨
德的确有这些经历，因为他无数次想象过它们。这
是一种精神的胜利，其中有一种高贵。西帕萨德是
世界的胜利者，因为他的想象是一支军队，在用一
千条腿狂奔。

　　因此，西帕萨德或许是"被困住了"，但他也是自由的，因为摆脱肉身开始精神漫游时他最像自己。"这是我成为自我的时候"，他对儿子说的这句话充满了痛苦。但是，那样一个人可能从来不会发现自我，与自我重合，或"找到"自我，他的孤单如同放错地方的东西。他的自我满载着认同和想象。他不知道自己，因为他的聪明才智不是投入自省，而是投入幻想，不是集聚自我而是分散自我。他的身份是认同——认同可能性。奈保尔满怀柔情地捕捉到了他父亲的这一面。在《毕司沃斯先生的房子》中，毕司沃斯边读着霍尔·凯恩和玛丽·科雷莉的小说，边做白日梦；他要尽量使用"bower"一词，因为他发现华兹华斯用过（他在《皇家读本》中看到过）。笼罩这部小说的悲伤是，即便一个人不知道自我，他依然总是自我；他不能逃避这点，自由总是有限制的。自由是私语音之间的叫声。实际上，西帕萨德的习惯可以为证。在给他"亲爱的妈妈"的信中，奈保尔温柔地回忆起他爸爸的这个习惯，觉得他越来越像爸爸了："你知道爸的习惯，早上五点左右就起床，把大家吵起来后，他又跑回去睡觉。我现在身边没有人可以吵，但我有时候还是五点起床，然后又跑回去睡觉。"无论如何，这是一个合适的意象，可以透过这条小小的裂缝，看看

奈保尔一家享有的自由。在此，西帕萨德不但让我
们想起毕司沃斯，还想起另一个伟大的梦想家、乐
观主义者和父亲，就是克里斯蒂娜·斯特德《爱孩
子的男人》中的萨姆·波利特。斯特德写道："萨姆
总是急不可耐地等待早餐的到来。"

　　西帕萨德是炽热的乐观主义者，他在施行一种
矫正性的错位手术，他告诉有点抑郁的儿子，要注
意心态，控制好情绪，这些他自己显然也做不到。
1950 年 9 月，他在信中写道："切勿过度陷入抑郁。
有时，要是抑郁了，把它当浮云，切勿陷进去。"
与他儿子一样，西帕萨德显然也易于抑郁和焦虑。
但作为给儿子写信的父亲，他既要为自己打气，也
要为儿子打气。1952 年 7 月，当得知奈保尔的小说
遭拒，他在信里安慰道："像我们这样的人，如同扔
到水上的软木，可能暂时会沉下去，但终将再次冒
出来。"他激励奈保尔去做他因缺乏时间和训练而
未能做的事情，也就是继续写作。他提到写了许多
写作指南的那个作家（我们会想象到年轻的奈保尔
听到这个名字时在战栗），恳求说："你记得塞西
尔·亨特说过记笔记的重要性吗？——草草地写下
你对人和物的印象（我补充一点，还要捕捉情
绪）？如果你把记笔记当成习惯，那将是上帝给你
的礼物。"

奈保尔在牛津接住这些梦想和建议的小泡泡，表面看来，他与情绪多变的西帕萨德毫无关联。父亲张扬，儿子内敛。父亲对所有人都特别大度，儿子对有些人可能如帝王般高傲。"我见到了露丝，"奈保尔在 1950 年前往牛津的途中从纽约写信回家说，"她给了我一个很不愉快的下午。我认为她是一个愚蠢的、自怜的悍妇。一个顶讨厌的女人。"西帕萨德缺少主见，他把脆弱藏在热情忠告的套筒里，奈保尔看上去很坚定，特别自信，洞察力远超同年龄的人。西帕萨德的信里充满了陈词滥调，奈保尔的信里则很清爽干净。我们有种感觉，这个年轻人在以浓缩的自我投入工作，在以稀释的自我参与家庭生活。（的确是这样：奈保尔在牛津读书期间写了几部小说。）

但是，在家书里，奈保尔的确及时显示了自我，读者能够辨别出那种似乎令人想起他父亲的焦虑和骄傲。首先，这些家书允许我们追寻一段旅程，从世界的边缘到不舒服的中心。1950 年 8 月，奈保尔从特立尼达出发，绕道纽约前往英国。"在我生命中第一次，人们每时每刻都叫我先生，"他在信里告诉家人，"我激动得喘不过气来。我自由了，我感到光荣。"这个年轻人已经有了初生的贵族的自由精神，而他的父亲为了一点儿自由的补偿却劳碌一生。这种差异部分是因为，不像他父亲，奈保尔只要有一点儿自由就会觉得自由。黑人挑夫一闪即逝流露出的尊重，已让他觉得满足，这样的姿态对奈保尔的生活感很重要，但对他的自我感却不重要。相比之下，西帕萨德政治的新陈代谢效率不够；他的自由感太庞大、太笨拙，难以培育。他有太多的需求要迎合。奈保尔的需要就狭小许多：他只需要受人尊重，只想不受打扰，从而集中他那源自自我的自由，将它转化进小说。

换言之，奈保尔是比他父亲更高效的梦想家。他父亲是白日梦者，他是小说家。1951 年 7 月，在他抵达牛津一年后，奈保尔请求父亲不要再寄钱了，因为

> 你知道，"靠人不如靠己"这句老话很不错，特别是对于像我这样的人来说。我发现自己有贵族的一切特质，但是，你再清楚不过，我过不起那样的生活。我每去一个新的地方，都会去城里最好的酒店，就为感受舒适的氛围，在大厅坐坐，向热情礼貌的服务生借报纸来看看，喝喝咖啡。我喜欢舒适。在特立尼达的时候，我害羞得要命，连民政局都不敢去，现在，我哪儿都敢去，我坚信，我和别人一样，有权

去那些场所。这是牛津对我产生的一个好的影响。（冯舒奕、吴晟译）

奈保尔在牛津只用了一年时间就实现了自立。

奈保尔的描写总是精确、具体，经常引人共鸣。1950 年 12 月，他生平第一场看见雪，在家书中写道："在特立尼达，我见过与它最相似的物体，就是积在冰箱里的那种东西。"奈保尔总是能够找到关联。T. S. 艾略特提到优秀的写作必须具有这种"关联度"。当然，西帕萨德，这个令人愉快的效率低下的梦想家，在他的发球区内，就只有无关联度的小球。他尊重无用的细节，这些细节像树懒一样挂在他的信里。他虽然有作家的心灵——愿意费心描写细节——但却长了双唯我论者的眼睛：他只看与他有关联的东西。他总是列举消费，特别是车辆的消费（"电池用了一年半，要换了，我还需要一副轮胎的内胎"，他写信告诉儿子）。他说，他最近把眼镜掉落"在森林保护区油田，重新配花了三十四块"。当奈保尔送了他一册《伊西斯》（*Isis*），里面收录了他一篇作品，西帕萨德表扬了他后，注意力立刻转到排版的问题上："《文学精神分裂症》那篇文章的副标题，要是，比如说，放在中间一栏居中，再加上括号，整个页面可能会更美观。"

　　西帕萨德的戏剧性很徒劳，但奈保尔在牛津却学会了演戏，学会了扮演角色。再次，我们有这样的印象，一个真正的自我，一个写作的自我，藏在幕后。奈保尔在信里提到一次社交场合，"我表演得天衣无缝（这是我通常做事的方式）"。尽管他的信夹杂着焦虑和骄傲，但我们要仔细搜索才能找到脆弱的痕迹。在他到牛津的头几周，他写道："这里的人都接受了我。"（在外表光鲜的牛津人面前，这句看似低调的话，听上去颇为志得意满，就像出自征服野蛮人的王者之口；这时，已经暗示出作家奈保尔将会发生多么惊人的变化。）但是，四个月后，在给妹妹卡马拉的信中，闪现出相当难以同化的幽灵："在犯错和遭人暗笑的屈辱过程中，我的英语发音有所改观。"他所在学院的院长对"印度人"看法片面，奈保尔告诉父亲："我对此一笑置之。"假期对于奈保尔来说往往是最难熬的。他很穷（"真的是身无分文……牛津阿什莫尔博物馆的那人经常给我一杯茶"），很孤独。在下面这句话中，他简单暗示到了他的孤独，我们从中只能刮下一点孤独的碎屑："我在公寓过了圣诞。房东举办了一次小聚会。很无聊。"

　　那时，尽管父子两人都强装欢颜，但奈保尔承受的压力更大，因为西帕萨德相信他自己是乐观主义者，但奈保尔却是悲观主义者。西帕萨德的欢颜是一张脸；奈保尔的欢颜是一张面具，一张非常重要的面具。有时，年轻的奈保尔对没受多少教育的家人态度看起来很硬，但那是因为他对自己的态度就一直那么硬。一个亲戚写信给他，收信人写的是"英国伦敦牛津大学维多·奈保尔先生"；奈保尔回信中的声音是他日后的读者如今所熟悉的："收信人一栏直接填牛津大学奈保尔先生，就能收到信，实在是不胜荣幸。但你想想这是多大的无知。"他离开家乡之后的成长之路，是靠拼搏换来的，不会成为游手好闲的亲戚随便出入的门径。如果说他父亲的暗号是那句启发性的"维多，联系，联系"，那么，奈保尔的暗号就是这句战斗性的"维多，警惕，警惕"。他的信心，以及看起来的傲慢，不过是他绝望的单位，正如他在牛津第一学期结束时写的一封信里毫不掩饰地表露出的那样。回顾了这学期写过的一些文章，他告诉父亲："读起来很不错"，但他马上补了一句："我想成为我所在小组最好的。我要让那些家伙看到，我能用他们的语言击败他们。"

　　当然，奈保尔的家书绝非全是面具和克制。他的家人，尤其是他情感丰富的父亲，会挑起他的温情。西帕萨德迷上了种兰花，奈保尔在 1951 年 9

月的信中笑着说："哈哈，听上去像是疯了，但我喜欢兰花，我同意，如果我的同意有帮助的话，那就种！"家人一直给他寄食品，包裹里用糖罐装了走私的香烟："我亲爱的家人，你们这样躲海关，多么业余和幼稚……那么多暗示有罪的香烟盒子在众目睽睽之下，吵嚷着寄出去，我很奇怪，居然没有人围着你们盘查。"当奈保尔孤独时，他将孤独化成了乡愁："我想家了。你知道我渴望什么吗？我渴望夜幕突然落下，没有预告就天黑了。我渴望夜里下一场暴雨。我渴望听到沉重的雨点打在屋顶上的叮咚声，听到雨滴在神奇植物野棕榈的宽大叶面上。"在这些时刻，奈保尔的温情魅力堪与他的父亲匹敌。

1951 年到 1952 年的圣诞假期，奈保尔再次因孤独和想家，精神差点儿崩溃。作为应对的手段，他加强了家庭纽带，家书比之前更具温情。西帕萨德担心儿子的抑郁，以他特有的方式安慰道："我用海邮给你寄了一本《你和你的神经》。我想这本书会帮你解决许多焦虑。我们焦虑的大多数东西，其实根本不是真正的焦虑根源。"但是，真正的家庭焦虑开始浮现。奈保尔提到过那个英国姑娘帕特，现在，他正式表明他不可能回特立尼达生活。"我不想让你伤心，"他在 1952 年 9 月写信给父亲，"但我希望我不回特立尼达，也就是说，我不想回去生活，尽管我当然想多见到你和其他人。但特立尼达，你知道，没有什么可以提供给我。"

1953 年 2 月，西帕萨德因心脏病而倒下。奈保尔最大的妹妹卡马拉写信告诉他，西帕萨德生病的原因是担心她和哥哥：一次错位的心脏病。她补充说："爸爸现在最大的焦虑是他不能出版他的作品……你现在能否念及爸爸命在旦夕，立刻操心一下他的短篇小说集，好好给他写一封鼓舞的信。"奈保尔给父亲的这封信很感人，包含的柔情和关心足资典范，同时，他还流露出身为人子的痛悔，他用全部的力量紧紧搂抱着他父亲灵魂产下的破损的蛋："你不应该这样想，我对你的作品不感兴趣，"他在信里对父亲说，"你应该知道，我也许比任何人都对你的作品感兴趣。而且，正如我经常告诉你的，你有必要的才华……请鼓起勇气，相信我。"

这次心脏病后，西帕萨德的身体大不如前。1953 年 7 月底，他放弃了报社的工作。他已不复旧日的乐观。他像变了一个人，不再像过去那样，在给儿子一封信的末尾写下一堆杂乱感情："下周我可能找人刷一下外墙。我们一天都没有忘记过你。"但是，尽管身心交瘁，西帕萨德还是继续他得不偿失的坚持。1953 年 6 月，他催促儿子在伦敦推销他的作品。他说："如果我的东西不足以做出一本普通篇幅的书，把你的短篇也纳入其中如何？这样一来，署名一栏就应该是——西帕萨德·奈保尔和维迪亚·奈保尔著。我不确定。由你决定。"一个月后，西帕萨德从收音机里听到儿子在读他的一个短篇。他于 1953 年 10 月去世，他的儿子发了这封电报回家："他是我所知最好的人。我欠他一切。勇敢。我亲爱的家人。相信我——维多。"

V. S. 普里切特与英国喜剧

　　朋友曾经告诉我一个真实的小故事，主角是外地牙医，名叫米勒，他总是放一本《世界名人录》在候诊室的桌上，书页翻开到字母 M 打头的地方，事实上正好是名叫米勒的名人所在的页，他似乎希望病人注意。但是，他不在名叫米勒的名人之列；《世界名人录》中找不到他的身影。他只是把那本书翻到他会在的地方，如果他在里面的话。

　　这个小故事看上去颇为喜剧。它具有普遍性，只不过这里染上了特别的英国情调。它也可能发生在俄罗斯、法国，甚至德国（我们可能会想到托马斯·曼《布登勃洛克一家》这部非常喜剧的小说中的牙医，他办公室里养了一只鹦鹉，狂妄地称之为约瑟夫斯将军）。故事里的普遍因子是可笑的欲望。我们都感觉到这个外地牙医有不羁的灵魂，充满了误植的梦想。在某些方面，他是精神自由之人，凭借灵魂深处欲望的狂风，自由地扩张或膨胀自己。但是，他也是悲喜剧人物，因为我们感觉到他实际上缺乏自由；他或许连莫斯科也去不了。可以肯定的是，我们既嘲笑他，又同情他。我们感到疏离和认同的悖论，感到契合和距离的混杂，因为他就是一个悖论：他挑战社会，但又想融入社会。他荒诞，但不荒谬。他活在两个社会之中——我们的社会和他自己的社会；他是唯我论者，也是普救论者。

这种特别的英国情调，必然与牙医的梦想性质有关，与他势利而卑微的欲望有关。斯沫莱特（Smollett）、斯特恩或狄更斯可能轻易创造出了这样的人。奥斯丁《劝导》中的沃尔特·埃利奥特爵士是令人讨厌的上流社会版本。叔本华在《作为意志和表象的世界》中认为，喜剧往往产生于我们观念和客观现实之间的不和谐。这似乎表明了牙医的困境。叔本华举了德国画家蒂斯拜因（Tischbein）的画为例：一个空荡荡的房间，被壁炉里的火焰照亮，壁炉前站着一个人，他的投影从立脚之处贯穿了整个房间。画作下面，蒂斯拜因写下旁白："这个人不想在世界上取得任何成功，他在生活中一事无成；现在，他很高兴他能投下那样庞大的身影。"

叔本华断言，这幅画作和幽默旁白所表达的严肃性，已包含在这句忠告里——"超越这个世界吧，因为它没有用"——叔本华这个悲观主义者会说。但是，蒂斯拜因画作的严肃性肯定也在于：一个前途惨淡而忧伤之人，他只有用幻想来自我安慰，哪怕他在世界上不能成功，他依然能在家里立马靠他的身影取得成功！换言之，我们再次回到牙医和他卑微梦想的悲喜剧，尽管他的梦想并不知道自身的卑微。

这种普遍可笑的梦想，这种普遍可笑的现实和想象之间的不和谐，经常见于普里切特（V.S. Pritchett）的喜剧世界。普里切特是典型的英国作家，但他同时也反抗英国性。他已消失进朦胧的后世。事实上，即便生前，他的名声就蒙上了阴影。现在，可能不大有人读他，即使在他的崇拜者眼中，他也只是个微不足道的好作家。但是，他或许依然堪当典范，因为他温柔的文学奋斗——将英国喜剧扩大化、俄罗斯化、国际化——仍然重要，哪怕他的作品离经典还是有点儿距离。

普里切特 1900 年生于伊普斯维奇一个中下阶级家庭，1998 年逝于伦敦。他的母亲虽不识字，但却是天生的讲故事能手；他的父亲就像狄更斯笔下的米考伯先生，成了基督教科学派教徒，他自视为他自己一篇故事的主人公。普里切特曾经说，他的父亲"肯定非常害羞，因为他在公共场合就像变了个人，要人人都看见他。外出用餐时，他既低三下四，又自以为是；他与大堂经理说话时极度虚伪"。在他的自传中，他精彩地将父亲定位在小小欲望的关头："我爱看他切肉骨头时噘起肉嘴生气的样子，我爱看他在我家中把他的盘子推到前面，一脸谦让地像我奶奶过去那样说：'只要一点点'。这句话应该是他的墓志铭。"

普里切特的世界像拉金或奥威尔的世界一样，以一种既现代又古老的方式显得独特：天鹅绒内饰的酒吧；一口烂牙、骄傲自大的推销员；被践踏的城中草坪；怒气冲冲的女人；喝了雪莉酒后生出的勇气。他看到那个世界里被管制的喧嚣的日常生活，他知道那个世界像病态的阴谋一样进行自我组织，知道逃离那个世界的最保险的办法是依靠内心力量——靠戏剧性的自我膨胀实践，靠将生活转化为表演和景观。在这方面，他受到狄更斯的很大影响。事实上，狄更斯对战后英国喜剧具有决定性的影响：缪丽儿·斯帕克、奈保尔（早期）、安格斯·威尔逊（强大而有害的影响）、萨尔曼·拉什迪（同样有害的影响）、安吉拉·卡特和马丁·艾米斯，这些人的作品中都能找到狄更斯的印迹，特别是对作为公共表演者的自我的兴趣，对奇怪人物和响亮名字的兴趣，对人物作为漫画形象、作为一点点鲜明本质的兴趣。

　　普里切特或许是这些战后作家中最为复杂的狄更斯式的作家：他代表了融合狄更斯和契诃夫的努力——如果这可能的话。他对狄更斯有过深刻评价，认为狄更斯的人物"如戏剧里的独白者。狄更斯的所有人物，不管是喜是悲，都发出放大他们内心生活的个人声音……我们在这种喜剧中发现人们投射的自尊……大家都是演员……他们靠个人的观念或幻想生活……我们的喜剧，狄更斯似乎是在说，不是在我们彼此的关系中，而是在我们与自我的关系中"。他写道，他们是把内心生活挂在舌头上的人。同样，在他写于20世纪30年代末到80年代末的作品中，普里切特的许多人物都是内心膨胀者。这种戏剧性的膨胀倾向，最接近于我们对普里切特的作品中人性的定义。

　　正如那个牙医的真实故事，这些骄傲和贪婪的细浪往往是社会性的，与偷来的声望的刻度有关。在他1938年发表的短篇《幽默感》中，一对年轻夫妇开着一辆灵车送一具尸体到死者母亲家中。作品中的环境阴森而陈腐。他们能用灵车，因为男子的父亲专门承办丧事。他们经过英国小镇时，路人都脱下帽子，有的甚至向他们致敬。开灵车的男子说，这就像在办婚礼；他身边的女人笑着说，"像国王和王后的婚礼"。在这里，出现了典型的英国喜剧反转：应该悲伤的事情事实上变成了好笑的事情；不难想象，普里切特心中想到的是《远大前程》中葛吉瑞夫人的葬礼，它本来应该肃穆，但最后变成了闹剧，本来应该是即时性的事件，但却奇怪地被仪式化。读者或许从普里切特的场景联想起狄更斯，联想起拉金的著名诗歌《降灵节婚礼》，想起拉金如何把参加婚礼的女人形容为像参加"快乐的葬礼"，相互八卦。

普里切特的喜剧中有一种英国式的辩证法，关乎害羞和公共表演。他的人物越害羞，他们在公共场合越可能表演和膨胀；然而，他们在公共场合越是膨胀和表演，他们实际上越孤独，越讳莫如深。普里切特最好的短篇之一《摔倒》可以为例。一家会计师事务所在一个"散发着煤炭气息"的平淡的中部大城市举办年度晚宴。其中一个盛装出席的人，叫皮库克先生（Mr. Peacock），名字有点尴尬，让人想起爱炫耀的孔雀（peacock）。他是一个害羞的梦想家，他带着各种各样的自我出席公共场合，然后用一系列的表演逐一展现。他出身卑微，他对此很敏感。他父母开了一家店，卖炸鱼薯条。晚宴上，我们看到他耍起了预先排练好的喜剧节目，模

仿不同的方言——美国南方人、苏格兰人和伦敦佬
的方言。

　　但是，皮库克先生有一个秘密的骄傲，也是一
块秘密的心病：他的兄弟是一个著名影星。他乐意
宣扬这事。他的兄弟有一手绝活，表演舞台假摔；
他身高体壮，能够摔倒在台上，然后安然无恙地站
起来。于是，皮库克给同事表演这是怎么做到的。
最开始他们很崇拜，但是皮库克的酒喝得太多，不
知道停下来："'我的兄弟重达220磅，'他不无优越
感地跟对面的人说，'一般的人这样摔倒一下，不
是折胳膊就是断腿，因为不懂技巧。这是一门艺
术。'他的眼里似乎同时在说，如果他皮库克夫妇
几年前也开炸鱼店，他们也有一门艺术。"他同陌
生人搭讪，主动表演著名的假摔。不久，偌大的餐
厅里只有他一个人，他摔倒，站起来，摔倒，站起
来，他成了他表演的唯一观众。这个短篇有着强烈
的喜剧和哀伤，因为它具有反讽的力量。我们通过
皮库克的眼光观看事物，但我们能看见他看不到的
东西：他变成了令人讨厌的醉鬼，重重地摔倒在地
板上，一点儿没有他兄弟表现出的优雅。在这个写
得相当精致的故事的结尾，皮库克就像蒂斯拜因绘
画里的那人，站在空荡荡的酒店大堂维多利亚女王
的画像前，准备表演摔倒在地。

　　除了场景之外，普里切特的喜剧还有哪些特别的英国情调？毕竟，这些幻想或梦想的风波在喜剧文学中处处皆是。皮库克与果戈理的阿卡基·阿卡基耶维奇究竟有什么区别？阿卡基也是内心膨胀之人，他得到新外套后，果戈理写道："从那时起，他整个人生似乎变得更充实，就像他结婚了，身边有个伴儿。"正如我前面说过的，普里切特的喜剧产生于内心幻想和客观现实之间奇怪的冲突，因此必然具有普遍性。但是，还是显露出明显的英国特征。其中之一是这些喜剧浸透了阶级意识。另一个特征是，普里切特微妙地暗示，这些膨胀的人物是英国扩张在国内的廉价镜像：正如他们的国家一度扩张，他们现在也膨胀。每个人都是一个小小的帝国主义者，把自己的身心当成殖民地。普里切特喜欢狄更斯的人物获得自我意识——他们自认为是"行走的传奇"——的方式，他喜欢引用佩克斯尼夫脱口而出的这句话，佩克斯尼夫将他的感情加以历史化，把它们比喻成在伦敦塔遭谋杀的王子："托德格斯夫人，我的感情不会答应像伦敦塔里的那些小王子一样完全被窒息。它们在成长，我越是用垫子将它们压住，它们越是从垫子周围探出头来张望。"

　　在他的作品中，许多人物带着挥之不去的自大，将自身与英国的历史和扩张联系起来。正如在某种意义上，皮库克不合时宜地主动要当着维多利亚女王表演；《幽默感》中那对夫妇开着灵车想象他们是国王和王后。短篇《独轮车》中有神奇的一刻，威尔士出租车司机伊文斯主动提议帮助一位女士打扫她刚过世的姨妈的房间。伊文斯一向蒙昧、懵懂，现在突然绽放出邪恶的叶子，他从房间中一个旧盒子里抽出一部诗集，瞟了一眼就扔在地上："大家都知道，"他轻蔑地说，"威尔士是欧洲诗歌的摇篮。"

再如《我的姑娘回家时》。这是一个篇幅比较长的短篇，写于二战后不久。年轻女子希尔达从日本一个监狱——或者按她家人的想法是从一个组织严密的简陋小法庭——回到伦敦。起初，他们都想沾点归国的希尔达的光。姻亲弗明洛先生一路负责这次回家的后勤："弗明洛先生……得意扬扬地坐在椅子上，觉得凭一己之力就创造了英国的奇迹，是他把希尔达护送回家。"希尔达是坐火车回家，她妈妈用普里切特所谓的"贪婪的自豪"宣布，女儿坐的是"软卧"。

事实上，希尔达也并非真正在日本监狱。她一直生活在印度，先嫁了个印度人，丈夫死后再嫁了个日本人，这个日本人也死了，她如今在等一个富有的美国人格罗斯特先生到来。她的家人，一开始被她的名声和她的华服所迷惑，现在开始变得嫉妒，认定她是个妓女，于是结成一伙来挤兑她。（可以肯定，品特看了这个故事，将它改编成戏剧《回家》。）弗明洛先生特别自豪把希尔达带回家："'我写信到孟买。'弗明洛先生说。'他写信到新加坡。'弗明洛太太说。弗明洛先生喝了点茶，擦了擦嘴，变成了活地图。"我们不妨回想下品特，他跟普里切特学了许多写幽默话语的技巧。比如，在《归家》中，伦尼在某种意义上就对威尼斯进行了殖民。他无缘无故、很不合逻辑地说："不是亲爱的老威尼斯？……你知道，我一直有种感觉，要是我在上次战争中当兵——比如说在意大利战场——我可能就会发现自己在威尼斯。"伦尼说起威尼斯，就像他说起亲爱的老伦敦或亲爱的英国老家。

　　但是，这里有一个明显的悖论：普里切特的人物开始殖民的时候，正值英帝国走下坡路。他们是一个日渐萎缩的帝国的孩子。我们不妨称他们是英国饥馑岁月中的肥胖大使。在这种意义上，他们并非真正与英国历史相联系，他们不是狄更斯笔下佩克斯尼夫那样的历史反动小偷。他们极力逃避历史。他们逆时代灰色的决定论而动。但是，无济于事。普里切特的故事里充满了失败。我们注意到一种英国的特性，不像普鲁斯特、果戈理、托尔斯泰，甚或有时候契诃夫笔下的喜剧梦想家，普里切特笔下人物的喜剧性膨胀同时也是人物失败的尺度。事实上，我们注意到，普里切特描写人物膨胀时身体的变化方式，往往将这些时刻转化为羞愧的领域。比如，"有一个礼拜天，阿尔古看见他的脚自吹自擂地从床底下伸出来"。再如这句神来之笔："他的表情就像这样一个人，决定再也不买衣服了，就让衣服带着心里的怨恨继续闪光"。再如，"雷博士天生就是善于伪装的人。每句话都是新的伪装。两杯威士忌把他稳住了。一大团像犯了罪一样的红晕从他的脑袋中间下来，拉大了他的耳朵，走到了衣领下"。普里切特在别处还写到一个女人"因羞而胖"。这些人因梦想而脸红时都有意义；他们脸红，意味着殖民。

　　关于普里切特作品的英国特征就到此为止。正如他的人物一样，普里切特让人觉得有趣的是，他既有浓烈的英国味，也在拼命地逃离这种英国味。他是伟大的旅行家，法语和西班牙语都很流利，他深入阅遍欧洲的小说经典。像他笔下的雷博士，他也善于伪装；他扮演出英国人的温和与柔化的野心。但是，英国喜剧显然让他觉得沮丧。人们有失公平地将他与菲尔丁、司各特、简·奥斯丁、特罗洛普、乔治·艾略特、吉卜林、威尔斯、伊夫林·沃和鲍威尔等人混在一起，构成所谓的男性传统。普里切特在《乔治·梅瑞狄斯和英国喜剧》一书中，把这一传统的特点总结为"乐观、随和、积极、道德感强、相信常识……怀疑情感。"他自己的喜剧倾向于他所说的"女性、感性"。"假如你注重隐私，"他写道，"注重想象和情感胜于常识，假如你不是靠钟表时间而活，而是靠你感情的不确定时间……那么，你会与斯特恩一起，置身于一个无序的、多嘴的、疯狂的传统。"他写道，这个传统包括皮库克、狄更斯、梅瑞狄斯、乔伊斯和贝克特。

当然，普里切特挑选出来的"女性"传统事实上就是对简·奥斯丁——众人以为她是"男性"传统的作家——的贴切形容：正如她小说中经常出现的那样，情感最终压倒了理智。但是，我认为，普里切特创造了这不公平的划分，因为他恰恰把自己定位于反对他所在时代占据主流的英国喜剧——沃和（早期的）鲍威尔的喜剧，这种喜剧里的人物像跳棋一样在都市的棋盘中咔嚓地走动；一种貌似无心的喜剧，小说家总是人物前面一个知心的形容词。

普里切特反对的这种英国喜剧，可见于伊夫林·沃的早期小说。比如《衰亡》中描写威尔士铜管乐队那个著名段落，仍然被推崇为英国喜剧文学的经典片段：

> 十个面目可憎的人从车道走过来。他们低着头，目光狡黠，弯腰曲背。他们挤成一团，像狼一样跳跃式前进，边走边瞄周围，似乎一直提心吊胆，怕中埋伏；他们嘴里的口水顺着深陷的下巴不停地流，他们猿猴一样的手臂下面都夹着一团奇形怪状、莫名其妙的东西。

　　尽管普里切特没有评论这段话，但按照他的眼光来看，这段话肯定只能算是最粗糙的喜剧。首先，"可憎的"就是一个笨拙的形容词，因为它蛮横地露出了作者的底牌，就像大学生一样开头写这段。其次，伊夫林·沃笨拙地坚持描写人的动物性，他先告诉我们这些人"像狼一样"，再提醒我们这些人的"口水"和"像猿猴一样"。最后，这段文字埋伏了喜剧的前提，一方面认为幽默应该浅显，另一方面认为威尔士人天生就好笑。我们自然会想拿这些威尔士人与普里切特的威尔士人伊文斯对照。伊文斯大声宣布威尔士是欧洲诗歌的摇篮时，尽管受到微妙的嘲讽，但也得到微妙的理解。

　　普里切特一方面忠诚于狄更斯，另一方面急于拓展英国喜剧。他把英国喜剧俄罗斯化，首先在契诃夫那里找到了他可利用的对幻想的内在好感。他的说法——"不是靠钟表时间而活，而是靠你感情的不确定时间"——（以及他典型的带有温柔比喻风格的批评）是敏锐的，因为在契诃夫的作品中，我们觉得，他人物的内在生活有无尽的品质，他们被马虎地安排进日程。像契诃夫式的亨利·格林一样，普里切特找到了一种从人物内部世界叙事的方式——这恰是伊夫林·沃读到《爱》时受到震动之处。（伊夫林·沃写信给格林说这本书"不堪入目"："你在恶毒地败坏语言。"）毕竟，英国的小说家们都明显很有侵略性，总是强行进入文本为他们的人物代言，告诉我们他们的心思，用抒情的绷带把他们制成木乃伊：菲尔丁、乔治·艾略特、福斯特、安格斯·威尔逊、A. S. 拜厄特，莫不如此。但是，在契诃夫那里，他的风格有着与内容一样的肌理：它不追求照亮自身的完美，而是为自身认知的发展照亮一条路。作者使用的明喻、暗喻和意象，既是诗意的言论，也是人物可能用的言论。

普里切特的细节就有这种品质。他有时使用自由间接引语，有时将他的故事让渡给叙事者，他创造了一种陌生而丰富的风格，充满了移动的犹豫，但在这些关头，他的人物可能降临。比如，《幽默感》中灵车里坐在叙事者旁边的女人以契诃夫的口吻说："我想走了……我受够了。"叙事者绝妙地加了一句："她习惯无缘无故地生气，就像这样。"再如，《我的姑娘回家时》中希尔达描述她妈妈死的时刻。希尔达在厨房听到卧室传来的叫喊——"像一个人的卖报声"。这简直就像是契诃夫写的。再如，在短篇《项链》中，一个不理解妻子的丈夫——他是没文化的窗子清洁工——看见她戴了一条项链，说："女人戴上新东西，看上去就高大有力，好像就要重新认识她们似的。"甚至普里切特使用罗兰·巴特所说的符号意指系统——此时作家求助于我们都知道的东西，即普遍的共识或常识——这种符号意指系统也是来自人物世界内部而非外部："我们在伦敦夏日那喧嚣的两周之一的中间；正如我们都知道的，在那两周里，英国生活突然停滞了，大家都变了。"

普里切特说，英国作家要像契诃夫那样写很难，因为对于俄罗斯人的开放式结尾，"由于英国人某种实际或负责任的本能会反对"。但是，与格林一起，普里切特在那样的时刻为英国的喜剧叙事带来了新的东西，一种奇怪而神秘的精美，近似于更柔和、更反讽的劳伦斯。普里切特的故事朝着读者慢慢爬来，不是从正面，而是从侧面或后面，就像从船尾上船。像莎士比亚和狄更斯一样，他知道比喻对写作、对人物至关重要；他知道人物通过比喻扩张——正如"比喻"这个词所暗示的，人物在使用比喻的过程中，被带走，变成了别的东西——读者见到比喻时，从比喻的角度而言，他们也在扩张。可以说，也应该说，普里切特捕捉到了比喻的英国特征，同时又把它搬运进了某些永远不属于英国的、永远变动不居的东西里。

伍尔夫、格林和普里切特，他们显然都受到了契诃夫的影响——如何处理看似多余的细节，如何听任小说羞怯地漂流。在这三个现代英国作家中，普里切特最不重要。大多数读者都会同意，他没有写出《到灯塔去》或《爱》这等作品。他写了许多短篇。重读之后就会奇怪地发现，他的人物，尽管有英国特色的扩张，实际上并没有很奇怪或很深广的扩张。普里切特的短篇，或许像他的批评一样，没有那种不稳固的伟大性。他是一个伟大的小作家，或许他本人知道这点。他在评论乔治·艾略特的文章中曾经写道，要成为伟大的小说家，"除了天赋之外，首要条件是，心中要有宽广而专一的目标；只有强大的信念，强大的疑惑，甚至强大的自负，才能创造一流的作品"。普里切特缺乏专一性；相比之下，他是一个羞怯的英国点彩画家。但我希望他会流传。

亨利·格林的英格兰

英国的现代主义必须用枯竭或否定为单位来衡量。英国的现代主义很少，绵软的生命转瞬即逝，难以把握。不仅是从数量或历史通道长短而言，它看起来短暂；作为艺术，它也往往是沉默、田园式和挽歌式的艺术。或许，最令人吃惊的是缺乏真正的都市现代主义。诚然，在英国的现代主义中，伦敦频繁亮相，但是，没有现代主义的狄更斯——甚至没有英国的多斯·帕索斯、策兰、乔伊斯、别雷、德布林。

在音乐中，有威廉·沃尔顿和拉尔夫·沃恩·威廉斯；在艺术中，有斯坦利·斯宾塞；在小说中，有弗吉尼亚·伍尔夫和亨利·格林。这些艺术家从美国、爱尔兰、俄罗斯和中欧的强劲现代主义中拿走他们需要的东西，将之与英国本土生活的温柔种子混合在一起。沃尔顿受普罗科菲耶夫影响，但是，在他的中提琴协奏曲中，他用中提琴这件最具英国特色的乐器，像光滑的木栏一样围住刺骨的间歇，削弱了这个俄罗斯人音乐的力度。亨利·格林则根据自己对契诃夫、普鲁斯特和乔伊斯的理解，创造出一种英国的现代主义小说。

在这些人物中，亨利·格林最不为人所知，部分原因是他有意而为。他高兴地消失进他自己策划的公共间谍案中。"亨利·格林"是笔名（他本名叫亨利·约克）。他抵制一切形式的宣传，甚至抵制为他做传，他拍照只留背影，像一个超现实主义的职员，受到束缚，面目不清。他毫不珍惜他所谓的"文学，那把吹得过猛的喇叭"。他大半生经商。他不相信他的作品会流行，多年来他选择不出平装本。他的小说——书名大多是一个动名词——出版于 1926 年到 1952 年间，然后就停笔了，尽管格林此时不过四十七岁：他出道很早，1926 年发表处女作《失明》，年仅二十一岁；1929 年，发表了第二部作品《活着》。十年过后，他才又出了一堆作品，其中包含他真正的成就：《赴宴》（1939）、《打点行装》（1940），最主要的是《爱》（1945）。

但是，格林相对来说默默无闻，更深层的原因与他作品温柔的喜剧和沉默有关。他曾经的女友说，他简直像是个幻影，他靠别人的积蓄生活。在小说中，他也尽可能靠他人物的积蓄生活。他的语言具有鲜明特性，但还是想法围绕小说人物塑型，以至于看上去就像是这些人物可能说出的话语。他晚期的作品几乎全是对话。格林小说中所有的话语，像他的文风一样，都是靠间接曲折的方式推进。

19 世纪最后十余年，康斯坦丝·加内特翻译的契诃夫刚刚面世，与伍尔夫一样，亨利·格林也受到影响。他知道，契诃夫已经发现，人物在无关的闲谈中能最有说服力地表现出自我；当人物自己觉得看上去真实之时，在我们看来也就真实；当人物最为隐秘、古怪和疯狂时，他们自己往往看起来也最真实。他知道，生活中的人们经常拒绝表现自我，经常偏离目标。但小说，天啊，还有戏剧，经常迫使人物一本正经地表现自我。这种方式与其说与无序的生活有关，不如说与艺术的惯例有关。这肯定是契诃夫的言下之意，他抱怨易卜生"不是戏剧家。生活中根本不是那回事儿"。

正如艺术经常迫使人物进行不自然的表演，同样，它也迫使格林自己进行某种中规中矩的表演，甚至通过创造一种目的凌乱的艺术，迫使他进入自己极力消解的那种矫揉造作。格林的作品真的看上

去在漂流，有时，当他的场景在半生不熟的游思和
秘密的猜测中飘摇和战栗时，他甚至挑战了读者耐
心的极限。他最为人所称道的是他倾听话语、特别
是英国方言的奇特而精巧的方式。他离开牛津后，
一边在父亲的工程公司上班，一边开始写他第二本
小说《活着》。下面，是小说中一个工人描述住院
的病友：

> 对面病床是一个伐木工。他的肚子上有好
> 多长长的伤口。当他动了手术苏醒过来，把他
> 再次送回来的人告诉他，想吃什么就吃什么。
> 他说先吃荷包蛋和烤面包片比较适合，他们就
> 把荷包蛋和烤面包喂给他吃，但他却吐了出
> 来。黑乎乎的一团。他们接下来喂了别的东
> 西，他都吐了。最后，他们喂了他葡萄酒、白
> 兰地和香槟，他才没有吐。

对于一个二十三岁的作家而言，这段话已经写
得相当出色了，但格林会变得越来越擅长，让他的
人物在不断增加的乱七八糟之物中呈现自己。

尽管他着迷于契诃夫使用无关细节的技巧，几
乎可以肯定，这种技巧主要的先驱是莎士比亚（和
后来的狄更斯）。在《爱》中，人物一直利用看似

间接和无关的话语表现他们最重要的本质。格林所有的小说中都有明显的空间转换，在特殊性和普遍性、平淡和抒情之间转换。在《爱》中，韦尔奇太太，一个愤怒的、不时喝醉的女管家，向女主人告发男仆兰斯和与之相恋的女仆伊迪丝：

> 就是这么回事。那两个人就是这样，那个兰斯和他的伊迪丝。我什么都没有说。他们整天搂搂抱抱，大半夜也很可能搂搂抱抱。我没有说整个晚上，我休息的时候都很警惕，只要外面有灯，我就要起来看看。我就能看见他们搂搂抱抱……他们以为是万能的恋人，但不过是大家说的男盗女娼，请原谅我这样说。你看我说到哪里去了呀？

当韦尔奇太太以非常荒诞的口吻告诉女主人，她晚上不是故意偷窥兰斯和伊迪丝——"我没有说整个晚上，我休息的时候都很警惕，只要外面有灯，我就要起来看看"——此时，这段话中出现了空间转换。我们突然了解到韦尔奇太太每天的习惯，通过她可笑的浮夸，她在我们面前膨胀，几乎与光融合为一体（"只要有光，我就要起来看看"）。在这个时刻，这段话语的意义得到深化，不只是对她嫉妒和想象的性快感的告发，而且是她骇人听闻的无意识的坦白。韦尔奇太太差不多像是在暗示，只要有光能够看到兰斯和伊迪丝，她就会继续偷窥。

这迅速的转换或跳跃是格林的风格中最美好的东西。在《活着》中，他写到一个爱上自己工友的女人："与他开玩笑，与他终日聊天，她的笑声一出来就化成了信任。"难以说清为什么这种表达"一出来就"是如此正确——尽管它故意含糊——如此贴切。但我们知道这种感受，我们对他人的好感一出来就化成了信任，一出来就加深。

同样，格林的小说"一出来就"化成了信任；突然也就掉了进去。《打点行装》是他于"二战"爆发前夜写的一部回忆录。在这部作品中，格林描写了他出生时生活的大房子和土地，他提到了一个在家里干了四十年活的园丁。这个园丁名叫普尔："房子刷成粉色，高高耸立在低矮堤岸的草坪上。普尔割旁边的草很麻烦，他有一条腿不好。"在这个典型的流水句中，那条小尾巴——"他有一条腿不好"——把读者的注意力从房子转移到普尔，再转移到普尔的腿。这一切转换得快速而自然，要是由普尔来叙事，也可能是这样。

格林描写了格洛斯特郡福特安普顿塞文河旁的

祖屋:"我们小时候住在这里,受塞文河影响,这些地方湿润,气候温和。我们一直住到爷爷去世后。我们搬到这个大房子,离塞文河一英里,河流就从那花园下流过。"再次,这段描写的内容迅速膨胀,跳出地域之后开始扩张——"受塞文河影响,这些地方湿润,气候温和"——然后再收缩回到家庭("我们一直住到爷爷去世")。我们首先注意到这里的复数用法:不是"这个地方"而是"这些地方",给了这个句子一种蛛网般的国族魔力气息(似乎格林指的是"英国人的古老土地",有些神秘和文学性的东西;格林写作的时候肯定想到了弥尔顿在《酒神之假面舞会》中描写的"长满灯芯草"的塞文河"河岸")。这里的动词"影响"用得也很妙,格林激活了它的拉丁词根。我们通常认为只有大海或湖泊会"影响"气候,而不是河流。这里宣称一条河流可能影响气候,难道这不是一种英国情调的温柔语气、一种低调的看法?相比海洋和湖泊那样的大水体,一条河流对气候的影响明显小得多,因此,为了捕捉这种温柔的效果,没有动词比"影响"更合适,它也暗示了祖先对气候最轻微的触摸,历史对气候最微弱的轻推。一个动词,不仅在修辞层面完美传递出它的"英国性",而且敏感地符合格林在此描写的社会世界,一个几百年来都享有特权和

"影响"的上流社会。所有这些意义全都包含在一句话里！

事实上，《打点行装》中这样精妙的文字比比皆是：

> 再次，每个礼拜天下午，我们都会出去漫步。我们打扮得漂漂亮亮的，呼吸着甜蜜的乡村气息。这个岛上的玫瑰香精油，跨过大海，横越大陆，来到我们漫步的地方。我们周围的树木，天空中高飞的白嘴鸦，田野中的牛群……我们看到轻烟下的大地，如一个国王享受闲适的欢愉。

同样在这本书中，格林写道，小说不是给人大声朗诵，"而是独自在晚上静对。它没有诗歌那样迅捷，相反，它在渐渐编织暗示的蛛网……小说应该是陌生人之间漫长的亲密，不用直接求助于他们可能知道的东西"。

在上面的引文中，当格林在礼拜日的漫步和"这个岛上的玫瑰香精油"（这种说法把整个英国都包含在内，同样把他的语言包含在英国的诗性传统之内）之间转换，将乡村景色比喻为"一个国王享受闲适的欢愉"，我们看见他在如何展现他所谓的编织暗示的蛛网聚集和漫长的亲密。正如《打点行装》是一首关于自我的挽歌，写作时就预见到必然的战争和可能的死亡，同样，它也是一首献给英国的挽歌，悲叹它漫长的和平夏日即将消逝。

1905 年，亨利·约克出生于一个很有名的英国贵族之家。他的母亲毛德·温德汉是莱肯菲尔德男爵的二女儿，生活在萨塞克斯的佩特沃斯，是英格兰屈指可数的名门望族。约克一家，不像许多英国的同代人，既不愚昧，也不愚蠢。亨利的父亲文森特是剑桥大学古典学两科优等生，后来成为剑桥国王学院的院士。文森特年轻时是爱探险的地质学家，他考证出一个库尔德人村庄是希腊讽刺作家卢西恩的出生地。亨利出生时，他正过着双面人生。一方面，他是生产酿造设备和卫生间水暖设备的家族企业庞蒂菲克斯的常务董事；另一方面，他是传统的英国乡绅，经营庄园，骑马逐猎，调教三个非常聪明的儿子（亨利最小）。

亨利早慧。在伊顿公学读书时，他为校刊写了几个短篇（收录在身后出版的杂文集《存活》中）。尽管是学童的习作，它们却有着惊人的自信，已经预示了他将成为这类作家。其中一篇《爱玛·安斯利》以火车上偶然听到的两个女人的对话开始。一个女人说："纳尼顿对爱玛多么重要啊！"另一个女人说："玛丽，这是她应得的。"在公共汽车上，在酒吧里，格林会很认真地听人谈话。他从来不认为写作对话只是一种汇报或受托的行为。对话，在格林这里，不是创意写作坊强调的作者要"正确"，而是像在莎士比亚和狄更斯那里，它既忠实于现实，也是惊人的不忠。它是汇报，也是舞蹈。

格林没有拿学位就离开了牛津，走上了激进之路：他到在伯明翰的庞蒂菲克斯公司（他的朋友们称这家公司为庞蒂菲克斯-马克西默斯）的工厂去上班。他在《打点行装》中写道，大多数工人认为他是父亲派去那里接受惩罚的。在工厂里，他爱听工友夹杂方言说话。他的父亲在福特安普顿时对家里仆人和公司员工的说话方式也感兴趣，经常要查他的方言词典。格林喜欢观察英国的工人阶级，对他们抱有同情，特别是对仆人。这当然是一种政治态度，在小说中也产生了一种有趣的政治学。但这比政治学还奇怪，因为格林奇怪地将传统和激进结合于一身。他是自命不凡、羞怯腼腆的贵族；但他习惯从底层仰望英国社会，就像是躺在地上。他的朋友和对手伊夫林·沃不喜欢他作品中的恰是这点，觉得其中有种阶级负罪感。

但格林没有他伊顿老同学乔治·奥威尔的那种政治学和阶级负罪感。在《打点行装》中，他只是认为，工人阶级话语比传统的中产阶级话语或上层阶级话语更有诗意，他举了在工厂偶然听到的语言为例："他的眼睛从脑袋鼓出来，像小狗的睾丸。"一个劳工说起他的黄狗："它喜欢我周末带它到户外，在草地里疯狂打滚。"他写道，当工人开始形容某个东西时："他们的口语真的是不可超越。"这种不可超越的口语诗歌就是格林第二部小说《活着》的质地。小说的背景是在伯明翰的工厂，故事主要发生在工人之间。

但是，人们认为他 1945 年出版的《爱》才是更大的成就，才是他最好的小说。这种看法是正确的。小说以二战期间一个爱尔兰乡下人家为背景，描写了近乎莎士比亚笔下的纵情狂欢场面，类似于《仲夏夜之梦》的世界。小说中，仆人们趁女主人坦南特夫人前往英格兰的几天时间，有效地接管了家务。尽管小说情节并不跌宕起伏，但书中羞怯而朦胧的波动还是让我们对好几个人心生同情，如兰斯、伊迪丝、凯特、坦南特夫人及其儿媳杰克夫人等。查理·兰斯是新上任的首席男仆，他爱上了女仆伊迪丝，准备娶她为妻。凯特是伊迪丝的朋友，也是女仆，她爱上了一个爱尔兰的马倌。（坦南特一家人和家仆都是英国人。）坦南特夫人的儿子在军队服役。她的媳妇杰克夫人与邻居达文波特上尉私通。

　　这本书中的话语就是连续不断的笑声，它如一首诗歌，与格林的抒情风格密切配合，真的让人无法将舞者和舞姿分开。最有趣的不仅是许多劲爆的方言："没有叫你来自找麻烦（fash），兰斯先生"；"这些通道湿得要命（mortal）"（格林可能是从乔伊斯的《死者》中学到"mortal"这个词的用法）；"地呀（for land's lake）"（可能表示的是"天呀"）；"因为我知道在他们那么大时为什么老是提心吊胆（worriting）"。格林还像莎士比亚一样，创造出新词来模仿方言的效果。比如，谈到杰克夫人的几个孩子，伊迪丝突然冒出神奇的一句话："好，今天下午我就把那几个拖拖拉拉的小娃儿(draggers)拖出来。"《牛津英语词典》中都收录了"fash"和"draggers"这两个词。前者是北方方言，意思是"自找麻烦"，格林按照传统方式用了这个俚语。但是，后者按照《牛津英语词典》的解释，意思只是"拖东西的人"，没有词条显示它可以用于孩子。（格林的用法没有被词典收录。）也许，把这个词用在孩子身上是北方方言，因为孩子如果走路拖拖拉拉掉在后面，大人会很烦。不过，我们可能会怀疑，格林这里在创造富于诗意的新词——它选用一个字眼，将之与新的语境融合在一起，从而产生新意。在这样做时，他赋予女仆伊迪丝的俚语一层新意，但同时却使它看上去就像是随便使用的俚语。只用了一个字眼，格林就深化了他的人物形象和他的风格；他让伊迪丝充满现实感，同时从风格上而言，在书页上创造出令人耳目一新的东西。这个字眼也很迷人和有趣；读者看到它时，都难免会心一笑。

小说中最为神奇的一幕是，说话特别绘声绘色的伊迪丝走进杰克夫人的卧室，发现她与达文波特上尉在床上。杰克夫人惊恐地坐起来，突然意识到没有穿衣服，乳房都露出来了，连忙又钻回被窝。伊迪丝也吓了一跳，但她立刻装着什么都没有看见。事后，她开心地告诉其他仆人，为她的所见而自豪："这难道不算绝杀？"她好笑地问。"居然是让我碰到，"她接着说，"毕竟这么多年啊！"很久之后，她还能再次记起杰克夫人"坐在床上的样子，胸前（fronts）……像有两只鹅上下跳动"。在这里，格林对"fronts"一词的用法与"draggers"如出一辙。

我们容易忘记，尽管莎士比亚是伟大的例子，但英国小说作为一种资产阶级文学形式，往往不愿自找麻烦塑造伊迪丝那样的女人和兰斯那样的男人。乔治·艾略特对读者表示了歉意，因为她必须花一点儿笔墨描写农村的土包子；福斯特在《最漫长的旅程》中写道，布料零售商安塞尔先生应该归于幻象之列。哈代和（在一些早期小说中的）劳伦斯是格林将之臻于完美的这门艺术的伟大先驱。在契诃夫和乔瓦尼·维尔加（劳伦斯在 20 世纪 20 年代后期翻译过维尔加）的小说世界中，我们看见一种叙事风格，作者的评论和人物的想法高度一致，以至于作家创造的明喻和暗喻，或许也能被人物轻易地想到。因此，契诃夫形容一个农庄里的音乐是"听上去昂贵的手风琴"；契诃夫和维尔加都形容一个人的字写得像是一堆鱼钩。在那样的情况下，作家消失进他们人物的想象中。

格林对这种消失很着迷，他进一步扩展了这种隐身原理——或许比任何作家都走得更远。在《活着》中，他取消了许多定冠词，语词如流水一样连接在一起，甚至描写的段落或作者的评论读起来也像话语或意识流。在《爱》中，他取消了副词的后缀，力图模仿人物的方言。比如，"'过来'，她悄声说，声音清脆（brisk）"，因为伊迪丝可能把"briskly"（清脆）的后缀"-ly"吞掉了。书中类似的例子还有很多，如"兰斯目光犀利（sharp）看着她"，"凯特坚持（dogged）完成"，等等。

小说中有一幕在最小的篇幅中不断转换语域，如一条运河穿越不同的闸口，格林进入他的人物，过了一会儿又走出去，然后再次进入。我们且来看伊迪丝撞见杰克夫人和达文波特上尉在床上：

> 床上有一点动静吸引了她的注意。她慢慢转过身。她看见杰克夫人在熟睡。杰克夫人的卷发旁边快速动了一下。她瞥见一个人的头发转瞬间缩进了丝被。一个男人。她的心怦怦直跳，血管就要爆炸。她倒吸了一小口凉气。那头黑发完全不见了。但床上有两个驼峰似的身子，粉红的被子就像盖在两座坟上的草皮。就在这时候，杰克夫人像是被鬼掐了一下，突然跳了起来。她坐起身，还没有完全清醒。她光着身子。然后，无疑记起了什么，她飞快地说："哦，伊迪丝，是你呀，我会按铃叫你的。"说到这里，她肯定意识到她光着身子。她尖叫一声，抱住可爱的手臂，遮住丰满白皙的胸脯。她的胸脯上，两块高高举起的干枯的黑色伤疤在任性地摇荡。她也完全溜进了被窝。

这是非常生动流畅的写作。我们从伊迪丝的观察（用她可能使用的语言加以表达，"她的心怦怦直跳，血管就要爆炸"），转换到一个比喻（盖在驼峰式的身子上的被子就像"坟上的草皮"，这个比喻介于文学语言和口语之间，介于格林的话语和伊迪丝的话语之间），再转换到完全抒情性的文学话语（格林总是高度关注女性的身体，他注意到杰克夫人的"可爱的手臂"和她"任性"的乳房，像"两块高高举起的干枯的黑色伤疤在任性地摇荡"；同样的乳房，在四十页后，伊迪丝将换成她自己的话语来形容："她胸前……像有两只鹅上下跳动"）。

格林在抒情性的强度上不同于契诃夫和维尔加：只有他敢于称杰克夫人的手臂"可爱"。在这种意义上，他是现代主义的文体家。但这种在人物话语和作者话语之间快速转换的特别效果是，抒情性不可否认地来自作者，但是却显得如此短暂，以至于看起来在产生那一刻就被吊销。因此，格林的抒情性，尽管总是并只是属于他自己的，但似乎不大是来自他本人的。当不同风格混合时，他这个创造者却悄悄溜走了。

他的小说，当然是极度用心在经营，但却给人漫不经心的印象。在这方面，他像劳伦斯，两者都想通过小说扎入海里，寻找海底的生命活力。劳伦斯利用重复的手段，震惊出语词的冲积层；可以说，在语词被重复时，就会看到语词在变色。格林不怕重复，但他的风格原则是乔伊斯式的流水句："翻过山丘，第一眼就看到钓鱼的地方，垂柳拂在流水上，水下是白鲑，等着拣柳尖上滴落的东西。"这种几乎无中断的快速翻滚强化了每一个词，似乎语词抛出之后立刻被消费。在这种慷慨得漫不经心的印象中，格林的写作保留了贵族式的优雅。

生活中的格林似乎难以捉摸，充满了激情和悲伤。他高大帅气，是非常随和的听众——他那一双作家的耳朵贪婪地收集听到的素材——他的笑声很爽朗。尽管他也可能擅长讲故事，但他像契诃夫一样，发现自己是社会事件的旁观者和听众时，他最开心。他迷倒了许多女人（这一点又像契诃夫），有无数的外遇，每段外遇开始时，他都告诫自己要适可而止，因为他爱妻子，不离不弃。（唯有死才能让他们分离；1973 年，他先于妻子离世。）

美国作家尤多拉·韦尔蒂给格林出色的传记作者杰雷米·特格劳恩讲了 1950 年她和格林在伦敦的一面之缘，我们从中可以一睹格林的魅力。韦尔蒂到英国后，受到大半个伦敦文学圈子的高规格接待。一次聚会中，有人把她引介给格林。她很激动，在从美国来的海途中刚读过格林的小说《爱》。他们谈得正欢时，格林邀请她去家里。格林并非迷上韦尔蒂的相貌（此时的格林喜欢的是二十出头的新名媛），但他们似乎一见钟情，在格林的书房里聊了几个小时。多年后，他们依旧有书信往来。特格劳恩在传记中写道，格林写给韦尔蒂的书信简直就是情书。"当然，他是极有魅力的男人，"韦尔蒂告诉特格劳恩，格林随性、调皮、幽默，"他所有的作品中都有狂欢的成分，他能突然之间爆发出神奇的笑声。"

如果说，韦尔蒂没有看见格林的悲伤，那是因为她没有成为他的情人。他的那些情人都认识到他的痛苦和脆弱。20世纪40年代后期，格林日日纵酒，他深信自己写作才华枯竭。他最后一部小说《溺爱》发表于1952年。成年之后，他大多数时间都在伦敦的家族企业中上班。他接任了他父亲常务董事的职位，只有晚上回到家他才能写作。但是，他的写作灵感不再回来，每天去公司变成了雷打不动的钙化习惯。他的举止看上去比实际年龄老成许多。事实上，他人到中年，耳朵就开始失聪。一次访谈中，在谈到他深爱的爵士乐时，他提到中年"这些痛苦的浅滩"。

格林患了广场恐惧症，不再出门。"只要可能，尽量不出去，"他说，"最好待在一个地方，或许就是床上。"1959年，他淡出了家族企业。因为一次董事会议上，人们注意到格林身边桌子上杯子里的透明液体不是水，而是纯杜松子酒。特格劳恩在传记中写道，到了60年代中期，"格林主要的兴趣就是看电视上的体育节目"。

如果说，韦尔蒂没有说错，格林所有的作品中"都有狂欢的成分"，那么，同样有忧伤的成分贯穿其中。格林流水一样无组织的句子，不受标点的约束蜿蜒向前，看上去漫不经心，甚至看上去喜欢交际，产生的美丽效果不只是语言的强化，而且是感情的强化。伊夫林·沃，像格林一样，通过加快话语的节奏，剪掉可用的情感，获得了许多喜剧效果。但是，格林有着更深的抒情冲动（他也是更为深沉的小说家）；在他笔下，对情感的躲避反而只会刺激对匮乏情感的欲求。

在《打点行装》中，格林回忆起在一战期间读男生预科时，学校有一条校规，学生的妈妈带儿子出去喝茶时，必须有儿子的一个朋友随行。

　　这条校规牢不可破。我的一个朋友的父亲去世了，他的妈妈带着遗书来到学校。她带他出去喝茶，我也按照校规陪同。喝完茶后，我们走到我描写过的那个公园。我们背靠大树坐在地上。他们边读遗书边哭泣。你以为这条校规在战时可以放松一点儿吧，想都别想。外出喝茶时，我们都会吃煮蛋。

再次，这段话突然收缩，从靠着大树哭泣，回到吃煮蛋的习惯。但是，更让人意外的是，这段话漫不经心的速度——是上流社会英语的那种清脆快速——排除了它的社会情感，没有为读者的痛苦和悲伤留下余地。同样，这种排除的原理在《爱》中也在起作用，小说中的仆人们成功地将二战从他们的世界中排除，只有一次用"他"来暗示希特勒："但是，也许他会用炸弹来遵守与伦敦的约定。"

后一个例子中的排除与其说是清脆快速，不如说是欢天喜地。但是，这两个例子都传递出一种默默的坚忍。事实上，格林发现，无论是英国上流社会的风范，还是英国工人阶级的举止，都有默默坚忍的特性。在他的作品中，这两类英国人往往都是绕开对方说话，而非针对对方说话，就像是弯弯的新月。《爱》不妨也可改名为《活着》，因为格林让我们看到，我们爱的方式与我们活着的方式一模一样，拒绝放弃我们的孤独和隐私。

如果说，格林终究只是一个非常好的小作家，那或许是因为他对半生不熟的游思过于宽容。不要执行任何目的，这样美好的决定——他在这方面是爱说教的劳伦斯的对立面——创造出一种相当随和的艺术，一种与众不同的艺术。但是正因如此，它留给我们的人物，相互间才有动机，他们不会在一种耀眼的理念、意识形态或邪恶的欲求之下独自燃烧。契诃夫终究还有他的知识分子，无论他们多么愚蠢，多么令人沮丧。格林只有他波澜不惊、感情恬淡、旋律轻柔的英国人。诚然，他把他们服侍得很周到。

巧克力厂里的漫长一天：大卫·贝泽摩吉斯的同情反讽

契诃夫也许是神圣之人，但他对世上许多罪负有责任。当代短篇小说本质上从属于契诃夫式的小说。它们非常明显地受到什克洛夫斯基所谓的契诃夫式"消极结尾"的影响。契诃夫的小说习惯于在省略号中消隐，或者在思绪中间结束——"开始下雨了"。这是当代短篇小说习焉不察的语法，我们不再注意我们读到的东西已经变得多么奇怪地突兀，多么单调地破碎。（我们忽略了契诃夫即使最短的小说看上去也是多么圆满。）与这种突兀和破碎相吻合的是这种当代观念：短篇小说应该把自己表现为自身混乱的牺牲品，表现为平静的迷茫，在其中，没有任何东西能够理出头绪；表现这种迷茫的必要工具就是第一人称叙事者，作品里的"我"必须独自在现代迷宫中穿行，不靠全知的第三人称的作者帮助。契诃夫的简明清晰——我们更容易看见他的透明而不是意识到他的复杂和抒情——似乎给许多美国短篇小说紧身的、去皮的、苍白的语言投下了阴影。毫不奇怪，生活在这种薄薄的语言屋顶之下的小说人物，也相当苍白，缺乏感情，就像遭到时代的捶击，吓得目瞪口呆。同样，契诃夫式的反讽在现代短篇小说写作中也发现了它堕落的对应物：契诃夫的反讽经常凶猛有力，但现代的反讽往往消解一切。

关于大卫·贝泽摩吉斯（David Bezmozgis）的横溢才华，已经说过太多。他的短篇看上去枯瘦、狡黠，充满反讽，完全采用第一人称叙事，语言简洁质朴，喜欢突然的结尾。这些故事如出一炉，但从总体上而言，却又避免了常见的缺点。他的短篇小说集《娜塔沙》中不时会有廉价的反讽和俗套苍白的叙事等毛病，但其中最好的作品充满了激情和生命。最重要的是，它们是讲故事的真正典范。在此，除了他的文学技巧——对于一个才出了一本书的三十一岁的作家来说这样的文学技巧引人瞩目——贝泽摩吉斯的优势是他的题材：在这本书里，他写的全是到加拿大的俄罗斯犹太新移民。他带着热烈的好奇心追踪他自己的世界，追踪他父母和祖父母的世界（贝泽摩吉斯 1973 年生于里加，1980

年移居加拿大；这些故事按年代顺序忠实于那些历史；他把这本书题献给了父母）。

小说中的确有地理魅力这种东西。比如，我们阅读康拉德，一大快感就是，他用一根流亡的绳子串起某个小人物的奇异素描。《吉姆爷》中收集蝴蝶和"甲虫"标本的斯坦恩，据说参加过英国1848年革命，先后逃到意大利的里雅斯特和黎巴嫩的黎波里，"到处兜售廉价手表……"大卫·贝泽摩吉斯同样敏感地意识到移民和流亡对于身为作家的他来说有什么用。他喜欢在段落里撒几粒令人震惊的遥远历史事件的种子。在短篇《按摩师罗曼·贝尔曼》中，叙述者的父亲曾经在拉脱维亚的体育部工作，做过举重比赛的裁判："我的父亲是资深的国际举重比赛裁判，他穿着匈牙利的蓝色制服，出现在塔林和索契等赛场上。"

贝泽摩吉斯知道，西方读者会在舌头上卷动塔林和索契这样的城市，就像品尝异国葡萄一样享受它们奇怪的风味。总之，他擅长用意想不到的异国情调来刺激和推动故事。他有时候甚至用异域情调来开头。比如，短篇《以兽行纪念》的开头是："在维也纳的铁路站台，母亲和姨妈禁止表姐和我跟外祖父母说再见。"短篇《世界上第二强壮的人》的开头是："1984年冬，国际举重冠军锦标赛在多伦多会议中心举办时，我妈妈精神崩溃后正在康复，爸爸一落千丈的生意正徘徊在倒闭和即将倒闭的边缘。一天晚上，电话响了，有人邀请我爸爸去裁判组工作。"小说开头就是这样张开双臂潇洒地招手，让读者欲罢不能。

贝泽摩吉斯不仅善始，而且善续。他有绝活，使他的句子从一句跳到另一句，似乎寻常的联结组织已经断裂：

> 有一年多时间，爸爸每夜都在啃医书和字典。在巧克力厂忙碌了漫长的一天后，他回到家，立刻打开卧室的灯。他会和我们在厨房喝他的开胃汤，但他把主食带到卧室去吃，盘子放在一张摇摇晃晃的苏联凳子上。他学得很辛苦。他年近五十，英语与其说是工具，不如说是敌人。在拉脱维亚，爸爸离开体育部后，在波罗的海岸边一家水族馆里靠做按摩师为生。他没有从业资格证，只有一些简单的训练和靠熟人的帮忙。但是，在这个新来的国家，要得到资格证，他只好去背复杂的医学术语，参加一场长达八个小时的外语考试。

这是《按摩师罗曼·贝尔曼》中开头一段，文字可能看上去很浅显，但它跳跃的活力与其起落的微妙方式有关，与几乎每一句都在悄悄传递的一个奇怪事实有关。第一句话告诉我们，罗曼在"啃"字典；第二句话告诉我们，他在巧克力厂工作（这个细节笼罩着奇怪的、幼稚的、童话式的光环）；第三句插入了一个细节，他把盘子放在"苏联"凳子上（读者会想这是什么样的凳子？）；第五句说英语是他的"敌人"；第六句说罗曼在"波罗的海岸边"当过按摩师。贝泽摩吉斯肯定师法于俄国短篇小说家巴别尔，即便他的句子缺乏后者那样炫目的怪异，他学到如何将句子变成挑衅和近于夸张——"啃""敌人""苏联凳子"——结果，这段话变成了生动的主题句之间的战争。

事实上，在这本书中，其中一个人物据说是"径直从巴别尔的书页中跳出来"。贝泽摩吉斯生动有趣的人物形象——波罗的海的犹太人、苏联的举重选手、淫荡的表姐、哭泣的姨妈、脾气暴烈的拉比老师——有着强烈的戏剧性，让人立刻想起巴别尔，或许还会想起早期的菲利普·罗斯。这本故事之间互有关联的短篇小说集的叙事者是马克·贝尔曼，他在前面四篇故事中是个小孩，在后面三篇故事中是个十几岁的少年。跟随故事的进程，我们逐渐知道马克的父母贝拉和罗曼，知道他许多的亲友。在拉脱维亚，罗曼的生活一直很舒服，至少从职业上而言，离开体育部后，他成了里加发电机体育场的主管。1979年，贝尔曼一家离开拉脱维亚前往加拿大，在多伦多的俄罗斯犹太移民聚居区安家：

> 我的父母原来是波罗的海的贵族，如今在芬奇街715号租了一套公寓。公寓前面是峡谷，跨过街就是小学。这里离拥挤的俄罗斯人聚居区只隔一个富有的街区。我们住在五楼，姨父、姨母和表姐住在四楼。这栋楼里，除了年过五旬的纳胡莫维斯基夫妇，再没有别的俄罗斯人。因为有这些优势，我父母每月的房租额外多付了二十块。

罗曼·贝尔曼刚到加拿大的那几年比他在苏联的经历更艰难不定。他和妻子几乎不会讲英语，因为与外界隔绝，他们的重心就放在孩子身上，像许多移民父母一样，他们往往要依赖适应能力更强的孩子，这些孩子如同他们放出去测试洪水深度的鸽子。"那时我九岁，有许多东西我不告诉他们，但他们什么都当着我的面讲，经常征求我的意见。他们在这个国家是陌生人。他们知道我对这个地方没有那么陌生，尽管我还只是个孩子。"

　　在《世界上第二强壮的人》中，一个苏联举重代表团来参加多伦多举办的国际举重比赛。罗曼·贝尔曼受邀担任裁判。马克很兴奋，因为他记得，过去在里加时，金牌选手谢尔盖·费德连科经常到他家来，经常把他连人带床高高举起。然而，谢尔盖在多伦多比赛时发挥失常，只得到银牌。马克儿时的英雄突然成了"世界上第二强大的人"。在这个故事后面，代表团的一个成员说，罗曼好幸运，因为他在加拿大有那样好的生活，在加拿大，就连大街上的乞丐都穿着李维斯牌牛仔服和阿迪达斯跑鞋。罗曼说，这是骗人的表象，他经常想回拉脱维亚，"每天都在挣扎"。他的朋友拒绝相信他："我看见你的车。我看见你的公寓。我看见你如何挣扎。相信我，你最坏的日子也好过我最好的日子。"这个故事通过对不同人物境遇的书写，巧妙地将流亡带来的社会地位的变迁和命运的变化结合在一起：俄罗斯的金牌选手在西方只是银牌获得者，不再是叙事者过去的偶像；在加拿大挣扎的俄罗斯移民，生活似乎是日复一日的劳作，却被来访的苏联友人羡慕。

　　贝泽摩吉斯的作品中有一种同情的反讽。同情灌溉了他的反讽，要是没有同情，他的反讽或许会变得有点儿干涩。他的反讽将他笔下偶尔的堕落碎裂成了犹太人的滑稽戏。《以兽行纪念》就是好例子。这个故事讲的是马克小时候在犹太学校惹是生非。马克因打架被拉比——古尔维奇校长——警告。在大屠杀纪念日，为了布置与节日气氛相符的设施和圣堂，学童带来各种与纪念日相关的物品、艺术品和纪念品。贝泽摩吉斯尖刻地讽刺了学校的花费："我们得到特莱西恩施塔孩子们画的彩笔画。我们得到一张欧洲大地图，配了五颜六色的图钉和准确的统计数字。一个学童的祖父捐赠了他在奥斯维辛的条纹睡衣……"（"睡衣"这个软绵绵的词在这里很有些邪恶的味道。）在这一天，拉比唱了一首歌，纪念那六百万亡魂，马克觉得拉比的歌声直抵"我妈妈说我应该有的那种名叫'犹太灵魂'的地方"。但是，小说临近结尾时，马克再次和人打架，打烂了纪念展上一件物品，立马被请进了拉比的办公室。马克似乎一直有沦为犹太顽童的危险，这个叛逆的男孩在大屠杀纪念品之间嬉闹，受到可怕的大胡子拉比的训斥。这样一个看似节奏轻快的犹太人故事，因为最后一段的绝妙讽刺而升华。拉比死死抓住马克，强迫他大声说自己是犹太人，当犹太人不羞耻。受到这般羞辱，马克哭了起来，拉比痛苦地对他说："现在，贝尔曼……你现在大概明白当犹太人的滋味了吧。"这是否意味着马克有"犹太灵魂"？故事在此戛然而终……

贝泽摩吉斯反讽的同情，最好的例子见于《按摩师罗曼·贝尔曼》和《法定人数》。《按摩师罗曼·贝尔曼》以怜悯的喜剧笔法，描写了罗曼如何努力在多伦多创业。经营场所已找好，广告也已打出，大家都在等电话。当然，打电话来的全是家人："大家都打电话来问，有没有人打过电话来。"最终，一个神秘的医生——柯恩布鲁姆医生——电话打来。他邀请贝尔曼一家到他的豪宅共进晚餐。他和妻子乐于帮助俄罗斯犹太新移民，尤其是被拒移民的犹太人。贝尔曼夫人烤了一个苹果蛋糕带过去。但是，这次晚宴没有什么成果，令人隐隐失望。尽管他答应下来，但柯恩布鲁姆医生是否会推荐他的病人接受罗曼的按摩服务还是个未知数。贝泽摩吉斯用故事中这个可笑的苹果蛋糕作为令人怜悯的反讽象征。那天晚上临别时，柯恩布鲁姆夫人把它原封不动地送回给贝尔曼夫人，因为柯恩布鲁姆一家只吃那些符合犹太教规的圣洁食物。因此，贝尔曼一家来时和走时都一样。"究竟是什么都没有改变，还是什么都已改变，不得而知。"故事就此结束。这种结尾落入当代短篇小说的窠臼，拒绝向我们透露罗曼的生意是否兴隆，事业最终是否成功。但这是贴切使用契诃夫式"消极结尾"的佳例，因为我们离开故事时，分享了贝尔曼一家的犹豫不定，像他们一样有可能困在柯恩布鲁姆一家门前的草坪上。

《法定人数》是这部短篇小说集中的最后一篇，也是最好的一篇。无论是在类型上，还是在深度上，它看起来都有所不同；它勾引读者猜想这个年轻作家还要续写这些故事，这最后一枚果实只比前面的成熟一点儿。它离开贝尔曼一家的世界，聚焦于赫歇尔和伊茨克这两个老人。赫歇尔是来自立陶宛的大屠杀幸存者；伊茨克——这个被形容为径直从巴别尔书页中走出来的人物——过去在敖德萨开出租。他们都丧偶，住在多伦多的一个公寓小区。赫歇尔妻子死后，他搬进了妻子也已过世的伊茨克的公寓。他们成了亲密同伴。

马克·贝尔曼逐渐认识了赫歇尔和伊茨克，因为他的祖父最近搬进了同一小区。这个小区是专为犹太老人提供补贴的住房（候补的名单很长）。马克很快得知，小区住户在怀疑伊茨克和赫歇尔；他们对这两人的做法不满，暗示他们可能是同性恋。大家都对他们不理不睬。伊茨克有一个儿子，赫歇尔没有子女，因为他妻子拒绝生育。赫歇尔告诉马克，在大屠杀后，出现了两种人："一种人觉得有责任延续犹太人的未来，另一种人像他妻子那样，深信这个世界是邪恶的，因此没有必要生育。"

伊茨克死了，他早就互不来往的儿子赶来参加葬礼。这是写得非常精彩的一幕。贝泽摩吉斯突然来了个急转弯，伊茨克的儿子突然打开记忆之门，想起他怀恨在心的爸爸——我们读者只知道他是弱不禁风的、充满柔情的鳏夫：

> 他转身面向伊茨克的坟墓。他在监狱待了七年，爸爸，你知道吗？俄罗斯到处都有我的兄弟姐妹。我甚至不知道有多少。对他来说，没有什么是被禁止的。那就是我的爸爸，你明白吗？他举起拳头对准自己的脸。他就像这样，伊茨克的儿子说，然后一拳砸进路边的雪堆。他看着我，看我是否明白。我点头示意明白。像这样，他一边重复，一拳又砸进雪堆。

伊茨克死后，其他犹太老人开始激烈争抢他的公寓。他们说，难以想象，仅仅因为赫歇尔与伊茨克同住，就该让他住这间有补贴的公寓；他又不是伊茨克的亲人（更何况，他还可能是同性恋）。

《法定人数》辛辣地讽刺了生存和生存权的野蛮，讽刺了我们身后留下的东西。伊茨克这个来自敖德萨的霸道粗人，看起来只有赫歇尔爱他。他干自己的事，"从不求人"。他唯一留下的儿子恨他自己的记忆。赫歇尔身后不会留下任何东西，因为他过世的妻子拒绝生育。因此，这两个流亡老人悲哀地相互抵消，身后没有留下任何有价值的东西。就连他们住的公寓也是租来的，还有其他粗暴的幸存者在争夺，这些人也是大屠杀、浩劫和无休止流亡的牺牲品。这是一个悲伤而动人的故事。在这本经常洋溢着温暖喜剧气息的书里，这篇压轴之作沉浸在业已消逝的岁月中，沐浴在凄厉的黄昏里。